Amores que matan

Elia Barceló (Elda, Alicante, 1957). Se la considera una de las escritoras más versátiles de la narrativa española y es una de las autoras de mayor prestigio en el ámbito del fantástico y la ciencia ficción. Ha publicado más de treinta novelas, realistas, criminales, históricas..., unas para adultos y otras para jóvenes, y unos noventa relatos, en España y en el extranjero. Ha sido traducida a veinte idiomas con gran éxito de público y crítica, consolidándose como una de las voces españolas más internacionales de la narrativa actual. Es autora de obras de gran éxito como *El color del silencio*, *El secreto del orfebre*, *Las largas sombras*, *El eco de la piel*, *La noche de plata* y *Disfraces terribles*. Ha obtenido numerosos premios. En 2020 le fue concedido el Premio Nacional de Literatura, en la modalidad de Infantil y Juvenil, por *El efecto Frankenstein*. Durante muchos años fue profesora de Estudios Hispánicos en la Universidad de Innsbruck, en Austria. Ahora se dedica a la escritura a tiempo completo.

www.eliabarcelo.com
🅧 @elia_barcelo
📷 @eliabarcelo

Amores que matan

Elia Barceló

rocabolsillo

Primera edición en Rocabolsillo: abril de 2024

© 2023, Elia Barceló
Publicado en acuerdo con UnderCover Literary Agents
© 2023, 2024, Penguin Random House Grupo Editorial, S. A. U.
Travessera de Gràcia, 47-49. 08021 Barcelona
Diseño de la cubierta: © Sophie Guët

Printed in Spain – Impreso en España

ISBN: 978-84-19498-19-9
Depósito legal: B-1.786-2024

Impreso en Novoprint
Sant Andreu de la Barca (Barcelona)

RB 98199

$\mathcal{Q}$uien no tiene el Mediterráneo en la sangre cree que el verano es playa, sombrillas y bronceadores, calor, sol inclemente a partir de mediodía, desayunos con churros y chocolate, o tostadas con tomate junto al café con leche, paellas frente al mar, sangría y cerveza, siestas que se alargan hasta que también las sombras lo hacen, ruidosas piscinas llenas de niños, vacaciones, en fin; el olvido de las interminables tardes de lluvia, de frío, de oscuridad.

El auténtico verano, sin embargo, en Santa Rita, empieza temprano, antes de que salga el sol, cuando el mar apenas se distingue del cielo y una bruma ligera difumina los contornos de las sierras en la distancia. Es entonces cuando, poco a poco, se van desperezando las plantas, cuando las flores empiezan a abrir sus corolas al roce de los primeros rayos de color rubí y los pájaros se lanzan a cruzar el cielo que aún es de un delicado amarillo limón. Si entonces se riegan los parterres, el olor de la tierra mojada sube, mezclado con el del jazmín y el de las rosas hasta llenar el aire de promesas. Más tarde, con la algarabía de los pájaros, despertará el perfume de los pinos. Así debía de oler el paraíso antes de las churrerías y las barbacoas, ha pensado siempre Sofía.

El verano de los otros, de los turistas, de los extranjeros pálidos y desesperados, de la gente que está de vacaciones en Benalfaro, y que nunca dura más de dos o tres semanas, empieza un poco más tarde, porque pueden levantarse a las diez, si quieren, porque no hay nada que hacer salvo encender la tele o la pantalla antes incluso de poner el café, y luego prepararse para la playa: sombrillas, hamacas, sillas plegables, neverita, juguetes para los niños, toallas, pareos, protector solar, sombreros y gorras… Ese es el verano que conocen los de fuera; el del ruido, los chiringuitos, la música con más ritmo que melodía, los cuerpos sudados en las discotecas, el alcohol rápido y las vomitonas… El verano que siempre deja una sensación de vacío cuando termina, aunque haya estado lleno de sonido y furia, de noches vividas hasta el amanecer.

Sofía también recuerda muchos veranos así: la piel quemada por el sol, convertida en un cuero reseco después de dos meses de sal y de arena; las noches de borrachera en las que daba igual qué hubiese en el vaso si estaba lleno de hielo; la música constante; las flores en el pelo; las parejas sin nombre, confundidas en un caleidoscopio de saliva y sudor; las risas con gente que ya ha olvidado. Todo aquello fue y, aunque ya no es, ni desea que vuelva, su mente lo evoca en las horas de calor, tumbada en la cama, esperando que regrese el verano de verdad, el de Santa Rita.

Pasadas las ocho de la tarde, lentamente, después del fuego diurno, el verano regresa para ir tomando las piscinas y el mar, que cabrillean enloquecidos, sabiendo que el día está a punto de terminar; para ir tomando los jardines, que, despacio y sin alharacas, se visten de terciopelo de oro, como bañados en miel caliente. Las sombras de los cipreses y las palmeras, cada vez más largas, se vuelven más dulces, más violáceas; las agujas de los pinos se van pintando de ámbar hasta que las frondas de las colinas y las sierras parecen fieras mansas, esperando una mano que las acaricie antes de dormir. Llega la hora azul y todo vira al malva, al índigo, mientras las flores blancas recogen la última luz y la reflejan. Se apagan las chicharras y se encienden los grillos. Los gatos llenan de sombras movedizas la penumbra. Las golondrinas pintan el cielo con sus trazos negros hasta que asoman las primeras estrellas. Después es la hora del jazmín y la madreselva, del silencio, del frescor en la oscuridad lunar de los jardines ocultos; un frescor punteado por el murmullo del agua de una fuente. Quizá en alguna parte suena una guitarra. A lo lejos. O el rumor distante de una verbena en el pueblo más cercano. Y el silencio nocturno como un bálsamo, mientras las palmas se frotan mecidas por la brisa y el agua de las albercas brilla y espejea reflejando el disco plateado de la luna o las chispas de colores de un cohete de la fiesta del pueblo.

Verano.

1

El jardín de Santa Rita

*E*l martillo se estrellaba una y otra vez contra la pared del fondo, haciendo volar pedazos de cal y de ladrillo, además del polvo blanquecino que iba cubriendo las gafas protectoras del hombretón que lo manejaba y que, a pesar de su camiseta gris y sus pantalones caquis, tenía algo de Thor en su despliegue de fuerza bruta.

Junto a la puerta, Nieves, con una mascarilla cubriéndole la nariz y la boca, notaba el sol de agosto picándole en los hombros, aunque aún no eran las diez de la mañana. Las gotas de sudor se deslizaban por el surco de su columna vertebral, pero no se apartaba de allí. Asomaba la cabeza de vez en cuando, a pesar de las advertencias que «Thor» le había hecho, porque no quería perderse el momento en que, por fin, la pared se viniera abajo y la pinada quedara al descubierto. Estaba segura de que le gustaría, de que había elegido bien aquel cuarto que, cuando los obreros terminaran, quedaría convertido en su sala de yoga, amplia y clara, con la pared del fondo transformada en una enorme cristalera que dejaría entrar la hermosa luz del norte y permitiría ver los pinos bailando con las brisas de poniente. Un lugar de paz y de energía positiva.

Había tenido suerte. Aquellas habitaciones llevaban décadas desocupadas y estaban al borde de la ruina. Greta, la sobrina de Sofía, le había dicho que, según los papeles que poco a poco estaba organizando, aquel conjunto se había llamado «Pabellón B» durante los años treinta y cuarenta, y las diez habitaciones que lo componían habían sido usadas para los tratamientos más duros, los que requerían de agua y de electricidad, como aún atestiguaban los enchufes, sumideros y restos de mangueras. Por eso estaban convenientemente apartados de la zona noble y de las habitaciones de los pacientes. Después, ya en los cincuenta, parecía que habían dejado de usarse y, a la muerte del doctor Rus, emprendieron su lento camino hacia el abandono y la ruina total.

Ahora Nieves, después de exponerle su idea a Candy y a Sofía, y conseguir un pequeño crédito en el banco, estaba a punto de hacer realidad su proyecto. No le gustaba llamarlo «sueño» porque le sonaba demasiado americano y porque no quería que algo tan importante y que le había costado tanta reflexión llevara la misma palabra que los espejismos que el cerebro fabrica por las noches y que no son más que basura psíquica. Había pasado muchas horas despierta en su cama, con el cuerpecillo de su hijo dormido a su lado, cavilando sobre si aquella locura que se le había ocurrido podría llegar a ser real y permitirle tener una independencia económica. Ella creía que sí, Sofía y Candy lo pensaban también, y hasta en el banco habían creído en las posibilidades de su plan. Ahora solo faltaba que vinieran las clientas, pero ella estaba convencida de que, si les ofrecía no solo unas clases de yoga adaptadas a cada grupo por edad y necesidades, más un ambiente maravilloso, más la necesidad de tener que usar el coche para moverse un poco fuera de Benalfaro, por no hablar de la posibilidad de entrar en Santa Rita, aunque solo fuera para cruzar la zona del jardín que llevaba hasta allí, habría muchas personas que querrían probar, al menos durante un trimestre. Luego ella se encargaría de que quisieran quedarse. Conocía a casi todas las mujeres de la zona que alguna vez en su vida habían probado el yoga, porque había trabajado varios años en el estudio de Chelo, hasta que la echó para reducir gastos, sin importarle que estuviera embarazada. Así que ahora acababa de encargar unas tarjetas preciosas que iría entregando personalmente a todas sus conocidas, con la esperanza de que quisieran probar con ella para librarse del estilo casi cuartelario que primaba con Chelo. Ella lo iba a apostar todo a la dulzura, la paz y el buen humor, a conseguir que la gente saliera de allí relajada y ligera.

Una o dos veces por semana, según el interés, también daría clase a la gente de Santa Rita misma, en este caso gratis. Ese había sido el acuerdo con Sofía y le parecía muy buen arreglo, a cambio de disponer de aquella maravilla de espacio.

Cuando, ya hacía cuatro años, embarazada y sin trabajo, le habían hablado de la posibilidad de vivir en Santa Rita, al principio no le había hecho demasiada gracia. Tenía la desagradable sensación de que aquello sería como una especie de convento de mujeres ancianas donde la acogerían por caridad y se lo harían pagar caro, haciéndola trabajar como a Cenicienta y recordándole constantemente su desgracia: abandonada por su pareja, madre soltera, en paro... Si aceptó entonces fue por pura desesperación, porque no tenía otra cosa ni sabía adónde ir, y después resultó que había sido la mejor decisión de su vida porque en Santa Rita había muchas mujeres, sí, pero de todas las edades, y también había hombres e incluso matrimonios; estudiantes, jubilados..., de todo. Cada uno aportaba lo que podía, tanto en dinero como en ayudas y servicios, y la vida era una buena mezcla de comunidad e independencia. El Huerto de Santa Rita había sido un elegante balneario en el siglo XIX, luego un sanatorio privado, más tarde un psiquiátrico para mujeres y ahora algo para lo que ninguno de sus habitantes tenía nombre: una especie de comunidad transgeneracional en la que el más joven era su hijo Sergio, de tres años, y la mayor, la dueña de todo aquello, Sofía O'Rourke, la famosa escritora, que acababa de cumplir noventa y tres.

El gran dios nórdico de la cabeza rapada y el martillo pilón había abierto ya un buen boquete, pero la gloriosa vista de los pinos que Nieves esperaba no estaba donde debía. Por el agujero practicado en la pared solo se veía otra pared, mucho más blanca que la primera. Era muy raro, aunque podía tratarse de que el polvo en suspensión no la dejaba ver bien.

—Pero ¿qué coño es esto? —oyó rezongar al hombretón, confirmando con eso lo que ella acababa de pensar.

—¿Qué pasa? —A través de la mascarilla, la voz le salió sorda, amortiguada. Aun así, el hombre la oyó.

—Que parece que esta no es la pared del fondo. Es solo un tabique. Como si alguien hubiera levantado otra pared a menos de medio metro de la original.

—¿Para qué?

—Ni puta idea. Lo mismo querían esconder algo. Voy a echar una mirada.

—No, espere. Ya miro yo.

Con cuidado de no tropezar con los cascotes que cubrían el suelo, Nieves llegó al agujero, metió la cabeza con precaución y miró a derecha e izquierda.

—¿Tiene una linterna? —preguntó al hombre.

—No. Pero llevo el móvil. Espera. —Conectó la función linterna y sostuvo el aparato por encima de la cabeza de Nieves—. ¿Ves algo?

—Sí, creo que sí. Ahí, a la izquierda, hay unos paquetes planos envueltos en papel manila. Y a la derecha hay una caja. Tenemos que sacarlo todo.

—¡Esto es como lo de buscar el tesoro! —El hombre estaba entusiasmado—. ¿Qué crees tú que puede haber ahí? Algo de valor. Seguro.

—Pues no sé, la verdad. Esto era un psiquiátrico. No creo que hubiera nada especialmente valioso. —Nieves ya había empezado a pensar que había sido un error dejar que el hombre viera aquello, fuera lo que fuera.

—Nadie levanta una pared para encerrar una mierda —aseveró, muy serio.

—¿Podría usted ir a la casa grande y pedir que busquen a Greta y que venga?

—No, reina, yo me quedo aquí. —Le obsequió una sonrisa tipo tiburón, como si pensara que ella quería quedarse sola para aprovecharse de algo—. Estoy deseando ver qué hay entre esas dos paredes. ¿Tú no?

Nieves suspiró.

—Sí, claro.

—Pues, ¡aire! Aparta, deja que le dé un par de golpes más.

—Pero con mucho cuidado. No podemos ni rozar lo que hay dentro.

—Descuida, marquesa.

Nieves se retiró prudentemente y aprovechó para coger el móvil y mandarle un mensaje a Greta, para que dejara cualquier cosa que estuviese haciendo y llegara hasta allí lo más rápido posible.

Cuando, quince minutos después, apareció, acompañada por Robles, ya habían conseguido sacar el botín de su escondrijo, de modo que tanto los paquetes como la caja se hallaban sobre el banco de piedra que había a unos veinte metros de la entrada del pabellón, a la sombra de un ficus, y Nieves estaba casi peleándose con el albañil, que quería abrirlos de inmediato.

—¡Quieto ahí, Iván! —intervino Robles, antes de que Greta pudiera articular palabra—. Sea lo que sea, es propiedad privada de esta señora, que es la sobrina de la dueña de todo esto. Así que, un poco de paciencia, colega. Vamos a tomar un par de fotos de dónde estaban las cosas. Supongo que no habréis hecho ninguna cuando aún estaban dentro, ¿verdad?

Iván y Nieves cruzaron una mirada de culpabilidad.

—Lo siento, Robles, ni se nos ha ocurrido —se disculpó ella.

—Vale, Nieves, no pasa nada. No es la escena de un crimen.

No es como si hubiese sido un esqueleto y lo hubierais movido. Voy a hacer esas fotos y luego nos llevamos todo esto a la casa. Llamamos a Sofía y lo abrimos en su presencia.

Dejándolos allí, entró en el cuarto saltando cascotes y regresó a los pocos minutos.

—Listo. Échame una mano, Iván. Coge esa caja. Vosotras, cada una lo que podáis. Yo llevo el resto. Vamos a procurar que no se entere todo el mundo de momento, ¿os parece? Tú, punto en boca, colega. ¿Estamos?

El cerebro de Greta ya se había puesto a elucubrar por su cuenta, pensando qué podría haber en los paquetes y en la caja. Nunca había sido buena para adivinar qué regalo le había tocado en Navidad, cuando, junto al árbol, una de sus hijas le entregaba un paquete y le pedía que tratara de saber qué había dentro. Sin embargo, ahora tenía la clara sensación de que al menos el paquete que ella llevaba no podía ser otra cosa que un cuadro, o una fotografía enmarcada. O una orla universitaria, o un mapa, o un nombramiento nobiliario… en cualquier caso algún tipo de cuadro que, por lo que fuera, alguien había decidido esconder durante mucho tiempo; porque, cuando se empareda algo, es para quitarlo no solo de la vista, sino del recuerdo, y la persona que lo oculta no puede volver poco después a sacarlo de allí.

En cuanto a la caja, no tenía la menor idea de qué podría contener.

—¿Pesa? —le preguntó al hombretón.

—No, señora. Casi nada. Es como si la caja estuviera vacía —terminó con expresión decepcionada—. Claro que podría tener dentro alguna joya valiosa. Un collar de diamantes, por ejemplo; eso no pesa —terminó, más animado.

—Pues ya tendría que ser grande el collar para haberlo metido en una caja de ese tamaño —dijo Nieves, con ironía.

—Ya lo sabremos cuando lo abramos —cortó Robles, pragmático como siempre.

Habían llegado al vestíbulo que, por contraste con el exterior, estaba fresco y casi en penumbra, lleno de plantas de grandes hojas verdes, alocasias y filodendros en su mayoría.

—Nieves, por favor, sube y dile a Candy que si puede bajar y que pregunte también a Sofía. Esta mañana aún no he pasado a saludarla y no sé cómo se encuentra. Vamos a la biblioteca, ¿te parece? —Greta dirigió la pregunta a Robles, que cabeceó afirmativamente.

Depositaron su carga en una de las mesas y se quedaron mirando el botín.

—¿No lo vais a abrir? —preguntó Iván, cambiando su peso de un pie a otro, como si se estuviera orinando. Se pasaba la mano una y otra vez por el cráneo afeitado y no les quitaba ojo a los misteriosos paquetes.

—Ya te he dicho que esto es propiedad de doña Sofía. No vamos a abrir nada hasta que venga, y si no viene, nos limitamos a esperar hasta que se encuentre con fuerzas. Estos trastos deben de llevar allí lo menos cincuenta o sesenta años. Da igual que esperen unas horas. Tú ya te puedes ir y terminar el trabajo. Igual encuentras algo más —terminó Robles con un guiño.

Tenía la seguridad de que no había nada más que encontrar. Lo había mirado todo muy bien al hacer las fotos, pero era una forma de animar a Iván a que se marchara sin tener que recurrir a pedirle a su jefe que le dejara claro que él estaba allí para tirar una pared, no para hacer de Indiana Jones.

El hombre sacudió la cabeza, puso cara de contrariedad y acabó por marcharse, visiblemente molesto, frotándose las manos en las perneras de los pantalones.

—Pero luego vuelvo antes de irme a casa, ¿vale? —añadió, volviendo la cabeza—. Lo menos es que me digáis qué hay ahí.

—Sí, hombre. Pásate luego, a ver si ya sabemos algo.

—Es increíble lo invasivos que pueden ser los españoles —comentó Greta, que, como llevaba cuarenta años viviendo en Alemania, para muchas cosas pensaba en términos germánicos.

—La curiosidad es humana, no solo española —precisó Robles.

—Puede tener curiosidad, pero no tiene ningún derecho, y resulta bastante maleducado por su parte estar ahí como un buitre, a ver qué cae.

—Totalmente de acuerdo. Por eso he hecho todo lo posible por echarlo, sin llegar a ponerme desagradable.

—Voy a la cocina, a buscar unas tijeras.

—Tráete también un cuchillo delgado, con buen filo. Hay que procurar no dañar lo que sea que haya debajo del papel.

Unos minutos más tarde, ambos, junto con Nieves, Candy y Sofía, que se les habían unido, miraban fascinados lo que había aparecido dentro del primer paquete: un lienzo que representaba con toda claridad, a pesar de su factura expresionista, la avenida de las palmeras de Santa Rita, cuando todas ellas no eran mucho más altas que un hombre normal. Se sabía porque, frente a una de ellas, había unas figuras femeninas: dos niñas pequeñas y una mujer con sombrero. Las palmeras solo tenían el doble de la altura de la mujer.

—¿Tiene firma? —preguntó Sofía, inclinándose a mirarlo, sin usar las manos para nada.

Greta se acercó a la pintura.

—Sí, pero no la leo bien. Necesitaría una lupa. Lo que está claro es que la fecha es 1930.

Había siete lienzos, todos de tamaños medianos, unos ochenta por cincuenta, y uno más pequeño, enmarcado de un modo sencillo y que no parecía ser de la misma mano. Tres de ellos eran distintas vistas de Santa Rita y su entorno: uno del paisaje, con la fachada de la casa, uno de una escena de playa con figuras femeninas vestidas de blanco, y el de las palmeras con la mujer del sombrero y las niñas. Otros tres, también expresionistas, eran retratos: uno de una mujer en tonos rojos, uno de un hombre, oscuro y de cierta forma inquietante, y otro de una niña con un gato en su regazo. Por último, había

uno abstracto muy distinto a los demás, con círculos y cuadrados de colores intensos sobre fondo oscuro.

—¡Ahí estaba! —exclamó Sofía con un temblor en la voz—. ¡La de veces que le pregunté a mi madre qué había sido del retrato que me pintó Marianne con mi Rayitas! Y siempre me dijo que se habría extraviado, que ella tampoco lo sabía. O que papá lo habría quemado, porque a él no le gustaban esas cosas de colores raros.

Efectivamente, el gato que Sofía tenía sobre la falda, a los seis o siete años, era totalmente verde con algunas pinceladas violeta y unos trazos marrones que debían de ser las rayas. La cara de la niña también estaba formada por pinceladas de distintos colores violentos, y su melena roja y rizada la rodeaba como un aura. El fondo era algo que podía representar un papel pintado, amarillo ocre con flores rosa. El vestido, cerrado hasta el cuello, era blanco. Los ojos de la Sofía niña destellaban de picardía, acompañando la sonrisa traviesa de sus labios.

—Es precioso —dijo Greta, resumiendo lo que pensaban todos los presentes—. ¿Quién era Marianne?

—Una amiga de mamá. Casi no me acuerdo; yo debía de tener seis años, y sé que pasó aquí un verano, que fuimos todas a la playa y papá se enfadó porque nos habíamos bañado en enaguas. Me acabo de acordar al ver este cuadro de aquí, el del mar. Sé también que, para el retrato, tuve que quedarme quieta muchas veces para que pudiera pintarme, y que también iba a pintar a mi hermana después, pero no sé si llegó a hacerlo. De eso hace más de ochenta años. Lo raro es que aún me acuerde de algo.

—¿Era pintora? —preguntó Nieves.

—Supongo que sí, pero no me acuerdo del apellido ni de nada. —Sacudió la cabeza y de pronto su rostro se iluminó—. ¡Mentira! Sí que me acuerdo de algo: era rusa, y mamá y ella hablaban en francés. Yo, entonces, no sabía más que alguna palabra suelta. —Sofía cerró los ojos—. «*Poupée.*» Me acuerdo de que Marianne me llamaba «*ma belle poupée*» y mamá sonreía.

—Sería la misma que pintó el cuadro que hay en el gabinete, ¿no? El retrato es de tu madre, mi abuela ¿verdad? —preguntó Greta, señalando con la mano hacia la puerta que daba a la habitación que acababa de nombrar.

Sofía se puso las gafas, cogió el cuadro que la representaba a ella y se lo acercó a los ojos.

—Sí. También lo pintó Marianne. Tu abuela Mercedes. Era muy guapa. Siempre quise parecerme a ella, pero fue Eileen quien heredó su pelo rubio y sus ojos de miel. Tú tampoco has salido a ella. Eres más tu padre.

—¿Sabéis lo que pone en este cuadro, el que está enmarcado? —interrumpió Candy la conversación de las dos mujeres. Llevaba más de cuarenta años como secretaria y mano derecha de Sofía y su legendario pragmatismo la había llevado a mirar, antes que nada, si alguno de los lienzos tenía una firma conocida. El dinero era importante, y más en Santa Rita, donde siempre había tanto que arreglar.

—¿Qué?

—No os lo vais a creer. Tiene que ser una broma, pero yo leo Kandinsky, 1912.

Sobre un fondo negro, varios círculos superpuestos de diferentes colores atrapaban la mirada de los presentes.

—No puede ser —dijo Robles, después de un carraspeo. El expolicía no estaba muy versado en arte, pero se trataba de un nombre universalmente conocido—. Si fuera un Kandinsky, valdría un par de millones.

—Pues nos vendrían muy bien —comentó Candy con una sonrisa tan traviesa como la de Sofía en el cuadro.

—Si os parece, habría que hacer venir a los especialistas de la policía. Se ha creado hace poco una brigada especial para este tipo de cosas artísticas. Los mejores especialistas están en Valencia. Lo digo porque, aunque podría ser auténtico, podría haber sido robado hace ochenta años. Claro que también podría ser una falsificación que, no sabemos por qué, fue ocultada aquí en algún momento del pasado.

Las mujeres se miraron, buscando contrastar sus pareceres, hasta que todas empezaron a cabecear y Sofía puso la conclusión en palabras.

—Encárgate tú, Robles, por favor. La verdad es que yo no recuerdo que mi padre se interesara jamás por el arte moderno, y mucho menos por lo abstracto. Mi madre era otra cosa. Por ella, habríamos tenido una colección de arte. Además, tenía buena mano para la pintura, pero solo podía hacerlo en casa, para distraerse. No era plan que la gente supiera que la esposa del director del sanatorio para enfermedades nerviosas femeninas era dada a pintar monas —terminó con una mueca.

—Entonces, todos de acuerdo. Abrimos también la caja, vemos lo que hay, y luego llamo a quien haga falta.

Greta, que era quien, con su habilidad manual, había sido la encargada de abrir los paquetes sin hacerles un solo rasguño, se puso a la faena con mucho cuidado. Lentamente, consiguió desclavar la basta tapa de listones de madera hasta que debajo apareció una bella caja de una madera pulida y rojiza no mucho mayor que una caja de zapatos, con una anilla dorada en cada lateral y una en la tapa.

—A ver si va a tener razón el hombre del martillo… Parece un joyero —dijo Nieves—. Un joyero enorme, eso sí.

—Ábrelo, Greta —pidió Candy.

Había una pequeña cerradura, también dorada y sin llave, lo que hizo temer a Greta que no pudiera abrirse sin forzarla con la punta de un cuchillo, pero en cuanto presionó con las dos manos, la tapa se levantó sin dificultad.

En su interior, había unos paños de batista, que en algún tiempo fueron de color azul claro.

—¿Sigo? —preguntó, conteniendo el aliento.

—Claro —animaron todos.

Greta metió las puntas de los dedos entre las telas, con toda la delicadeza del mundo, por si el contenido de la caja fuera algún objeto de porcelana o cristal que pudiera romperse con un movimiento brusco. Su piel le confirmó que no se equivocaba: el tacto era suave, fresco, como marfil. Un objeto pequeño y redondeado. Quizá otra cajita, o un azucarero, o un adorno navideño, una bola de cristal pintado.

La envolvió con la izquierda y la sacó con suavidad para que todos pudieran verla en el cuenco de su mano, pero en el mismo instante en que sus ojos se posaron en el objeto que sujetaban sus dedos, dio un grito y tuvo que hacer acopio de toda su presencia de ánimo para no soltarlo ni arrojarlo al suelo. De inmediato, la manaza de Robles rodeó su muñeca para estabilizarla y con la otra se hizo cargo de lo que había salido de la caja: un cráneo diminuto. El cráneo de un bebé, posiblemente de un recién nacido.

2

El calor de agosto

*D*e camino a Benalfaro en su moto, Iván estaba molesto porque, cuando había vuelto a la casa grande a ver si conseguía enterarse de qué habían encontrado, no había podido más que echar un vistazo por encima del hombro de Robles y enseguida lo habían echado de allí. No le había dado tiempo a ver nada más que unos cuadros de colores chillones, pero estaba claro que debía de tratarse de algo importante, a juzgar por lo nerviosos que estaban todos. Demasiado nerviosos para que se tratase de algo sin valor que algún abuelo había escondido detrás de un tabique años atrás.

Llegó al bar de costumbre antes que el resto de la cuadrilla, que tenía que ir llegando de otras obras. En verano había muchísima faena y solían parar dos horas para comer, cuando el calor era insoportable. Luego retomaban el trabajo entre las cuatro y las cinco y trabajaban muchos días hasta las nueve o incluso las diez, cuando el sol iba picando menos.

Pidió una Coca-Cola con mucho hielo. El jefe les tenía prohibido el alcohol en el trabajo y una sola cerveza hubiese significado su despido. Tendría que esperar hasta la noche, aunque cuando veía a los demás clientes con sus cañas recién tiradas se le llenaba la boca de saliva. Se bebió el refresco en dos tragos largos y pidió otro, dándole vueltas a una idea que se le acababa de ocurrir.

Susana le había dejado claro hacía mucho que no tenía nada que hacer con ella. Pero Susana era periodista y él tenía algo que podría interesarle. Si la llamaba ahora y le decía que tenía algo para ella…, algo que no sabía nadie más y que podía ser un bombazo…, a lo mejor podía conseguir que se dejara invitar a una buena cena, y luego… en agosto las noches eran largas y cálidas…, quizá un paseo junto al mar, un par de copas en El muelle de Lucía… No se perdía nada por intentarlo. Igual la pillaba de buenas.

Lo malo era que no tenía apenas información, salvo la mirada rápida que les había echado a aquellos cuadros de colores raros. También había oído un nombre extranjero que, como no le sonaba de nada, no había podido retener. Algo que empezaba con K.

Daba igual. Susana era capaz de meterse en cualquier sitio y, sabiendo que había algo que averiguar, encontraría la forma de entrar en Santa Rita y enterarse de todo.

Sacó el móvil y le dejó un mensaje de voz.

En cuanto Robles se hubo librado de Iván, volvió a la biblioteca donde las cuatro mujeres miraban, con horrorizada fascinación, los huesecillos de un esqueleto infantil completo. Las telas sobre las que había estado colocado el bebé, acartonadas y renegridas, decían bien a las claras que la criatura había sido enterrada entre aquellos paños de batista y que, poco a poco, a lo largo de muchos años, el cuerpecillo había ido pudriéndose hasta que toda la carne y los fluidos habían desaparecido, empapados primero por el tejido y luego evaporándose lentamente hasta quedar reducido a lo que ahora veían: un esqueleto pelado. Robles no era forense, pero había visto suficientes cosas en su vida profesional como para saber que aquello debía de ser algo muy antiguo, probablemente de antes incluso del nacimiento de Sofía. Lo que no tenía manera de saber era si estaba relacionado con los cuadros o si era casualidad que ambos estuvieran en el mismo lugar. Lo malo era que, ahora que Iván había terminado de tirar el tabique, no podría ya saberse si había sido abierto y vuelto a tapiar en alguna ocasión. Él mismo lo había mandado a terminar su trabajo; pero, claro, no habían destapado aún la caja con su macabro contenido.

De todas formas, tendría que preguntarle si se había dado cuenta de que se hubiese abierto y rehecho, o si le había dado la impresión de que el tabique se levantó solo una vez y no había sido tocado desde entonces.

—Parece que, además de esa brigada de arte de la que hablabas, tendremos que llamar también a la policía por lo del bebé —dijo Greta—. ¿Te suena de algo, tía?

Sofía la miró, perpleja.

—¿Cómo me va a sonar? Es la primera noticia que tengo de que algo así esté emparedado en mi casa.

Greta y Robles cruzaron una mirada. Los dos estaban pensando en que, unos meses atrás, poco antes de su muerte, Moncho había nombrado algo de unos huesos enterrados en Santa Rita y que incluso, con mucha torpeza, había tratado de chantajear a Sofía con ello.

—Tendremos que esperar a que los expertos nos digan de cuántos años estamos hablando. Así, a ojo, yo diría que lo menos ochenta o cien —calculó Robles.

—Esperemos que no sea de la familia —intervino Candy—. Le harán un análisis de ADN, ¿no?

—Ni idea. ¿Con qué quieres compararlo? ¿Con Sofía?

La escritora alzó la vista, sorprendida.

—¿Conmigo? ¿Para qué?

—Por si fuera un antepasado tuyo —dijo Candy mirándola a los ojos.

—¿Un antepasado? ¿Estás tonta? Si ese niño fuera de mi familia, y murió al nacer, estaría enterrado en el panteón familiar, no escondido detrás de un tabique falso.

—De hecho, lo que resulta raro —continuó Greta para llenar el silencio que se produjo después de la intervención de Sofía— es que haya sido «enterrado» así. Si era un nacimiento digamos «legal», estaría en el cementerio, como bien dices tú, tía. Si lo que querían era hacer desaparecer el cadáver del bebé y que nadie se enterase de su existencia, habría sido mucho más sensato enterrarlo en algún sitio, o en el cementerio de aquí, o en la capilla, o simplemente en la sierra o en el jardín. Si lo dejaron aquí es porque, de algún modo, querían que llegara a encontrarse en algún momento, ¿no creéis?

Paseó la vista por el grupo. Todos se encogieron de hombros o menearon la cabeza, indecisos.

—Voy a hacer unas llamadas —dijo Robles.

—Venga, Sophie, tú y yo ya no tenemos nada que hacer aquí —zanjó Candy—. Las dos necesitamos descansar un rato. Vosotras —continuó, dirigiéndose a Greta y a Nieves, cerrad con llave hasta que venga la policía y, por favor, no lo comentéis con nadie. Punto en boca.

—Antes de cerrar, quiero asegurarme de que no haya nada más que se nos haya pasado por alto. —Greta había empezado a trasladar los envoltorios a otra de las mesas.

—¡Ay! —dijo Nieves, llevándose la mano a la frente—. Tengo que ir a recoger a Sergio a la guardería—. ¿Cierras tú, Greta?

—Claro. Vete, anda.

Cuando se quedó sola, Greta echó la llave por dentro con cierta dificultad, porque la cerradura no se usaba con frecuencia, y volvió a la mesa donde reposaban los cuadros. No había estudiado historia del arte, pero era muy aficionada a la pintura y había visto más exposiciones y museos de los que podía recordar. Tanto si eran reales como si eran falsos, aquellos cuadros eran claramente expresionistas, posiblemente alemanes, posiblemente de la escuela del Blauer Reiter, El Jinete Azul, el movimiento que fundó Kandinsky en Múnich con otro par de pintores amigos. No le sonaba haber visto esas telas en ninguna parte, lo que podía significar que no eran copias de obras existentes, sino que se trataba de obras originales, pero no sabía lo suficiente como para poder asegurarlo. Le sonaba haber visto un retrato parecido al de la mujer de rojo en el Museo Thyssen de Madrid, pero no recordaba el nombre del artista. Lo que sí estaba claro era que la vista de Santa Rita y las palmeras había sido pintada del natural. ¿Por quién?

Se acordó de que, en el gabinete contiguo, donde Sofía conservaba sus primeras ediciones, traducciones, trofeos y *memorabilia*, tenía que haber una lupa en un cajón. La necesitaba urgentemente para tratar de descifrar las firmas; su vista ya no era buena de cerca.

Tenía que hacerlo rápido porque, en cuanto apareciera la policía, ya no iba a tener ocasión de quedarse a solas con aquellos cuadros. Seguramente ni siquiera la iban a dejar tocarlos en cuanto se hicieran cargo de ellos, de modo que era el momento de disfrutar de la sensación de estar manipulando algo que podía tener un valor inmenso. Y aunque luego resultara que no lo tenía, habría disfrutado mucho de todas formas, a pesar de que, mezclándose con la alegría y la excitación del descubrimiento y de la búsqueda de respuestas, estaba la inquietud de que, allí mismo, en la mesa de al lado, reposaba el esqueleto diminuto de un bebé desconocido, sin más tumba que una caja olvidada detrás de una pared.

Sacudió la cabeza como para espantar los pensamientos oscuros y se concentró en la parte más amable del hallazgo.

Al cruzar el gabinete para coger la lupa, se detuvo unos instantes en el retrato de su abuela que había visto tantas veces sin darle demasiada importancia. Tendría que compararlo con los que acababan de encontrar, pero estaba claro que había sido pintado por la misma mano que el de Sofía con su gato y, ahora que cabía la posibilidad de que fuera un cuadro valioso, daba la sensación de que algo había cambiado en su apreciación. Le pareció curioso. Tendría que explorar ese sentimiento. ¿Por qué, si se confirmaba que esos cuadros eran de artistas reconocidos, la sensación tenía que ser diferente? Ella siempre había pensado que lo único importante en una obra de arte es si te gusta o no, si te dice algo o no, independientemente de quién lo haya pintado. Sin embargo, se había producido un desplazamiento en su interior.

Le echó una última mirada, sacó la lupa del cajón y volvió a la biblioteca.

Los cuadros estaban sobre la mesa boca arriba, mostrando sus colores y sus formas; una posición extraña para un cuadro, que está concebido para ser contemplado a la altura de los ojos, en una pared o en un caballete. Acercó la lupa a la firma en la esquina derecha del retrato de Sofía a los seis años. «Werefkin», junto con el año, 1930. Sí que parecía un nombre ruso, como había recordado su tía, pero no le decía nada. No recordaba a ninguna pintora llamada así, aunque, claro, ya se había encargado la sociedad, el *establishment*, el patriarcado…, como una quisiera llamarlo, de que los nombres de las mujeres artistas no pasaran a la posteridad. Los especialistas podían nombrar a muchas, por supuesto, pero el público general, las personas que, sin haber ido nunca a un museo, sabían quién era Picasso o Monet, no tenía ni idea de que también hubiesen existido grandes artistas mujeres.

«Marianne», había dicho Sofía. ¿Marianne Werefkin? ¿Existía una pintora llamada así?

Sacó el móvil y metió el nombre, con pocas esperanzas. Si era una amiga de la madre de Sofía, sin más, una señora aficionada a la pintura que había pasado una temporada de visita en 1930 en Santa Rita y, en agradecimiento, había pintado el retrato de la niña con su gato Rayitas, no aparecería en el buscador.

La sorpresa fue grande al darse cuenta de que la pintora no solo existía, sino que era realmente importante. Pasó la vista rápidamente por los datos centrales. Impresionante. La amiga de su abuela Mercedes había sido una pintora famosa. Pero no podía entretenerse ahora con detalles biográficos. La policía vendría pronto y seguramente le impedirían seguir manipulando todo aquello.

Dejó el móvil y siguió mirando las firmas. Todos, menos uno, llevaban la firma de Werefkin, aunque uno de ellos, el retrato de hombre, estaba firmado detrás, no delante como los otros. El que no era de Werefkin, el retrato femenino en tonos rojos, estaba firmado por Jawlensky, un artista que le sonaba muy vagamente, sin poder precisar de qué, y fechado en 1913. Ya investigaría. Y, por supuesto, el que estaba enmarcado llevaba la firma de Kandinsky y la fecha de 1912.

Notó que se estaba poniendo cada vez más nerviosa. Aquello era realmente increíble. Le habría gustado tener tiempo para disfrutar de la sensación, para mirar bien todo lo que tenía al alcance de sus manos y sus ojos, pero el tiempo jugaba en su contra.

Se acercó a la otra mesa, donde estaban los papeles en los que estaban envueltas las obras y que, seguramente, también tendrían que ser examinados por los expertos de la policía. Con cuidado, fue abriéndolos y escudriñándolos por si se les hubiese pasado algo. A pesar de haber estado protegidos del contacto con el aire, tenían una buena capa de polvo. Suponía que, analizándola, se sabría cuánto tiempo llevaban allí, en la oscuridad, esperando a ser descubiertos. O al contrario. Esperando a que nadie nunca los sacara a la luz.

Ya a punto de dejar los envoltorios, volvió a meter la mano y descubrió un sobre que había quedado adherido a una esquina del papel. Tironeó para sacarlo, con el estómago pulsando de puros nervios.

¿No debería dejarlo donde estaba?

Inspiró hondo.

No.

Aquello era suyo. De hecho, era de Sofía, pero ella era su sobrina y heredera. Tenía perfecto derecho a manipular aquellos cuadros, a abrir esa carta, si lo era, y a leer lo que fuera que estuviera dentro de aquel sobre antiguo.

Inspiró de nuevo y, conteniendo la respiración, sacó el sobre con manos temblorosas. «*Pour Mercedes*», leyó, escrito en tinta negra, ya muy desvaída por el tiempo. Suspiró de alivio.

Mercedes era su abuela y llevaba ya muchos años muerta. Ella, Greta, tenía perfecto derecho a leer aquella carta.

3

Verano en los Alpes

El apacible paisaje suizo se desplegaba, verde y ligeramente difuminado por la niebla, tras las ventanas por las que también podía disfrutarse del jardín florido que rodeaba el chalé y, al fondo, el azul de las aguas del lago. Monique Heyni, de pie en su impoluta sala de estar, rodeada de cuadros valiosos y objetos de arte, se abrazaba a sí misma con la vista perdida en la lejanía, sin apreciarla.

Marco acababa de irse y esta vez no volvería. La suavidad con la que había cerrado la puerta al salir con su maleta hacia el garaje era la mejor prueba de que lo había pensado bien y la cosa era definitiva. Todavía estaba en *shock*. Seguramente por eso el dolor aún no se había presentado, aunque la rabia sí que había empezado a hervir en su interior, como la lava de un volcán, espesa y ardiente, cuando comienza a burbujear y acaba derramándose por la ladera y arrasándolo todo a su paso.

Ella conocía bien sus ataques de furia. A lo largo de su matrimonio no había tenido demasiados, y al final siempre habían conseguido arreglar sus peleas, pero sabía que, si se dejaba llevar, podía ser terrible. Por eso ahora estaba respirando hondo, tratando de controlarse para no estallar. Marco siempre había sido pacífico y considerado, y ella lo quería tanto como para acabar siempre perdonándole sus ocasionales deslices que, en veintiséis años, habían sido más de los que a ella le parecían aceptables.

Sin embargo, seguían juntos. Se corrigió: habían seguido juntos hasta media hora antes.

No hacía ni dos semanas que habían vuelto de unas cortas vacaciones en el valle del Loire en las que hasta a ella misma le había sorprendido lo armónica que, con los años, se había vuelto su relación; lo bien que se conocían, lo a gusto que estaban juntos, paseando de la mano por los bellísimos jardines de los distintos castillos, riéndose de algunos de los cuadros expuestos en los salones nobles, cenando en algún *bistrot* romántico mientras el mundo se iba volviendo azul a su alrededor. A veces no necesitaban ni hablar. Una mirada bastaba para saber qué estaba pensando el otro y arrancarle una sonrisa. Muchas veces pasaban la tarde leyendo, levantando de vez en cuando la cabeza para mirar al otro o para leerle en voz alta algún pasaje particularmente interesante. Nunca se habían arrepentido de su decisión de no tener hijos. Cualquier otro ser humano, incluso sus propios hijos, habría estorbado la suavidad de su existencia, el ajuste perfecto de sus vidas y personalidades. Y ahora…

Ella tenía cincuenta y tres años. Él, cincuenta y cinco.

Aunque no eran más que las nueve de la mañana, fue al mueble bar y se sirvió un vodka con hielo. ¡Qué más daba!

Un café la habría puesto aún más nerviosa, y la simple idea de prepararse un té le resultaba ridícula y casi vergonzosa. Tu marido te abandona por una mujer más joven, y tú, a tus cincuenta años, con tu melena de mechas rubias y tu ligero jersey de cachemir beis te tomas una taza de té en revancha. En taza de porcelana con filo de oro, por supuesto. *Bone china*, faltaba más.

¿Cómo era posible que no lo hubiese visto venir?

Solo dos horas atrás, desayunando en la cocina, cuando él le había dicho que tenía que salir urgentemente de viaje para peritar unos cuadros que habían aparecido en el sur de España y que podrían ser Blauer Reiter desconocidos, aún había sido tan mema como para decirle:

—¡Ah, qué bien! Pues me voy contigo. Hace mucho que no voy a España.

Él la miró de frente, repentinamente serio.

—No, tesoro. Esta vez no.

—¿Por qué no? ¿A ti qué más te da? Ya sabes que no molesto. Me quedaré en el hotel, iré a la playa…, hay playa, ¿verdad?, y cuando vuelvas por las tardes me lo cuentas todo. Así es más agradable, para que cuando termines de trabajar no estés solo.

A Marco se le escapó una sonrisilla; un leve alzamiento de la comisura de los labios.

—No estoy solo.

—¿Ah, no?

—No. Esta vez viajo acompañado.

La sonrisa de ella empezó a oscilar como un reflejo en el agua. Quería creer que le estaba gastando una broma, pero cada vez estaba menos segura. Las otras veces él siempre se había esforzado por ocultarlo, mientras que ahora se lo acababa de decir con todas las palabras.

—¿Por quién?

—No la conoces.

Y entonces explotó la bomba, lo que nunca hubiera podido imaginar.

—Vamos a casarnos. Está esperando un hijo mío.

Habría podido estallar en carcajadas, pero la expresión en el rostro de su marido dejaba bien claro que la cosa iba en serio.

—No sé si recuerdas que tú y yo ya estamos casados —acabó por decir ella.

—No sé si tú recuerdas que en este país existe el divorcio.

—Y, además, es imposible que esté embarazada porque tú, hace cinco años, cuando yo entré en la menopausia, cumpliste lo que los dos habíamos pactado cuando nos casamos: te hiciste una vasectomía.

Marcó empezó a negar con la cabeza, suavemente, sin dejar su taza de capuchino.

—¿Cómo? —La voz de Monique había adquirido un desagradable tono agudo que no había sido capaz de controlar.

—Te mentí, tesoro —contestó él sin cambiar el tono de voz, comedido, razonable—. Lo siento. Pero no le veía sentido a negarme a mí mismo la posibilidad de ser padre solo porque tú ya no podías tener hijos. Sabía que no lo entenderías y por eso no te dije nada. No es que hubiese planeado esto, no me malentiendas, pero ha sucedido y me gusta la idea.

Se tomó el vodka de un par de tragos, deteniendo así el flujo de sus recuerdos. Se sentía tan herida, tan traicionada, tan engañada que habría sido capaz de ponerse a aullar de rabia, pero era una mujer racional y sabía que eso no la ayudaría ni le serviría de nada.

Fue al estudio de Marco y abrió el ordenador fijo con el que él trabajaba. Para facilitarle a él ciertas tareas había hecho un curso de informática de dos años que no se había revelado demasiado útil para el día a día, pero ahora le iba a permitir encontrar lo que necesitaba saber. Era más que probable que él hubiese intentado borrar ciertas búsquedas o movimientos, pero no habría sido capaz de hacerlo de modo definitivo.

En menos de una hora, Monique sabía cuándo había comprado los dos billetes, que el nombre de la acompañante era Chantal Fischer y que se iban a alojar en el hotel Miramar de Benalfaro, cuatro estrellas, en una *suite* con vista al mar. También había visto fotos de Chantal en Instagram —treinta y tantos años, generoso escote, labios operados—, e incluso —¡había que ser imbécil— otras fotos de Marco y Chantal en un par de fiestas y *vernissages* a los que ella no había querido o podido acudir.

Había intentado ver toda la situación con la máxima frialdad. No era la primera vez, ni siquiera la sexta, que Marco se había encaprichado de alguna jovencita, pero ahora parecía haber dado con una que ya no era tan joven, que sabía lo que quería. Y lo que quería era atarlo corto y quedárselo para siempre.

Además de su orgullo herido y de su dolor y su furia al pensar en perder al compañero de su vida, lo del bebé no la dejaba pensar con claridad, pero de momento no le parecía central para hacerse una idea de la situación completa a la que se iba a enfrentar. Tenía que seguir investigando, ya que él, antes de marcharse, le había dicho como de pasada que ella podría irse a vivir al piso que tenían en el centro de Ginebra, porque, habiendo un niño de por medio, era mejor que él se quedase a vivir en el chalé, que tenía jardín. Por supuesto, le abonaría su parte.

Cuando Monique, aún entumecida por lo que le estaba pasando, le había preguntado de dónde pensaba sacar el dinero para pagarle la mitad del chalé, él, con toda naturalidad, le contestó que su tía Thérèse, que ya había cumplido los noventa y cinco, estaba agonizando en un hospital de Lucerna y que, como ella bien sabía, él era el único heredero. El dinero no iba a ser problema en su nueva vida. Había añadido también que, como se trataba de una herencia familiar, por muy casados que siguieran estando, no tenía ninguna obligación legal de compartirla con su esposa.

Curiosamente, aquello le había hecho, de momento, más daño que todo lo demás. Ella había invertido toda su herencia en él: en su doctorado, en sus cursos de especialización que lo habían llevado de universidad en universidad por todo el mundo, en la galería que él regentaba… Las propiedades inmobiliarias, lógicamente, estaban a nombre de los dos, pero todo lo que ella había gastado en él y en su carrera del dinero que sus padres le habían dejado a ella, todo eso era irrecuperable. Y ahora él heredaba de su tía y se lo quedaba todo para poder empezar de nuevo. Sin ella.

Hizo recuento de lo que Marco ganaba: mujer joven. Hijo o hija. La casa. El BMW que ella le había regalado y que estaba solo a su nombre. La cátedra. El prestigio. Los peritajes constantes que le aportaban casi más dinero que el que ganaba en la universidad. Quizá quisiera incluso quedarse la galería.

La había timado. No era solo que se hubiese enamorado de otra, que le hubiese mentido con lo de la vasectomía, que, por trabajar con él, para él, ella no hubiese podido tener una carrera propia. Era que toda su vida había sido una estafa y ahora se lo había quitado todo.

No pensaba consentirlo. De todas formas, se iba a quedar sin nada de lo que hasta ese momento había sido su vida. Era justo que a él le pasara lo mismo.

Con un espasmo de dolor físico, tomó la decisión definitiva. Iba a matar a su marido.

Ahora solo tenía que decidir cómo.

Con el sobre en la mano, notando lo quebradizo del papel, que parecía a punto de deshacerse entre sus dedos, Greta se acercó a las ventanas del fondo y, a la suave luz verdosa que reflejaban los pinos, leyó las líneas que alguien, muchísimos años atrás, había trazado. La carta estaba en francés y la letra, casi infantil, resultaba difícil de leer, aunque la firma estaba clara. Recordó que la mujer que la había escrito era rusa y, por ello, seguramente habría aprendido a escribir en letras cirílicas. Al aprender a usar las latinas habría perdido fluidez y personalidad, como sucede también al contrario.

Empezó a descifrarla.

Ma chère Mercedes:

Solo unas líneas apresuradas antes de mi partida porque al fin he encontrado una forma de ayudarte, o al menos de intentarlo, pero tengo que darme prisa. Te he dejado una carta en la que te lo explico todo en detalle, pero mi experiencia del mundo es demasiado cruel y dilatada como para poder estar segura de que esa carta llegará a tus manos.

En cualquier caso, aquí te dejo todo esto. Creo sinceramente que estos lienzos pueden tener algún valor y pueden servirte para independizarte cuando veas llegado el momento. Todos ellos me pertenecen; unos porque son de mi autoría, como bien sabes. Otros, porque me fueron regalados y, si no me equivoco, podrán ser vendidos con provecho.

Sabes que Santo y mis buenos amigos suizos se ocuparán de que mis últimos días sean tranquilos. Ya tengo una edad en la que no me hago demasiadas ilusiones respecto a mi futuro. Solo quiero vivir tranquila y pintar, si aún puedo. Tú eres joven, bella y artista. Tienes dos hijas muy dulces. No permitas que ese hombre te haga daño.

Te doy las gracias con todo mi corazón por tu amistad, tu cariño y tu hospitalidad. Mañana regreso a Ascona. Te escribiré a mi llegada y espero que hagas lo mismo, querida amiga. Siempre llevaré en mi alma el recuerdo de estos días de mar y flores, traspasados por la luz del Mediterráneo.

Tu Marianne

La releyó, cerró los ojos unos segundos y los abrió de nuevo al resplandor dorado del sol reflejado en los pinos. Si aquella carta era de la época en que Marianne pintó el lienzo de la avenida de las palmeras, tenía ahora ochenta y siete años. Tendría que investigar la biografía de la pintora y ver si todo coincidía. Aquello era el sueño de cualquier propietario: encontrar una carta de puño y letra de la artista en la que se confirmaba la legitimidad de la obra. La policía quedaría satisfecha y luego ya verían ellos en Santa Rita qué hacer con aquellos lienzos.

¿A quién se referiría Marianne con eso de «No permitas que ese hombre te haga daño»? ¿Qué hombre? Por lo que había oído contar y por su propia experiencia, su abuela siempre había sido una mujer tranquila, sin ningún tipo de asuntos extraconyugales, felizmente casada hasta que enviudó. Se mudó al piso de Alicante, se dedicó a sus amigas y a asistir a conciertos y exposiciones y ni siquiera, al menos que ella supiera, había tenido amigos varones. De hecho, cada vez que se hablaba de hombres, la abuela solía decir: «Es la única forma de tener hijos, pero…, aparte de eso…, las amigas valen mucho más».

Sin embargo, cuando alguna vez la convencía de que le contara cómo conoció al abuelo, la historia era de lo más romántica. Ella, como todas las jóvenes casaderas de su época, tenía una breve lista, aprobada por su madre, de muchachos aceptables con los que contraer matrimonio. Los mayores procuraban que los jóvenes coincidieran en bailes y festividades, siempre convenientemente vigilados, para que tuvieran ocasión de conocerse. Sin embargo, cuando llegó el joven Matthew O'Rourke, el futuro Mateo Rus, recién doctorado en Psiquiatría por la Universidad de la Sorbonne, de París, y se estableció como asistente de su padre, don Ramiro, la vida de Mercedes dio un vuelco. Muy pronto ella empezó a sentir que el matrimonio que podían arreglarle sus padres con alguno de los herederos de la zona no era lo que de verdad deseaba. Aspiraba a casarse con un hombre formado, con estudios, elegante, no con un agricultor, por rico que fuera.

Matthew era extranjero y un absoluto desconocido, pero le había confesado su amor y ella, aunque quería aceptar, no se decidía, por temor a lo que dijeran sus padres y a enemistarse con todo el mundo. Al final el destino jugó a su favor. Fue su mismo padre quien le preguntó qué diría ella de convertirse en la esposa del joven doctor O'Rourke, que acababa de ir a su despacho a pedir su mano. Unas semanas más tarde se celebraba la boda de Matthew y Mercedes en la basílica de Nuestra Señora del Olvido. Tuvieron que enfrentarse con todo el pueblo, que veía casi como un insulto que la joven más cotizada de la comarca hubiese elegido a un extraño, en lugar de casarse con uno de los varios primogénitos de terratenientes que optaban a conseguir su mano.

Pero, por otro lado, Matthew también era un buen partido: era médico, como don Ramiro, estaba solo en Benalfaro y necesitaba una esposa. Además, si todo salía bien, heredaría el sanatorio cuando su futuro suegro se jubilara. Eso era algo que todos podían comprender, de modo que, poco a poco, las cosas fueron tranquilizándose y Mercedes pudo seguir viviendo donde había vivido siempre, en Santa Rita, pero ya como mujer casada y, un año después, como madre de Sophie. Luego nació Eileen y ya no tuvieron más hijos.

Estuvieron varios años separados porque, cuando empezaron en España los disturbios que llevarían a la Guerra Civil, Matthew decidió enviar a su mujer y a su hija pequeña a Inglaterra, donde Sofía llevaba ya dos años en un internado para señoritas. Ese tiempo le sirvió a Mercedes para aprender bien el idioma y, a espaldas de su marido, inscribirse en una academia de Bellas Artes. Por desgracia, en junio de 1940, después del famoso discurso de Churchill, en el que anunciaba la «batalla de Inglaterra», una vez que Francia había sido totalmente sometida por la Alemania nazi, la familia llegó a la conclusión de que España era un país más seguro y las tres mujeres volvieron a casa. Sofía, a sus dieciséis años, ya había casi completado su educación, pero de todas formas fue enviada, junto con Eileen, que solo tenía trece, a un pensionado de Suiza.

Ocho años más tarde, con sus dos hijas ya casadas, Matthew, a quien todos llamaban don Mateo, murió de un infarto en Santa Rita; el marido de Sofía —Alberto—, que debería haber heredado la dirección de la clínica psiquiátrica en que se había convertido el antiguo balneario, abandonó a su mujer y desapareció, y Mercedes decidió cerrarlo y marcharse a vivir a Alicante. Que Greta supiera, nunca había habido otro hombre en la vida de la abuela.

Sin embargo, aquella línea en la carta de Marianne hacía

pensar que sí. Tendría que preguntarle a Sofía, aunque no hubiera muchas esperanzas de éxito. Su tía tenía muy buena memoria; la había entrenado durante setenta años de carrera de escritora. Sin embargo, como casi todas las personas de su edad, tendía a recordar las mismas cosas una y otra vez y las contaba de la misma manera, con las mismas palabras, con los mismos detalles. Y las lagunas eran muy grandes, incluso tratándose de cosas que deberían habérsele quedado grabadas por su importancia, como cuando la reina de Inglaterra le concedió la Gran Cruz de la Orden del Imperio británico, con lo cual se convirtió en aristócrata británica con el título de baronesa.

Le había preguntado varias veces por aquello, pero Sofía no tenía demasiados recuerdos ni parecía tener demasiado interés en recuperarlos. «La medalla anda por ahí, en algún cajón del gabinete, si te apetece echarle una mirada. Ya puestos, habría preferido que me regalaran una isla, como a la princesa Margarita cuando se casó», solía terminar con una carcajada, en lugar de contarle cómo fue la ceremonia y qué efecto le produjo hablar con la reina. «Me dijo que le gustaban mis novelas criminales. ¡Pobrecilla! ¿Qué me iba a decir? Estoy segura de que nunca ha leído nada mío, y mucho menos las otras novelas, las que firmo como Lily van Lest. No creo que tenga tiempo ni interés.»

Las de Van Lest eran una especie de novelas rosa que empezó a escribir en su juventud para poder sobrevivir en plena posguerra española y que, poco a poco, según iban creciendo en público lector, fueron haciéndose cada vez más subidas de tono hasta que a partir de los años setenta empezaron a ser francamente eróticas.

Las criminales iban firmadas por Sophia Walker y le habían dado fama internacional, habían sido traducidas a más de cincuenta idiomas y habían vendido millones de ejemplares. Justamente ese éxito había sido el que había propiciado la creación de Santa Rita.

Greta cerró con llave la puerta de la biblioteca tras de sí y fue directamente a ver a su tía para enseñarle la carta que acababa de encontrar.

Llamó con los nudillos y entró sin esperar respuesta. Sofía estaba sentada en el sillón junto a la ventana, leyendo. En el sillón de enfrente, echado hacia atrás para permitirle estirar las piernas, Candy escuchaba algo con los auriculares puestos. Ambas levantaron la cabeza al oírla entrar.

—He encontrado algo —dijo Greta—. Os lo leo.

Las dos se quedaron mirándola en silencio cuando terminó.

—¿No decís nada? ¿No os ha llamado nada la atención?

—Bueno… —comenzó Candy—, a mí me salta a la vista, más bien al oído, eso de «independizarte cuando veas llegado el momento».

Greta volvió la mirada a la carta, sorprendida.

—Es verdad. ¿Está hablando de divorcio?

—Si la carta es de 1930, sería lógico lo de «cuando veas llegado el momento». Si no me equivoco, la primera ley de divorcio en España es de 1932. Seguramente se hablaba de ello en la prensa. Era un tema muy controvertido.

—¿A ti te suena que tus padres quisieran separarse, *aunt* Sophie?

La escritora se quitó las gafas con parsimonia y las colocó en la mesita auxiliar encima de la novela que estaba leyendo.

—¿En 1930? Yo tenía seis años. Me figuro que esas cosas, incluso si hubieran sido tema, no se hablaban delante de los niños, pero no creo que mis padres se hubieran animado a una cosa así. El sanatorio habría perdido todo su prestigio.

—¿Prestigio? Pero ¡si esto era un psiquiátrico para quitarse de en medio a las hijas y esposas que estorbaban por lo que fuera! —dijo Greta, irritada.

—Eso vino más tarde, cuando la guerra, y más que nada después, cuando el país se llenó de tipos repugnantes que pensaban que tenían derecho a todo por haber asesinado a sus vecinos, y ahora eran alguien.

—¿Y eso de «no permitas que ese hombre te haga daño»? ¿Qué hombre? ¿Tu padre?

Sofía se masajeó el puente de la nariz, tomó un sorbo de su taza de té, hizo una mueca murmurando «está frío» y miró a su sobrina.

—No lo sé, querida. No sé qué cosas se contarían mi madre y su amiga. No sé si en aquel momento mis padres estaban peleados por lo que fuera y Marianne estaba preocupada. A veces hay cosas que parecen muy graves y luego se solucionan solas. Fíjate, si eso era el año 30, el 34 me fui yo al colegio de Inglaterra, y el 36 vinieron Eileen y mamá, poco antes de que empezara la guerra. En todo ese tiempo no recuerdo que pasara nada de particular.

—¿Y el bebé?

Las dos mujeres la miraron sin expresión, moviendo la cabeza en una negativa.

—Cuando yo vine a vivir a Santa Rita, ese bebé llevaría allí más de cincuenta años, suponiendo que fuera de la misma época que los cuadros —dijo Candy en voz baja, como si temiera despertar a alguien que estuviese durmiendo.

—Si nació y murió en 1930 —añadió Sofía—, Eileen y yo éramos dos crías. Creo que, por entonces, yo ni siquiera sabía cómo vienen los niños al mundo. La verdad, Greta, en estos momentos no quiero ni imaginar quién pudo ser ese bebé, ni por qué fue emparedado en esa habitación, espero que después de muerto. No quiero pensarlo ahora.

Greta miró a su tía, horrorizada. Ni se le había pasado por la cabeza la posibilidad de que aquella criatura pudiera haber estado viva cuando la metieron en la caja y levantaron la pared, dejándola atrapada allí, en la más completa soledad, a oscuras. Había veces que la imaginación de Sofía le daba escalofríos.

Se frotó los brazos, que se le habían cubierto de carne de gallina, y, apartando pensamientos macabros, trató de reconducir la conversación hacia el asunto de los cuadros y de la carta que tenía en la mano. En lo otro, y hasta que hablara la policía, prefería no pensar.

Nada más abrir la boca tuvo la sensación de que las dos mujeres se lo agradecían.

—En cualquier caso, hemos tenido la suerte de que, con esta carta, la procedencia de los cuadros queda legitimada. Ahora se la daremos a la policía de arte en cuanto llegue.

Hubo unos segundos de pausa y una ligera distensión en el ambiente, que Candy aprovechó para preguntar, sin moverse del sillón:

—¿Has averiguado quién era Marianne?

Era raro verla semitumbada, tan frágil, sin haberse levantado de inmediato a hacer un té nuevo en cuanto Sofía se había quejado de que el de su taza se había quedado frío; pero la quimio la había debilitado mucho y, aunque su carácter seguía siendo indomable, estaba aprendiendo a descansar cuando lo necesitaba.

—Sí. Marianne von Werefkin, una aristócrata rusa. En el exilio, claro. No me ha dado tiempo a hacer una auténtica búsqueda, pero sé que nació en 1860 y que ya desde pequeña era muy buena pintando. Sus padres le pagaron las clases con el mejor pintor de la época, Ilya Repin, a quien llamaban «el nuevo Rembrandt», y a Marianne pronto la empezaron a llamar «la joven Rembrandt». No me ha dado tiempo a leer mucho más, pero lo haré luego y os cuento durante la cena, si queréis.

—Hoy cenaremos pronto —dijo Sofía—. Candy tiene que irse a la cama. ¡No protestes, que es verdad! Cenamos aquí tú y yo. Si te pasas sobre las ocho, ya habremos terminado, Greta. Nos cuentas un poco más y luego nosotras nos retiramos y tú puedes bajar a cenar a eso de las nueve y pico, ¿te parece?

—Perfecto.

—También podrías ponernos un té ahora… —sugirió Candy.

Como muchas veces, cuando estaban solas, hablaban en inglés, y Greta, sin poder evitarlo, sonrió ante su traducción mental, porque lo que había dicho Candy, literalmente traducido, habría sido algo como: «¿Tendrías quizá la amabilidad de prepararnos un té?», pero el tono que había usado hacía necesario traducir la frase de un modo menos elegante, más familiar.

Fue al rincón donde, tras el biombo, estaba todo lo necesario.

—¿*Darjeeling*?

—*Oolong*. Si no te importa, Sophie —contestó Candy.

Sofía cabeceó, aprobando, y unos minutos más tarde, oyendo los suaves suspiros de satisfacción de las dos mujeres, Greta cerraba la puerta pensando cómo era posible que pudieran ser tan condenadamente británicas y a la vez tan decididamente mediterráneas.

Hacía tiempo que a Marco Heyni no le había parecido tan bello el paisaje de su tierra natal, tan luminosa una mañana, ni tan bien trazada una autopista que, con cada kilómetro, lo alejaba de Monique y lo acercaba a Chantal. No había pensado que iba a ser precisamente hoy el momento en que le comunicaría su decisión. Su primera idea había sido decírselo al volver de España, una vez tuviera claro cómo había salido el asunto de esos cuadros que podrían ser un bombazo o podrían revelarse como malas copias sin ningún valor, pero, de algún modo, esa desfachatez tan propia de ella, ese «me voy contigo» sin más, le había molestado tanto que había decidido decírselo a la cara. Antes o después tenía que ser, y así se encontraba con la ventaja de que ella tenía unos cuantos días para digerir la noticia y él podía marcharse tranquilo sin tener la sensación de estar engañando a su mujer. De hecho, casi, a su exmujer, se corrigió con una sonrisa, y, cuando la otra persona lo sabe, ya no es un engaño.

El BMW volaba por la autopista mientras él seguía haciendo planes de futuro. Sus labios se empeñaban en curvarse hacia arriba aunque, en general, no era demasiado dado a las expansiones ni a exteriorizar sus sentimientos. Pero ahora estaba solo en el coche. No había nadie que pudiera juzgarlo por mostrar su alegría. Iba a empezar una nueva vida a los cincuenta y cinco años con una mujer casi veinte más joven. Y no solo eso. Iba a ser padre, y además había elegido a una artista como compañera de vida. Monique siempre había sido de gran ayuda en su trabajo, pero Chantal era otro nivel. Lo que sabía hacer Monique lo podía hacer cualquier gestor pasable. Lo que era capaz de hacer Chantal era absolutamente genial, y juntos podrían llegar a las estrellas. Había sido una gran suerte conocerla.

Se la había presentado en la inauguración de una exposición de videoarte un conocido coleccionista que había requerido sus servicios de autentificación en un par de ocasiones. Le había dicho de ella que era una mujer muy especial. «Sus talentos van mucho más allá de lo que está a la vista.» Recordaba la frase con toda claridad porque, aunque fuera cierto que la belleza de Chantal era llamativa y ella ponía mucho de su parte para enfatizarla, el comentario le había parecido agresivamente machista. Ella se había limitado a sonreír.

Un par de semanas más tarde habían vuelto a encontrarse por casualidad en la conferencia inaugural de una serie que la Universidad de Ginebra había dedicado al arte de entreguerras. La suya sería la de clausura y versaría sobre Alexsej Jawlensky y el retrato. Después del acto académico, había tenido la suerte de que Chantal estuviese libre y habían cenado juntos. Ahí había empezado todo.

Tenía que confesarse que una gran parte de lo que había conseguido en la vida se debía simplemente a la suerte, o a algo más intenso y milagroso que la pura suerte. Era lo que en la tradición sufí se llamaba «baraka»: un flujo constante de bendiciones que provenían de lo más alto, sin ningún mérito ni ninguna lógica.

Había leído que Napoleón, cuando estaba considerando ascender a uno de sus oficiales, solía preguntar: «¿Este hombre tiene suerte?». Porque quien tiene suerte, quien ha sido tocado por el dedo de Dios, seguirá teniéndola y contagiándola a quienes estén a su alrededor.

Solo así se explicaba que, siendo como era, hijo de un modesto funcionario de Correos, a los cincuenta y cinco años se encontrase conduciendo un deportivo, procedente de un chalé lleno de obras de arte y decorado con gusto exquisito, rumbo a un aeropuerto donde tomaría un avión que lo llevaría no solo a encontrarse con su amante, algo que está al alcance de cualquiera, sino a hacer el peritaje de unas obras que podrían ser originales desconocidos de dos o tres de los pintores sobre los que él, el profesor Marco Heyni, era el mayor especialista del mundo: Kandinsky, Jawlensky y, en menor medida, Werefkin.

Hacía apenas veinticuatro horas en su ordenador se había disparado una alerta de que en el periódico local de un pueblucho del Mediterráneo, a unos quince kilómetros de Elche y treinta de Alicante, había aparecido una noticia en la que se hablaba de unos lienzos que, si se confirmaban las sospechas, podrían revolucionar el mercado del arte. Estaba seguro de que, si esperaba un par de días, la misma brigada de policía encargada del caso se pondría en contacto con él para solicitar su colaboración, ya que estaba considerado la máxima autoridad en autentificaciones de la escuela del Blauer Reiter, pero había decidido ponerse en marcha de inmediato, sin esperar la llamada, porque, para llevar a cabo sus planes, era absolutamente fundamental que él y Chantal, que se haría pasar por su asistente, vieran esos lienzos antes que nadie y dispusieran de unas buenas fotos.

Las obras estaban, al parecer, en una especie de comuna sin ningún tipo de protección especial. Sería un juego de niños colarse allí y dar los primeros pasos en la dirección adecuada.

Era muy importante que los primeros pasos fueran precisos, porque una gran parte de sus planes de futuro dependía de disponer de una buena cantidad de dinero. A Monique le había dicho que contaba próximamente con la herencia de la tía Thérèse, y, aunque era cierto, no era del todo verdad. La buena de su tía se había gastado una gran parte de su fortuna primero en sus caprichos y luego en su salud y en el personal que la había atendido durante los últimos años. No era tanto lo que iba a dejar, pero era una excelente justificación para sus próximos ingresos.

A Monique, el hecho de que él fuera a heredar y no tuviese obligación legal de compartirlo con ella la sacaría de quicio durante unas semanas, pero antes o después se acostumbraría a la idea y cedería, como había cedido siempre. De hecho, le convenía separarse de él, poder empezar a vivir su vida de manera independiente, ser libre por primera vez en su existencia, sin tener que adaptarse a lo que él quería o necesitaba, que era lo que siempre había hecho. Le iba a sentar muy bien, e incluso cabía dentro de lo posible que encontrase a otro hombre con el que rehacer su vida. Seguía siendo atractiva y, aunque lo de tener hijos ya estaba fuera de su alcance, quizá, si realmente lo deseaba, podría plantearse una adopción.

Comprendía que estuviera furiosa por su engaño, por lo que ella sentía como un engaño por parte de él, aunque no era tal. Él no había inventado las leyes de la naturaleza. No tenía la culpa de que los hombres pudieran engendrar hasta el fin de sus días mientras que las mujeres dejaban de poder concebir sobre los cincuenta años. Monique incluso un poco antes. Su menopausia había sido precoz. Pero, de todas formas, ella nunca había deseado ser madre. Había puesto en él todo su amor materno y habían sido felices durante muchos años; pero todo acaba, todo cambia, la vida es un constante fluir, *panta rhei*, como ya dijo Heráclito: «todo fluye, nada permanece».

Redujo la velocidad y puso el intermitente en la salida de Kloten. Chantal le estaría esperando allí para facturar y, unas horas más tarde, aterrizarían en el aeropuerto Miguel Hernández, de Alicante-Elche, cogerían el coche que tenían reservado

47

y se instalarían en Benalfaro. Esperaba que el hotel fuera decente. Tenía cuatro estrellas, pero en España…, en fin… No quería dejarse llevar por los prejuicios. Estaría bien. Además, solo iban a pasar allí un par de días. Luego habían alquilado un chalecito en Altea, donde Chantal podría dar rienda suelta a su creatividad y él se encontraría personalmente con el futuro comprador con el que ya había contactado preventivamente.

La vida podía ser muy bonita, se dijo, mientras aparcaba.

Cuando, arrastrando su maleta de piel, llegó a la cola donde lo estaba esperando Chantal, ya vestida de verano del sur, con un top rojo muy escotado, pantalones Capri blancos y sandalias de tacón, Marco Heyni no sabía que dentro de un par de días el cuerpo que acababa de excitarse al verla no sería más que un cadáver tirado en el suelo de un pasillo del hotel Miramar, y que todo el futuro que le esperaba se condensaba en unas pocas decenas de horas.

4

Geranios y gitanillas

*L*ola Galindo bajó temprano a desayunar porque nunca le había gustado el calor y pensaba mejor en las primeras horas de la mañana, cuando aún había en el aire un ligero frescor, que desaparecería en cuanto dieran las nueve y las chicharras —como llamaban en la región a las cigarras— empezaran a gritar, soliviantadas por el calor de agosto.

Llevaba ya más de dos meses viviendo en Santa Rita y, a pesar de que ya debería haberse habituado, aún despertaba con una sonrisa cuando veía las buganvillas por la ventana y las palmeras moviéndose suavemente en la brisa contra un cielo sin una sola nube.

Incluso había colaborado unas semanas atrás en llenar todas las ventanas de la casa con jardineras de geranios y gitanillas; una explosión de color en la fachada de la casa, que había puesto a todo el mundo de buen humor. Había sido una gran decisión mudarse allí.

Lo único que le molestaba era que otra vez había colegas moviéndose por el jardín, y el comisario le había confiado a ella el caso del esqueleto encontrado detrás del tabique.

«¿Quién mejor que tú, Lola? Vives allí, tienes al alcance de la mano la información que pueda encontrarse en el archivo de Santa Rita, y te gustan los casos antiguos. Además, Robles también puede ayudar si hace falta. Como está jubilado, le sobra el tiempo, y un policía no deja jamás de serlo», le había dicho Aldeguer en cuanto se había enterado del hallazgo de los huesos del bebé.

Ella no estaba demasiado segura de que a Robles le sobrara el tiempo. Ayudaba seriamente en el jardín, hacía unos cuantos kilómetros al día y, ahora que tenían piscina, nadaba casi una hora o muy temprano por la mañana o muy tarde por la noche, para poder estar solo.

De hecho, acababa de entrar al comedor con aspecto de haber hecho ya unos cuantos largos. A otro se le notaría por el pelo mojado; a él, siendo calvo y llevando el cráneo rasurado, solo se le notaba por una irradiación especial de felicidad y por la sonrisa que acababa de dedicarle. Solo por ese tipo de sonrisas ya valía la pena vivir en Santa Rita.

La saludó con la mano, fue a ponerse un café y se sentó frente a ella. No había nadie más en la sala.

—Eres un pájaro madrugador… —comentó Robles, dando un buen bocado a su magdalena.

—Según los ingleses, el pájaro madrugador es el que caza el mejor gusano. No es que a mí me apetezcan los gusanos, claro…, pero sí que hay otras cosas que quisiera cazar.

—¿Cómo lo llevas?

—Fatal. No hay nada. He estado hablando con Greta, por si ella, entre los papeles que está archivando, se ha enterado de algo, pero de momento no sabe nada.

—¿Y del forense, sabemos algo?

—Nada. Ni siquiera puede saberse si la criatura murió al nacer, o si la mataron. La datación es aproximada, pero queda claro que tiene entre ochenta y noventa años, posiblemente de la misma época que el cuadro firmado que representa la entrada de Santa Rita, sobre 1930; antes de la guerra, en cualquier caso.

—¿Se sabe si era niño o niña?

—Aún no, aunque se sabrá cuando le hagan el análisis de ADN, pero realmente da igual, ¿no?

—Lo digo por si, entre los papeles que está organizando Greta, sale algo sobre algún bebé. Así podríamos descartar todo lo que se refiera a una criatura del otro sexo.

—La verdad, Robles, no creo que entre los papeles, digamos «oficiales», de Santa Rita vaya a salir nada sobre un bebé emparedado en una habitación del Pabellón B. Mi suposición es que debía de tratarse de lo que en la época se llamaba un «desliz» de alguna de las mujeres que vivían aquí. Lo más probable es que fuera hijo de madre soltera, naciera muerto y lo escondieran para que nadie se enterase de su existencia.

—¿Y por qué lo emparedaron en lugar de enterrarlo?

Lola se encogió de hombros, se levantó y fue a ponerse otro café.

—Cavar un hoyo, aunque sea pequeño, está más expuesto a que alguien lo vea y empiece a hacer preguntas —contestó desde la máquina—, ¿no crees?

Robles dejó vagar la vista por el techo.

—Si supiéramos si ese tabique se levantó para guardar los cuadros o para ocultar el cadáver del bebé, ya tendríamos un punto de partida.

—Yo creo que levantar un tabique para ocultar algo del tamaño de una caja de zapatos es como matar mosquitos a cañonazos. A mí me suena más lógico que la pintora rusa o la madre de Sofía o quien fuera mandaran levantar esa pared para proteger unos cuadros muy valiosos que no debían ser encontrados. Puede que alguien aprovechara la circunstancia para librarse de la criatura.

—¿El niño no podría ser de la pintora? —aventuró Robles.

—Difícilmente —contestó Lola con una sonrisa—. Si mis cálculos no fallan, tenía sesenta y nueve o setenta años cuando estuvo aquí.

—¡Vaya! Pues me temo que lo tienes un poco mal, porque

en aquella época esto era un manicomio femenino. Por eso en el pueblo siguen llamando a Santa Rita La Casa' las Locas, ¿lo sabías? Quiero decir que, entre las de la familia, el servicio y las enfermas, esto estaba lleno de mujeres en edad de concebir; cualquiera hubiera podido ser la madre del pequeño.

—Me temo que nunca llegaremos a saberlo, Robles. El pasado es un arca cerrada. Sin llave. Siempre me han interesado los crímenes antiguos, los *cold cases*, como los llaman ahora, pero este es demasiado lejano. Incluso si llegáramos a saber quién fue el bebé y si lo mataron, la persona que lo hizo llevará muchos años muerta.

—¿No vas a comer nada? Llevas tres cafés, Lola. No sé cómo consigues que no te tiemble todo.

—El verano me quita el hambre.

—Si empezaras el día nadando, verías como todo cambia de color.

Lola se encogió de hombros.

—Y del otro caso, ¿qué me dices? —siguió Robles.

—Ese no lo llevo yo. Sé que hoy viene un perito externo, y que la brigada de Valencia debe de estar al caer. Tendrían que haber venido ya, pero estaban muy liados con un caso de objetos hallados procedentes de un expolio en una iglesia y, como son cuatro gatos, no llegan a todo. Te habrás dado cuenta de que, al menos, Aldeguer ha ordenado vigilancia continua, porque la seguridad en Santa Rita es inexistente y no podemos arriesgarnos a que nos roben esos cuadros.

—Sí, ya me pasé anoche a llevarle un café al chaval que habían apostado en la biblioteca. Parece un chico listo.

—¿Román? Sí, es de esos que ha querido ser policía desde pequeño. Vale para esto, aunque ahora está pasando la fase más aburrida, ya lo sabes tú.

Robles rio suavemente.

—Aún me acuerdo, sí. Uno se mete en esto pensando que va a llevar una vida de película y luego resulta que los primeros años no son más que chorradas, y aprender a esperar y a obedecer. Pero hay que pasar por ahí. La paciencia no solo es la virtud del jardinero. También del policía.

Lola se levantó, recogió la taza, fue a la cocina, la enjuagó y se despidió de Robles.

—¡A currar! Nos vemos luego.

—¡Lola! —dijo Robles antes de que desapareciera por el pasillo—. Si hay algo que pueda hacer, ya sabes dónde me tienes.

—Disfruta de la vida, tú que puedes.

La siguió con la vista, se puso otro café con leche, echó una mirada a los titulares de un par de periódicos y, de pronto, decidió darse un paseo por el pequeño cementerio de Santa Rita, buscando algo que no tenía muy claro. Después se pasaría por la biblioteca. Tenía curiosidad por conocer al perito.

Monique había pasado la noche llorando. El espejo le devolvía la imagen de una mujer envejecida, de ojos hinchados y enrojecidos, con el pelo mustio pegado a la frente y toda la piel abotargada, salpicada de manchas rojizas. Odiaba a Marco no ya por haberla abandonado y traicionado, sino por ser el culpable de que su rostro, siempre pálido y sereno, fuera ahora ese paisaje devastado. Por su culpa.

Además de sentir lástima por sí misma, por su propia estupidez, por su vida malgastada, había dedicado la noche a imaginar los peores castigos para el hombre que la había usado durante casi treinta años y luego la había tirado a la papelera como a una servilleta desechable. Nada le parecía lo suficientemente doloroso y terrible como para compensar lo que le había hecho, pero sabía que se trataba solo de un desahogo necesario, nada que tuviese que ver con la realidad ni con sus planes de futuro. Por mucho que le hubiese gustado matarlo con sus propias manos, ver el terror en sus ojos al darse cuenta de que iba a morir, sabía que no era la forma más inteligente de librarse de él, del futuro que le esperaba si no hacía nada para cambiarlo, y de la humillación que le había infligido.

Ella no podía estar presente. Tenía que estar muy lejos cuando sucediera, y eso significaba necesariamente la intervención de otra persona que no fuera ella misma, lo que planteaba nuevos problemas que era fundamental resolver cuanto antes. Lo de «cuanto antes» era muy importante: se conocía lo suficiente como para saber que, si dejaba que las cosas se fueran enfriando, acabaría por convencerse a sí misma de que lo que le había hecho no era tan grave, que la situación tenía sus ventajas, que a sus cincuenta y tres años aún tenía posibilidades de rehacer su vida; que dejar su maravillosa casa para instalarse en el pisito de Ginebra podía ser un juego atractivo; que ponerse a buscar trabajo a su edad podía resultar una aventura estimulante… Se imaginaba incluso, en el colmo de la estupidez, buscando un regalo para el bebé y fingiendo que lo encontraba encantador.

Tenía que empezar a solucionar todo el asunto ya. En eso era buena. Siempre lo había sido. Lo suyo era la organización, los planes, los cálculos, el pensar por adelantado en todo lo que podía salir mal y evitar los problemas aún inexistentes.

Lo primero era el cómo hacerlo. Lo segundo, y unido inextricablemente con lo primero, era evitar que la policía pudiera atraparla. No pensaba jugárselo todo para luego pasarse el resto de su vida en la cárcel. Que sospecharan de ella era aceptable; la pareja de la víctima es siempre el primer sospechoso por razones evidentes y, en este caso, mucho más, en cuanto se enterasen del embarazo de la amante de su marido. Pero el ser sospechosa solo resultaba molesto, sin más. Era cuestión de paciencia, aguante y no perder los nervios, porque, hasta que no pudieran probarlo fehacientemente, las sospechas no eran más que eso: sospechas. Y ella tenía que ocuparse de que no pudieran probarlo jamás. Eso era todo. Cosas más difíciles había organizado en la vida: exposiciones, congresos, festivales…, eventos que incluían hacer malabares con montones de gente para que todo estuviera listo a la vez y en el mismo lugar. No podía ser tan difícil montar algo que solo implicaba a dos o tres personas.

Había pensado darse un baño, pero de pronto decidió que cuanto antes se pusiera a hacer lo necesario, mejor sería, de modo que se duchó con rapidez, se arregló el pelo, se maquilló lo suficiente como para que no se vieran de inmediato los destrozos de la noche pasada en vela y, antes que nada, llamó a su amiga Brigitte para, aparentemente, charlar un poco, como hacía un par de veces por semana. Naturalmente, no le dijo nada de lo que había sucedido. Le contó que Marco se había ido a España a hacer un peritaje y, como el pueblo no era gran cosa, habían decidido encontrarse después en Barcelona y tomarse un par de días. Aprovechó también para enterarse de qué planes tenían Brigitte y su marido para el viernes y el sábado, con el fin de asegurarse de que la cabaña que tenían en el bosque estuviera libre. Lo estaba.

«¿No te apetece venirte con nosotros a hacer una ruta por el lago Maggiore?», le había preguntado Brigitte, sabiendo que estaba sola. «No, guapa. Tengo trabajo atrasado que tengo que sacar cuanto antes para poderme ir tranquila a Barcelona, y mañana quería ir a Basilea a un festival de novela negra para el que ya tengo entradas, pero gracias. Otra vez será.»

Colgó con una sonrisa. El primer paso estaba dado.

Luego fue al sótano a buscar entre los trastos que, con los años, se habían ido acumulando. Estaba segura de que lo que buscaba seguía allí.

Le costó un buen rato encontrarlo, pero las ventajas de ser una mujer organizada era que todo tenía un sistema lógico. Como el aparato debía de llevar allí diez o doce años, estaría más hacia el fondo y hacia abajo. Era como lo recordaba: más bien pequeño, metido en una funda negra dentro de una bolsa que aún conservaba el logo de la exposición, donde también estaban el cargador y el ratón. Volvió a la cocina y lo puso a cargar. Esperaba que siguiera funcionando porque aquel ordenador era un paso fundamental para sus planes. De lo contrario, tendría que comprar uno nuevo y eso crearía un problema adicional, pero, desde luego, no pensaba usar ninguno de los equipos que tenía en casa, ni fijos ni portátiles. Ni, mucho menos, su móvil.

Se recordó a sí misma dejarlo en casa cuando saliera. No era plan de que el automatismo la hiciese meter el móvil en el bolso. Si llegaba el caso de que le preguntaran por qué no lo había llevado durante el fin de semana, y ya sería raro que se lo preguntaran porque eso significaría que la estaban investigando muy en profundidad, diría que se le había olvidado cogerlo, que se dio cuenta de su falta ya llegando a Basilea, y que decidió prescindir de él durante ese día y medio, que a Marco tampoco le gustaba estar siempre localizable —lo que era verdad— y por eso no le urgía llevarlo encima.

Fue a su despacho, abrió el ordenador, reservó una noche de hotel en Basilea y compró un billete con destino a Barcelona para el martes, recogió un par de cosas en una bolsa de viaje, se aseguró de que el portátil viejo seguía cargando, dio una vuelta por la casa dejándolo todo arreglado y se sentó a esperar que la lucecita verde le indicara que ya estaba listo.

No tenía ganas de beber nada, ni siquiera té, y mucho menos de comer. Estaba segura de que, si tragaba algo, acabaría vomitándolo nada más ponerse en marcha. Ahora toda su concentración era para llevar a cabo su plan. Ya comería más tarde. Podía permitirse perder un par de kilos.

Sin poder evitarlo, se imaginó a Marco vestido de punta en blanco, como hacía siempre que se presentaba para hacer un peritaje en algún lugar, haciendo de persona importante, dándoles a entender que podían estar agradecidos de que un hombre tan ocupado como él hubiera querido hacerles un hueco en su agenda. Se imaginó también que la rubia descerebrada de las tetas gordas estaría en la playa, enfrente del hotel, esperando su vuelta, haciendo planes de futuro, y la idea de ir a destruirle esas ilusiones la llenaba de júbilo. No pensaba permitir que aquella fulana se quedara con todo lo que ellos habían construido juntos a lo largo de una vida. No pensaba aceptar que viniera a instalarse en su casa, en la casa que había decorado ella, y que usara sus sábanas, sus copas, sus cubiertos…, que cambiara de sitio los muebles, que comentara sus gustos o su elección de colores. Era una invasión tan intensa que se sentía como una violación física, como una violación de su cuerpo, y de su alma. ¿Cómo era posible que Marco, que siempre había sido un hombre considerado, aunque egoísta —eso había que confesarlo—, pensara que podía hacerle eso a la mujer que llevaba a su lado toda la vida y lo había ayudado a ser quien ahora era? Debía de ser una crisis de la mediana edad tardía y, si se hubiera manifestado en un deseo de cruzar Australia en moto o aprender a hacer parapente, ella misma lo habría ayudado a hacer realidad sus planes; pero esto no. En estos proyectos de Marco ella quedaba excluida para siempre. Esto era un viaje sin retorno.

Como la muerte.

Por fortuna, ella no tendría que mirarlo a los ojos cuando sucediera; no se encontraría en la situación de mostrarse débil y perdonarlo. Una vez que pusiera en marcha el plan, no habría posibilidad de echarse atrás.

Metió el portátil en su funda, se aseguró de llevar todo lo que necesitaría y de que el móvil se quedaba sobre la mesa del despacho, conectó la alarma y cerró con llave la puerta principal. En el jardín de al lado, su vecina Muriel estaba cortando las rosas marchitas. Charlaron unos minutos; lo suficiente como para que supiera que Marco estaba de viaje, que pensaban tomarse unos días en Barcelona y que ella se iba a un festival en Basilea, solo una noche.

Luego puso en marcha el coche y, sintiéndose extrañamente desnuda sin su móvil, se concentró en la carretera.

Una hora más tarde se había registrado en el hotel, había comentado la ilusión que le hacía el festival de novela negra, había vuelto a coger el coche y, al cabo de treinta y cinco minutos, estaba en el aparcamiento del bosque. Desde ahí hasta la cabaña eran unos veinte minutos a pie.

Se aseguró de que el coche quedaba aparcado bajo unos árboles de sombra que lo ocultarían a un posible dron de los que mapeaban para Google. Sería absolutamente idiota que pudieran saber dónde había estado por una de esas estúpidas casualidades. Había leído que la policía había pillado a un asesino por una foto de *street view* en la que se le veía delante de la casa de su víctima, cuando él había jurado que estaba en otra ciudad en el momento del crimen.

La llave estaba donde siempre y el silencio era total. Entró, dio la luz, comprobó que funcionara el wifi, instaló el portátil, puso a calentar el horno y se cambió de ropa para estar cómoda. No tenía ni idea de cuánto tiempo iba a necesitar para encontrar lo que buscaba, pero lo más probable era que tuviera varias horas por delante, de modo que también le haría falta un té. Brigitte tenía más de veinte variedades. Eligió un *sweet chili* y se llevó la tetera a la única mesa que había, junto a las ventanas. El paisaje era maravilloso: desde allí se veía primero el bosque que rodeaba la cabaña, luego una pradera salpicada de flores que brillaban al sol como lucecillas, todo el valle abierto a sus pies, con un lago centelleante en la distancia y, al fondo, la brumosa silueta de las montañas. Si no fuera porque no había venido de vacaciones, se extendería una hamaca en el prado y se dedicaría a disfrutar del sol y del olor de la hierba caliente; pero tenía trabajo.

Encendió el portátil, abrió un buscador y se quedó quieta un instante, con los dedos planeando sobre el teclado y el olor del té llenándole la nariz. Soltó una risilla. Curiosamente, la idea se la había dado la propia policía: un par de años atrás, en un festival de novela negra, a los que era muy aficionada, un comisario francés dio una conferencia en la que contó varios casos y, en uno de ellos, el asesino había usado lo mismo que ella estaba a punto de usar. Solo que a él lo habían detenido y, gracias a los errores que había cometido y que el comisario tuvo la amabilidad de detallar para el público, ella podría evitarlos.

A punto de buscar Will Haben, una plataforma de todo tipo de compras de segunda mano y peticiones de ayudas y servicios, decidió que sería más práctico e incluso más barato usar el casi equivalente español: Mil Anuncios. Fue mirando las diferentes rúbricas: muebles, ropa, accesorios, pisos, coches…, hasta dar con servicios especiales donde se ofrecía toda clase de cosas sin ningún interés para ella.

Buscó durante mucho rato sin decidirse por nada. Era evidente que nadie se iba a anunciar diciendo «asesino a sueldo», pero, según el policía, había cierto tipo de códigos que, a ojos expertos, dejaban bastante claro qué tipo de servicios se ofrecían.

Después de rechazar muchas formulaciones, le pareció que una en la que se anunciaba un «veterano de guerra», «especializado en cobros exprés», con garantía de «rapidez, confidencialidad y éxito asegurado» podría ser lo que buscaba. Si alguien se anunciaba diciendo que era militar o mercenario, capaz de cobrar una deuda, eso podía significar que tenía un arma y sabía usarla o bien que él mismo era el arma. Siendo sincera consigo misma, lo que quería era que Marco desapareciera, no que sufriera particularmente. Tampoco era ella tan cruel, y él seguía siendo su marido, aunque seguramente él ya no lo veía así. Le daba bastante igual si moría estrangulado o de un disparo. Lo único importante era que no se saliera con la suya.

Envió un mensaje diciendo: «Necesito un servicio cerca de Barcelona en los próximos días. ¿Puede enviarme sus tarifas y un número de contacto? Gracias». Tardó unos segundos en decidir si ponía «gracias» o no. Al final decidió ponerlo. Lo cortés no quita lo valiente, añadió para sí misma.

Se levantó, fue al baño y salió a dar una vuelta por el bosque mientras esperaba respuesta. La luz filtrada por entre las ramas de los altos abetos que creaba lanzas de sol entre las sombras la tranquilizaba. Olía fresco y húmedo, a vida. Se dio cuenta de golpe de lo bueno que era estar viva, tener hambre, poder planear el futuro. Tener futuro.

Cuando volvió a la cabaña había un mensaje de respuesta al suyo: todo cifras. Un número de contacto y luego 30006000. Cerró los ojos y se abrazó a sí misma, aliviada. Podía. Le había estado dando vueltas a la cuestión de qué iba a hacer si la tarifa pasaba mucho del dinero que tenía en efectivo en la caja fuerte de casa. Pero había tenido suerte. Tenía ocho mil francos, que era bastante más de lo necesario.

Le pareció curioso que hacer desaparecer a un ser humano costara más o menos lo que un cuadro de un artista emergente, como muchos de los que colgaban en las paredes de su casa. Era casi justicia poética en el caso de Marco, aunque seguramente se sentiría humillado de que su vida no valiera lo que un Kandinsky por lo menos. Estuvo a punto de darle un ataque de risa que consiguió controlar antes de que acabara siendo un ataque de histeria.

Sacó el móvil de tarjeta que había comprado en Basilea y marcó el número. Unos minutos más tarde tenía la confirmación de la cita el martes en el aeropuerto de Barcelona, a las dos y cuarto en los probadores de la tienda de Desigual. Cuatro mil euros en efectivo. Una ganga. Al parecer, el caso de Marco no era particularmente difícil porque no tenía personal de seguridad y se sabía seguro dónde encontrarlo, en un hotel de playa realmente familiar. Supuso que habría podido negociar una rebaja a tres mil, pero cuatro le parecía correcto y no quería empezar la relación profesional regateando.

Memorizó el número, cogió el móvil y el portátil y, después de ponerse el delantal de protección, las gafas y las manoplas, abrió el horno de cerámica de Brigitte y los metió dentro.

El móvil había tenido que comprarlo con su carné de identidad, pero no creía que la investigación de la policía española fuera tan intensa como para buscar en todas las tiendas de telefonía en Suiza y, aunque consiguieran averiguarlo, siempre podía decir que, al darse cuenta de que se había dejado el móvil en casa, se había comprado uno provisional, baratito, para poder llamar en caso de necesidad.

Ahora sí que estaba muerta de hambre. Esperaba que sus amigos tuvieran algunas latas que pudiera comerse mientras esperaba la completa destrucción de los aparatos, ya que, aunque era un portátil viejo y lo había comprado barato al museo donde se había hecho una exposición en la que ellos habían participado unos cuantos años atrás, teóricamente sería posible recuperar la dirección IP del aparato si, por pura mala suerte, el profesional era detenido por la policía. Después de su paso por el horno de Brigitte y de los martillazos que aún le esperaban a la masa que saldría de allí, ya no habría forma de recuperar nada. Luego aún tendría que enterrar sus restos en el bosque, en el lugar que había elegido en su paseo, debajo de unas piedras grandes, pero lo bastante manejables para poderlas mover y volver a dejar en su sitio, y podría regresar a Basilea, para no perderse las últimas charlas y presentaciones de la tarde. Estaba segura de que se encontraría con un par de conocidos e incluso podrían salir juntos a cenar. Luego al hotel a dormir y al día siguiente de vuelta a casa para preparar el viaje a Barcelona.

Si algo sabía hacer Monique Heyni en este mundo era planificar, organizar y llevar a cabo los planes de modo eficiente, profesional y con garantía de éxito.

Junio y julio habían sido dos meses preciosos y estables. La flor de la jacaranda se había retrasado un poco mientras que la de la tipuana había durado más de lo normal, de manera que Sofía, desde la ventana de su salita, había podido disfrutar primero de las ramas cubiertas de flores —unas de un intenso azul, casi índigo, otras de un amarillo brillante— y después, cuando ya habían ido cayendo a tierra, de la belleza casi artificial de las alfombras azules y doradas que las flores caídas formaban en el suelo y que aún eran más llamativas vistas desde arriba.

Ahora el calor de agosto casi lo había arrasado todo. El jardín seguía verde, lleno de flores de hibisco, plumbagos azules, jazmines, buganvillas, aves del paraíso y durantas, pero consumía agua como un hoyo en la arena y durante las peores horas del sol las hojas estaban mustias, como agotadas de tanto calor, dejando caer las cabezas, esperando que llegase la noche y trajera el ansiado frescor.

A ella le pasaba algo similar. Siempre le había gustado el verano, el calor brutal, la reverberación de la luz sobre las piedras, los reflejos del sol en la alberca..., pero ahora ya todo le parecía demasiado, e incluso había tenido que recurrir alguna que otra vez al aire acondicionado, que detestaba por su impacto medioambiental y porque le secaba la garganta, pero sin el que ya no se veía capaz de soportar la larga hora de la siesta en la que su cuarto parecía un horno, a pesar de las persianas echadas, los visillos corridos y la penumbra que sugería un ambiente más fresco. Treinta y cinco grados y noventa y tres años eran incompatibles, por mucho abanico o ventilador que una usara.

Se echó en la cama, tratando de quedarse muy quieta para bajar la temperatura corporal. Al final, bufó, harta de intentarlo, cogió el mando y redujo unos grados.

En aquella casa no había forma de estar tranquila. Ahora que ya habían pasado su cumpleaños, la noche de San Juan y la inauguración de la piscina, se había hecho la ilusión de que podría descansar, ver pasar los días todos iguales, todos hermosamente lisos, sin nada que alterase la paz de Santa Rita. Sin embargo, la maldita obra de la sala de yoga de Nieves había sacado a la luz algo que la incomodaba profundamente, no ya porque el hallazgo de los huesos de un recién nacido fuera algo inquietante, que lo era sin duda, sino porque todo aquello le despertaba recuerdos tan nebulosos que habría sido mejor dejarlos en el olvido completo.

Después de una vida tan larga y llena de experiencias, acababa de darse cuenta de que las cosas no eran como ella había pensado siempre: lo sabes o no lo sabes, te acuerdas o no te acuerdas. Ahora lo terrible era que las cosas que sucedían a su alrededor evocaban medios recuerdos evanescentes, como volutas de humo que no conseguía apresar. A veces estaba a punto de recordar algo a partir de una asociación fugaz y, de repente, la imagen que casi se había formado en su mente desaparecía como un reflejo en el agua cuando se apaga la luz.

El nombre de Marianne le había traído la palabra *poupée* y, cuando casi había conseguido apresar el recuerdo de un vestido rosa que crujía al moverse, lo demás, lo que había estado a punto de materializarse alrededor del vestido y de la palabra muñeca en francés, había vuelto a caer en la oscuridad. ¡Era tan pequeña cuando Marianne estuvo en Santa Rita! Apenas tenía imágenes de aquella época. Solo recordaba, como en un sueño, una estampa de su madre y la amiga rusa, una joven y una vieja, aunque a ella, entonces, las dos le parecían viejas, con las cabezas muy juntas hablando de algo serio y las yemas de los dedos manchadas de colores sujetando un pincel. No había nada más. Tendría que esforzarse para tirar del débil hilo que había encontrado y así quizá encontrar respuestas a la presencia de aquellos cuadros detrás de la pared.

Para el bebé no necesitaba respuestas. Ciertas cosas no se olvidan, por muchos años que pasen.

Frente al espejo de su habitación del hotel Miramar, el profesor Marco Heyni estaba terminando de anudarse la pajarita que había elegido para la ocasión, una de color crema con lunares rojos, un poquito atrevida, pero simpática para llevar en una mañana de agosto. Había estado a punto de ponerse también el chaleco y al final no había tenido más remedio que rendirse a la evidencia de que, si a las ocho y media de la mañana ya había veintisiete grados, a mediodía estaría sudando como un cochino y la elegancia del traje de verano color marfil quedaría en entredicho. Mejor prescindir del chaleco que de la americana.

Chantal se había decidido por un vestido de florecillas y unas sandalias de cuña atadas en los tobillos. Era importante que pareciera una secretaria, no lo que realmente era.

El día anterior, nada más llegar, se había puesto en contacto con el comisario Rocamora, de Benalfaro, para comunicarle su llegada y su intención de visitar Santa Rita a primera hora de la mañana. «Allí he apostado a uno de mis hombres, por razones de seguridad, y mañana, aunque la gente de la brigada de obras de arte aún no habrá llegado, enviaré a alguien a recibirle. Más tarde, me gustaría que se pasara por aquí y podamos hablar un poco», le había dicho. El español de Marco no era demasiado bueno, pero hablaba perfectamente el italiano y con eso se podían entender bastante bien. Era una lástima lo de Monique. Ella era descendiente de españoles y era casi su lengua materna, pero los talentos de su exesposa ya no contaban en la fase vital que acababa de comenzar.

Cruzando Benalfaro, el taxi los llevó por la carretera nacional primero y después por un camino que, tras una curva, desembocaba en una larga avenida de altísimas palmeras que llevaba derecha a una gran casa de fachada blanca y contraventanas azul turquesa. Lo que más destacaba era una torre cuadrada, de varios pisos, cuyo picudo tejado coronaba una veleta que representaba una bruja montada en su escoba. Grandes buganvillas de color frambuesa trepaban por sus paredes. Todas las ventanas estaban adornadas con jardineras llenas de geranios rojos y rosa. Aquello parecía la quintaesencia del Mediterráneo descubierto por un impresionista de la primera hornada.

El comité de bienvenida constaba de un hombre y dos mujeres, una de ellas sobre los cuarenta años y aspecto de haberse tragado un palo sin masticar. Los otros dos estaban por la sesentena, muy bien llevada, y sonreían. Se presentaron como Greta Kahn, sobrina de la propietaria, Lola Galindo y Robles, sin más, residentes de Santa Rita.

Le llamó la atención el nombre alemán de la mujer y decidió probar en ese idioma. Ella le contestó en un alemán con acento del sur, casi austriaco, y mientras caminaban, cruzaron unas cuantas frases sobre sus países y procedencias. Les ofrecieron un café o un té, que rechazaron con la justificación de que preferían ponerse manos a la obra antes de que el calor fuera excesivo.

Chantal miraba el jardín por el que iban cruzando, fijándose en los colores. Si los lienzos que habían encontrado allí reflejaban algo de la realidad que los rodeaba, era importante poder comparar el resultado.

Rodearon la edificación principal y, en paralelo con ella, contra un fondo de pinos, apareció otro edificio de un solo piso, compuesto por lo que parecían ser distintas habitaciones, como bungalós. Robles se dirigió a la primera de la izquierda. Chantal y Marco cruzaron una mirada sorprendida. No había nadie de guardia.

—Aquí es —dijo el hombre robusto que al parecer no tenía más que un nombre, apartándose para dejarlos pasar.

—Pero…, pero —casi tartamudeó el suizo después de echar una mirada a los cascotes que cubrían el suelo— ¿dónde están los lienzos?

—En la casa grande, por supuesto —contestó la mujer envarada—. No íbamos a dejarlos aquí, expuestos a cualquiera que quisiera pasarse a verlos o a llevárselos.

—¿Puedo preguntar por qué, entonces, nos han traído? —El tono del perito dejaba bien claro que se sentía insultado.

—Suponíamos que querrían ver el lugar donde aparecieron —dijo suavemente Greta.

—Pues no. No queremos. No somos arqueólogos. Dejen de hacerme perder el tiempo y vayamos a ver esos cuadros de una vez. No tenemos todo el día.

Greta tradujo automáticamente.

—¿Ah, no? Yo pensaba que había venido usted *ex profeso* para esto. —Robles miraba al hombre directo a los ojos, como en sus famosos interrogatorios.

—Frau Kahn —dijo el perito, en alemán, haciendo caso omiso del hombre—, le ruego que nos lleve a ver las obras cuanto antes. —Torció los labios como un niño malcriado, volvió a ponerse las gafas de sol que se había quitado al entrar en la habitación y echó a andar de vuelta hacia la casa sin esperar a nadie.

—¡Qué mala leche tiene su jefe, señorita! —dijo Robles a Chantal, que le devolvió una mirada vacía—. Traduce, Greta. Quiero saber qué dice.

Greta repitió la frase en alemán. Los ojos de la mujer del vestido de flores se abrieron y por un momento Robles estuvo seguro de que iba a decir que aquel espantajo del traje color marfil, la pajarita de lunares y el panamá blanco no era su jefe, pero apretó los labios, se encogió de hombros y no contestó.

—Y yo que pensaba que los suizos eran gente educada, civilizada…, europeos, vaya… —siguió diciendo Robles, mientras caminaban de vuelta, aunque sabía que no lo iban a entender. Lola sonrió solo con un lado de la boca y movió la cabeza en una negativa.

Llegaron a la puerta en silencio, subieron la escalera hasta el pasillo del primer piso y avanzaron hacia la biblioteca, donde un agente de uniforme se cuadró al verlos.

—La seguridad… —murmuró el perito a su asistente. Ella le dedicó una luminosa sonrisa.

5

Noches de terciopelo

Greta, Robles, Lola, Miguel y Merche habían cenado juntos y luego se habían instalado en el porche para tomar la penúltima, como decía siempre Miguel, aunque en algunos casos la copa consistía en un té o un descafeinado con leche, y que Greta pudiera hacerles un resumen de lo que sabía sobre la pintora que había dejado allí los cuadros que llevaban loco a todo el mundo. Esa misma noche la noticia había salido en la televisión nacional y suponían que al día siguiente aquello se les llenaría de periodistas con afán sensacionalista.

Era una de esas noches aterciopeladas, de calma perfecta, con un cielo sin nubes salpicado de estrellas. Los jazmines destacaban en la oscuridad del jardín y, de vez en cuando, enviaban su perfume con una leve brisa que agitaba por un instante las frondas que los rodeaban y que hacía que se mezclara con la fragancia de las madreselvas.

—Os hago un breve resumen, como el que les hice a Candy y a Sofía. Si luego tenéis preguntas, os las contesto lo mejor que sepa. Prefiero no llegar, a pasarme y aburriros.

—No, mujer —dijo Merche—. ¿Cómo nos vas a aburrir?

Greta le agradeció el cumplido con una sonrisa.

—La baronesa Marianne von Werefkin era hija de una familia aristocrática rusa. Nació en 1860 y desde muy joven mostró interés y aptitudes para la pintura. Sus padres la pusieron a estudiar con Ilya Repin, el mejor pintor del momento, al que llamaban «el nuevo Rembrandt». Hay un retrato de Marianne pintado por él, lo podéis ver en Internet. Ahí debía de tener unos veinte años y parece simpática, con unos dientes delanteros un poco salidos. A ella muy pronto empezaron a llamarla «la joven Rembrandt». A los veintitantos aún no se había casado, lo que en la época no era nada normal, y se dedicaba a dar clases de pintura porque había tenido un accidente de caza en el que se había pegado un tiro en la mano derecha. Conservaba la mano, pero la movilidad estaba bastante limitada. Luego, con el tiempo, la fue recuperando. Su maestro le confió a un joven oficial que quería aprender a pintar: Alexsej Jawlensky. Él tenía cinco años menos que ella y supongo que por eso a nadie se le ocurrió que podía pasar nada. El caso es que se enamoraron apasionadamente, muy pronto se hicieron amantes, y ella decidió enseñarle todo lo que sabía y dedicar su vida a conseguir que él tuviera una auténtica carrera de artista.

»Fijaos si debía de ser moderna, y testaruda, claro, que consiguió que en su familia recibieran a su amante, que los dejaran dormir juntos cuando iban a la finca que tenían en el campo y que Jawlensky llegara a ser aceptado en el selecto círculo de amistades de los Werefkin, que incluía hasta la familia imperial.

»Cuando murió el padre de Marianne, ella tenía unos treinta y cinco o treinta y seis, el zar le adjudicó una renta muy sustanciosa por haberse quedado huérfana y ser soltera. Con esos ingresos decidieron marcharse a vivir a Múnich, pero sin casarse, porque el matrimonio le habría hecho perder la renta, y Jawlensky no tenía un duro.

»Ella era consciente de que él la engañaba con todo el mundo. No solo con todo el mundo, sino que tenía una relación, digamos estable, con Helene, la doncella de Marianne, que los había acompañado a Múnich. Años después, incluso tendría un hijo con ella y vivirían todos juntos.

—¡Joder! —exclamó Robles—. Yo es que no entiendo cómo hay mujeres tan imbéciles como para aguantar cosas así.

—Pues aún no sabes lo más fuerte. El «artista», Jawlensky, también abusaba de una niña de nueve años que vivía en la casa y era la ayudante de Helene en las tareas domésticas. Marianne lo sabía todo y, a pesar de ello, mantuvo una relación con él, con altibajos, con muchos altibajos, durante veintisiete años.

—Me voy a ponerme un coñac. ¿Alguien quiere algo? —Robles se levantó, con expresión furiosa.

—Ponme uno a mí, Robles —pidió Lola.

—Y a mí —añadió Miguel.

—Coñac para todos, ya lo he pillado.

Greta continuó:

—Ella dice en su diario que esperaba que él alcanzara todo lo que una «débil mujer» no puede alcanzar en el ambiente artístico y que por eso se volcó en la educación de Alexsej y ocultó durante muchos años su propio talento para que él no sintiera celos. Marianne estuvo muchos años sin pintar, pero organizando salones, fundando movimientos, escribiendo manifiestos, haciendo tertulias... En esta época de Múnich es cuando conoció a Vasili Kandinsky y, de sus conversaciones, surgió la idea de la abstracción que luego él hizo pasar por exclusivamente suya. Imaginaos que la cosa fue tan lejos que llegó a cambiar la fecha de un cuadro suyo para que pareciera que lo había pintado unos años antes y así demostrar que él ya había tenido ciertas ideas antes que nadie y había sido el primero en emprender el camino de la abstracción. Puso 1910 en un cuadro que había pintado en 1913.

—Pero qué gente más ruin —comentó Merche.

—Lo normal —dijo Lola, sin inmutarse.

—¿A ti te parece normal?

—Soy policía, Merche. A mí me parece bastante común que la gente vaya a la suya, que robe, que mienta, que trate de aprovecharse todo lo posible. No digo que me parezca bien, claro, sino que no me extraña ni me escandaliza tanto como a ti. Llevo toda mi vida tratando con hijos de puta, y perdonadme la expresión. Sé que es una expresión machista, pero es que no se me ocurre cómo insultar a alguien sin insultar también a una mujer. Si digo «cabrón», también insulto a través de una mujer. Y «gilipollas» no me parece bastante fuerte. Ahora estoy tratando de acostumbrarme a decir «hijo de chulo», aunque tampoco es muy correcto insultar a alguien a través de su padre. Quizá diciendo «putero» sin más… En fin…, perdón por el cambio de tema, pero es que llevo tiempo dándole vueltas al asunto. Se admiten sugerencias.

—Luego, Lola. Ahora me interesa mucho lo que nos está contando Greta. Anda, sigue con Marianne —dijo Miguel moviendo la muñeca para que el aroma del coñac se desplegara bajo su nariz.

—Bueno, pues para no daros mucho más la lata… Cuando la Revolución rusa, como os podéis figurar, la baronesa se quedó sin renta del zar porque tampoco había zar, lo habían asesinado a él, a su esposa y a sus cinco hijos. Supongo que os sonará Anastasia, que, según la leyenda, sobrevivió, pero nunca fue reconocida. Marianne, Alexsej, Helene, el hijo de ambos y la niña de la que él abusaba, que ya era adolescente, se fueron a Suiza. A partir de entonces eran apátridas porque Rusia había dejado de existir como estado. Un par de años después, ahora que ya no había nada que sacar de ella, Jawlensky abandonó a Marianne, lo que la llevó a una tremenda depresión. Sufrió mucho, al parecer. Como, además, no tenía dinero, sobrevivió en Suiza pintando carteles y postales. Empezó a organizar grupos de artistas locales y exposiciones, hizo nuevos y buenos amigos y poco a poco se fue estabilizando y volvió a pintar de nuevo.

Conoció a Ernst Alfred Aye, a quien llamaba Santo, cantante lírico, bastante más joven que ella, y acabaron siendo tan amigos que incluso hicieron varios viajes juntos y, a la muerte de Marianne, se convirtió en su albacea y heredó la mitad de su obra. Ella murió en Suiza en 1938, con lo que tuvo la suerte de ahorrarse la Segunda Guerra Mundial.

—O sea —dijo Robles— que, si murió en el 38, cuando estuvo aquí en 1930 tenía ya unos setenta años. ¿De qué conocería a Mercedes?

—Eso aún no lo sé, pero tienen que haber coincidido en algún momento, a menos que Marianne hubiera venido por libre, pensando que esto aún era un balneario, o un sanatorio para los nervios.

—Entonces no le habría dado tiempo a desarrollar una amistad como para dejarle esos cuadros. Y no tenía dinero. Y la diferencia de edad era enorme —contribuyó Miguel a la discusión—. Yo apuesto más bien a que se conocieron… ¿qué se yo? En Madrid o en Barcelona, en algún viaje, y Mercedes la invitó a venir a Santa Rita.

—De todas formas, esta noche ya no lo vamos a solucionar y mañana a las ocho estará esto hecho una feria —dijo Robles poniéndose de pie—. Me retiro. Tengo que dormir bien para estar guapo cuando venga el fantasma del traje blanco y el sombrero colonial.

—Es un panamá, Robles —puntualizó Greta.

—Como si quiere ser un Tanzania… A ver qué pajarita lleva mañana el tío… No voy a pegar ojo de puros nervios. —Soltó una carcajada que los demás corearon.

—¡Cómo sois! Pobre hombre. Si él se ve guapo… —Merche solía ser la más caritativa—. Debe de ser que la tiene muy pequeña… —terminó con malicia.

—¿Tú crees? Cuenta, cuenta…, eso me interesa. —Robles recogió las copas vacías y empezó a enjuagarlas.

—No, son cosas mías… Es que, cuando un hombre se disfraza así, yo creo que es porque no está muy seguro de sí mismo y quiere destacar, que se le vea, que se le tenga en cuenta, aunque solo sea por vestirse de fantoche.

—Pero si es uno de los mayores especialistas en autentificaciones de pintura de ese periodo —interrumpió Miguel, su marido.

—Pues se ve que no se lo acaba de creer él mismo. Pasa mucho. Necesitan destacar, los pobres. Yo tuve una alumna, muy buena pero no excelente, que quería ser concertista y solía decirme que no hay nada más triste en el mundo que el anonimato. Ella quería ser mundialmente famosa, pobrecilla. Siempre iba vestida como si tuviera que actuar en el Carnegie Hall.

—Gracias, Merche. Mañana me fijaré en su braguета —concluyó Robles—. ¡Nos vemos!

Los demás se levantaron también y cinco minutos más tarde cada uno estaba en su cuarto.

Hacía mucho que a Monique Heyni no se le habían hecho tan largos dos días, a pesar de que los llenó al máximo con visitas a museos y citas para comer y cenar con amigos. Alternaba la euforia de lo que estaba a punto de ponerse en marcha con ataques de llanto en los que se sentía miserable y abandonada. De vez en cuando se permitía también explosiones de furia como válvula por la humillación a la que Marco la sometía.

Se había pasado los dos días mirando fijamente sin poder evitarlo a todas las mujeres embarazadas con las que se cruzaba y a todos los hombres de cierta edad que iban empujando un cochecito. Eso era algo que ella nunca podría tener ya y que Marco iba a conseguir si ella no le ponía remedio.

Había descubierto que, además de buena organizadora y planificadora, era buena actriz. Ninguno de los amigos con los que había quedado había sospechado nada de lo que estaba sucediendo en su interior y en su pareja. No había deslizado ni un solo comentario negativo sobre Marco; al contrario, había mostrado su alegría por los tres o cuatro días que iban a poder tomarse juntos en Barcelona, antes de que llegara septiembre cargado de obligaciones. Quería haber resuelto un par de asuntos pendientes para la próxima exposición en la galería, que estaba prevista para principios de octubre, pero no lo había hecho a propósito, ya que eso podría interpretarse *a posteriori* como que ella sabía que Marco no iba a estar allí para ocuparse personalmente del contacto con los artistas. Ahora, pronto, sería ella quien lo hiciera, pero esperaría con calma a que la nueva situación entrara en vigor. Cuando Marco no estuviera, ella heredaría todo el trabajo de la galería; quizá tuviera incluso que buscar un socio, o más bien una socia. En esos momentos, los hombres no le parecían de fiar.

Cuando el avión aterrizó en el aeropuerto de Barcelona, Monique cerró los ojos con fuerza y, a conciencia, hizo una inspiración profunda. Eran los últimos momentos para volverse atrás. Si ahora no se presentaba a la cita, el «profesional» no tenía forma de localizarla. Esperaría un rato y luego se marcharía sin más. Y eso le habría salvado la vida a Marco.

Enfiló el pasillo que llevaba a la zona de tiendas y restaurantes como flotando. Su mirada resbalaba por las personas con las que se iba cruzando, con los objetos expuestos en los escaparates, mientras sus pasos la iban acercando inexorablemente a la tienda donde había quedado con el profesional.

¿De verdad iba a dar la orden? Apretó el bolso contra su costado. El dinero iba en un sobre marrón de mediano tamaño dentro de una revista de decoración francesa. Había tenido la precaución de arrancar la esquina de la contraportada donde el quiosquero había puesto la pegatina con el precio y el nombre de su tienda.

¿De verdad el hecho de que Marco se hubiese enamorado de otra mujer era suficiente como para que tuviera que pagar por ello con su vida?

Tragó saliva con fuerza. Tenía la garganta contraída y le dolía cuando hacía pasar algo por ella, incluso su propia saliva.

No era solo que se hubiese enamorado de otra, se recordó.

Era que la había engañado con lo de la vasectomía, que quería quitarle su casa, que no pensaba compartir con ella el dinero que iba a ganar con la herencia de la tía Thérèse, que la acababa de echar de su propia vida sin inmutarse siquiera.

Su móvil emitió un ping y, en el mismo segundo, su estómago se contrajo tan dolorosamente que soltó la maleta y tuvo que pararse y doblarse por la mitad, agarrándoselo con las dos manos. Marco.

Marco le mandaba un mensaje.

Con la esperanza aleteando en su interior y las manos temblorosas, lo abrió, dispuesta a leer sus disculpas, dispuesta a darle otra oportunidad, las que él quisiera.

«Llévame a la galería el maletín de instrumentos. Es una caja metálica que encontrarás en mi estudio. Al salir, deja tus llaves en el buzón. Ya te explicaré.»

Se le nubló la vista; tuvo que apartarse para encontrar una pared y apoyarse en ella durante unos segundos. ¿Qué narices era aquello? ¿Qué le quería decir? ¿Que ahora ya no tenía derecho a tener llave de la galería común? ¿Que a partir de su regreso iba a ser la otra quien trabajara con él?

Ni «hola», ni «tesoro», ni siquiera «querida Monique». Ni «por favor», ni «gracias». Además de todo lo que ya sabía, al parecer también había perdido la buena educación o simplemente el respeto. Algo debía de haberle salido fatal, pero en lugar de tratar mal a la nueva, seguía haciéndolo con ella, como siempre.

Al levantar los ojos, tras el velo de las lágrimas, vio la tienda de Desigual. Miró el reloj. Las dos y cinco.

Volvió a coger la maleta, apretó el bolso contra el flanco y, finalmente resuelta, con paso firme, caminó hasta allí. Marco había decidido por ella.

Santa Rita, a las siete de la mañana, era un hervidero de furgonetas, cámaras y gente sacando micrófonos, de periodistas jóvenes, hombres y mujeres, que buscaban el mejor ángulo para su intervención. Todos charlaban en voces altas y chillonas mientras bebían refrescos o cafés que habían comprado en el pueblo antes de llegar o masticaban barritas de cereales, bocadillos y bollería variada.

Robles no había podido hacer sus largos matutinos porque se había pasado un buen rato poniéndose en contacto con sus antiguos colegas para que enviaran a unos cuantos agentes a evitar que aquella gente se desmandara y no hubiera nadie que pudiera contenerlos si decidían entrar a la casa por las bravas.

Naturalmente era una noticia demasiado apetitosa para mantenerla en unos límites discretos: unos cuadros posiblemente valiosísimos encontrados de modo absolutamente novelesco, o peliculero incluso, en la casa de una escritora de fama internacional. En agosto, además, cuando no hay apenas noticias y todos los medios están desesperados por llenar su programación.

Sofía estaba medio desquiciada. El verano aumentaba su cansancio y todo aquel revuelo no le sentaba nada bien. Candy, que, en circunstancias normales, habría sido la primera barrera, no se encontraba con las fuerzas necesarias para lidiar con todo aquello. Bastante tenía con su lucha contra el maldito cáncer de mama que, aunque tenía un buen pronóstico, aún no estaba vencido por completo.

Aunque todos estaban dispuestos a ayudar, como siempre y como era la forma normal de reaccionar en Santa Rita —por eso vivían juntos, a fin de cuentas—, solo quedaban para hacer el papel de filtro, barrera y perro mordedor él y Greta. Greta era elegante, diplomática y sobrina de la dueña, pero el papel de perro mordedor le correspondía, obviamente, a él, lo que no le molestaba —era muy bueno mordiendo, si se hacía necesario—, pero le daba una cierta pereza. Después de tantos años en la policía, lo que se había imaginado para su jubilación era lo que había tenido hasta un par de meses atrás: largas caminatas solitarias, cafés y cervezas con los amigos y conocidos, trabajo en el jardín o reparando cosillas varias, un rato de siesta, lectura, películas…, todo lo que en primavera se había visto interrumpido por la muerte de Moncho Riquelme y ahora por el descubrimiento que tanto revuelo había causado.

Por suerte, había tenido la precaución de cerrar la puerta de la entrada a la casa grande, que en circunstancias normales siempre estaba abierta, y ahora, a punto de girar la llave para enfrentarse a aquella tropa indisciplinada, pensó de nuevo en la pereza que le daba. No había querido despertar a Greta tan temprano, pero se temía que iba a tener que hacerlo muy pronto para que tuvieran a alguien a quien entrevistar y se tranquilizaran un poco.

Si esperaba más, acabarían entrevistando al hombre importante vestido de blanco y eso no era precisamente lo mejor para Santa Rita. Aquello era asunto de ellos y eran ellos quienes tenían que marcar la primera opinión.

Nada más abrir, comenzó un guirigay de preguntas, antes incluso de que supieran quién era él. «Claro que, hoy en día, si yo fuera simplemente el portero, tampoco sería óbice para que quisieran entrevistarme —pensó Robles—. Tanto les da la opinión del máximo experto en la materia como la de alguien que pasaba por aquí y no ha visto un cuadro en la vida.»

—¿Qué nos puede decir de los cuadros hallados?

—¿Se sabe ya seguro si son auténticos?

—¿De qué artistas estamos hablando?

—¿Es cierto que esto es una comuna?

—¿Puedo entrevistar a Sophia Walker?

Había más preguntas, pero esas fueron las que entendió a la primera.

Hizo un gesto con las manos para pedir calma y un silencio suficiente para poder contestar. Era consciente de que lo estaban grabando sin haberse molestado en pedirle permiso.

—Antes que nada, buenos días —dijo en voz alta y clara,

con intención, para que supieran que tendrían que haber saludado antes de empezar a soltar preguntas sin ton ni son. Hubo algunos murmullos de respuesta—. No puedo contestar a la mayoría de sus preguntas porque no soy especialista en arte. Simplemente vivo aquí, en Santa Rita. No es una comuna. Es un lugar donde vivimos personas de diferentes edades, profesiones y procedencias. No tenemos una ideología común, ni nos obliga nada ni nadie a estar aquí. Tampoco organizamos orgías. —Se oyeron varias risitas—. Es como un piso compartido, pero mucho más grande, para entendernos.

—¿Podrá recibirnos Sofía? —se oyó una voz.

—Lo dudo. Si ha hecho usted los deberes, sabrá que doña Sofía acaba de cumplir noventa y tres años. Me figuro que no estará por la labor, pero le preguntaré de todas formas. Está en perfecta posesión de sus facultades mentales, es ampliamente adulta y es ella quien decide.

—¿Es verdad que han encontrado un Kandinsky?

—¿Quién está examinando las obras?

—Los agentes de la Brigada de Investigación de Patrimonio Artístico llegarán de Valencia hoy, o al menos eso nos han dicho. Ellos se ocuparán de autentificar las obras. De momento, están colaborando con un perito especializado en la época artística de la que se supone que son las pinturas.

—¿Cuál es?

—Un nombre alemán que no recuerdo. Ya se lo dirá la autoridad competente cuando terminen.

Greta apareció detrás de él, le puso la mano en el hombro, para que Robles supiera que había llegado y no se llevara un susto, y amplió la respuesta.

—Se trata de la escuela del Blauer Reiter, El Jinete Azul, que fue fundada en Múnich sobre 1911 o 12 y, con más o menos altibajos, llegó hasta 1921.

—¿Quién es usted? —preguntó una periodista joven que a Robles ya le había llamado la atención por su agresividad.

—Soy Greta Kahn, la única sobrina de Sophia Walker y, de momento, su representante en Santa Rita.

—¿Y el otro? —preguntó la misma, empujando su micrófono por encima del de sus compañeros.

Antes de que Greta contestara, Robles le puso la mano en el brazo.

—El otro, señorita, soy yo, y no veo por qué razón tenga que presentarme ni ante usted ni ante nadie. Esta es mi casa y ustedes no han sido invitados.

—Robles… —susurró Greta. Él siguió mirando fijamente a la periodista, sin atisbo de sonrisa.

—¿A usted no le enseñaron ni en su casa ni durante la carrera que hay algo fundamental para actuar en sociedad que se llama urbanidad o buena educación?

Todos los que formaban el grupo desviaron la vista hacia su compañera. Hubo unos segundos de pausa incómoda.

—Es que Rocío es…. —intervino un colega igual de joven, guapete, con barba de dos días— incisiva, dinámica…

—Y maleducada —completó Robles—. Hemos terminado. Buenos días.

Por encima de las cabezas de los periodistas, Robles acababa de ver entrar dos coches de policía por la avenida de las palmeras. A partir de ese momento ya no hacía falta que él hiciera de perro guardián. Ellos se encargarían de que aquella gente no se fuera por ahí a pisotear los parterres o a hacer fotos de lugares privados que no les concernían.

Cruzó por en medio del grupo, se encontró con López y le explicó en pocas palabras lo que esperaba de ellos en cuanto a proteger la intimidad de Santa Rita y evitar el peligro de destrozos.

—Y, sobre todo —añadió—, que no entre nadie en la casa, que no haya posibilidad de que molesten a doña Sofía y que no lleguen ni a cien metros de la biblioteca, ¿todo claro?

López asintió. Era básicamente lo que también le había ordenado su jefe, el comisario Ximo Aldeguer.

Robles sabía que dentro de muy poco se enterarían de que él había sido comisario hasta hacía apenas dos años y acabarían reuniendo información sobre su carrera y sus casos más notorios. Eso no se podía evitar desde que existía la plaga del Internet, pero no veía la necesidad de darles él mismo esos datos.

Pronto también aparecería el figurín de la pajarita y, por lo que había visto de él hasta el momento, se le haría el culo Pepsi-Cola ante la idea de que lo entrevistaran para televisión, pero eso no era asunto suyo. Además, tendrían que buscar un traductor, porque el tipo vestido de vainilla, con todo lo listo que era, no hablaba ni papa de español.

Volvió a la entrada, donde algunos insistían en hacerle preguntas a Greta y, después de interrogarla con la mirada, entre los dos cerraron la puerta de la casa grande. Ella, un alma de Dios como era, aún les dijo: «Disculpen. Ya les iremos dando información, cuando sea posible».

—No sé yo por qué tienes que ser tan amable con esa gente.

—Por lo mismo que tú has dicho, Robles, porque a mí me educaron para ser correcta y respetuosa, y el que alguien sea un patán no significa que yo tenga que bajar a su nivel.

Caminaron en silencio hacia el comedor para desayunar.

—Tienes razón, Greta. A veces me puede este carácter.

—No sabes cómo te agradezco yo el que lo tengas, Robles. Así siempre me queda el mejor papel, el del policía bueno.

Los dos rieron y entraron a desayunar.

Como esperaba, en plena hora de comer, según los horarios españoles, la tienda estaba totalmente vacía. Una empleada joven le sonrió al verla entrar y le ofreció su ayuda, pero Monique, con un gesto, le dejó claro que no necesitaba nada, que solo quería mirar.

Al cabo de un momento, eligió dos camisetas y un vestido,

y se dirigió a los probadores. Una madre obviamente escandinava con una niña de cuatro o cinco años estaba mirando ropa en la sección infantil. No se veía a ningún hombre, ni militar ni civil.

Pensó que quizá no la había tomado en serio, o le había parecido demasiado arriesgado. O prefería verla de lejos antes de decidir si fiarse de ella. O a lo mejor se trataba de una mujer, incluso de la mamá escandinava.

¡En las películas todo resultaba tan fácil! Pero esto era la vida, la vida normal donde ella, una mujer normal, hasta hacía poco felizmente casada y con fundadas esperanzas de llegar plácidamente, en armónica pareja, al final de una existencia llena de arte y de belleza, caminaba por la tienda de un aeropuerto, no para pasar el rato y quizá comprarse algo bonito para estrenar en vacaciones, sino para encargar el asesinato de su marido, del hombre que, fría y egoístamente, había decidido quitarle todo lo que tenía, todo lo que había constituido su vida hasta ese momento. Daba escalofríos y, a la vez, resultaba irreal, imposible, absurdo.

Se metió en el probador del fondo, corrió la cortina y se quitó la camisa. Si había algún contratiempo, resultaría mucho más creíble su presencia en un probador si salía en sujetador y no totalmente vestida.

Al cabo de unos segundos, oyó una voz masculina desde el probador de al lado:

—¿Todo bien?

A toda velocidad, se puso una de las camisetas que había cogido, descorrió la cortina y se quedó mirándose en el espejo del fondo, apreciando su efecto, en apariencia, mientras echaba ojeadas discretas en todas direcciones.

—Sí —dijo en voz alta, como si se hablara a sí misma—. Está bien.

De otro probador salió un hombre de estatura mediana, con unos pantalones grises de verano y un polo blanco que dejaba ver unos brazos fibrosos de escalador. Tendría entre cuarenta y cuarenta y cinco años y no había nada en él que llamara la atención.

—Le queda bien ese color —dijo en un español muy neutro, sin acento de ninguna clase que ella pudiera detectar. Por un momento había temido que se le notara a la legua que era un sicario latino al servicio de una mafia que se sacaba un sobresueldo de vez en cuando, haciendo lo que mejor sabía hacer—. ¿Se va de vacaciones?

Monique estuvo a punto de no contestar hasta que se dio cuenta de que él le estaba preguntando por el lugar donde tenía que hacer el trabajo. Estaban solos, no había nadie que pudiera oírlos y, en los probadores, por ley, no puede haber cámaras, de modo que el hombre era realmente muy cuidadoso formulando sus preguntas para obtener la información necesaria. Eso le gustaba. Era realmente un profesional.

—Sí. Unos días. Quizá vaya a Benalfaro.

—¿Benidorm?

Ella sonrió, siguiéndole el juego.

—No. Benalfaro, muy cerca de Elche y de Alicante, un pueblo tranquilo. Mi marido está allí por trabajo y he pensado sorprenderlo.

—¿No le molestará que aparezca usted mientras él trabaja?

—No creo. Está autentificando unas obras de arte. Es la máxima autoridad mundial en la escuela del Blauer Reiter, quizá haya oído usted hablar de él: Marco Heyni. Si mira en Internet, verá lo importante que es. Trabaja todo el día, pero siempre es agradable tener a alguien con quien hablar al final de la jornada, cambiar impresiones, ya sabe. Y, además, le encantan las sorpresas.

—En ese caso, se alegrará, estoy seguro. ¿Puede recomendarme un buen hotel? Por si en algún momento se me ocurre acercarme por allí.

—Dicen que el Miramar está muy bien. Perdone, voy a probarme otra cosa.

—Sí, yo también.

El hombre entró en el probador que había ocupado Monique. Vio la revista sobre el taburete y la cogió.

—Ay, lo siento, me he equivocado de probador. —Entró en el contiguo y la revista desapareció en su mochila.

Ella fingió una risa divertida mientras, por el rabillo del ojo, veía a la madre y la hija del pelo rubio blanco acercarse a los probadores cargadas de prendas.

Entró, se quitó la camiseta de la tienda, se abrochó la suya, recogió su bolso y su maleta y, cuando salió, el hombre había desaparecido. La suerte estaba echada.

Admirada de que hubiera resultado tan fácil, echó a andar por el pasillo que llevaba a la salida, hacia Barcelona. Si le hubieran pedido una descripción del hombre con quien acababa de hablar, no habría sabido qué decir. No recordaba nada en absoluto.

6

El azul del mar

$\mathcal{A}$ las cinco de la tarde, el salón estaba de bote en bote porque Candy había convocado una reunión para que todos los habitantes de Santa Rita pudieran tener información fidedigna de lo que estaba sucediendo. Incluso Sofía había bajado y, salvo los estudiantes, que estaban pasando el mes de agosto en casa, todos estaban allí.

El calor a esa hora era asfixiante. A pesar de tener las persianas echadas, el sol se colaba, inmisericorde, por los agujeritos de las lamas, pintando monedas de oro sobre el viejo suelo de madera rubia, y no corría el menor soplo de aire. La mayor parte de las mujeres y algunos hombres se aliviaban como podían meneando el abanico frente a la cara, y casi todos tenían bebidas con hielo en la mesa.

Candy y Sofía se habían decantado por el té frío con limón, que bebían en vasos altos con mucho hielo picado y, desde donde estaba sentada Lola, daba la sensación de ser *Mint Julep*, lo que no le habría extrañado mucho, si no fuera porque Candy estaba tomando una medicación incompatible con el alcohol.

Greta y Robles habían hecho de maestros de ceremonias, habían dado la bienvenida y explicado lo más importante de la situación en la que se encontraban. A continuación, Lola informó sucintamente del hallazgo del esqueleto infantil, dentro de lo que le permitía la confidencialidad del asunto, y ahora Candy y Sofía estaban pidiendo a todos tranquilidad, discreción y apoyo.

—Todos sabéis bien lo que significa hacer piña —terminó la inglesa—. Es importante que no os dediquéis a chismorrear por ahí. Cuando la policía y el perito suizo determinen si los cuadros son auténticos o no, os lo diremos y después ya se verá por dónde seguimos.

—Una cosa más —añadió Robles—. El tipo ese, el suizo, me da mala espina sin saber por qué. Lo he investigado, es quien dice ser, y parece estar limpio, pero de todas formas no me acabo de fiar de él. Por eso os ruego que no le deis información de nada, ni lo dejéis entrar en ningún sitio. Yo me he convertido en su sombra precisamente para evitar que abra puertas sin control. No tenemos nada que ocultar, pero no veo por qué tengamos que darle carta blanca. Ni a él ni a la ayudante que se ha traído y de la que tampoco me fío un pelo. Ayer ella no vino y no me acabo de creer que le hubiera dado una migraña, como me dijo el suizo cuando le pregunté. Procurad tener los ojos abiertos. Solo faltaría que nos robaran ahora esos cuadros, después de tantos años emparedados.

—¿No se sabe nada más de la criatura? —preguntó Trini, la principal responsable de la cocina.

Contestó Lola:

—Salvo que ya sabemos que era una niña, nada. Lo más probable es que naciera muerta, porque no se aprecia nada que pueda indicar un asesinato. Aunque, si la hubieran asfixiado, por ejemplo, tampoco se notaría ya, dado que han desaparecido todas las partes blandas.

Estuvieron un buen rato especulando sobre cómo pudieron haber llegado los lienzos y los huesos a ese lugar, pero, en vista de que no había en qué apoyarse, acabaron hablando de otras cosas y, poco a poco, se fueron dispersando.

Lola se acercó a Sofía y se acuclilló a su lado, junto al sillón.

—¿Puedo hacerte una pregunta?

—Claro. Dime.

—¿Tú estarías dispuesta a permitir que te tomemos una muestra para hacer un análisis de ADN?

Sofía y Candy se miraron unos segundos, sorprendidas. Luego, antes de que Candy pudiera decir nada, Sofía contestó.

—No. No veo ningún motivo, la verdad. ¿Qué pretendéis con ello?

—Saber si esa criatura está emparentada contigo.

—¿Y luego, qué? Tanto si resulta que sí como si sale que no, estamos donde estábamos, y yo no quiero saberlo, porque si el resultado es positivo, eso significaría que esa criatura era hija de mi padre o de mi madre. Comprenderás que, en los dos casos, no me hace ninguna gracia.

—¿No preferirías saberlo y quedarte tranquila?

—Estoy perfectamente tranquila tal como estoy.

—Entonces, ¿no?

—No.

—Se lo diré al comisario.

—Como si se lo dices al papa de Roma, Lola. Dudo que nadie pueda obligarme a ello.

—Perdona. Estoy haciendo mi trabajo. Si no encuentro algo pronto para seguir, habrá que cerrar el caso.

—Sería lo mejor —dijo Candy—. ¿Qué importancia puede tener ya?

—Esos huesos deben de ser más viejos que yo, muchacha. ¿Qué importa?

Lola echó una mirada hacia atrás, para asegurarse de que no había nadie escuchándolas. Cada grupillo hablaba y reía pendiente solo de su propia conversación.

—¿Te acuerdas del accidente de Moncho esta primavera?

—Aún no estoy senil. Sería muy raro que no me acordara. ¿Qué hay de eso?

—Si mal no recuerdo, él escribió algo referente a unos

huesos enterrados en Santa Rita con los que pensaba hacerte chantaje.

—Y quedó claro que eran chorradas suyas.

—Pero es que ahora hay unos huesos, Sofía.

—¿Y qué? —Alzó la vista al techo, exasperada—. Vamos a imaginar…, al fin y al cabo soy escritora, y de crímenes, además… Vamos a poner por caso que esa criatura fuera efectivamente de mi padre o de mi madre. Vamos a estirar más la cosa y pensar que el uno o la otra la hubiesen asesinado al nacer porque, por lo que fuese, no convenía su existencia… Mis padres están muertos; los dos. Llevan muchos, muchos años muertos. Yo, querida Lola, o bien no había nacido aún o tenía un par de años. Si los huesos son de la misma época del cuadro fechado en 1930, tenía seis. ¿Qué tendría que ver yo en todo eso?

Cansada ya de estar en cuclillas junto al sillón, Lola acercó una silla y se sentó frente a Sofía.

—¿No querrías saber la verdad?

La escritora se quedó mirando a la inspectora, de hito en hito, sin pestañear.

—¿Qué verdad? ¿Algo que arrojaría más preguntas que respuestas? Si de verdad fuera hermana mía esa niña, ¿cómo íbamos a saber quién fue su madre, o su padre o por qué murió? ¿Murió o la mataron? ¿Por qué su cadáver acabó emparedado en una habitación del Pabellón B? ¿Quién lo ordenó? ¿Quién pagó al albañil? ¿Quién lo sabía y quién no? ¿De verdad crees que no me he hecho yo todas esas preguntas y no me he dado cuenta de que es absolutamente imposible responderlas?

Lola bajó la mirada al suelo, cerró los ojos unos instantes y se puso en pie.

—Tienes razón, Sofía, pero me fastidia no poder dar una respuesta a todo eso. Esa niña sin nombre se merece que hagamos lo posible por llegar a saber quién fue.

—Pues en tus ratos libres puedes echarle una mano a Greta. Si hay algo que saber, cabe la posibilidad de que esté en alguna carta, algún diario, alguno de los cientos de papelorios que se han ido acumulando en el piso de arriba al correr de los años. Búscalo.

Lola hizo un gesto de despedida y echó a andar hacia la puertaventana que alguien había abierto y por la que se colaba la intensa luz de agosto, ya virando al naranja. Antes de salir a la terraza, oyó la voz de Sofía:

—Y cuando encuentres esas respuestas, ven a dármelas. Yo también querría saber.

Chantal miraba el mar, de un intenso azul, que se veía por la ventana de la habitación semivacía donde Guy le había instalado su taller. La casita no era gran cosa, pero la vista era magnífica y el cuarto en el que estaba, suficientemente grande como para cubrir sus necesidades. Había dos mesas grandes, dos caballetes, varios lienzos que aún tenía que examinar antes de darles el visto bueno, pinturas al óleo, témpera y todos los materiales que había pedido. Los pinceles los había traído ella misma y eran lo único que no tenía que revisar antes de asegurarse de poder ponerse manos a la obra. La rapidez era extremadamente importante.

Había dejado a Marco trabajando en Santa Rita y por la noche volvería para que pudieran cenar juntos, comentar la situación y tomar la decisión definitiva.

Ambos pensaban que el Kandinsky era el que tenía las mejores posibilidades en el mercado, pero secar y envejecer un óleo era mucho más largo y trabajoso que hacerlo con una obra a la témpera. Además, Kandinksy en la década de los veinte había trabajado mucho sobre cartón… Todo eran dificultades, a pesar de que, nada más recibir la noticia, se había puesto a recoger todo lo que podía serle útil y había ido almacenando al correr de los años.

Guy le había dejado allí las dos grandes maletas procedentes de su taller. Pensaba pasar el día revisando su contenido para poder ofrecerle a Marco las posibilidades que mejores garantías de éxito tuvieran.

También…, al llegar a este punto se le escapó una sonrisa, sería posible, quizá, entregarle el regalo que más feliz podría hacerlo en el mundo: el Jawlensky. No para ofrecerlo o subastarlo. Solo para él, en prenda de su amor.

Ella era rápida trabajando. Quizá…

«¡Venga! —se dijo—. Deja ya de perder el tiempo y ponte a la faena.»

Pero, aunque lo hizo, no pudo evitar que parte de su mente echara a volar, pensando que el verano siguiente serían tres, tendrían un hijo y un montón de dinero que les permitiría tal vez comprarse un yate o un chalé en algún lugar elegante frente al mar. La mema de la mujer de Marco sería historia y el mundo sería suyo, exactamente como había planeado.

A las siete y media de la tarde el hotel Miramar estaba en uno de los momentos más agitados del día. En la playa, frente a su terraza, una gran masa de gente disfrutaba del último rato de sol antes de retirarse después de horas y horas de mar y de arena. Seguían los baños, los paseos, los partidos de palas, el vóley-playa y, más alejadas de la orilla, hacia el paseo marítimo, las partidas de petanca. Las madres daban la merienda a los niños o, en el caso de los más pequeños, empezaban a prepararlos para la vuelta a casa. Las parejas mayores extranjeras, ya de color de cuero a mediados de mes, se daban otra vuelta para tostarse también por detrás. Los adolescentes entraban y salían del agua o se entregaban a brutales batallas de arena mojada que causaban el enfado de todos los demás bañistas. Poco a poco iban llegando algunos pescadores de caña para asegurarse los mejores sitios en cuanto se retirasen los que habían plantado las sombrillas y las hamacas al amanecer.

Fuera de la playa, muchos se habían acomodado en la terraza del hotel para tomar un último helado o una primera cerveza antes de marcharse a casa. Algunos huéspedes iban regresando de las excursiones a las playas y calas donde habían pasado el día. El personal del servicio de restauración estaba empezando a preparar el comedor para la cena, ya que tenían muchos huéspedes extranjeros que bajaban temprano. Los electricistas, fontaneros, técnicos y demás profesionales estaban terminando de reparar las pequeñas averías que les habían comunicado a lo largo de la jornada, tratando de dejar listo todo lo que por la mañana no funcionaba: una cisterna que no cerraba en una habitación, un aparato de aire acondicionado que no se dejaba regular, una lámpara de mesita que no se encendía, un televisor que no cambiaba de canal cuando se usaba el mando... Los recepcionistas recibían las nuevas quejas de problemas de funcionamiento: «no sale agua caliente», «necesitamos más toallas», «no me han arreglado la habitación»... y las reservas tardías para la cena. Los más tempraneros, ya duchados y arreglados, salían del hotel para dar una vuelta por el pueblo y tomar un vermú en los locales de mayor tradición, con la agradable sensación de la piel aún caliente de sol, pero fresca de ducha.

Chantal Fischer aparcó en la zona reservada a los clientes y subió directamente a su cuarto para poder arreglarse antes de que llegase Marco y bajaran a cenar a las ocho y media, muy temprano para España, pero buena hora para sus propias costumbres. Curiosamente, Marco le había pedido que se quedasen a cenar en el hotel en lugar de buscar otro sitio más íntimo o más lujoso. A ella no le importaba ceder en esos detalles. Cediendo en lo poco importante solía conseguir hacer su voluntad en lo fundamental y, si él, por cansancio o por lo que fuera, prefería cenar allí mismo, la verdad era que le daba igual.

Ella también estaba cansada después de todo el día metida en la casita de Altea tratando de encontrar los materiales adecuados entre todo lo que había traído Guy en su coche desde Lucerna y estudiando la obra que empezaría a reproducir al día siguiente. Había tenido suerte y estaba casi segura de poder darle la alegría de decirle que lo más probable era que dentro de unos pocos días pudieran tener un resplandeciente Kandinksy igualito que el que se había hallado en Santa Rita.

Subió al primer piso, entró en la habitación, se cercioró de que Marco aún no hubiese llegado, abrió el balcón, echó una mirada circular a la playa, los veleros y la isla que se dibujaba en el horizonte, y se metió en el baño a arreglarse. Era la primera vez que compartían habitación y, aunque habían compartido muchas otras cosas bastante más íntimas, a los dos les resultaba embarazoso estar juntos en el cuarto de baño cada uno con sus rutinas. Así, cuando él llegara, ella ya estaría lista y podría cederle la ducha mientras lo esperaba tomando una cerveza de la neverita en el balcón, frente al mar.

El profesional con el que se había encontrado Monique en el aeropuerto de Barcelona la vio llegar desde la mesa que había elegido en la terraza del hotel y donde ya había tomado dos refrescos sin alcohol. La vio salir a la terracita de la habitación que compartía con su objetivo y luego desaparecer en el interior. Ella no entraba en su encargo, aunque la mujer que lo había contratado le había resultado tan simpática que no le habría importado hacer un trabajo doble por el mismo precio.

Estaba seguro de que dentro de muy poco tendría que ponerse en marcha. Su objetivo, a juzgar por los horarios de los dos días anteriores, estaría a punto de aparecer. Pagó la consumición y, al sacar la cartera, rozó ligeramente el arma que llevaba en la pequeña mochila deportiva. Esperaba no tener que usarla. Cuando más discreta y silenciosa fuese la forma de eliminar un objetivo, tanto mejor. Siempre era conveniente que no quedase nada de su paso por la escena del crimen.

Primero había pensado esperar a la noche, trepar hasta el balcón —no era más que un primer piso—, esperar allí hasta que volvieran de la cena y pegarle un tiro en la cabeza con silenciador. El inconveniente era que buscar un casquillo resultaba a veces muy trabajoso y retrasaba innecesariamente su desaparición, además de que había que contar con la presencia de la amante, cuyo comportamiento y reacciones eran una incógnita. Luego, sin embargo, al ver el tráfago de gente que lo rodeaba y la cantidad de técnicos que se afanaban por todas partes dentro y fuera del hotel, llegó a la conclusión de que todo podía ser mucho más sencillo. Se había vestido de ciclista, se había acomodado en la terraza del hotel y ahora, al ver llegar a Heyni con su sombrero de paja, su traje claro, las gafas azules de espejo y la ridícula pajarita al cuello, se levantó, entró al hotel como un cliente más y siguió al hombre, que se detuvo unos instantes a preguntar algo en la recepción y se dirigió a las escaleras.

Al enfilar el pasillo, Heyni estuvo a punto de tropezarse con una caja de herramientas que, al pie de una escalera, esperaba al técnico que, después de abrir una trampilla en el techo, debía de haberse ausentado para buscar algo. El profesional se detuvo un instante, como buscando su llave, dándole tiempo a que recuperase el equilibrio. Un martillo le llamó la atención, lo agarró al pasar, lo balanceó un par de veces para hacerse una idea de su peso y darle impulso y, en el momento en que Heyni se detuvo a sacar su tarjeta para abrir la puerta, lo llamó con un simple «psst». El hombre se volvió hacia él y se encontró con las dos puntas de un martillo de un kilo lanzadas con fuerza contra su cabeza. No le dio tiempo a decir ni hacer nada. Se derrumbó de inmediato con el cráneo roto y una mirada de sorpresa en los ojos claros, extrañamente inocentes sin las gafas de espejo.

Se aseguró de que estuviera muerto, apenas un par de segundos, metió el martillo en su pequeña mochila de plástico y avanzó por el pasillo hasta las escaleras del fondo. Antes de subir al segundo piso, echó una mirada curiosa hacia atrás. La luz rojiza del poniente bañaba el corredor pintando de rosa las rayas blancas de la moqueta marinera y el traje de color vainilla. El cuerpo del hombre seguía inmóvil, desmadejado frente a una puerta que ya nunca llegaría a cruzar. Dentro de un rato, cuando se cansara de esperarlo, la mujer saldría y se lo encontraría tirado en el suelo, ya cadáver. O no. O seguiría esperando, llamándolo al móvil hasta que se diera cuenta de que la musiquilla sonaba justo delante de su puerta. O lo encontraría otro huésped y el director del hotel tendría que comunicarle la defunción de la persona —«¿Su esposo, tal vez, señora? Mi más sentido pésame»— con la que compartía la habitación.

Todo eso no era ya de su incumbencia.

Subió al segundo piso, tomó el ascensor, bajó a recepción, cruzó el vestíbulo con toda tranquilidad, caminó hasta la calle lateral donde tenía el coche aparcado y salió de Benalfaro cuando el sol empezaba a lamer el horizonte de la sierra. Luego se desharía del martillo en algún acantilado, después de haberlo limpiado a conciencia, por si acaso.

Si alguien se había fijado en su presencia, cosa que no era probable, dada la cantidad de gente que había en la playa y en la terraza, y que él no había hecho nada para llamar la atención, lo único que recordarían sería a un ciclista vestido de amarillo. En el caso extremadamente improbable de que la policía lo buscara, buscarían a un ciclista y, por tanto, una bicicleta. Inexistente, claro. No a un tipo vestido de ciclista conduciendo un coche.

Hora y media más, y cenaría en Denia. Dormiría por el camino en alguna ciudad turística con mucho movimiento de viajeros y al día siguiente volvería a casa. A esperar el siguiente encargo.

Roma, 1925

Apenas habían terminado de tomarse el café con leche en el comedor del hotel cuando Mateo, con toda naturalidad, como siempre que daba una orden, le dijo:

—Hoy puedes pasar el día escribiendo cartas. Yo voy a salir. Tengo una cita con un colega y comeremos juntos después de que me enseñe su hospital.

Mercedes levantó la vista de la taza, sorprendida.

—¿Y cuándo vamos al Vaticano? Yo pensaba que era hoy.

—Pensabas mal. Iremos mañana.

—Como no me habías dicho nada… —se atrevió a añadir.

—Así que ya puedes subir a cambiarte otra vez —continuó él, haciendo caso omiso de lo que ella había dicho—. Te pones cómoda y dedicas el día al trabajo epistolar. Un descanso te sentará bien. Con tu permiso —añadió, poniéndose de pie.

Ella se apresuró a levantarse, aceptó el brazo que le brindaba su marido y caminaron juntos hasta el vestíbulo, donde él se despidió y salió a la calle. Ahora comprendía por qué había bajado a desayunar tan arreglado y con el sombrero en la mano. Al parecer tenía mucha prisa y no quería pasar otra vez por la habitación. Ella lo había entendido mal y también había cogido el sombrero y el bolso, pensando que saldrían de inmediato después del café. Ahora ya no le servían de nada.

Echó una mirada alrededor a los elegantes sofás de terciopelo y las palmeras en macetones. Ya casi no quedaba nadie;

todos habían salido a disfrutar de Roma, mientras que ella tendría que quedarse todo el día encerrada en la habitación escribiendo cartas que tardarían más que ellos en llegar a Santa Rita. El primer día ya había enviado tarjetas postales para todo el mundo. No tenía ningún sentido escribir ahora, salvo quizá hacer alguna anotación en su diario. Suspiró, contrariada. ¡Estar en Roma y tener que quedarse en el hotel estando sana, en lugar de salir con su cuaderno de dibujo, que se había traído a escondidas, a hacer bocetos de las maravillosas esculturas, de los rincones más típicos, de las columnas con las que se iba una encontrando por todas partes! No era justo. Ella era una mujer adulta, casada, madre de una niña. Tenía su propio dinero, que su padre le había dado con una sonrisa cómplice, para que se comprara algo bonito en Italia. ¿Qué otra ocasión iba a tener en la vida de estar en Roma? Sus labios se curvaron en una sonrisa traviesa… «De estar *sola* en Roma», se corrigió.

¿Se atrevería? En el año que llevaban casados, Mateo le había dejado muy claro que, con su carácter colérico, podía esperar cualquier cosa si le llevaba la contraria; pero, si no llegaba a enterarse… Siempre podía decir que había pasado el día leyendo.

Se le ocurrió una idea que le pareció realmente genial y se acercó al mostrador de recepción. En sus años del internado de Suiza había aprendido francés a la perfección y un poco de italiano, suficiente como para poder preguntar lo que le interesaba.

—Perdone, ¿podría decirme si hay alguna iglesia cerca de aquí donde haya misa esta mañana? Me gustaría que fuese una iglesia bonita.

El recepcionista, un joven de cabello peinado hacia atrás con brillantina, a la última moda, consultó un librito de páginas de papel cebolla donde, al parecer, venían los horarios de las misas.

—Yo le aconsejaría que vaya a Santa Maria in Aracoeli, señora. Está muy cerca de aquí, es un paseo precioso, ahora se lo dibujo en el plano, y no tiene pérdida. Le marcaré dónde está la Fontana di Trevi, que le saldrá al paso, y luego la Piazza Colonna. Cinco minutos después, verá usted enseguida la enorme escalera que sube directamente a la iglesia, y está al lado del Vittoriano, el mismísimo Altar de la Patria, recién terminado. Y si tiene más tiempo y no está cansada, puede visitar los foros romanos y acercarse al Colosseo.

Recogió el plano, le dio las gracias al recepcionista y, antes de subir a su cuarto a buscar el cuaderno y los lápices, volvió al mostrador.

—Disculpe de nuevo. Si por un acaso volviera mi esposo preguntando por mí, ¿podría decirle que he salido a misa?

—Sí, señora, faltaría más.

—A la hora que sea —continuó, haciéndole un leve guiño de complicidad—. No tengo forma de saber cuándo se celebran los oficios divinos en las distintas iglesias. Me entiende, ¿verdad?

—A la perfección, *signora*. Le deseo un buen día en nuestra bella ciudad.

El joven se la quedó mirando mientras subía la escalera. ¡Qué lástima de muchacha! Tendría más o menos su edad, sobre los veinte o veintiuno, y ya tenía que inventarse excusas para que su marido no la acusara de desobediencia. Decidió que, si llegaba el doctor O'Rourke preguntando por su esposa, le diría que él mismo le había aconsejado ir hasta Santa Maria dei Miracoli, que estaba más lejos y en la dirección opuesta, cosa que el marido no podía saber. Eso le daría a ella un rato más de tranquilidad y luego siempre podía decir que se había perdido y por eso había tardado más en volver. Parecía una chica lista.

Unos momentos después, pasó por delante del mostrador con un vestido sencillo que apenas le cubría las rodillas, blanco con adornos azules, y una bolsa de tela al hombro, le dedicó una espléndida sonrisa a la que él correspondió con otra igual de cálida, se puso las gafas de sol y se perdió en el bullicio de la calle en dirección a la Fontana di Trevi. Le habría encantado servirle de guía.

Nada más salir al calor y la vida de Roma, Mercedes tuvo una sensación de felicidad como no había tenido desde que aún era una jovencita que organizaba fiestecillas con las amigas y planeaba su futuro. Estaba sola y, por tanto, era libre. O al menos relativa y razonablemente libre durante unas horas que se extendían delante de ella como se extiende el mar infinito frente a un velero de alas blancas.

Echó a andar con brío en la dirección que le había señalado el simpático joven de recepción y, aunque resultaba un tanto molesto que algunos hombres volvieran la cabeza a su paso mascullando palabras incomprensibles, la sensación de ser dueña de sí misma era tan intensa que se sentía capaz incluso de plantarles cara si fuera menester. A Mateo tenía que aguantarlo necesariamente, al fin y al cabo, era su marido, pero aquellos desaprensivos no eran nada en absoluto, y además había parejas de *carabinieri* por todas partes que estarían dispuestas a ayudar a una señora extranjera en apuros. No había nada que temer.

Llegó por fin a la Fontana di Trevi, que se abría como un milagro entre aquellas callejuelas estrechas por las que se llegaba a ella. Era tan grande y tan impresionante como se la había imaginado. Le habría gustado dibujarla, pero si se detenía el tiempo suficiente para hacerlo bien, tardaría demasiado, de modo que se contentó con sacar el cuaderno y hacer un boceto rápido. Quizá más tarde, ya de vuelta, pudiera completarlo con alguna tarjeta postal.

Detrás de ella, oyó una voz femenina, diciendo en francés:

—Tiene usted buen ojo y buena mano, señorita. ¿Es usted pintora?

Se volvió, sorprendida.

Una señora mayor, de aspecto simpático, con los dientes un poco saltones, miraba su dibujo con ojo crítico. Ella sacudió la cabeza, azorada.

—No, no…, ¡ya me gustaría! Soy solo una aficionada.

—Tiene usted talento. Debería tomar clases.

—No creo que mi marido…

—¡Ah! —exclamó la mujer, repentinamente entristecida—. Comprendo. Las mujeres en casa, a criar a sus hijos, ¿me equivoco? Los hombres no quieren artistas a su alrededor.

Mercedes se encogió de hombros, tratando de quitarle importancia a la situación.

—¿Es usted ya madre, tan joven?

—Tengo una niña de un año. Sofía.

—¡Qué bonito nombre! Ha elegido usted muy bien. ¿Sabe que significa «sabiduría»?

—Sí. Por eso lo escogí.

—Tiene que disculparme, querida, ni siquiera me he presentado. Me llamo Marianne.

—¿Es usted pintora?

—Sí. Así es.

Hubo un momento de tensión que Mercedes no supo interpretar, pero en ese momento llegó un caballero de unos cuarenta y tantos años, vestido con un traje de verano muy viajado, con los bolsillos desbocados de llevar cosas pesadas, con dos cucuruchos de helado en las manos.

—¡Santo! ¡Gracias! Mira, te presento a… ¿cómo me ha dicho que se llama, señora?

—Mercedes Montagut.

—Este es el señor Ernst Alfred Aye, un querido amigo que me acompaña en este viaje. Yo lo llamo Santo y creo que para usted también será más cómodo llamarlo así. ¿Te importaría cederle tu helado a Mercedes y comprarte otro para ti?

El hombre sonrió, galante, y le tendió el cucurucho a la joven.

—Le aseguro que no lo he tocado. Espero que le guste el chocolate.

—Me encanta, muchas gracias, pero no puedo permitir…

—Nada, nada —zanjó Marianne—. Venga, que se le va a derretir.

Santo volvió a dejarlas solas y ambas mujeres empezaron a chupar sus helados mientras caminaban lentamente en dirección a la galería que desembocaba en la Piazza Colonna.

—¿Es usted suiza? —preguntó Marianne.

—No. Estudié allí, pero soy española. ¿Y usted?

—Soy rusa. Es decir, era rusa. Ahora mi país ya no existe y soy apátrida, aunque he tenido la suerte de conseguir un pasaporte Nansen en Suiza, donde vivo, para poder viajar por Italia. No se lo va a creer, pero le escribí directamente al Duce, al mismísimo Benito Mussolini, explicando mi situación y mi deseo de visitar Italia, y me lo concedió.

—¡Qué valiente!

—Bueno…, más bien atrevida, eso sí. Quizá incluso un poco loca. —Sonrió ampliamente.

—¿Ha venido usted por el Año Santo, a ganar el Jubileo?

La mujer la miró con una chispa de diversión en los ojos y tardó unos segundos en contestar.

—Oficialmente, sí. Había unas rebajas estupendas en los ferrocarriles y en los hoteles para los peregrinos que quisieran acudir al Jubileo y a ver al papa, pero yo lo que quería ver, igual que usted, me figuro, son las grandes obras de arte de todos los tiempos.

Mercedes sonrió, halagada de que la señora rusa la considerase una artista como ella y le hubiese confiado su secreto y, a la vez, algo escandalizada también por el engaño.

—No tema —añadió la rusa—, mañana iremos a San Pedro como buenos peregrinos a que nos sellen los papeles.

—Nosotros iremos también.

—Pues, si les apetece, podemos ir juntos. Así es más divertido.

La joven asintió levemente con la cabeza, sin comprometerse de momento. No sabía cómo podría explicarle a su marido que había conocido a aquella señora cuando debería haberse quedado en el hotel escribiendo cartas.

Volvió Santos con otro helado en la mano y, momento a momento, fueron dándose cuenta de lo agradable que a todos les parecía la conversación, las opiniones, las bromas que surgían poco a poco y que tenían mucho que ver con las reacciones de cada uno de ellos a las obras de arte con las que iban confrontándose.

Subieron a Santa Maria in Aracoeli, visitaron la iglesia y admiraron la talla del Niño Jesús, hecha de un trozo de olivo del huerto de Getsemaní.

—Pobre niño, ¡qué feúcho es! —dijo Marianne—. ¡Y qué angustia de vendas y joyas lleva encima!

—Antes se vendaba así a los niños al nacer. En mi pueblo aún lo hacen en algunas casas. Por suerte, mi marido es un médico moderno y no lo permitió.

Después fueron al Colosseo y de allí a los foros. Hablaron de toda clase de temas, se rieron mucho y acabaron comiendo un plato de pasta en una pequeña *trattoria* donde Mercedes no hubiese entrado ni a punta de pistola, pero que a sus acompañantes les pareció aceptable. La comida era magnífica, casera y barata y, una vez dentro, el ambiente resultaba familiar y acogedor. Santo pagó el gasto, a pesar de las protestas de Mercedes.

—No soy rico, pero me gano bien la vida, y cuando estoy de viaje como ahora me niego a contar cada moneda que me gasto.

—No me ha dicho a qué se dedica.

—Soy cantante lírico, y devoto admirador de la baronesa Werefkin —terminó con una inclinación de cabeza frente a Marianne. Le tomó la mano y se la besó.

—Según los energúmenos que han tomado mi país, querido Santo, ya no soy baronesa, ni tengo derecho a ningún tipo de renta del zar, porque ya no hay zar ni aristocracia. Ahora no soy más que una pobre mujer que se gana la vida como puede pintando postales y carteles.

—Sigues siendo una gran artista.

—Que no ha conseguido llegar a ningún sitio por ser mujer, mientras que mis discípulos y amigos, los que han aprendido de mí, se han convertido en artistas reconocidos e incluso han plagiado mis obras y robado mis ideas.

—La historia pondrá a cada uno en su sitio, ya verás.

—Querido Santo, cuando eso suceda, yo ya estaré muerta y me dará igual. Perdone, Mercedes. Me he dejado llevar.

—Yo pienso igual, Marianne. Es en vida cuando tienen que pasar las cosas.

—Marianne ha participado en muchas exposiciones, la última, en Berna, hace apenas dos meses; es fundadora del grupo del Blauer Reiter, ha sido mentora de Alexsej Jawlensky y Vasili Kandinsky, amiga de la esposa de este, la también artista Gabriele Münter, impulsora de las ideas más nuevas que existen, la pintura abstracta… —enumeró Santo.

—Lo siento, no conozco a nadie. Soy muy ignorante. ¿Puede decirme qué hora es, Santo?

—Casi las cuatro.

—¡Ay, Dios! Estaba tan a gusto que se me ha pasado el tiempo volando. Tengo que volver al hotel cuanto antes. Si llega mi marido antes que yo…

Marianne y Santo cruzaron una mirada de preocupación. Ella sabía exactamente qué significaba ese nerviosismo, ese miedo encubierto.

—No se preocupe, criatura. Ahora Santo y yo la acompañamos a su hotel, esperamos hasta que llegue su marido y le contamos que nos hemos conocido en misa de doce… ¿en la iglesia de Santa Maria? —terminó con una sonrisa cómplice.

—No sé si Mateo…

Marianne le cogió la mano.

—Tengo más de sesenta años, criatura. Soy lo que se llama una señora respetable, sobre todo porque su marido no sabe nada de mi vida —hizo un guiño en dirección a su amigo—, soy una aristócrata rusa… Le aseguro que el señor doctor estará encantado de conocernos a mí y a Santo. Le propondremos ir mañana juntos a la misa del papa en el Vaticano, aunque nosotros no teníamos pensado asistir. Todo saldrá bien, ya verá. Créame. Le aseguro que sé de qué hablo.

Mercedes, más tranquila, sonrió.

—Ahora podré yo invitarlos a un té en mi hotel mientras esperamos.

—Solo si tienen un buen samovar de plata —dijo Marianne.

Sin que Mercedes supiera por qué, los dos se echaron a reír, se levantaron y salieron del local al calor de agosto.

7

Palmeras a contraluz

Después de interminables horas de espera, por fin había sucedido. Lo más difícil había sido no estar todo el tiempo pensando en ello, imaginando cómo se lo comunicarían, con qué palabras exactas, cuál debía ser su reacción, qué decir cuando le hablaran en español para comunicarle la muerte de su esposo.

Las noches habían sido largas y angustiosas, ocupadas por recuerdos y fantasmas de otros tiempos más dichosos cuando el mundo de cada uno de ellos se acababa y resumía en el del otro, cuando no necesitaban a nadie más para ser felices, cuando estaban llenos de planes que, en su conjunto, se habían realizado. Y ahora que tenían todo lo que habían soñado, que su vida podía ser suave, feliz y plena, de repente Marco había decidido unilateralmente cambiar las coordenadas establecidas en pareja y dejarla tirada a mitad del camino. Todavía le resultaba difícil de creer. La había abandonado. Iba a tener un hijo. Quería echarla de su casa y del negocio común. Tenía que repetírselo de vez en cuando para comprender por qué había tomado la decisión final. Era difícil, pero estaba hecho y, salvo algún arrebato puntual de madrugada que le causaba violentos episodios de llanto, no se arrepentía.

También le había resultado difícil no llamarlo al móvil, siquiera para oír de nuevo su voz, pero no habría sido prudente.

Era mejor que el teléfono de Marco no registrara ninguna llamada por su parte. Si llegaban a preguntarle sobre ello, diría que a él no le gustaba que lo llamase cuando estaba en pleno trabajo.

No investigar sobre ella, sobre Chantal, había sido casi peor. Los dedos se le iban solos al teclado de su portátil cuando pensaba en esa mujer que había entrevisto apenas en Instagram y se moría de ganas por saber quién era, qué hacía, dónde podía golpear para hacerle el mismo daño que ella había sufrido. Aunque... bien pensado, el simple hecho de eliminar a Marco de su vida ya era un buen castigo, al menos por el momento.

El dolor de perder a alguien con quien llevas un par de meses de relación —es lo que ella suponía que debían de llevar la rubia y él— siempre es intenso pero pasajero, sin comparación posible con perder la mitad de tu vida, la mitad de ti misma, la persona con la que te has ido a dormir todas las noches durante casi treinta años, con quien has superado dolores, enfermedades y problemas económicos, con quien has compartido temores y celebrado éxitos. Ahora a esa mujer le dolería la pérdida, pero al cabo de unos meses, de uno o dos años, habría encontrado otra pareja y todo se iría difuminando en el pasado. Sin embargo, para ella misma, para Monique Heyni, aquel desgarro sería una cicatriz eterna. Tendría que plantearse incluso si quería seguir llamándose Heyni, el apellido de él, su nombre de casada, o recuperar el de su padre, que no había usado desde el día de su boda.

Los pensamientos daban vueltas y vueltas en su cabeza como la ropa en una lavadora mientras caminaba de nuevo por el aeropuerto de Barcelona como unos días atrás, pero esta vez en dirección a Alicante, a reconocer el cadáver de su marido.

Había tenido mucha suerte. Su móvil se había puesto a sonar, mostrándole un número suizo, y ella lo había cogido, pensando que sería alguna cuestión profesional, algo relacionado con la siguiente exposición.

—¿Frau Heyni? —la voz era desconocida y absolutamente familiar en su acento de Zúrich.

—Sí, dígame.

—Policía cantonal.

Sintió como si le hubieran dado un puñetazo en el estómago y agradeció que la llamada la hubiese pillado en el hotel, en su propia habitación, donde nadie podía verla.

—¿Sí? ¿Qué ocurre?

—¿El profesor Marco Heyni es su esposo?

—Sí. ¿Qué pasa? ¿Le ha pasado algo a mi marido? Tiene que ser una confusión, está en España.

—Lamentamos tener que comunicarle la muerte de su esposo, señora. La policía española se ha puesto en contacto con nosotros a través del consulado y no hay duda respecto a su identidad.

—Pero… pero… no es posible… ¿cómo ha sido? ¿Ha tenido un accidente? —Sin tener que fingir nada, la voz empezó a temblarle descontroladamente—. ¿Un accidente de tráfico?

—No, Frau Heyni. Se trata de un asesinato premeditado.

—¿Quééé? ¿Marco, asesinado? ¿Por quién? ¿Por qué?

—Eso es competencia de los colegas españoles. ¿Puede usted viajar hasta… —hubo una breve pausa, mientras el hombre se aseguraba del nombre que iba a pronunciar— Benalfaro, provincia de Alicante?

—Sí —contestó, después de tragar saliva—. Estoy en Barcelona. Habíamos quedado en encontrarnos aquí en cuanto terminara su trabajo en Benalfaro, tomarnos unos días libres…

—Lo siento, señora.

El silencio se estiró como un chicle, pegajoso y frío.

—Le paso el número de la comisaría. ¿Tiene algo para apuntar? —Monique copió mecánicamente en el librito de notas cortesía del hotel el número que el policía suizo le estaba dictando—. En cuanto sepa usted cuándo llega, haga el favor de avisarlos y enviarán a alguien a recogerla al aeropuerto.

Ella contestó con un gemido ahogado.

—Mis condolencias, Frau Heyni. Procure descansar un poco ahora. Buenos días.

Colgó, sacudida por los temblores y los sollozos. Marco estaba muerto. Nunca, nunca más volverían a cogerse de la mano paseando por un jardín francés; no volverían a brindar en la galería oscura y silenciosa, vacía de público, al cierre de un *vernissage*; no se reirían nunca más de las ínfulas de un artista emergente; no irían al cine, al teatro, a cenar... A partir de ahora sería ella sola para todo.

¿No habría preferido que Marco siguiera vivo, con otra, y poder continuar viéndolo como amigo de vez en cuando? ¿Pasear con él, empujando el cochecito del bebé, hablando de los planes para el futuro del niño?

No. No lo habría preferido. No habría soportado ver cómo se alejaba de vuelta a su casa, con su bebé, a encontrarse con otra mujer que habría preparado la cena en su cocina, en la cocina que ella había elegido y donde llevaba más de diez años cocinando para sus amigos, mientras que «la pobre Monique» —porque seguro que Marco acabaría llamándola «la pobre Monique»— volvía sola a un piso donde nadie la esperaba.

No. Era mejor así.

Sufriría. Sufriría mucho. Tendría dudas a veces. Tendría que mentir coherentemente durante mucho tiempo, pero sobreviviría y, cuando llegara el momento de poder pensar en él sin ese dolor lacerante, por su traición, por su muerte, se encontraría con que, salvo su ausencia, todo lo demás seguía en su lugar, todo lo que llevaba una vida luchando por tener. Había hecho bien.

Pasó por delante de la tienda donde, unos días antes, se había encontrado con el profesional y sintió un estremecimiento que la recorrió entera. Sin pararse a pensarlo, entró, cruzó directa a los probadores y se quedó mirando el cubículo donde había quedado sellado el destino de Marco. No había nada que probara que allí se había decidido la muerte de su marido. Todo estaba igual de limpio, igual de neutro, sin rastro de nada. ¿Qué esperaba? ¿Que los espejos gritaran «asesina»?

Se encogió de hombros y se dio la vuelta para salir. Se acababa de dar cuenta de que estaba horrible. Mejor. Dentro de dos horas la policía de Benalfaro la recogería en el aeropuerto Miguel Hernández. Era mucho mejor estar así de horrible. Ya tendría tiempo de volver a estar bien.

Lola Galindo se acababa de tomar un café mientras esperaba la llegada del vuelo de Barcelona. Aldeguer le había adjudicado el asesinato del suizo y estaban a punto de cerrar el caso antiguo de los huesos de la criatura desconocida, lo que le fastidiaba un poco, pero comprendía que no tenía demasiado sentido seguir. No había por dónde cogerlo, mientras que este caso tenía muchas más posibilidades de ser resuelto. Ahora tendría que contestar todas las preguntas de la viuda y, aunque no era plato de gusto, formaba parte de su profesión de igual modo que mirar fotos de cadáveres en mejor o peor estado.

El vuelo ya marcaba «aterrizado». Como la mujer no llevaba más que equipaje de cabina, saldría rápido, de modo que echó a andar hacia las puertas por las que aparecería.

En ese momento sonó su móvil. Greta.

—¿Te pillo en mal momento?

—No, pero no tengo mucho tiempo. Dime.

—Mira, que he hablado con Candy, me ha dicho que tú querrías tomarle una muestra a Sofía para un análisis de ADN y ella no está por la labor.

—Así es. La entiendo, más o menos, pero me fastidia un poco. ¿Vas a tratar de convencerla?

—No. A mi tía no hay quien la convenza de nada. Lo que se me ha ocurrido es que yo soy hija de Eileen, su hermana. Puedes sacarme la muestra a mí, si quieres.

—¡Joder! Cada día estoy peor. Ni se me había pasado por la cabeza.

—No sé si servirá igual, pero si lo que quieres es averiguar si el bebé es de nuestra familia, me figuro que con el análisis de mi muestra se sabrá si compartimos algo, ¿no?

—Cuánto te lo agradezco, Greta. Lo hablo con el laboratorio y luego te llamo, ¿vale? Ahora tengo que dejarte. Gracias otra vez.

Aún con una sonrisa en los labios, levantó la vista y se encontró con la mujer que había venido a recoger. La sonrisa desapareció de un instante a otro. Era evidente que aquella mujer acababa de sufrir una gran pérdida.

Se saludaron, salieron en silencio hacia el aparcamiento donde esperaba Marino, el compañero de Lola. Unos segundos más tarde iban de camino hacia el instituto de medicina legal donde se haría el reconocimiento del cadáver.

La mujer llevaba unas gafas de sol de espejo que no permitían ver sus ojos, pero las ojeras y el rictus de los labios dejaban bien claro que no había dormido nada y estaba pasando por un momento terrible.

La oyeron carraspear, como preparándose para hacer una pregunta. Lola se giró hacia ella.

—Sé que sonará estúpido, pero… ¿están seguros de que es él? ¿Es seguro que… ha muerto? Quiero decir… —Su voz se cortó. Seguramente ella misma se había dado cuenta de lo absurdo de su pregunta, considerando que iban de camino a la morgue.

—Lo siento, señora Heyni. Estamos totalmente seguros de que ha fallecido, y ha sido reconocido ya por su… asistente. —La pausa había sido involuntaria, pero Lola, de golpe, se había dado cuenta de que no era buen momento para que la viuda se enterase de que su difunto esposo había estado compartiendo habitación de hotel con su ayudante, secretaria o lo que fuera. Después de la conversación con Chantal Fischer, la cosa seguía sin estar del todo clara.

—¿Su asistente? ¿Qué asistente? Marco nunca ha tenido un asistente.

—Una.

—¿Cómo dice? —La mujer la miraba fijo, ajena al paisaje que atravesaban, con los labios pálidos y temblorosos.

—Que se trata de una mujer. Chantal Fischer, suiza, igual que ustedes. Pero ella no habla español.

—No la conozco. Marco no me dijo nada. No lo entiendo. Él nunca quiere… quería… —tragó saliva— distracciones cuando autentifica una obra. Ni siquiera quería que viniera yo, aunque fuese solamente a hacerle de intérprete. Habíamos quedado en Barcelona para después. —Hizo una pausa, volvió a tragar saliva y perdió la vista en el mar que se extendía azul y brillante al sol de las once—. Unas cortas vacaciones —terminó. Buscó a toda prisa por el bolso, sacó un pañuelo de papel y lo apretó firmemente contra su boca.

Durante unos minutos siguieron en silencio hasta que Monique volvió a hablar.

—¿Pueden… pueden decirme qué ha pasado, cómo ha sido? Por teléfono solo me dijeron que había sido asesinado. No puedo entenderlo.

—Lo encontraron muerto de un golpe en la cabeza en el pasillo de su hotel cuando volvía de Santa Rita, el lugar donde estaba examinando los cuadros, al atardecer. No hemos encontrado todavía el arma del crimen, aunque sospechamos que puede tratarse de un martillo que uno de los técnicos de reparaciones del hotel echa en falta de su caja de herramientas.

—O sea —dijo Monique Heyni cuidadosamente—, que no fue premeditado.

—¿Cómo llega usted a esa conclusión?

—Porque si alguien hubiese querido matarlo, se habría llevado un arma con la que hacerlo, ¿no cree?

Lola se mordió el labio inferior. Efectivamente, esa era una de las ideas que habían tenido ella y Robles comentando el caso la noche antes pero Robles no creía que fuera casualidad el que la víctima fuese precisamente el experto en autentificaciones.

—A lo mejor es un perturbado que, por lo que sea, ha visto el martillo, lo ha cogido y le ha dado un golpe a la primera persona con la que se ha topado —añadió Marino que, hasta ese momento, se había limitado a conducir en silencio.

—Y se ha llevado el martillo de recuerdo —añadió Lola, con una cierta ironía.

—¿Te extraña?

—Un poco, sí. Si fuera un loco que le rompe la cabeza al primero que pasa, lo normal sería que tirase el martillo allí mismo. Así tenemos las cosas más difíciles. Por eso se lo ha llevado, para que no podamos analizar el arma, lo que indica que tan loco no estaba. —Lola se giró de nuevo hacia la mujer que ocupaba el asiento de detrás—. Señora, ¿se le ocurre a usted alguna persona que quisiera matar a su esposo, por la razón que fuera? Dinero, odio, envidia, venganza…

Monique iba negando con la cabeza después de cada palabra.

—En nuestro ambiente —contestó, después de un carraspeo—, no le voy a negar que hay peleas, rencillas, jugarretas más o menos sucias cuando alguien te arrebata algo en una subasta no del todo limpia, por ejemplo, pero tanto como para llegar a matar… no. No creo.

Lola estuvo a punto de preguntarle en ese mismo momento por la fidelidad de su esposo y al final decidió dejarlo para más tarde. Ya había tenido bastante con saber que había una asistente de la que ella no tenía noticia. Prefería que estuviera más o menos serena cuando viese el cadáver de su marido. Sin embargo, fue la viuda la que sacó el tema.

—Inspectora…, ¿puede decirme quién es esa mujer? —preguntó en voz ronca.

—La verdad es que nosotros aún no sabemos mucho tampoco. Estamos investigando todavía.

—¿Podría hablar con ella?

—Supongo que sí.

—Es que no me acabo de creer lo de que era su asistente y, como ya ha habido otras veces… —dejó la frase sin terminar.

—¿Se refiere a que su marido ha tenido algunos asuntos extramatrimoniales?

—Es una forma de decirlo, sí. Nada serio, decía él. Cuatro o cinco veces, con distintas mujeres.

—Y, al parecer, usted siempre lo perdonaba.

—Perdonar… no sé si es la palabra adecuada. No me gustaba, claro, pero parece que a él le sentaban muy bien esas aventuras. Breves, todo hay que decirlo. Siempre volvía más… ¿cómo se dice eso en español? ¿Contrito?

Si Monique Heyni hubiera podido ver la expresión del conductor, se habría reído. Marino no había oído esa palabra jamás en su vida.

—Arrepentido, quizá —ayudó Lola.

—Sí, eso. Me pedía perdón, me prometía que no volvería a pasar, me aseguraba que no había ninguna mujer en el mundo que me llegara a la suela de los zapatos, me regalaba algo bonito o nos íbamos de viaje unos días. Luego todo iba bien durante varios años. Cuando volvía a suceder, yo me llamaba imbécil y me prometía no volverlo a permitir, pero la verdad es que me compensaba. Prefería tener a Marco con alguna que otra infidelidad a no tenerlo. ¿Le escandaliza?

—¿Por qué iba a escandalizarme, señora Heyni? Cada pareja establece sus reglas. No es asunto mío.

—Entonces… esa, ¿cómo ha dicho?, Fischer… ¿era su amante actual?

—Compartían habitación, en cualquier caso.

La viuda hizo una inspiración profunda, desvió la vista hacia las calles de un barrio periférico de Alicante que estaban atravesando en ese momento y cerró los labios en una línea muy estrecha y muy tensa. Para Lola era evidente lo que estaba pensando la mujer: «Me había dicho que no quería que lo acompañara porque tenía que concentrarse en su trabajo y resulta que estaba con otra, naturalmente más joven y más vistosa, como siempre, estoy segura; y yo, como una idiota, esperándolo en Barcelona para pasar unos días juntos». Pero era una señora, y no lo dijo en voz alta.

Pararon frente a los Juzgados de Alicante, las dos mujeres se apearon y el subinspector fue a aparcar mientras ellas se dirigían al instituto de medicina legal y forense. El golpe de calor al salir del interior del coche refrigerado fue una bofetada de intensidad física que hizo trastabillar a la suiza. Lola la sujetó por el codo para evitar que cayera al suelo.

—Pero ¿cómo pueden vivir aquí, con este calor? —murmuró.

—Ahí dentro se estará fresco —dijo Lola sin pensar, y al momento se percató de que podía entenderse como una broma de muy mal gusto.

La señora Heyni caminaba casi sonámbula, apretando el bolso contra su costado como si llevara en él algo valiosísimo o si su vida dependiera de no soltarlo. No se quitó las gafas al entrar en el edificio y recorrió los pasillos en silencio junto a la inspectora, mordiéndose los labios por dentro.

Efectivamente, en el interior se estaba mucho más fresco, y aún más cuando entraron en la sala donde se conservaban los cadáveres. El que ellas habían venido a reconocer no estaba en un cajón metálico como en las películas, sino tendido en una camilla con una sábana muy blanca y muy planchada cubriéndolo por entero. El médico que las había recibido retiró un pico de la sábana, lo justo para que la mujer pudiera verle la cara al difunto, y se apartó un par de pasos diciendo en voz respetuosa:

—Si necesita ver también su cuerpo, no tiene más que decírmelo.

La viuda se detuvo muy cerca del cadáver, mirando fijamente sus ojos cerrados, sin las gafas de siempre, la herida del cráneo, la palidez cerúlea de su rostro.

—Me habría gustado ver sus ojos por última vez —musitó.

—No se lo aconsejo. No los reconocería. Están llenos de sangre. Pero, si quiere, lo que sí puedo hacer… —Destapó el cadáver, se retiró hacia el rincón, llevándose a Lola, para dejarle un poco de intimidad.

La mujer se quedó casi un minuto pasando la vista por el cuerpo de su marido, inexpresiva, abrazada a sí misma, frotándose los brazos.

—¿Es él? —preguntó Lola en tono oficial.

—Sí. Es él —contestó—. El profesor doctor Marco Heyni. Mi marido.

Apenas apearse del AVE de Madrid, Miguel cogió a Greta del brazo y, antes incluso de que Robles pudiera darle los dos besos de bienvenida, ya le estaba diciendo:

—¿Sabes que tenemos otro muerto en Santa Rita?

—Pero ¡qué cotilla eres, Miguel, por Dios! Por eso querías venir a recogerla…

El tono casi jocoso dejaba claro que el difunto no era ninguna de las personas con las que compartían su vida y Greta se relajó. Si se hubiese tratado de su tía, o de Candy, la habrían avisado para que regresara lo antes posible.

—Nadie de los nuestros, espero.

—No, no te preocupes —siguió explicando Miguel, disfrutando como un pato en una charca—. ¿Te acuerdas del figurín suizo, el de los cuadros?

—Pues claro, hombre; solo llevo dos días fuera.

—Ese.

—¿El profesor Heyni? ¿Qué le ha pasado al pobre hombre? ¿Un infarto?

Miguel hizo una pausa teatral, disfrutando de la noticia.

—Se lo han cargado en su hotel.

Greta se detuvo en el mismo andén, junto a las escaleras.

—¿Qué? ¿En serio? ¿Un asesinato?

Robles asintió con la cabeza.

—¿Se sabe quién ha sido?

—No, claro. Ahora te contaré lo que yo sé.

Bajaron hasta el parking oyendo las especulaciones de Miguel que se debatía entre dos explicaciones: o la clásica *cherchez la femme*, entre la esposa y la amante, o las mafias de obras de arte que, por la razón que fuese, no querían que aquellas obras quedaran definitivamente autentificadas.

—Menos mal que no te metiste en la policía, socio. Tienes demasiada imaginación —zanjó Robles, abriéndole la puerta del copiloto a Greta.

—A todo esto, Miguel, ¿por qué has venido disfrazado de ciego? —preguntó ella, acomodándose.

—Porque lo soy.

—Ya. Pero en Santa Rita rara vez llevas esas gafas impenetrables y el bastón blanco. Solo te falta el perro.

Un par de meses atrás, a Greta le habría parecido impensable hablarle así, pero la amistad que había desarrollado con Miguel y su mujer, Merche, que no era ciega, pero tenía graves problemas de visión, la había llevado a poder hablar con ligereza de asuntos que antes hubiese evitado.

—La gente es más amable cuando se te nota. Y cuando voy a un lugar público, donde, presumiblemente, hay mucha gente y puedo perderme de la persona que me acompaña, tiene sus ventajas que se note que soy ciego. Es como cuando te has roto un tobillo y llevas muleta. Si te haces el valiente y no la coges, eres simplemente un cojo y no te ayuda nadie en caso de necesitarlo, mientras que, si te ven la muleta, te ceden un asiento, por ejemplo.

—No se me había ocurrido nunca.

—¿Algo nuevo de la Hemeroteca? —intervino Robles.

—Cosillas. Nada grande, pero un par de detalles que darán cuerpo a la historia de Santa Rita si por fin me decido en serio a escribirla. ¿Sabíais que 1925 fue Año Santo?

Los dos hombres se encogieron de hombros y negaron.

—¿Y qué? —preguntó Robles.

—Pues que ahora sé por qué mis abuelos fueron a Roma. No me cuadraba nada que un año después de casarse, sin más ni más, se decidieran a hacer un viaje tan largo cuando Sofía apenas tenía un añito. Ahora sé que querían ganar el Jubileo. Mi abuelo tenía muy mal carácter, por lo que me han contado, pero parece que era muy católico, y eso de la indulgencia plenaria debía de parecerle un auténtico regalo, a cambio de las incomodidades del viaje.

—¿Y para eso te has ido a Madrid? —preguntó Robles, sinceramente perplejo.

—Para eso y para más cosas. Me acordaba de que en el Museo Thyssen había un cuadro de Jawlensky y quería volver a verlo. Ha resultado que, además, tienen un autorretrato de Gabriele Münter, dos retratos de Jawlensky, un Kirchner, un Marc, un Macke y varios Kandinskys. Por desgracia, nada de Marianne, pero es una muestra excelente de El Jinete Azul. Vale la pena ir solo por eso, y la exposición temporal era magnífica. De paso he comprado un par de libros de los que no se encuentran por Internet. Ahora estoy casi segura de que mi abuela Mercedes y Marianne von Werefkin debieron de conocerse en ese viaje, a pesar de que la pintora solo estuvo tres días en Roma.

A los dos hombres les hizo gracia, aunque se guardaran mucho de decirlo, que alguien pudiera ponerse tan contenta por una visita a un museo y por haber descubierto un detallito de algo que había sucedido casi cien años atrás y que no llevaba a nadie a ninguna parte, pero era agradable ver a Greta tan entusiasmada y los dos la felicitaron por el hallazgo.

—Venga, ahora contadme vosotros.

Acababan de llegar a Santa Rita. Las palmeras se balanceaban suavemente contra el cielo de poniente, surcado de nubes violentamente rosa y carmesí que fingían olas espumosas sobre el azul. El calor seguía siendo intenso incluso a esa hora, a punto de caer la noche.

—¡Qué alegría estar de vuelta! ¡Qué bonito es esto!

Robles cogió la pequeña maleta.

—Anda, vamos a lavarnos las manos y a cenar. Durante la cena te lo contamos todo.

Entraron juntos, Miguel se fue a su habitación y los otros dos subieron la escalera hasta el cuarto de Greta, en la torre.

—La última noticia —dijo Robles bajando la voz— es que ha llegado la viuda a reconocer el cadáver y, como son fiestas ahora mismo, primero las patronales y luego los Moros y Cristianos, y es agosto y en Alicante hay un festival de cine, están los hoteles a tope, así que se va a alojar aquí un par de días, hasta que pueda repatriar el cuerpo de su marido.

—¡Ay, pobre mujer! ¡Qué pena! ¿No tienen hijos?

—No hay nadie más. Ni padres ni hijos ni hermanos.

—¡Qué espanto!

—La ventaja es que es hija de emigrantes españoles y habla bien la lengua. Al menos no necesita que le traduzcan nada.

—Pero ¿cómo ha sido? ¿Tú qué crees?

En su cuarto, Greta dejó la maleta cerrada en un rincón y fue a lavarse las manos mientras Robles hablaba desde la ventana, con la vista perdida en el horizonte de olivos y lavandas que se iban volviendo azules.

—La famosa asistente, ¿te acuerdas de la chica rubia que vino con él el primer día?, era su amante, compartían habitación en el Miramar. La mujer legítima estaba pasando unos días en Barcelona, esperándolo a él. Lo han liquidado de un martillazo en la cabeza, nada de armas ni casquillos que analizar. No han dejado un solo resto que nos dé una pista. No hay nada de nada. Por no haber, ni siquiera hay motivo.

—¿La mujer sabía lo de la amante? Eso podría ser un motivo.

Cuando ella terminó, Robles fue a lavarse las manos, mientras Greta se cambiaba de zapatos.

—No lo sabía, pero no era la primera vez y lo llevaba con paciencia. Además, estaba lejísimos cuando sucedió. Los colegas ya lo han comprobado. Ahora estamos esperando los resultados del estudio de los teléfonos móviles de la víctima, la amante y la mujer… y a ver si sale algo. Y el resultado de la autopsia, claro, pero si no aparece algo muy, muy raro, es evidente qué es lo que le causó la muerte al figurín. Un martillazo en la cabeza no puede estar más claro. Aunque quizá no haya sido un martillo, sino otra cosa. Objeto contundente, que se suele decir.

—O sea, que ahora ella vendrá a cenar.

—Si quiere comer algo, sí. Y quería pedirte que le hagas un poco de compañía. Habla español, pero Santa Rita, al principio, puede ser demasiado para cualquiera. A lo mejor, si te la llevas a dar una vuelta por el jardín después de cenar y le hablas en alemán, se relaja y…

—Me estás pidiendo que la sonsaque, ¿no?, que investigue, por si acaso.

Robles bajó la vista, sonriendo.

—No soy muy sutil, por lo que parece.

—Es que ya nos vamos conociendo… ¿Sospechas de ella?

—Ya me conoces, Greta. Yo sospecho de todo el mundo. Soy un sospechador profesional. Me han pagado por eso durante cuarenta años con los impuestos de los ciudadanos. Habla con ella, dime qué te parece como persona… No sé…, a lo mejor sale algo. Estamos totalmente a oscuras.

—Y ¿a ti qué te parece?

—Fina, elegante, fría, muy señora. Está hecha polvo, o es una excelente actriz.

El gong, llamando a la cena, reverberó por toda la casa.

—Anda, vamos a ver qué hay de cenar. Me muero de hambre.

Trini, que era más buena que el pan blanco y se compadecía de todo el mundo, había hecho sopa de pescado —«porque las sopas son buenas para el alma y la pobre mujer estará destrozada; ¿Cómo se puede ser tan cochino? A mí siempre me dio mala espina ese tipo»— y croquetas de bacalao con ensalada —«que no pesan en el estómago y se pueden comer en porciones pequeñas»—. De postre, tiramisú —«porque es suave y dulce y ayuda a dormir, pobre muchacha».

Santa Rita, a mediados de agosto, estaba solo a dos tercios de ocupación, ya que los estudiantes estaban pasando el mes con sus familias, y algunos de los otros residentes se habían ido unos días de vacaciones para evitar el turismo masivo que llenaba la Costa Blanca o las ruidosas fiestas mayores, con sus *mascletàs* y sus castillos de fuegos artificiales. De todas formas, cuando Monique llegó a la puerta del comedor tuvo que hacer una inspiración profunda y armarse de valor para dar el primer paso. No había acabado de comprender qué era aquello de Santa Rita y temía que se tratara de algo relacionado con una secta religiosa o con algún tipo de comunidad ideológica. La verdad era que no sabía muy bien qué hacía ella ahí, pero la mujer policía, después de mucho telefonear aquí y allá, había llegado a esa solución, que parecía ser la única, ya que no tenía sentido buscar alojamiento más lejos y tener que estar yendo y viniendo.

No tenía hambre y, si hubiese estado sola en un hotel, se habría quedado en la habitación y posiblemente se habría conformado con una cerveza y unos cacahuetes de la neverita, pero en las circunstancias presentes, creía más inteligente aparecer, dar las gracias a sus anfitriones y retirarse lo antes posible.

Nada más verla en la puerta, el hombre grande y calvo que la inspectora le había presentado como Robles se levantó y, a largas zancadas, se acercó a ella para acompañarla a la mesa donde estaba sentada otra mujer de unos cincuenta y tantos o sesenta años de aspecto intelectual, pelo corto, gafas de lectura subidas en la cabeza como una cinta del pelo y ojos compasivos. Robles se la presentó como Greta Kahn, sobrina de la propietaria de Santa Rita.

—Ah, ¿Santa Rita tiene dueña? —preguntó, bastante sorprendida.

—Claro. Esta es la casa familiar de mi tía. Bueno, la casa y el balneario original fundado por mi tatarabuelo, que después fue sanatorio y luego hospital psiquiátrico de mujeres. Por eso, si vas por el pueblo con el oído abierto, verás que mucha gente lo llama «la Casa' las Locas», no por las que vivimos aquí ahora, sino por el pasado.

—Es que no he terminado de captar qué es esta... comunidad.

Robles y Greta se miraron y sonrieron. Ella se lanzó a explicarlo.

—Ya. Pasa mucho. Mira, es muy fácil, es como un piso de estudiantes, un piso compartido, una *WG* —dijo, usando la palabra en alemán—, pero muchísimo más grande y con más variedad de población.

—¿Hablas alemán? —La sorpresa era patente en su rostro.

—Claro. He vivido allí cuarenta años. Mi marido era alemán.

—¿Murió?

Greta se llevó la mano a la boca.

—¿He dicho «era»? —Robles se echó a reír—. Es. Es alemán. Lo que pasa es que nos separamos hace unos meses y, por raro que suene, a pesar de haber estado casados treinta y muchos años, ya casi no me acuerdo. Es increíble, ¿verdad?

—No sé si a mí llegará a pasarme alguna vez. —Tragó saliva y empezó a acariciar su servilleta como si fuera un gato.

—Lo siento mucho, Monique. Es una pena que nos hayamos conocido en estas circunstancias.

Robles se levantó.

—Voy a traer el primero, señoras. ¡Qué raro que Miguel aún no haya aparecido! ¿Verdad?

—¿Quién es Miguel? —preguntó la extranjera.

—Un amigo que también vive aquí, con su mujer. Él fue profesor de matemáticas en la universidad y ella es profesora de piano en el Conservatorio. Excelentes personas, y muy divertidas.

—¿La inspectora no cena con nosotros?

—No. Le ha surgido algo.

—¿Del caso de mi marido? —De un momento a otro, Monique Heyni se había puesto nerviosísima.

—No sé, la verdad. Solo me ha mandado un mensaje diciendo que no la esperemos.

Robles se dirigió a la cocina y las dos mujeres quedaron en silencio durante unos segundos. Greta no sabía cómo romper el hielo; Monique no parecía tener muchas ganas de hablar. Sin embargo, al final fue ella la que preguntó. Al quedarse solas, la viuda pasó al alemán y, consecuentemente, al usted.

—¿Llegó usted a conocer a mi marido?

—Sí. Cuando nos visitó, con la autorización policial, para hacer un primer examen de las obras, vino a vernos a mi tía y a mí. Ella tiene ya más de noventa años y suele delegar en mí o en Candy, su secretaria de toda la vida, los asuntos más engorrosos.

—¿Les parece engorroso tener la suerte de haber descubierto unos cuadros que, de confirmarse su autoría, las van a hacer más ricas de lo que hubieran podido soñar nunca?

Habría podido molestarse por el tono entre agresivo y ofendido de la suiza, pero decidió no hacerlo. Total, ¿para qué? Aquella mujer estaba sufriendo mucho y seguramente le había resultado desagradable que hablara de «engorro» al referirse a la visita de su marido.

—Sofía tiene mucho dinero. Sus obras siguen vendiéndose en todo el mundo y se han hecho varias películas y series sobre sus novelas. Yo vivo bien y no necesito más. Lo mismo más adelante, cuando acabe todo esto, nos alegramos, pero de momento podríamos habernos pasado perfectamente sin todo el revuelo y la atención mediática. ¿O no ha tenido usted que venir escondida en el coche de Lola para que no le hiciera fotos la nube de periodistas que ha acampado a la entrada de Santa Rita?

Ella asintió con la cabeza.

—Pero usted me había preguntado otra cosa.

—Bueno —la suiza echó una mirada al pasaplatos de la cocina, donde Robles estaba de cháchara con una mujer pequeñita que llevaba el pelo muy rubio y muy cardado—, yo lo que quería preguntarle era si había visto a… esa mujer, a Chantal Fischer.

—¿Su asistente?

—No era su asistente —dijo, cortante.

—Disculpe. Lo siento. Sí, la he visto. Tendrá unos treinta y pico, melena corta rubia, recogida en coleta, tan alta como él, o incluso un poco más. Parecía entender de arte. No era como si se hubiese traído a su amiga a fingir que era su ayudante. Daba la sensación de que de verdad lo ayudaba en el trabajo. Se pasó horas haciendo fotos a las obras, midiendo, haciendo bocetos en distintos cuadernos. Yo juraría que es pintora.

—¿Ah, sí? En cuanto vuelva a mi habitación voy a hacer una búsqueda, a ver qué encuentro. Yo soy galerista y no me suena de nada el nombre.

—¿Quiere que la ayude? Tengo mucha experiencia en investigación y documentación *online*. Además…, podría ser que usara un seudónimo como pintora.

En ese momento apareció Robles con una sopera de metal y tres platos hondos.

—Si vais a seguir en alemán, me cambio de mesa.

—No, hombre, solo le estaba diciendo a Monique que, si esa mujer pinta, igual usa seudónimo y por eso no le suena su nombre.

—¿Quién pinta? —preguntó, pasándole a Greta el cucharón para que sirviera los platos.

—La mujer que vino con el profesor Heyni. Yo diría que es profesional de algo que tiene que ver con el arte: pintora, restauradora, historiadora…, algo similar.

Robles asintió con la cabeza y añadió.

—Yo estuve con ellos todo el tiempo y, tienes razón, hablaban como dos entendidos en la materia, aunque yo no sé alemán, pero estaba claro que se relacionaban al mismo nivel profesional. Ni se me ocurrió que fuera solo su amante.

—Se puede ser las dos cosas —precisó Greta—. El ser rubia y guapa no significa que tenga que ser tonta. Ay, perdona, Monique.

—No. Marco nunca las elegía tontas.

—¿Había más? —preguntó Greta en voz baja.

—Unas cuantas. No muchas en veinticuatro años. Está buena esta sopa. ¿Creéis que puede haberlo matado ella? —añadió al cabo de unos momentos.

Robles y Greta cruzaron una mirada.

—¿Qué motivo podía tener?

Monique se encogió de hombros y empezó a sugerir posibilidades.

—¿Una pelea de enamorados? ¿Él le había dejado claro que era solo una aventura pasajera y ella quería más? La forma de matarlo indica un arrebato pasional, ¿no? ¿Dónde estaba ella cuando lo mataron? ¿O dónde dice ella que estaba?

—Ella estaba arreglándose en el baño para bajar a cenar. Él acababa de llegar de Santa Rita y estaba a punto de entrar en la habitación. Lo encontraron delante de su puerta en un charco de sangre —explicó Robles.

—¿Y la policía se cree que ella estaba en el baño, así, sin ningún testigo ni nada? ¿Simplemente porque ella lo dice?

—Naturalmente, siguen investigando. —Lola no le había dicho a Monique que él había sido comisario de policía hasta hacía dos años y Robles prefería hacer como que no tenía mucha idea de los procedimientos policiales. Luego, todo lo que averiguara, lo pasaría a sus colegas.

Terminaron los platos y, antes de que uno de ellos pudiera ir a buscar el segundo, Monique se puso en pie.

—Si no os importa, me retiro ya. Estoy agotada.

—Pero ¡si no has comido nada, mujer!

—Mañana desayunaré. Ahora estoy que me caigo.

—¿Quieres que te acompañe a tu cuarto? —Robles echó la silla atrás.

—No, muchas gracias. Es todo recto y subir la escalera del fondo. No tiene pérdida.

Justo cuando Monique había cruzado la puerta del comedor, entró Miguel y se quedó un instante parado, esperando que alguien lo llamase.

—Estamos aquí —dijo Greta. Él pasó por entre las mesas con total seguridad y se sentó con ellos después de haber ido saludando a unos y otros—. ¿Y Merche?

—Algo le ha sentado mal. Le he llevado una manzanilla y le he hecho compañía un rato, pero yo tengo hambre. ¿Me he perdido algo?

Entre la sopa y el tiramisú le fueron resumiendo la conversación con la viuda.

—Lo siento muchísimo, inspectora —estaba diciendo Luisma Rosales, el director del hotel Miramar—. No me explico cómo ha podido pasar, pero el muchacho está en prácticas y, con todo este lío, sencillamente se olvidó del encargo de nuestro cliente fallecido. Pase, pase por aquí.

Lola no contestó. No valía la pena ponerse a discutir si tenían que habérselo enseñado antes o no; lo importante era que ahora, por fin, había algo más, quizá un cabo del que tirar.

—Espérame aquí, Marino, vuelvo enseguida.

Rosales la hizo pasar a un despachito con un ordenador y una estantería llena de archivadores. Sobre la pequeña mesa redonda junto a la ventana reposaba un paquete de mediano tamaño envuelto en un papel de regalo con globos de colores y corazones diminutos.

—El profesor le dijo a nuestro empleado en prácticas que a lo largo de la tarde traerían un paquete para él. Le pidió que lo guardaran en recepción y que se lo llevaran a su mesa cuando hubiesen terminado de cenar él y su esposa.

—¿Dijo «esposa»?

—Así es. Todos pensábamos que eran matrimonio y ellos hablaban como si lo fueran.

—¿Quién enviaba el paquete?

—La juguetería Pinocho.

La policía no cambió de expresión.

—¿Tienen el listado de movimientos que les pedí ayer?

—Dentro de lo posible, inspectora. Esto está de bote en bote y no podemos asegurar que no se nos haya pasado algo por alto. Aquí tiene: el primer día salieron juntos para Santa Rita, volvieron juntos sobre las ocho u ocho y media y cenaron aquí en el hotel. El segundo día también salieron juntos, pero ella lo dejó allí, por lo que me han contado unas personas que conozco en la Casa' las Locas, y se marchó con el coche. Volvieron cada uno por su lado y cenaron fuera. El tercer día, más o menos lo mismo, pero ella volvió primero y subió a su habitación. Tenían una mesa reservada para las nueve, con vista al mar. Luego llegó el profesor, le preguntó al chico si la juguetería había entregado el paquete, él le dijo que sí, y subió a su cuarto. Lo demás ya lo sabe.

—Bien, pues gracias por todo.

Se acercó a la mesa, cogió el paquete que ya había sido manipulado por unas cuantas personas y que no pesaba apenas nada y salió al vestíbulo. Subieron al coche.

—¿Qué crees tú que será? —preguntó Marino.

—Es de una juguetería. Vete tú a saber. Quería que se lo entregaran al final de la cena, en el comedor. Vamos a ver qué hay dentro y ya veremos si nos sirve de algo.

Fueron directamente al despacho de Lola, depositaron el paquete sobre su mesa, lo fotografiaron desde todos los ángulos y abrieron cuidadosamente el papel, que conservaron en otra mesa. Era una caja blanca neutra de cartón satinado.

Una vez abierta, dentro había un osito de peluche de unos treinta centímetros de alto, marrón claro, con los típicos ojos oscuros de botón y un lazo rojo. Entre sus patas había una tarjeta. De su cuello pendía una cajita de joyería.

Lola la cogió con delicadeza, la abrió y Marino soltó un silbido de admiración.

—¡Guau! ¡Un anillo de compromiso!

El diamante, de mediano tamaño, destellaba bajo la luz del despacho. La montura era de platino o de oro blanco.

—¿Y el oso? —preguntó Marino—. ¡Venga! Abre la tarjeta.

El sobre era de color crema, satinado y sin ningún destinatario ni remitente. Dentro había unas líneas escritas en tinta negra, a pluma. Los dos se inclinaron para leerlas.

Estaban en alemán.

—¡Joder, qué putada! —exclamó Marino—. ¿Entiendes algo?

—No, claro. En inglés me defiendo, pero en alemán ni papa. Pero tiene arreglo. —Sonrió esplendorosamente, puso la tarjeta sobre un folio en blanco, la fotografió y se la envió a Greta diciendo que necesitaba urgentemente saber qué decía el texto.

Tuvo suerte. Greta aún estaba tomándose un café en la salita y le contestó enseguida. Lola lo leyó en voz alta:

Amor mío, he visto este osito y me he enamorado de él casi tanto como de ti. Será el primer peluche de nuestro bebé. Lo otro no necesita explicación. Te quiero y quiero compartir contigo ese esplendoroso futuro que vamos a hacer juntos. Tuyo para siempre, Marco.

—¡Qué hijo de puta! —se le escapó a Lola.

—Mujer…

—Estaba casado, por si no te habías dado cuenta.

—Ya, pero ¿qué le va a hacer uno si se enamora de otra? Y si, además, va a ser padre, a su edad. Los hombres nos ponemos muy chochos con eso después de los cincuenta.

Lola estuvo a punto de decir que «chocho» no era exactamente la palabra que a ella le rondaba. Era más bien «gilipollas», y cosas peores, pero prefirió callarse y releer el mensaje.

Aquello cambiaba unas cuantas cosas. Chantal Fischer no les había dicho nada de su embarazo ni de que pensaran casarse. Ella insistía en que su relación era sobre todo profesional —era una restauradora de renombre y quería especializarse en autentificaciones—. También les había dicho que se «estaban viendo» desde hacía unas semanas, pero que ninguno de los dos tenía intención de que la cosa pasara a mayores.

¿Lo del anillo sería de verdad una sorpresa para ella?

¿Y Monique? ¿Sabía del embarazo y de las intenciones de su marido? Eso le daría un motivo. Uno realmente bueno. Faltaba la ocasión, claro. Ella estaba en Barcelona mientras que Chantal estaba allí mismo, al otro lado de la puerta. O en el pasillo, quizá. ¿Qué razón podía tener para querer matar a su amante, maestro y padre de su futuro hijo?

En cualquier caso, era un buen punto de partida. Uno muy bueno.

8

El perfume de los pinos

*A*poyada en su muleta, ya pasada la medianoche, Sofía bajó en ascensor hasta el pasillo que llevaba a la biblioteca, sacó las llaves del bolsillo y saludó en voz baja al agente que custodiaba la puerta. «¡Qué cara de crío! —pensó—. Cada vez los cogen más jóvenes.»

—Señora… —dijo el agente después de carraspear demostrativamente.

—Dime, hijo.

—Que aquí no se puede entrar.

—¿Ah, no? Estoy en mi casa. ¿No puedo entrar en mi biblioteca, a ver unos cuadros que son míos?

—Yo cumplo órdenes, señora. A mí me han dicho que no entre nadie, y no entra nadie. —El joven estaba cada vez más nervioso y no hacía más que echar miradas a ambos lados del pasillo, como temiendo que aquella anciana inofensiva apoyada en su muleta fuera solo una distracción para cubrir a los auténticos ladrones.

—Pero, criatura, ¿usted sabe quién soy yo?

—Como si fuera la reina de España. Si mi jefa me ordena que custodie esta puerta, yo la custodio.

—Deje de ponerse en ridículo y quítese de ahí. Estoy en mi casa y voy a entrar se ponga usted como se ponga. Si me obliga a llamar al alcalde o al comisario a esta hora, se le va a caer el pelo, muchacho.

—No me diga que tiene sus números privados… y, aunque los tenga, ¿cómo va a llamarlos después de medianoche? ¡Qué farol más tonto!

Sofía metió la mano en el bolsillo de la bata ligera que llevaba como única vestimenta, sacó el móvil y, con toda parsimonia, fue pasando los nombres del listín bajo la mirada atónita del agente.

—Tampoco hay que matar mosquitos a cañonazos —murmuró para sí—. Empezaremos por la casa. ¿Lola? ¡Menos mal que te encuentro despierta! Soy Sofía. ¿Quieres decirle al mentecato este que vigila la biblioteca que estoy en mi casa y entro donde me da la gana? Gracias, hija. Te paso.

La anciana le dio el móvil al muchacho y esperó con una sonrisa divertida. No oía con claridad lo que Lola le estaba diciendo a su subordinado, pero la expresión de su cara decía más que cien palabras. Cuando le devolvió el aparato, el agente se cuadró frente a ella.

—Mil perdones, doña Sofía. Lo siento, de verdad. Permítame… —Él mismo abrió con llave y le sostuvo la puerta abierta para que pudiese entrar.

—Vigile bien que no entre nadie, muchacho. Quiero estar sola con mis recuerdos.

Le cerró la puerta en las narices, encendió la luz y caminó lentamente hasta la mesa donde estaban los cuadros.

Por la mañana, Lola salió temprano y ya a las nueve y cuarto tenía a Chantal Fischer en su despacho para una conversación en la que pensaba informarla de los últimos desarrollos y hacerle ciertas preguntas importantes. Por supuesto, todo quedaría grabado, pero no le parecía adecuado llevarla a una sala de interrogatorios cuando no estaba acusada de nada. Quería hablar primero con ella y después con la señora Heyni, que estaba citada para las once. Robles la traería desde Santa Rita y seguramente luego le haría compañía cuando, al salir, empezara a hacerle efecto la noticia que ella pensaba darle: que su marido iba a tener un hijo con otra mujer.

Chantal estaba pálida pero entera, y lo primero que hizo fue preguntar cuándo le iban a devolver su teléfono móvil.

—Comprenderá usted que hoy en día el móvil es casi parte de uno mismo, de su integridad física. Lo necesito cuanto antes para mi trabajo. —Rosa, la intérprete de alemán, pasó sus palabras al español y tradujo la respuesta.

—Se lo devolveremos lo antes posible, señora Fischer. Espero que, al menos, tenga usted un portátil o una tableta que, a todo esto, también tendremos que ver.

Ella asintió, molesta.

—¿De cuántos meses está? —preguntó Lola sin preámbulos, pensando en desequilibrarla.

—¿Cómo dice?

—Su embarazo.

La mujer apretó los labios.

—Eso no es asunto suyo, inspectora.

—Lo es, si puede tener alguna relación con la muerte del profesor Heyni. Está bastante claro que se trata de un crimen pasional. Puedo imaginarme, por ejemplo, que usted quisiera tener ese niño y él no, que discutieran y... a veces uno hace cosas que después lamenta.

Tanto Lola como Marino habían leído la tarjeta que acompañaba al osito y ambos sabían que, por parte de Heyni, esa teoría no se sostenía, pero Fischer no tenía forma de saberlo porque los regalos no le habían llegado e ignoraba su existencia.

—Le juro que no vi a Marco hasta que me mostraron su cadáver en el pasillo del hotel, que no he tenido nada que ver con su muerte y que la teoría del embarazo es una estupidez.

—Siempre podemos hacerle un análisis.

—No veo la razón. Hablaré con mi abogado y dudo mucho de que tengan derecho a hacer algo así sin mi consentimiento.

—Cambiemos de tema. ¿Sabe si el profesor Heyni pensaba casarse con usted?

—Parece que les gusta fabular, señores. No. Ni lo sé, ni creo que lo pensara. Él ya estaba casado.

—¿Conoce usted a su esposa?

—No. O al menos, si la he visto en alguna ocasión social, no la recuerdo.

—En ese caso, de momento, eso es todo. Quiero recordarle que no puede usted salir de Benalfaro sin comunicárnoslo.

—¿Ni siquiera para salir de excursión por la Costa Blanca y volver a dormir al hotel? Necesito distraerme, no puedo pasarme el día metida en aquella habitación. No se me acusa de nada.

—Quizá dentro de uno o dos días podrá moverse libremente. La avisaremos.

La mujer salió, escoltada por un agente de uniforme, la intérprete se marchó también; Marino y Lola se miraron.

—Es un auténtico pez frío esa tipa —comentó Marino—. Guapa, pero como si tuviera hielo en las venas. ¿Quién sabe? Lo mismo todas las suizas son así.

—Sabe que no tenemos nada en la mano y no se deja intimidar. Eso está bien. En la próxima conversación podemos enseñarle la tarjeta de Heyni, a ver cómo reacciona. Igual entonces se viene abajo y nos cuenta algo más.

Quedaron en silencio unos segundos, pensando cada uno por su cuenta.

—¿A ti te parece normal eso de no querer confesar que está preñada? —preguntó Marino—. Quiero decir, como mujer y tal.

Lola lo miró como si fuera tonto, pero solo su expresión podría haberla delatado, no sus palabras.

—Como mujer y tal no tengo ni puñetera idea, colega. Cada mujer es un mundo y reacciona de un modo diferente.

No sé por qué lo hace. Aunque… puestos a fabular, como dice ella… ¿y si no está embarazada?

—¡Venga ya! Tenemos la tarjeta y el oso.

—Sí, pero, imagínate que Heyni creyera que sí lo estaba porque ella se lo había dicho, pero que no fuese cierto. Sería una forma de presionarlo para que se casara con ella, ¿no?

Marino dedicó un minuto a pensarlo. Esa era una de las cosas que a Lola le gustaban de él, que se tomaba en serio lo que le decían y siempre lo ponderaba antes de hablar.

—Hombre…, visto así… Vale, sería posible. ¡Qué cerda, ¿no?!

—Y por eso no quiere que le hagamos un análisis.

—Suena posible, pero no nos sirve de nada.

—Ya se verá… Anda, vete a tu despacho, tengo trabajo. A las once vuelves y entrevistamos a la viuda. Tengo mucha curiosidad por ver cómo se toma la noticia.

A las once en punto, Robles llamó con los nudillos a la puerta del despacho de Lola, hizo entrar a Monique y se despidió diciendo que la esperaría en el bar de enfrente. Si la suiza notó que a Robles lo conocía y lo saludaba todo el mundo en la comisaría, no hizo el menor comentario.

—¿Qué tal la noche? —preguntó Lola—. ¿Le está gustando Santa Rita?

—Es un lugar precioso. Gracias por haberlo arreglado. Dormir… no mucho. A eso de las tres me tomé una pastilla porque estaba harta de dar vueltas en la cama.

—Verá… Le he pedido que venga porque tengo algo que contarle…

Monique, que ya estaba sentada en el borde mismo de la silla, adelantó el cuerpo hacia el escritorio tras el que se encontraba Lola. Parecía haberse olvidado por completo de la presencia del subinspector.

—¿Tienen una pista?

—Tenemos…, no sé bien cómo llamarlo. Algo nuevo, en cualquier caso. Iré al grano: la señora Fischer está embarazada del profesor Heyni.

La viuda se quedó mirando fijamente a la inspectora y, al cabo de unos tensos segundos, sonrió, lo que descolocó completamente a los dos policías.

—No —dijo sin más.

—¿Cómo que no? —Marino estaba perplejo.

—Que no es posible —añadió con total aplomo—. Mi marido se había hecho la vasectomía hace unos cinco años. Teníamos un pacto desde siempre. Como no queríamos tener hijos, pactamos que, en cuanto yo llegara a la menopausia, él se haría una vasectomía; así los dos estábamos en igualdad de condiciones. Si esa mujer dice que el bebé es de Marco, miente. Es imposible.

Lola y Marino se miraron con la sorpresa grabada a fuego en los dos rostros. Ahora empezaba a tomar cuerpo la teoría de Lola: que Fischer no estuviese embarazada y se lo hubiera hecho creer a su amante; pero, si él sabía que era imposible, ¿por qué se lo había creído? Tenía que llamar urgentemente al forense y averiguar, primero, si el profesor se había hecho realmente una vasectomía y, segundo, si era posible que, a pesar de ello, pudiera engendrar. Estaba segura de que cosas más raras se habrían visto. Errores hay siempre. Como las mujeres que se quedan embarazadas a pesar de tomar la píldora.

—Entonces… —comenzó Lola de nuevo—, usted no sabía nada de todo esto.

—¿De qué? ¿De que tenía una nueva amante? No. Nada. ¿De que la amante dice o le ha dicho a él o les ha dicho a ustedes que va a tener un hijo de Marco? No. La primera noticia. Pero es una estupidez, como les acabo de decir.

Lola cogió el bolígrafo para fingir que apuntaba algo y así tener ocasión de hacer una pausa para reflexionar.

—¿Se lo ha contado ella? —preguntó Monique.

—No podemos divulgar información obtenida en otras entrevistas, señora Heyni.

—Perdone, inspectora, lo entiendo.

Bajó los ojos hacia su regazo, donde apretaba el bolso con las dos manos. Pasaron unos segundos hasta que volvió a levantar la vista hacia los inspectores.

—¿Me necesitan para algo más? Esto…, comprenderán que ha sido un golpe muy fuerte y, aunque sigo sin creérmelo, necesito un poco de tiempo y de intimidad para reflexionar.

—Claro, claro —se apresuró a contestar Lola Galindo—. Marino, ¿puedes acompañar a la señora Heyni a la salida? Robles la llevará a Santa Rita.

A mediodía, el calor era casi tangible. El olor de los pinos, caliente también y dorado, lo permeaba todo; las cigarras se habían apoderado de la tarde y rasgaban el aire espeso con su monótono chirrido, compitiendo con el piar de los pájaros que zigzagueaban de rama en rama, mientras los gatos, inmóviles como esfinges, con las patas estiradas, se tumbaban sobre las losas en sombra.

Marta había cerrado las contraventanas del estudio de Sofía para evitar que entrara el sol, había tenido media hora puesta la refrigeración para bajar la temperatura a unos soportables veinticinco grados y había encendido el ventilador de techo en el punto más suave.

Sobre el escritorio reposaba la caja que había bajado del desván a petición de Sofía y que le había costado bastante encontrar, a pesar de que llevaba años organizando pacientemente todos los trastos que lo llenaban. Sobre la mesita, junto al sillón de lectura, brillaban en la semipenumbra una jarra de té con hielo y dos vasos.

Echó una mirada circular, asegurándose de que todo estaba

como debía, y luego fue a avisar a la escritora de que ya podía instalarse en el estudio.

Apenas Sofía se hubo acomodado en el sillón, sonaron unos golpecitos en la puerta. Su sobrina era de una puntualidad exquisita. Nunca llegaba tarde y nunca cometía la grosería de adelantarse a la hora prevista.

—Pasa, hija. ¿Qué tal va esa historia de Santa Rita? —preguntó sin más introducciones.

—Eh, eh, no corras tanto. Aún no he decidido si la voy a escribir o no. De momento solo estoy reuniendo material. En principio, me interesa más la historia de nuestra familia.

—Santa Rita es nuestra familia —contestó Sofía marcando mucho el «es».

—Empiezo a darme cuenta, sí. ¿Puedo? —Señaló la jarra de té—. Estoy seca, con tantos papelorios.

Sirvió los dos vasos y le tendió uno a su tía.

—Aunque..., si te soy sincera, tengo la sensación de que mi madre y por tanto también yo de algún modo no pertenecemos realmente a Santa Rita. Esto es tu familia, lo que empezaron los tatarabuelos Lamberto y Leonor y que, prácticamente sin pasar por Eileen, que solo vivió aquí unos cuantos años, llega hasta ti...

—Y en mí se acaba. ¿No es eso lo que ibas a decir?

—No.

—No pasa nada, Greta. No he tenido hijos, en parte por voluntad propia y en parte porque, a pesar de todas las locuras que he hecho en esta vida, nunca ha habido errores o «desli-ces» como los llamaba mi madre. Yo creo sinceramente que, en el caso de haberme quedado embarazada, lo habría tenido, aunque fuera sin padre. Eso nunca me importó demasiado, y, además, entre Candy y yo lo habríamos sacado adelante, pero no hubo ocasión. No me molesta ser la última de mi rama. Estás tú para continuar, y tienes dos hijas.

—Que solo han estado aquí un par de veces de pequeñas y no tienen ninguna relación con Santa Rita. Incluso si yo me tomo en serio ser tu… continuadora, digamos, conmigo se acaba todo también.

—Por eso la materia se presta tan maravillosamente a escribir la historia: porque es redonda y cerrada. Cinco generaciones, contando la tuya. Empiezas con Lamberto y Leonor y la fundación de Santa Rita y terminas con mi muerte. —Notó la expresión de su sobrina y continuó con una sonrisa pícara—. No me digas que, después de tantos años, aún soy capaz de escandalizarte hablando de lo que nos va a pasar a todos y, si las cosas salen como deben, a mí mucho antes que a ti.

Greta rellenó los vasos. Sofía siguió hablando.

—Anda, trae esa caja de ahí. Está llena de fotos de otros tiempos. Unas de mi infancia, que aún me despiertan recuerdos, y otras de épocas pasadas, de mis abuelos y de antes, de gente que yo no conocí, aunque fueran de la familia. A veces alguien ha apuntado quiénes son. Otras veces no queda más que especular, pero he pensado que podrían ser interesantes para ti. ¿Dónde estás ahora?

—¿Dónde? Más bien cuándo… —Greta sonrió—. Voy picando de aquí y de allá, pero lo que más me interesa en estos momentos es la época a la que pertenecen los cuadros, entre 1925 y 1930 más o menos. Tú ya estabas en el mundo.

—Sí, pero no me acuerdo de casi nada. Lo que sí recuerdo son cosas que me contó mi madre sobre esa época.

—Pues me ayudaría mucho que me contaras algo a mí. Para esa famosa historia que quieres que escriba…

Sofía se acababa de poner la máscara impenetrable, la cara de póker, que decía su madre, y resultaba muy difícil leer si pensaba hacerlo o no. Lo más probable era que hubiese recordado algo sobre lo que no quería hablar y estuviera guardándolo de nuevo bajo llave, así que decidió preguntarle algo poco comprometedor para intentar sacarla de su reserva.

—De pequeña, ¿eras de verdad así como te pintó Marianne?

Su tía volvió a sonreír.

—Supongo que sí. Me acuerdo de cuando mi madre me peinaba y mi melena roja estaba llena de nudos. Me daba unos tirones espantosos y, cuando terminaba, se quedaba todo esponjoso, como una nube alrededor de mi cabeza. *Nanny* decía que había que trenzarlo para poder domesticar aquello un poco y ponerme presentable, pero a mamá le gustaba verme con el pelo suelto, y a mí tampoco me gustaron nunca las trenzas.

—¿Teníais *nanny*? ¡Uy, qué pijada! *How posh!*

—Por supuesto. Una *nanny* británica. Para mi padre era muy importante que sus hijas hablaran bien la lengua y que aprendieran a comportarse como auténticas señoritas del Imperio británico, súbditas de Su Majestad. Ya ves. ¡Para lo que sirvió! —Se echó a reír—. ¡Si me hubiese visto treinta años más tarde, bailando desnuda en la playa y con la melena por la cintura!

—¿Cómo se llamaba?

—¿Quién? ¿Papá?

—No, mujer. Vuestra *nanny*.

—¿*Nanny*? No me acuerdo. Sé que tenía una piel muy blanca y muy fina, que siempre iba con sombrero y sombrilla y guantes, salvo aquella tarde que la convencimos para bañarse con nosotras en la playa, con mamá y Marianne. —El rostro de Sofía se dulcificó. Mientras hablaba era como si estuviera viendo una película en su interior y se la estuviese contando ahora a ella—. Nos había llevado Clemente, el hombre que se encargaba de todo tipo de trabajos en el sanatorio, y hacía también de chófer. Creo que Marianne quería ver el mar. Fuimos las cinco amontonadas en el coche y, al llegar, no sé cómo, acabamos bañándonos en enaguas porque no nos habíamos llevado el bañador. Fue maravilloso. Mira si han pasado años y me sigo acordando de aquella tarde. Era todo dorado, naranja y azul, como un cuadro de Sorolla, con nuestras enaguas igual de blancas que la espuma de las olas. Al volver, mi padre se puso hecho una furia. De eso también me acuerdo, aunque no sepa muy bien por qué. Y de cómo lloraba *Nanny*, y de que mamá nos metió en la cama muy pronto, aún con sol, y ni siquiera nos atrevimos a protestar Eileen y yo.

»Busca por la caja, tiene que haber alguna foto donde estamos todas, aunque no sea de aquel día. Sé que hay una en la que estamos muy guapas y muy dignas, todas vestidas de blanco, supongo que por la Virgen de Agosto, por las fiestas de la Asunción, en Elche, porque creo recordar que estamos en un parque, quizá en el Huerto del Cura, rodeadas de palmeras por todas partes. Marianne y mi madre pintaron muchos cuadros de palmeras ese verano, de eso también me acuerdo, y de que los dejaban secar y luego pintaban encima otras cosas. No sé si sería por ahorrar, o porque no les gustaba cómo habían quedado.

Greta disfrutaba muchísimo de que Sofía contara cosas de otros tiempos. Siempre le había gustado el pasado. En cuadros, en fotos, en novelas. Tenía que aprovechar las horas con su tía para que le contara cosas que nadie más sabía ya, aunque, como suele ser normal con las personas muy mayores, la mayor parte de las historias eran repeticiones y solo muy de vez en cuando aparecía algún detalle nuevo.

—¿Recordabas los cuadros que han aparecido ahora?

—Solo mi retrato. De los demás no tengo ningún recuerdo, aunque sigo intentándolo. Anoche fui a verlos, ¿sabes?

—¿A oscuras?

—No, mujer. Santa Rita tiene luz eléctrica.

Las dos se rieron.

—El chaval que custodiaba la puerta no quería dejarme entrar —cloqueó Sofía—. ¡Pobre chico!

—¿Has pensado ya qué vamos a hacer con los cuadros? ¿Quieres quedártelos? ¿Quieres venderlos? ¿Donarlos a un museo? Estamos recibiendo cartas a montones. Todos los conservadores de todas partes quieren venir a verlos y a hacerte ofertas.

—No tengo ganas de ver a nadie ni de decidir nada. Primero quiero ver bien esos cuadros, ver si me traen recuerdos, disfrutarlos tranquila. Aunque, la verdad, menos mi retrato de niña, los otros no me gustan demasiado. Nunca he conseguido aficionarme a Kandinsky, lo de Marianne von Werefkin tampoco me vuelve loca, aunque tiene el mérito de que se ve Santa Rita como era entonces, y a Jawlensky ni lo conocía.

—Jawlensky era su marido, ¿no te acuerdas de que os lo conté a ti y a Candy? Bueno, nunca se casaron para que ella no perdiese la renta que le pasaba el zar, pero estuvieron juntos muchos años. Ella le enseñó a pintar, lo estableció como pintor importante y él, a cambio, le hizo la vida imposible.

—Sí, eso es también lo que me contaba mamá en los últimos tiempos, cuando ya estaba enferma y pensaba más en el pasado que en el presente. Que le sacó todo lo que pudo a lo largo de su vida y después, cuando Marianne se quedó sin dinero, la abandonó definitivamente, se casó con la criada con la que había tenido un hijo hacía mucho y siguió arrimándose a unas y otras señoras para sobrevivir económicamente. Un tipo muy desagradable, al parecer, pero nada sorprendente. A lo largo de mi vida, la mayor parte de los hombres con los que me he topado eran de ese corte.

—Como Moncho.

—Más o menos. Pero, cuando son artistas, se les consiente mucho más. Cosas que no se le permitirían a un fontanero se pasan por alto en un pintor, o escritor o cineasta o cantante de ópera. Aunque parece que vamos progresando…

—Yo aún no he decidido si, cuando encuentro despreciable al autor, puede seguir interesándome su obra.

—Yo sí.

—Sí ¿qué?

—Que sí que lo tengo claro. La obra es lo único que cuenta. En cuanto pasan un par de siglos ya no se conocen detalles de la vida y los actos del autor. Lo que queda es la obra, sin más.

—La obra de un asesino, de un maltratador, de un…

—La obra y punto. Eso sí, yo, cuando el autor en cuestión está vivo y sé que es todo eso que tú dices, lo que haría es no darle al hombre ningún tipo de publicidad, ni invitaciones, ni honores, ni premios. Exponer su obra, sí. Hablar bien de su trabajo como artista, sí, pero dejar de lado todo lo que tenga que ver con la persona.

—No es fácil.

—Como casi todo en la vida…

Quedaron en silencio unos minutos mientras Greta iba sacando fotos con calma. Las miraba, trataba de reconocer rostros y lugares, se las pasaba a Sofía y ella las iba dejando en la mesita de al lado de su sillón sin comentarlas.

—Tía —comenzó Greta, sin alzar la vista hacia ella—, ¿por qué no quieres que Lola te tome una muestra por el asunto de los huesos del bebé? Así quizá podríamos saber quién era.

Sofía siguió en silencio tanto rato que al final su sobrina apartó la vista de las fotos y la miró. En el momento en que sus ojos se encontraron, la escritora contestó en voz firme:

—Porque yo sé perfectamente quién era.

9

La fragancia del jazmín

*P*ara evitar morderse los dedos hasta sangrar, Chantal Fischer llevaba horas dibujando en la habitación de su hotel, desde que los agentes la habían traído de la comisaría. Nada de lo que había hecho tenía ningún valor artístico, pero le mantenía las manos ocupadas y le permitía pensar, cosa muy necesaria para tratar de salirse del embrollo en que la muerte de Marco la había metido. Jamás se le habría ocurrido que las cosas pudieran ir así. Apenas unos días atrás su vida iba a pedir de boca, exactamente como había planeado, y ahora, de repente, todo se había ido a hacer puñetas en todas las líneas: no estaba a punto de casarse, no se iría a vivir con él al maravilloso chalé con vistas al lago, no ganarían ese buen pellizco que, con los contactos de Marco y su habilidad de falsificadora, les correspondería de la venta del Kandinsky, o de cualquiera de los otros.

Ahora había que olvidarlo todo, ver lo que aún se podía salvar, y procurar no ser acusada de asesinato. De alguna forma indefinible, tenía la sensación de que aquella policía, Galindo, pensaba que ella había tenido algo que ver con la muerte de Marco. ¿Cómo podía pensar que lo había matado? Sería como matar a la gallina de los huevos de oro.

Quizá fuera porque la amante siempre es la mala mujer, comparada con la legítima. Era un pensamiento muy machista y un tanto anticuado, pero quizá, por eso, muy español. La chica joven y guapa que conquista al hombre maduro y lo convence para que él deje a su esposa de siempre…, muy clásico.

Solo que, en su caso, aquella inspectora se equivocaba de medio a medio. Su relación con Marco no había sido así. Eran buenos colegas, amaban el arte por encima de todo y su atracción por la belleza los llevaba necesariamente a desear tener el suficiente dinero como para poder permitirse ciertos caprichos caros, muy caros. Él la quería más de lo que ella lo había querido a él, eso sí. Estaba sola con sus pensamientos; podía permitirse decirse la verdad a sí misma. Él iba a ser la solución a varios de sus problemas actuales y eso la había llevado a estarle terriblemente agradecida, pero ella había estado muy enamorada de Bernd y sabía que el amor era otra cosa, no lo que sentía por Marco. Nunca se lo había dicho, por supuesto, y ahora, igual que había hecho un poco de teatro con él, tenía que seguir haciéndolo con la policía. Sin exagerar, sin pasarse… pero, para que vieran que no había ganado nada con su muerte, tenía que dejarles claro que su mundo se había hundido por completo con él. En eso no tendría que fingir demasiado; era la pura verdad, aunque sabía que a su edad y con su talento no le costaría demasiado volver a remontar el vuelo. Claro que eso no tenía por qué saberlo nadie.

Ella le había preguntado a Marco en un par de ocasiones, desde que habían llegado a aquel hotel, si había hablado con Monique, si le había dejado claro lo que pensaban hacer ellos dos, pero él, haciéndose el interesante, se había limitado a contestarle: «No te preocupes, amor mío. Ella no pinta nada en esto. Confía en mí y verás como todo se arregla de la mejor manera. No hablemos de ella nunca más. El pasado está muerto».

No había tenido más remedio que dejarlo correr, al menos por un tiempo, y ahora el que estaba muerto era él.

Cogió otra hoja y, mirándose al espejo del tocador, donde estaba dibujando, trazó las líneas de su propio rostro, rígido, preocupado, envejecido por la tensión y la falta de sueño, por las pesadillas que la visitaban cada vez que intentaba dormir. Parecía mucho mayor, y los espejos no mentían. Sus dedos tampoco, copiando lo que veían sus ojos. Una mujer agotada, asustada, de mirada huidiza y labios resecos. Esperaba que la policía no confundiera aquel aspecto con el de una mujer devorada por la culpa.

Ahora lo que más le preocupaba era el asunto de su móvil. Había actuado como una imbécil, pero la cosa no tenía remedio. En el mismo momento en que oyó voces y pasos y ruido delante de su puerta y, al asomarse, vio a unas cuantas personas vestidas de playa rodeando el cadáver de Marco, todos cuidando de no mancharse de sangre los pies calzados con sandalias de plástico, se precipitó de nuevo a su cuarto, cogió el aparato y le puso un mensaje a Guy. «Todo anulado. Recoge y márchate. Luego te llamo.»

Había sido no solo una estupidez, sino una estupidez peligrosísima que, como estaban las cosas, podía costarle muy cara. Al menos había tenido la presencia de ánimo de no llamarlo después como había anunciado, confiando en que ya lo habría recogido todo y se habría marchado de la casa de Altea rumbo a Suiza. También había resistido la tentación de enviarle un *email* más o menos críptico contándole lo que había sucedido. Se habría enterado ya por la prensa de la muerte de Marco y habría sumado dos y dos.

Lo malo era que la policía tenía su móvil con el registro de llamadas y le preguntaría con toda seguridad a quién había enviado un mensaje con ese texto en el mismo momento de descubrir a su amante asesinado en el pasillo.

Aunque…, pensándolo bien…, eso podría resultar exculpatorio en cuanto al asesinato. Siempre que no le importara que la acusaran de otro delito relacionado con la falsificación y venta de obras de arte.

Cogió un lápiz blando y empezó a llenar de sombras el

autorretrato que acababa de hacer mientras pensaba. Las cosas pintaban mal.

¿Cómo se habrían enterado del embarazo? ¿O había sido un farol? ¿O, mucho peor, Marco se lo había contado a alguna de aquellas viejas cotillas que llenaban Santa Rita? Era poco probable, pero últimamente Marco había cambiado mucho. La idea de ser papá le había reblandecido el cerebro al muy imbécil.

Cuando quiso darse cuenta de lo que hacía su mano derecha, casi todo el retrato estaba en negro, dejando solo un ojo y la comisura de los labios, tensados en un rictus de miedo. Muy preciso, su subconsciente.

¿Quién habría sido el asesino? ¿Por qué motivo? ¿Por qué matarlo precisamente en ese momento, antes incluso de que estuviera lista la copia y se hubiera convocado la subasta? ¿A quién le convenía la desaparición de Marco? ¿Estaba ella también en peligro?

Tenía que salir de Benalfaro lo antes posible. Allí no se sentía segura, pero no podía hacer nada, salvo esperar y estar alerta. Con un poco de suerte, pronto la dejarían marcharse y haría todo lo que estuviera en su mano para desaparecer por una larga temporada. Con lo que tenía ahorrado, podía quitarse de en medio durante más de un año, quizá dos, si elegía un país barato y lejano.

Cubrió de carboncillo los labios y el ojo que quedaba. Fundido a negro. Como su vida.

Vuelta a empezar.

—¿Te apetece un vermú antes de volver a Santa Rita? —preguntó Robles mientras caminaban hacia donde tenía aparcado el coche. No lo había puesto en el aparcamiento de la policía porque no quería que Monique atara demasiados cabos—. Perdona —añadió al ver que ella no reaccionaba—. ¡Qué poco sensible soy! ¿Te ha dado Lola malas noticias?

La mujer se subió las gafas de sol y bajó un poco el ala de su sombrero.

—Sí. La verdad es que sí. No me lo acabo de creer y no lo sabremos hasta que el forense dé los resultados definitivos, pero me ha sacudido. Por lo que significa, más que nada.

—¿Me lo quieres contar?

—Aún no. Tengo que digerir yo primero las implicaciones.

Siguieron caminando en silencio, entre turistas que iban a la playa cargados de trastos y gente que ya volvía con el pelo mojado y la piel enrojecida. A punto de subirse al coche, Monique decidió de pronto:

—Mira, sí, Robles. Te acepto ese vermú. ¡Que le den al cerdo de mi marido!

—Sí que tiene que ser mala la cosa para que lo llames así…

—Ya te contaré cuando me serene. Lo que sí quería decirte es que he estado investigando un poco sobre esa mujer…, Chantal…, y ya sé por qué no me sonaba como pintora.

—¿Ah, sí?

—No es una artista independiente. Es restauradora de pintura moderna, y las malas lenguas aseguran que también pinta «a la manera de», ¿sabes de qué te hablo?

Robles sabía perfectamente de qué le estaba hablando, pero prefirió negar con la cabeza y dejar que se lo explicara mientras les ponían delante dos vasos de vermú rojo y un plato de aceitunas rellenas de anchoa.

—A los que hacen este tipo de cosas no se los puede llamar falsificadores en toda regla. Hay de varios tipos: unos, los legales, copian cuadros conocidos por encargo para gente que no puede, lógicamente, pagarse un Monet, pongamos por caso, pero le encanta una obra concreta y le pide a uno de estos artistas que la copie. Sin firma, por supuesto. Si llevase una firma, sería el primer paso para una falsificación. Otros hacen algo distinto. Es lo que más dinero da. Se trata de pintar «a la manera de». No copian un cuadro ya existente que se sabe dónde está, en qué museo o en qué colección privada. Lo que hacen es crear una obra con los mismos métodos y técnicas de un gran maestro, con el mismo uso del color, con la misma pincelada, con el mismo tipo de motivos que el artista famoso usó en una época concreta. A ojos poco expertos parece una obra auténtica del maestro, pero no está firmada y hay que autentificarla si se la quiere hacer pasar por original. Si se trata de una auténtica falsificación, y mira que suena gracioso poner las dos palabras juntas —tanto ella como Robles sonrieron, mirándose—, lo que se hace, además de copiar también la firma, es usar un lienzo de la época adecuada, unos colores fabricados en casa, no tubos de los que se pueden comprar ahora en tiendas para artistas… Hay quien pone incluso polvo auténtico de hace cien años recogido en desvanes de casas abandonadas. Otros crean incluso documentos falsos que avalan la obra, o fotomontajes en los que se ve a una familia del siglo XIX con ese cuadro en la pared…, toda clase de falsas pruebas.

—¿Y esa Fischer… hace ese tipo de cosas? ¿Cómo te has enterado?

—No es seguro. Ya te digo que son los típicos rumores del ambiente, pero yo, de la policía, investigaría por esa línea.

—Se lo vas a decir a Lola, supongo.

Monique suspiró.

—Antes o después. Comprende que, en mi situación, suena muy mal que yo les vaya con el cuento para comprometer a la amante de mi marido. Pensarán que solo quiero vengarme de ella y la estoy calumniando. Yo me he enterado de algunas cosas llamando a ciertos amigos, pero no creo que nadie le dijera algo por el estilo a la policía. Esta clase de informaciones son muy sensibles y no se airean así como así. Además de que la persona en cuestión puede demandarte por calumnia y atentado contra su honor.

—Espera…, ¿tu marido sabría eso que me estás contando?

—¿Que la dulce Chantal podía ser una falsificadora? Es

más que posible, pero no quiero seguir por ahí porque al final acabaré pensando que estaban metidos en negocios sucios, y eso sí que no. Marco tenía sus cosas, pero era una persona decente. Buen profesor, gran especialista en falsificaciones y autentificaciones, buen marido…, salvo cuando de repente le apetecía otra, claro. —Tensó la boca en una mueca amarga, dio un pequeño sorbo de vermú y siguió hablando—. Tenía un excelente olfato como galerista; mucho mejor que el mío. No sé cómo me las voy a arreglar sin él, la verdad. —Cogió una servilleta, se tapó la boca y se giró de medio lado, en dirección al mar, lo que no evitó que Robles viera deslizarse las lágrimas por debajo de las gafas de sol.

—¡Ánimo, mujer! Estoy seguro de que cogerán a quien lo haya hecho.

La viuda se sonó la nariz con un pañuelo de papel.

—Eso no me devolverá a Marco.

—También es verdad, pero tranquiliza pensar que quien sea el hijo de puta que lo ha hecho no se va a salir de rositas.

Ella se encogió de hombros y dio un largo trago a su vermú hasta que no quedó más que hielo.

1930

*S*entados en sillones blancos de caña con cojines de rayas, disfrutaban en silencio de la noche de verano, intensamente azul, traspasada por el cálido perfume del jazmín, iluminada por una luna creciente de color calabaza y salpicada de estrellas. Los grillos ensayaban su canción monótona mientras las luciérnagas, diminutas lentejuelas, bordaban la oscuridad de agosto.

Las mujeres bebían limonada fría mientras que el doctor O'Rourke, entre calada y calada a su habano, bebía whisky irlandés, puro, con un chorrito de agua helada.

—Este tipo de noches son las que una sueña en el invierno suizo —comentó Marianne en voz baja.

—Pues en Rusia el invierno debía de ser peor —dijo Mateo.

—Seguramente, pero ya no me acuerdo. Hace mucho que no he ido a mi país. Recuerdo con alegría los inviernos de mi infancia, la nieve, los trineos, las *troikas*, los cascabeles que llevaban los caballos, los inmensos fuegos en la chimenea, el chocolate caliente, la música… En Suiza es distinto. Bueno, tal vez sea yo quien es distinta.

Mercedes, sentada a su lado en el sofá, le apretó la mano, sin hablar.

—Esto es el paraíso —continuó la pintora—. ¿Cuándo iremos a ver el mar?

—¿Podemos pedirle el coche mañana a Clemente, Mateo? —preguntó Mercedes en voz dulce.

La respuesta de su marido fue cortante, como casi siempre.

—Después de comer. Por la mañana lo necesito yo.

—Iremos con Jane y las niñas. Si te parece… —añadió—. El verano terminará pronto y este año no las hemos llevado nunca.

—Como queráis… —Se puso de pie bruscamente, con el puro entre los dientes—. Con vuestro permiso, señoras, me retiro ya. Esto es inaguantable. Aquí apesta a jazmín.

Apenas consiguieron contener la risa hasta que el hombre se hubo perdido entre las frondas para dar una última vuelta antes de subir a su cuarto, como tenía por costumbre.

—«Apesta a jazmín» —repitió Marianne, muerta de risa—. ¡Qué raro es tu marido a veces, Mercedes!

—Hoy está torcido, ¿no lo notas? Lo que pasa es que se contiene porque estás tú delante. Le molesta mucho tener que hablar en francés; dice que hace tanto del año que pasó en París que casi se le ha olvidado y se siente estúpido hablando como una criatura.

—¿Tú crees que es por eso? A las mujeres nos encanta buscar explicaciones. Los hombres no necesitan una razón para estar «torcidos» como tú dices. Si les ha molestado algo a lo largo del día están deseando llegar a casa y tener ocasión de desahogarse con la esposa, que es la única que no tiene más remedio que aguantarlos. Aunque, claro…, el tuyo tiene a mucha gente: los sirvientes, las enfermas, las niñas, la *nanny*…

Algo en el tono de Marianne le indicó que en esa simple palabra se ocultaba la insinuación de algo más.

—¿La *nanny*? ¿Jane? —La voz de Mercedes sonó insegura, temblorosa. No le apetecía entrar por el camino que las palabras de Marianne estaban abriendo.

—No puedes ser tan inocente, muchacha. ¿No has visto cómo la mira?

Mercedes bajó los ojos y preguntó muy bajito:

—¿Y ella?

—Ella está muerta de miedo. Lo habrás notado, ¿no es cierto?

—Me dijo ayer que quiere volver a casa en cuanto acabe el verano. Dice que las niñas ya no necesitan una *nanny*, sino una gobernanta o un preceptor. O simplemente ir al colegio. ¿A ti qué te parece?

—Que puede tener razón. Además, esa muchacha necesita salir de aquí. Si no, lo que le pase caerá sobre tu conciencia, Mercedes. Tú tienes el deber de velar por ella. Es muy joven y está en un país extranjero, sin familia ni nadie que la aconseje. Déjala marchar cuanto antes. Te lo digo con todo mi cariño y por experiencia propia. Es lo que tendría que haber hecho yo hace muchos años.

—Mateo no querrá.

—Mañana, cuando vayamos al mar, se lo dices a ella en el viaje. La ayudaremos. Mateo no tiene por qué enterarse hasta que ya esté todo arreglado.

—La tomará con nosotras, conmigo y con las niñas.

Ahora fue Marianne la que le cogió la mano a su amiga. Se llevaban muchos años, pero para Mercedes era un consuelo la diferencia de edad, era como estar con una prima mayor o una tía muy querida.

—No lo permitiremos. Yo le diré a Mateo que esa chica ya no les conviene a Eileen y a Sofía, que sería mejor contratar a una gobernanta, a una muchacha nueva a la que no puedan tomarle el pelo. Lo importante es que se dé cuenta de que puede venir una *nueva*, ¿me entiendes?, otra mujer. Me ha parecido que él está también deseando librarse de Jane.

—¿Hablarás con él?

—Primero, mañana, con Jane. Luego hablaré con él y, mientras, planeamos el viaje para que Clemente la lleve al tren cuando Mateo no esté por casa.

Se estrecharon las manos, ilusionadas con la idea de hacer algo en contra de la voluntad del doctor Mateo Rus.

—Vamos a dormir. Mañana es el gran día —concluyó Marianne—. ¡Veremos el mar!

Greta salió a la parte trasera de la casa cargada con la cesta de la ropa lavada. Apenas eran las diez de la mañana y el calor ya empezaba a resultar asfixiante, pero tenía la ventaja de que al mediodía las sábanas y la ropa interior ya se habrían secado. Antes de llegar a las cuerdas de tender, oyó una voz femenina cantando en español una canción italiana que había estado muy de moda en su época universitaria, *Gloria*, de Umberto Tozzi. Hizo una pausa, escuchando. Aquella canción le había traído de golpe muchos recuerdos difusos, sensaciones más bien: un fin de curso con el verano ya llamando a la puerta, una discoteca, un paseo en barca por un lago centelleante, una fiesta al aire libre que acabó con una lluvia torrencial, su larga melena acariciándole la espalda…

Un soplo de brisa la devolvió a la realidad de Santa Rita y siguió caminando hacia el tendedero. Se dio cuenta, con sorpresa, de que la que cantaba era Ascen. «¡Qué raro!», pensó. Cuando a veces hacían una noche de karaoke, Ascen nunca participaba.

—Cantas muy bien —dijo Greta, depositando su carga en uno de los bancos de piedra.

—¡Ay, qué vergüenza! ¿Me has oído?

—Pues claro. Y la canción me encanta. Me recuerda a cuando estaba en la universidad.

—Yo, cuando *Gloria* estaba de moda, ya vivía en Suiza.

—¿Tú vivías en Suiza? —Un momento después de decirlo, Greta se arrepintió del tono que había usado: como si le pareciera imposible que una mujer tan sencilla como Ascen conociera otro país u otra lengua.

—Un montón de años. —Se echó a reír—. No te lo esperabas, ¿verdad? En la Suiza francesa. Aquí no había forma de encontrar un trabajo decente para poder sacar adelante a mi hija. Me dijeron que allí pagaban bien, y nos fuimos a Zúrich. Pero el idioma era imposible, así que, al cabo de unos meses, nos mudamos a la zona de Ginebra y ya nos quedamos allí hasta que Celeste se echó un novio de aquí y volvimos. Ella es prácticamente suiza porque fue allí al colegio, y, gracias a eso, y a que conseguí darle estudios, trabaja en la Información Turística de Elche, pero de todas formas no me caen bien los suizos.

—¿Ah, no?

Sin pedírselo, Ascen cogió los picos de la sábana de Greta y, entre las dos, la subieron a la cuerda y la sujetaron con un par de pinzas.

—Son unos egoístas, y… presumidos… ni te cuento. Van por ahí dejando claro que son los mejores, los más ricos, los más elegantes… mientras que los demás, sobre todo los del sur, somos basura. Claro, como casi todos los españoles que han conocido son gente que trabaja en las fábricas o limpia pisos, como yo, se creen que en este país no hay más que eso.

—Mujer…, en Suiza también habrá de todo. —Greta, como siempre, trataba de matizar. Le resultaba muy desagradable la manía española de generalizar todas las opiniones.

—Como en todas partes, claro, pero en general…, lo que yo te diga. Me pasé allí más de treinta años. Si lo sabré yo…

—Y ¿qué hacías?

—Ya te digo. Limpiar. En el hospital, luego en un banco grande, algunas casas de gente bien. Ganaba un buen sueldo, no te creas, y tengo pensión, que para eso estuve pagando mis impuestos…, pero cuando se fue mi hija empecé a sentirme muy sola allí, y me iba haciendo mayor, y echaba de menos todo esto, aunque yo, en Benalfaro, nunca fui feliz. En fin, que cuando Celeste se quedó embarazada, me vine para ver crecer a mi nietecica, y no me arrepiento.

Ascen estaba cogiendo su ropa y la iba doblando allí mismo, en el banco, mientras Greta colgaba la suya.

—Oye… —dijo, después de dudar un momento—, la gente esta que ha venido, el suizo al que se han *cepillao* y la *tussi* suiza…

—No estarías mucho tiempo en la Suiza alemana, pero sabes lo que es una *tussi* —dijo Greta, sonriendo. *Tussi* era una palabra que solo se aplicaba a mujeres y venía a ser un cruce entre «pija» y «tonta del culo».

—¿Tú crees que lo ha hecho ella?

—¿Quién? ¿La amante? ¿Por qué? ¿Qué iba a ganar ella? —Eso era justamente lo que le daba vueltas por la cabeza a Greta y lo que habían hablado muchas veces con Robles y Miguel. La fingida secretaria les caía mal a todos, pero no acababan de imaginarse un motivo válido para que quisiera haber matado a Heyni.

—Ser la amante siempre es mala cosa, aunque parezca muy guay. En cuanto se pasa la locura del encoñamiento, los hombres vuelven a lo que tenían y la amante se queda con el culo al aire.

—No sé, Ascen…

—Entonces, ¿tú estás más por la legítima? Esa sí que tenía un motivo, ¿no? A nadie le gusta que le pongan los cuernos.

—No puede ser ella. Estaba en Barcelona. Eso es un hecho.

—Y, además, es medio española. —Greta alzó los ojos al cielo, pero prefirió no decir nada. Le resultaba curioso que Ascen pensara que el ser medio española ya reducía las posibilidades de ser capaz de asesinar a alguien—. ¿Ves tú los suizos? —continuó Ascen, sin darse cuenta de la reacción de Greta—. Lo que te decía… Tan finos y tan estupendos y luego se matan entre ellos. ¡Y a martillazos! ¡Hay que ser animal! Seguro que es un asunto de pasta. El dinero es lo único que de verdad les interesa a los suizos. Bueno, pues ya nos enteraremos. —Recogió el montón de ropa plegada y, abrazándolo, continuó, cambiando de tema—. A todo esto, Greta, no quiero molestar ni a Sofía ni a Candy, y falta mucho tiempo, pero ¿tú crees que podría yo hacer aquí una fiestecilla de *Jalogüín* por Todos los Santos?

A Greta le costó un momento darse cuenta de que Ascen se refería a Halloween.

—Claro, ¿por qué no? ¿Tanto te gusta?

—No, a mí no. Es que mi nieta cumple los dieciocho el 30 de octubre y había pensado hacerle una fiesta sorpresa, con sus amigos, y nosotras, y quien quiera venir… En casa de mi hija no hay sitio, y en un bar sale más caro. Además, aquí quedaría preciosa, ¿no crees?

—Sí, seguro que quedaría muy bien. Por mí estupendo. ¿Quieres que se lo pregunte a Sofía?

—Si no te importa… Es que es mi única nieta y quiero regalarle algo para que se acuerde siempre de su yaya.

—Es un regalo muy bonito, Ascen. Todos te echaremos una mano y ya verás qué fiesta montamos.

Con un movimiento de cabeza y una última sonrisa, Ascen se marchó hacia la casa. Greta se quedó sentada en el banquito pensando, sorprendida ella misma, que acababa de sumarse a un proyecto que se realizaría en noviembre. ¿De verdad pensaba quedarse hasta entonces?

También se dio cuenta de que llevaba semanas sin hacer ningún tipo de planes de futuro. Ya ni siquiera pensaba en hacer un largo viaje, como al principio, o mirar ciudades en las que quizá pudiera gustarle vivir. Se estaba acomodando en Santa Rita, a pesar de la incomprensión de sus dos hijas, de la perplejidad de Fred y Heike y de casi todos sus amigos alemanes, de los comentarios de las editoras alemanas e inglesas de Sophia Walker, que no acababan de comprender que Greta prefiriese vivir en un poblacho del sur de España en lugar de disfrutar de la intensa vida cultural y literaria de Múnich o trasladarse a Londres o a París.

Santa Rita la estaba conquistando. De hecho, la había conquistado ya. Su forma de vida, sus habitantes, sus jardines, su habitación de la torre, que le daba la sensación de haber vuelto a su adolescencia, la cercanía del mar…, el trabajo de investigación en el que se había embarcado, la nebulosa idea, cada vez más definida, de escribir la historia de la familia Montagut, a la que ella pertenecía y que, sin embargo, veía desde fuera, como si todos ellos, vivos y muertos, estuvieran en el escaparate de una polvorienta tienda de antigüedades y ella los contemplara desde el exterior, sin decidirse todavía a entrar y levantar la tapa de las cajas de laca para ver qué secretos ocultaban.

Con los ojos cerrados y la suave brisa de Levante acariciándole la piel desnuda, se imaginaba poniendo la mano sobre el picaporte de la puerta de esa tienda, el «clac» seco, el chirrido de las bisagras mal engrasadas, tanto tiempo sin usar, el tintineo plateado de la campanilla, el olor del polvo, de los libros, de los terciopelos ajados bordados de pasamanería y azabache... Se veía a sí misma paseando por aquellos estrechos pasillos, entre altísimas estanterías llenas de tesoros y de trastos sin valor, tendiendo la mano aquí y allá para acariciar un juguete, una lámpara, un bolsito, una muñeca, una caja llena de fotos en blanco y negro... Su amor por el pasado se convertía en una nostalgia que le producía un dulce dolor. ¿Cómo puede una sentir nostalgia de un tiempo que no ha conocido? Y, sin embargo, así era. Quería saber, quería recuperar lo perdido, aunque sabía que era imposible y que la mayor parte de los hechos del pasado no habían dejado una huella que se pudiera rastrear en el presente. Era consciente de que muchas de las cosas que escribiría en la historia de la familia, si llegaba a escribirla, serían invenciones, fabulaciones a partir de los pocos datos que hubiese logrado encontrar. Pero era mejor que nada y daría sentido a muchas cosas que no comprendía aún.

Abrió los ojos a la belleza que la rodeaba, a las adelfas blancas que se mecían en la brisa, a las pequeñas mariposas, también blancas, que volaban erráticamente entre las flores. Sabía que se quedaría en Santa Rita. Al menos hasta que consiguiera saber qué había ocurrido allí desde su fundación, hasta que consiguiera recuperar el espíritu del lugar. Luego, ya se vería.

1930

$\mathcal{A}$ las dos de la tarde, con un sol de justicia que estuvo a punto de disuadirlas, subieron al coche negro y panzudo que Clemente había tenido abierto y a la sombra para tratar de mejorar la temperatura en el interior. Su mujer, Olvido, les había preparado una cesta con la merienda, que ahora reposaba en el enorme maletero. Las niñas correteaban persiguiéndose alrededor del coche mientras las tres señoras se iban acomodando: la baronesa y la niñera inglesa en el asiento de detrás con las pequeñas, doña Mercedes delante, al lado del conductor, porque solía marearse y, a pesar de que apenas si había alguna curva suave en la carretera que llevaba a la playa, prefería no estropear la excursión poniéndose malucha.

Todas iban vestidas de blanco, con lo más fresco que tenían en el armario, llevaban pequeños sombreros de paja o de rafia, y las señoras habían cargado también con sombrillas, que ya no estaban de moda, pero seguían resultando muy útiles a pleno sol.

—¿Adónde las llevo, doña Mercedes?

Ella no tuvo que pensarlo, porque se había pasado la noche valorando las posibilidades. Tenía que ser una playa que no estuviera muy lejos, pero que fuese lo bastante solitaria y, a ser posible, tuviese alguna sombra bajo la que refugiarse.

—Al Pinet, Clemente, a la zona de los pinos.

Marianne charlaba sin cesar, como un pájaro, por la simple

alegría de estar viva. Comentaba cualquier cosa que les saliera al paso: una buganvilla gigante en una tapia, una higuera cargada de frutos, una nube gorda que parecía un dragón, una palmera inclinada, un labriego con una vara en la mano que, junto a un borrico cargado de algarrobas, caminaba de vuelta al pueblo. Las niñas reían, saltaban en las rodillas de las mujeres y saludaban con la manita a cualquiera que se cruzara en su camino. Clemente sonreía echando la vista al retrovisor y Mercedes, de cuando en cuando, miraba a Jane que, poco a poco, se iba relajando conforme se alejaban de Santa Rita.

—¿Cantamos, niñas? —propuso la madre.

Empezaron a cantar *El señor don Gato* mientras Jane y Marianne hacían palmas al ritmo de la canción. Luego Jane empezó a cantar *Long way to Tipperary*, que les había enseñado a las pequeñas, y poco después la emprendieron con *Alouette*, que la pintora también coreó. De repente, Sofía preguntó:

—*Miss*, ¿cómo se llama su novio?

La *nanny* se envaró y, sin poder evitarlo, lanzó una mirada hacia su señora.

—No tengo novio, Sophie.

—Es que hace falta para la canción.

—Pues no sé qué podemos hacer.

—Es igual. Espere. Creo que se puede.

Sofía empezó a cantar una canción que le había enseñado Olvido y que las niñas mayores cantaban en las plazas cuando jugaban.

«La pobre de *nanny* qué dolida está / pensando en su novio / que se va a casar. / Su novio no la quiere; / la pobre de *nanny* de pena se muere. / A su novio le daremos chocolate con veneno / y a ella le daremos chocolate con champán. / Ha salido el sol, sin pizca de aire / que lo baile, que lo baile, que lo baile / y si no lo baila, le haremos que lo baile / que lo baile, que lo baile. / ¡Que salga usted, que la quiero ver bailar, saltar y brincar!»

Eileen hacía palmas y al final empezó también a decir «que lo baile».

—Luego, en la playa, os enseño cómo se hace —insistió Sofía con las mejillas arreboladas—. Hay que bailar y moverse y cambiar de pareja. ¡Es muy divertido!

—Ahora cálmate un poco, Sophie.

—¿Ve como no hacía falta tener novio para cantarla? Si hay novio, se pone su nombre. Si no, decimos «su novio» y ya está.

—Has sido muy lista, sí. Muy bien resuelto.

—¿Va a tener un bebé, *Miss*? —preguntó Eileen, fijando en ella sus ojos brillantes y apretando su muñeca contra el pecho.

Jane se llevó la mano al cuello y tosió brevemente. Le molestaba horriblemente aquella pregunta, y más estando un hombre delante, aunque sabía que Clemente no hablaba otra lengua que su valenciano natal y el castellano suficiente para entenderse con los señores.

—No, preciosa. No puedo tener un bebé porque no estoy casada.

—¡Ah! ¿Y cuándo se casará?

—No sé. Cuando un caballero pida mi mano.

—¿Para qué?

—Niñas —intervino la madre—. Dejad de dar la lata a *Miss* Jane. Ya estamos llegando a la playa.

Eileen y Sofía empezaron a dar saltos sobre las rodillas de las mujeres y a soltar gritos de alegría.

Clemente aparcó bajo la sombra de un pino mediterráneo que abría su amplia copa en la misma arena. El sol caía a plomo, pero por fortuna soplaba una ligera brisa que las forzaba a sujetar los sombreros con una mano y el borde del vestido con la otra. El mar brillaba como cuajado de lentejuelas de oro, las olas rompían entre espumas blancas contra la arena. No había un alma en toda la extensión de la playa. Azul en el cielo y el mar, blanco en nubes y espumas, verde en los pinos, oro en la luz.

Marianne hizo una inspiración profunda, cogió a las niñas

de las manos y echó a correr hacia la línea del agua entre gritos de júbilo. Jane y Mercedes se miraron, inquietas por la presencia del chófer.

—Puede usted descansar aquí a la sombra, Clemente. Vamos a dar un pequeño paseo por la playa y luego volveremos para merendar en la pinada.

El hombre asintió en silencio.

Las dos mujeres, cubiertas por sus parasoles, uno blanco y otro amarillo, fueron alejándose del coche, siguiendo las huellas que las otras habían dejado en la arena hasta que las alcanzaron. Se habían sentado en unas rocas y allí Marianne las estaba ayudando a soltarse las hebillas de los zapatos y a quitarse las medias blancas.

—Las pequeñas querían mojarse los pies y no ha habido más remedio que descalzarlas —explicó Marianne, que ya se había quitado los zapatos y las medias y había enterrado sus pies de color de nata en la arena rubia.

—¿Tú también? —preguntó Mercedes, casi escandalizada.

—No pretenderás que para una vez que estoy en el Mediterráneo me limite a mirarlo como si fuera un cuadro en el que no se puede entrar.

Terminó de descalzar a las niñas, que enseguida empezaron a levantar arena con los pies desnudos y a recoger las conchas que salpicaban el suelo. Miró por encima de su hombro a izquierda y derecha y, con una sonrisa traviesa, cruzó los brazos sobre el pecho y se quitó el vestido que enseguida dobló cuidadosamente y dejó en la arena con los zapatos, vueltos del revés, encima del forro, para que la brisa no se lo llevara. Debajo llevaba una enagua muy fina y muy gastada que dejaba entrever un sostén de satén también usado y unas bragas rosadas.

—¿Quién se viene al agua? —preguntó, feliz.

Eileen y Sofía rodearon a su madre de inmediato preguntando con sus vocecitas chillonas si podían ir al agua con la tía Marianne. La *nanny* arrugó la nariz de inmediato, pero Mercedes, primero escandalizada, acabó por ceder a la ilusión que brillaba en los ojos de sus hijas.

Las tres en enaguas y cogidas de la mano entraron en el mar hasta las rodillas dando gritos de alegría cuando las olas, ya vencidas, se estrellaban contra sus piernas desnudas rodeándolas de espumas blancas.

—¡Vamos, tontas, venid con nosotras! —empezó a gritar la pintora cuando ya el agua le llegaba por la cintura y tenía que sujetar a las dos niñas que manoteaban como perrillos con el pelo mojado y las gotas de agua escurriéndoles por las mejillas—. ¡Esto es una maravilla! Estamos solas en el mundo. ¿Os lo vais a perder?

Mercedes giró la cabeza hacia atrás, hacia la línea de los pinos donde apenas se adivinaba la negra silueta del coche. Clemente estaría dormido a su lado, o al volante. Nadie podría verlas si se decidían a seguir a Marianne.

—¿Vamos? —preguntó a Jane, que oscilaba entre el deseo y el miedo a cometer un imperdonable desliz frente a su señora.

—¿Le parece?

—Aún me acuerdo de cuando era pequeña y alguna vez me bañaba en el mar con mi padre, que es uno de los mayores expertos de España en talasoterapia. Era una delicia. ¡Vamos, Jane!

Mercedes se quitó el vestido, los zapatos y las medias. La inglesa, al cabo de un momento, la imitó.

—Pero no deberíamos mojarnos el pelo, *Mrs.* O'Rourke. No daría tiempo a que se secara antes de volver.

—Solo mojarnos un poco. Luego hay que esperar a que se nos seque la ropa interior.

El primer paso sobre la arena húmeda fue ya una maravilla en comparación con el calor del aire. La primera cachetada de las olas las llenó de placer y cuando por fin el agua las cubrió hasta el pecho, cedieron a la locura y empezaron a dar gritos como las niñas y las gaviotas que volaban muy alto sobre sus cabezas. Dejarse mecer por el movimiento del mar era algo que ninguna de ellas había experimentado en la vida y apenas podían comprender que hubiesen podido prescindir de ello. Todas se habían bañado en bañeras, pero no había comparación con lo que estaban disfrutando en ese momento. La sensación de libertad era embriagadora.

Sofía y Eileen pasaban de mano en mano, sin ningún miedo, disfrutando de flotar, de chapotear, de salpicar todo lo que querían sin que ninguna de las mayores las regañara por ello. Tenían las mejillas enrojecidas por el sol y las pestañas tan mojadas que parecían maquilladas con hollín. Al cabo de un rato, les permitieron acercarse a la orilla, donde el agua apenas si les llegaba a las rodillas, y seguir jugando solas mientras las mujeres se dejaban llevar por las olas un poco más adentro y, cada una por su lado, disfrutaban de la maravillosa sensación del agua moviéndose por todos los rincones de su cuerpo, hinchando y deshinchando las ligeras telas que las cubrían.

—Es como sentirse Venus naciendo de la espuma del mar —dijo Marianne.

Y Jane sonrió porque la baronesa era una anciana y no parecía darse cuenta, mientras que ella, que aún no había cumplido los veinticuatro años, apenas se atrevía a dejarse llevar por la deliciosa caricia del mar sobre su piel joven. Cerró los ojos y los abrió de golpe mirando hacia arriba, hacia las enormes nubes blancas que parecían bolas de algodón, hacia los trazos oscuros de las gaviotas que cruzaban el azul del cielo, sintiéndose renovada y, por unos instantes, libre y feliz.

Tenía que huir de Santa Rita. No sabía cómo, pero no podía quedarse allí ni un día más. El doctor O'Rourke era cada día más atrevido con ella y ya no sabía qué hacer para no acabar como aquella pobre paciente de Madrid a la que había estado ultrajando durante meses, a sabiendas de todo el personal, aunque hubiera conseguido ocultarlo a doña Mercedes.

Pero en ese momento no había que pensar en cosas terribles. Ese momento, como decía la baronesa Werekfin, era para ellas y solo para ellas, el sol, el mar, el cielo y la arena. Nada más. Ese momento no lo olvidaría en la vida y trató de disfrutarlo minuciōsamente, dándose cuenta de todo lo que sus sentidos le ofrecían: el sabor de la sal en sus labios, el olor del mar, un olor enorme, a prodigiosas distancias, a aventuras de novela; la frescura del agua y su movimiento incesante, el destello de los peces de plata acercándose y alejándose de sus piernas blancas, el verdor de las algas, sedosas y lisas, las lentejuelas que la luz pintaba sobre las olas, el horizonte de pinos oscuros recortándose contra un cielo prodigiosamente azul…

Sabía que nunca más en su vida volvería a sentir todo aquello: el sol sobre su piel, los gritos de júbilo de las dos niñas, los chapoteos de las dos mujeres que ahora habían empezado a salpicarse la una a la otra como si fueran chiquillas…

Al cabo de un rato, agotadas y con las mejillas enrojecidas por el sol y la sal, fueron saliendo hacia la orilla, pero ninguna quería abandonar la caricia del mar, así que se sentaron donde las olas morían suavemente. Sus manos jugueteaban con las conchas que las aguas arrastraban dentro y fuera con un sonido relajante, como un instrumento de percusión. Mercedes empezó a cantar. Marianne apoyó los codos en la arena y se estiró hacia el mar, con la vista fija en el horizonte que ahora cruzaba una vela blanca. Jane miró sus piernas, tan blancas, con los pelillos dorados brillando al sol y, por un instante, deseó ser uno de esos peces plateados que surcaban libres las profundidades, o una gaviota haciendo piruetas con la brisa de la tarde.

Cuando volvieran, el doctor estaría furioso. Le había insinuado que preferiría que dejara marchar a las otras y se quedara a pasar la tarde en Santa Rita.

«Así tendría usted por fin una tarde libre, *Miss* Redwood. Y si yo consiguiera liberarme también un par de horas, podríamos dar un paseo y le enseñaría algunas de las bellezas de nuestra zona.»

«Hablaré con la señora», había contestado ella, bajando la vista.

Él había torcido el gesto al oírla mencionar a su mujer.

«No. No se moleste, *Miss*. Acabo de darme cuenta de que no voy a poder tomarme ese tiempo libre. Otra vez será.»

Unas gotas la salpicaron en la cara.

—Deje de pensar en cosas tristes, muchacha. —La baronesa la miraba sonriente, con sus dientes saltones y los ojos oscuros y brillantes—. Hay que atrapar cada momento feliz que la vida nos ofrece, cogerlo y devorarlo antes de que nos lo quiten. Este es solo nuestro.

Mercedes, que estaba casi tumbada en el agua, procurando no mojarse mucho el pelo, con sus dos hijas encima de ella, les lanzó una sonrisa esplendorosa y enseguida volvió a la necesaria sensatez.

—Habrá que salir, señoras. Damos un paseo por la orilla para que se nos vaya secando la ropa y, en cuanto podamos vestirnos, volvemos al coche y sacamos la merienda. ¿Les parece?

Eileen y Sofía empezaron a protestar ruidosamente, pero Jane les ofreció hacer una colección de conchas y enseguida se pusieron a buscar por la orilla con el borde de la enagua doblada hacia arriba como un amplio bolsillo para poder guardar las que encontraran. Las había grandes y lisas, estriadas, blancas, oscuras, de vez en cuando encontraban también una caracola pequeña enrollada sobre sí misma, suavemente nacarada. Otras estaban cerradas, aún vivas, y podrían haberlas abierto, habérselas comido allí mismo, sazonadas con la sal del mar, pero Mercedes prefirió no decírselo. Ya tendrían tiempo de saber que en la vida unos se comen a otros, dependiendo de su hambre y su deseo.

El sol iba bajando hacia la pinada haciendo las sombras más largas. La brisa, que había amainado durante el baño, se iba haciendo más fuerte, secando así sus ropas empapadas y despeinándolas, de paso, azotando largos rizos escapados de sus moños.

Fue casi doloroso volver a ponerse las medias y los zapatos. Las niñas protestaban y solo la promesa de la limonada y los panecillos vieneses con jamón dulce las animó un poco, pero estaban muy cansadas y el sol les había puesto la piel de color de rosa. Jane cogió a Eileen en brazos para volver al coche y Sofía, después de protestar un poco, consiguió que su madre la cogiera también. Apoyó la mejilla sobre el hombro de Mercedes y se quedó dormida al instante mientras ella apretaba contra el suyo el cuerpecillo de su hija y sentía en la cara el cosquilleo de su pelo rojo. Nunca se lo hubiese confesado a nadie, pero Sofía era su favorita, su niña, su amor. Por fortuna, Mateo prefería a Eileen y así las cosas estaban equilibradas. Para ella era fundamental que ninguna sintiera favoritismos y ponía todo su empeño en tratarlas exactamente igual. Esa había sido una de las razones por las que había aceptado la presencia de una institutriz en la casa.

Recordó que Marianne tenía que hablar con Jane, de modo que, nada más llegar al coche y despertar a Clemente, se acomodó a la sombra sobre la manta que el hombre había extendido en la arena junto con unos cojines, puso a las dos niñas a su lado y cerró los ojos, diciendo que quería descansar un poco, para darle ocasión a su amiga de alejarse junto con la *nanny*, fuera del alcance de los oídos de Clemente, que, aunque era un buen hombre, no debía oír ciertas cosas.

Cuando regresaron, la expresión de Jane le dijo lo más importante: que estaba de acuerdo con el plan y enormemente agradecida. Ahora quedaba lo más difícil: conseguir que Mateo no desatara contra ellas su furia por el engaño y por la privación de aquella muchacha.

10

Tinto con melocotón

*E*l Ka rojo de alquiler salió del aparcamiento del hotel Miramar y unos segundos después Robles lo seguía por las calles principales de Benalfaro hasta que se incorporó a la autovía en dirección Valencia. En cuanto Lola le había dicho que iban a darle permiso a Chantal Fischer para moverse libremente, siempre que siguiera estando localizable, decidió darse el lujo de seguirla, a ver adónde tenía tanta prisa en llegar.

Los años de profesión le habían enseñado a seguir de modo discreto a cualquier conductor, lo bastante lejos para que no se sintiera perseguido, lo bastante cerca como para no perderlo.

La suiza sabía exactamente adónde iba, eso estaba claro. No se trataba de ir a dar un paseo en coche o de hacer una excursión a alguno de los lugares más turísticos de la zona.

Pasó de largo Alicante por la circunvalación y enfiló la carretera de la costa hasta que, después de rebasar Villajoyosa y Benidorm, puso el intermitente para salir en Altea.

La siguió sin dificultad hasta la ciudad vieja y, poco antes de entrar en las calles más estrechas, decidió separarse un poco de ella. En ese momento un autobús turístico cruzó por delante de él, cerrándole el paso. Cuando por fin se quitó de en medio, el semáforo cambió a rojo y solo pudo ver el coche de la suiza girando a la izquierda, hacia el mar. En cuanto tuvo luz verde se apresuró a seguirlo, pero había desaparecido, de modo que dio un par de vueltas por la zona tratando de localizarlo hasta que tuvo que darse por vencido, aprovechó un hueco que acababa de quedarse libre, aparcó y echó a andar sin rumbo, con la esperanza de ver a la rubia detrás de alguna ventana o cruzando alguna calle.

El pueblo, que tan bonito era en temporada baja, se había convertido ahora en un hervidero de gente de toda procedencia. Unos bajaban las empinadas calles hacia la playa, otros paseaban con calma entrando y saliendo de las coquetas tiendecitas que ofrecían toda clase de productos, desde miel ecológica hasta collares y pulseras hechos con materiales como palma, cortezas de naranja o pipas de calabaza. Todos los bares estaban abiertos para los desayunos. Los más clásicos ofrecían churros con chocolate y café con leche con tostadas de aceite, con tomate y jamón, mientras los más modernos y exóticos anunciaban *smoothies* de espinacas, o huevos con *bacon* y cerveza, o combinaciones para veganos, y todos estaban abarrotados a las once de la mañana. Cada dos o tres metros una música distinta lo envolvía y actuaba de reclamo para lo que presumiblemente se ofrecía en el interior. Al cruzar las callejuelas blancas, el mar destellaba, muy azul, al fondo, abajo.

Chantal había desaparecido por allí, pero no había nada que hacer, aunque lo más probable era que se encontrase muy cerca, que hubiese aparcado el coche en un garaje particular y estuviese ahora en una de esas casas que lo rodeaban, mirando el mar y pensando… ¿qué? ¿Qué había ido a buscar allí esa mujer?

Se acordó de pronto de que Nines estaba trabajando en un bar de Altea. Miró en el móvil el mensaje que le había enviado unas semanas atrás y descubrió con alegría que estaba casi al lado, en una placita junto a la iglesia mayor del pueblo, la que, con su cúpula de tejas azules y sus paredes encaladas, se ha convertido en el símbolo de Altea.

Desde la puerta, echó una mirada a su alrededor. Nines no estaba ni dentro ni en la terraza. Se acercó a la barra a preguntar por ella y el camarero, un tipo alto y barbudo, le explicó que ahora estaba trabajando en el chiringuito que el mismo dueño tenía a las afueras del pueblo, en la playa. Robles dudó un momento, pero, ya que estaba por allí, decidió acercarse a verla. De alguna extraña manera, había empezado a cogerle cariño desde que había vuelto a instalarse en Santa Rita y de vez en cuando pensaba que debía de ser el único que le veía a aquella muchacha cierto potencial de convertirse en una persona de valía.

Sacó el coche, para regocijo de un francés que no tardó ni un minuto en ocupar el hueco, y, siguiendo las indicaciones del GPS, llegó al bar que le habían indicado, en la playa del Albir, tardó casi quince minutos en aparcar y volvió paseando.

La vio ya desde lejos, con sus piercings en las orejas y sus tatuajes de colores cubriéndole los brazos y parte de la espalda que la camiseta de tirantes dejaba al descubierto. Sacudió la cabeza con incomprensión, como siempre que veía a alguien tan tatuado.

—¿Me pones un café con leche? —le dijo casi al oído, por detrás.

Ella se sobresaltó y se giró hacia él con cara de pocos amigos hasta que se dio cuenta de quién era.

—¡Robles! ¿Qué haces tú por aquí? Ven, en la barra hay menos gente. Y también se ve el mar.

—No sufras. Lo tengo muy visto.

Seguía estando flaca, pero ya no parecía una drogadicta en activo. Pasó detrás de la barra y le puso el café ella misma después de hacerle un gesto al barman.

—¿Qué tal? —preguntó el excomisario—. ¿Estás a gusto?

—Bueno… hay cosas peores. —Ella se sirvió un té con hielo de una jarra que tenía debajo del mostrador de los camareros—. El jefe es bastante decente, no pagan mal y he encontrado una habitación pasable, pero hago más horas que un reloj. En cuanto acabe el verano, me busco otra cosa. Igual aún termino la carrera y todo.

—Era traducción, ¿no?

—Sí. Inglés y alemán. La verdad es que no se me daba mal, pero tenía otras cosas en qué pensar. —Hizo una mueca a medio camino entre la nostalgia y el fastidio—. ¿Qué haces tú por aquí? ¿Me echabas de menos?

Robles se echó a reír, se acabó el café con leche, sacó el móvil y le mostró una foto de la suiza.

—He venido siguiendo a esta mujer, pero me acaba de dar esquinazo.

—¿Un ligue? ¡Anda! ¡La pintora!

—No me digas que la conoces.

—Tiene un chaletito alquilado por aquí. Ha venido un par de veces a tomar café. Es guapísima, tan fina, tan elegante. Me fijé en que tenía los dedos llenos de pintura y nos pusimos a hablar un poco. El alemán suizo es muy raro y a ella le hizo gracia que yo estuviera estudiando su idioma.

—Entonces, ¿sabes dónde está el chalé?

—Claro. Ahí enfrente. ¿Ves aquella línea de adosados? Pues donde acaban, la segunda casita independiente, esa un poco más antigua. La he visto entrar no hace ni diez minutos.

—¡Menuda suerte hemos tenido! ¿Podrías echar un ojo de vez en cuando y darme un toque cuando salga?

—Claro. ¿Qué vas a hacer tú?

—Dar una vuelta por allí y ver si puedo echar un vistazo al interior. Tengo mucha curiosidad por saber a qué ha venido a Altea. ¿Va siempre sola?

—No. También había un tipo alto y flaco, con el pelo canoso recogido en una coleta y toda la oreja llena de aros, pero hace ya un par de días que no se pasa por aquí. Cuando llegaron, se pasó casi una hora metiendo trastos en la casa: caballetes, lienzos, cajas…, de todo. ¿Por qué la buscas?

—¿Sabes que tienes madera de policía, Nines?

—¿Madera de madera? —Le guiñó un ojo para acompañar el juego de palabras.

—Que eres buena observadora y sabes hacer hablar a la gente. ¿No te has planteado nunca entrar en la Escuela de Policía?

—¿De policía? Tú estás mal de la olla, yayo. ¿Con mis antecedentes?

—¿Qué antecedentes? ¿Te han trincado alguna vez?

Ella sacudió la cabeza, casi como si lo lamentara.

—No. He tenido suerte.

—Pues conocer de primera mano el lado oscuro es una buena baza para ser policía.

—No me has dicho por qué la buscas.

En ese momento, un hombre rechoncho, con un mandil azul oscuro, se les acercó.

—Nena, esto está de bote en bote. Dile al novio que venga en otro momento a pelar la pava.

Nines se echó a reír de la ocurrencia de su jefe.

—¿Novio? ¡Venga ya! Pero si Robles es un jubileta, como tú.

—¿Como yo? ¡Más quisiera yo, que estar jubilado! ¡Venga, mueve el culo!

—Pues ya hablaremos… —dijo Robles poniendo tres euros sobre el mostrador.

—Deja, hombre, te invito yo.

—Llama si ves algo raro, ¿vale?

—A sus órdenes, comisario. Pero me debes una explicación.

Los dos sonrieron y Nines fue a tomarle la comanda a la familia que se acababa de sentar.

Los rayos de sol estaban llenos de motas de polvo que danzaban en la luz. Aquel antiguo despacho despedía un olor seco, a papel viejo, a pelusas olvidadas por los rincones, a nidos de ratas ya desaparecidos. Sin embargo, a pesar del calor del sol de mediodía todo resultaba agradable, casi acogedor, y el trabajo de abrir viejas carpetas y archivadores para sacar hojas y hojas de papeles totalmente prescindibles no le pesaba. Había colocado una caja de cartón a sus pies y en ella iba echando todo lo que no tenía ningún interés y se podía tirar o quemar tranquilamente sin que nadie lo echase en falta.

Las cosas que quería conservar, al menos de momento, iban siendo colocadas en la mesa que había despejado para ello.

No podía evitar darle vueltas y vueltas a lo que su tía le había contado sobre el esqueleto infantil que había estado emparedado durante tantos años. Lo que Sofía sabía era lo que le había contado su madre, Mercedes, y esta ignoraba dónde habían enterrado el cadáver del bebé, aunque sí sabía, o creía saber, cómo había llegado allí. Al parecer, se lo había confesado Olvido, la mujer que habían contratado siendo adolescente para hacer de chica para todo y había terminado casándose con Clemente, el chófer y manitas del doctor Rus, y convirtiéndose en una especie de ama de llaves de la casa grande.

Últimamente Greta tenía la sensación, exacerbada por aquel trabajo arqueológico con los papeles olvidados, de que Santa Rita era, entre otras cosas, un juego de muñecas rusas, donde cada historia estaba dentro de otra historia, como en *Las mil y una noches*, en la que los narradores iban encajando unos dentro de otros hasta que una perdía la certeza de dónde había empezado la narración y quién la estaba contando en cada momento; pero, sobre todo, no podía librarse de la idea de que no había la menor seguridad de que todo aquello fuera cierto. Cada persona que cuenta elige, omite, elimina, añade y, como en ese juego infantil en el que uno le susurra al siguiente un mensaje al oído que ese tiene que pasar a su vez al que está a su derecha, la frase final tiene ya poco que ver con la del principio.

La historia del bebé fue narrada por Olvido a Mercedes años después de los sucesos. Mercedes se la contó a su hija

Sofía mucho más tarde, después de la muerte del doctor Rus, cuando ella ya había abandonado Santa Rita y se había instalado en Alicante.

Finalmente, ahora, ocho décadas después del hecho, una Sofía de más de noventa años le había contado a ella lo que recordaba de lo que su madre le había narrado de lo que Olvido le había confesado a su señora. Podía ser verdad, pero no tenía por qué serlo.

Según Sofía, el doctor Rus, a lo largo del año 30 —tenía que ser el 30 porque era la fecha de la visita de Marianne y de los cuadros hallados detrás del tabique—, había estado abusando de una de sus pacientes, una chica joven de Madrid, cuya familia estaba lo bastante lejos como para no molestar. La muchacha había dado a luz a un bebé muerto y poco después había muerto ella misma. No sabía por qué el recién nacido había terminado emparedado en vez de ser enterrado en el pequeño cementerio de Santa Rita, pero Sofía sabía por su madre que aquella criatura había sido su medio hermana, ya que ambas compartían el mismo padre.

Mercedes nunca quiso que llegara a saberse, a pesar de que le constaban los rumores que circulaban por el pueblo de las relaciones que el doctor Mateo Rus tenía con toda mujer joven que cayera bajo su influencia, y le hizo prometer a Sofía que nunca se lo contaría a nadie; promesa que, ahora, acababa de romper, porque ya no tenía sentido seguir guardando un secreto que no le importaba a nadie más que, como mucho, a la gente de la familia. Por eso había decidido contárselo a Greta.

—O sea, que ese niño sería tu tío —concluyó Sofía—. O tu tía, claro. Según mamá, Olvido hablaba de «la criatura» y no se le ocurrió preguntarle qué era.

—¿No le dijo por qué acabó detrás de esa pared?

—No le dijo qué había sido del cuerpo. Supongo que ella tampoco preguntó. Mamá siempre prefirió no saber. Se pasó toda la vida haciendo la vista gorda con papá, aunque sabía perfectamente qué clase de hombre era.

—Nunca me lo dijiste. Ni tú, ni mi madre.

Sofía fijó la vista en el techo, como si de repente la moldura de estuco que rodeaba la lámpara se hubiera puesto interesante.

—Eileen era como mamá; tampoco quería saber ciertas cosas. Y adoraba a papá, a pesar de sus malos humores y de lo suelta que tenía la mano.

—¿Os pegaba? —Greta estaba escandalizada. Era la primera vez que oía hablar de ello.

—Alguna vez. A nosotras, menos. Solo cuando aún éramos pequeñas y no sabíamos quitarnos de en medio a tiempo. ¿Te extraña? No sufras, aprendimos pronto. Después nos enviaron a un internado inglés y eso nos salvó. Solo veníamos a España un mes en verano. Mamá vino también a Inglaterra cuando la guerra de aquí, eso lo sabes, ¿no? Luego, cuando la cosa se puso grave en Europa y Churchill declaró que iba a comenzar la «Batalla de Inglaterra», papá movilizó a sus contactos en las alturas para que volviéramos a casa, en el verano del 40, si no me equivoco, antes de que empezaran los bombardeos alemanes. Aquí estaba todo patas arriba, el país destrozado, pero al menos ya no había guerra. En el 48 murió mi padre, a los cincuenta y dos años.

—¿De qué murió?

—Esa es otra historia y ahora ya estoy muy cansada, hija. Te la contaré en otro momento. No sé por qué te interesan esas retahílas.

Greta sacudió la cabeza, mientras echaba a la caja de la basura un archivador completo lleno de listas de nombres escritos a mano en una tinta que debió de ser negra y ahora era de un marrón rojizo, posiblemente de antiguos pacientes. Ella tampoco acababa de comprender por qué le interesaban de pronto las viejas historias que nunca se había preocupado de reunir en vida de su madre. Debía de tener algo que ver con Santa Rita misma, con el hecho de estar allí y de ir descubriendo destellos del pasado por todas partes. Poco a poco sus propios recuerdos del año que vivió entre sus muros, el último de su educación secundaria, iban siendo cubiertos por otras imágenes e historias de momentos que no había vivido, que le habían sido narrados o que iba descubriendo a través de antiguas fotografías. Y eso era bueno. Poco a poco, mientras buceaba en el pasado común de la familia, empezaba a desligarse de su propia historia y a sentirse menos culpable.

La figura de su abuelo, que nunca le había interesado de modo especial, porque había muerto mucho antes de nacer ella, y que siempre había estado clara en su mente a través de los comentarios o anécdotas de su madre, había sufrido un cambio tan drástico que necesitaba investigar para ponerla en su lugar, y no tenía más que a Sofía como fuente, ya que su propia madre había muerto también y, salvo Sofía, nadie parecía haber sido muy dado a la escritura. No podía esperar toparse con cartas ni mucho menos diarios íntimos.

Le preocupaba la naturalidad con la que Sofía había hablado de su padre como un maltratador y violador de pacientes indefensas. Y ¿cómo era posible que todo el pueblo hablara de ello y nadie hubiese hecho nada por ponerle coto, ni siquiera su bisabuelo, don Ramiro, que, según lo que había oído de él, había sido un pedazo de pan?

Era extraño tener que pensar que en su familia había existido alguien que abusaba de su poder de esa manera. Sabía que había sido franquista, que su nombre inspiraba terror en el bando enemigo, especialmente después de la guerra, pero de alguna forma nunca se le había ocurrido verlo como un hombre capaz de maltratar a su mujer y a sus hijas y de abusar de sus pacientes. Ahora se daba cuenta de su ingenuidad, o más bien de su falta de interés por saber de qué cepa procedía ella misma.

Si su abuelo había sido un monstruo de ese calibre, ¿no llevaría ella también algo oscuro en su interior?

Inmediatamente, como era de esperar, su pensamiento la llevó sin poder evitarlo a la capilla derruida, al año 74, a Fito y a Nani en el suelo, como una *Pietá* moderna, sin darse cuenta de su presencia.

«No. No. No. No.»

«Bórralo. Táchalo. Ya pasó. Ya no importa. Fito está muerto y Nani en la cárcel. Piensa en otra cosa.»

—¿Molesto?

Nunca le había parecido tan agradable la voz de bajo de Miguel. No lo había oído llegar, perdida como estaba en sus pensamientos. Estaba de pie en la puerta, con el hombro apoyado en la jamba y una sonrisa en el rostro.

—Para nada. Estoy librándome de todos estos papelorios que ya no le interesan a nadie. Me pregunto por qué narices se habrán conservado tantos años.

—Supongo que porque nadie ha tenido ni tiempo ni ganas de darse el trabajo de hacer limpieza. Aquí el espacio sobra, así que siempre se han podido permitir llenarlo todo de trastos. ¿Has abierto todas las ventanas? Esto está lleno de polvo.

—No hay más que una y sí, está abierta, pero con este calor casi sería mejor cerrarla. Menos mal que el sol ya va para el otro lado.

—¿Te apetece una cerveza antes de comer?

—Mira, sí. Creo que de momento ya he hecho bastante.

—Merche ha ido a la droguería. Robles anda por ahí y la suiza, Monique, está metida en su cuarto.

—Los tienes a todos controlados —rio Greta. Cogió la caja y echó a andar hacia el ascensor, seguida por Miguel que, caminando en su propia casa, no tenía ningún problema y ni siquiera llevaba el bastón.

—Es que había pensado darme un chapuzón antes de comer, pero con este calor me daba pereza salir al sol y he dado una vuelta a ver quién tenía un rato libre. Las chicas de la lavanda han salido, Trini y compañía llevan toda la mañana en la cocina y, si a uno se le ocurre pasarse por allí, enseguida le dan algo que hacer.

—¿Y Lola?

—Trabajando, claro. La policía no libra en agosto.

—A ver si esta noche nos dice algo de cómo lo llevan.

—¿El caso del *dandy* suizo? Te lo puedo decir yo. Mal. No hay nada.

—¡Vaya!

—Pero es que tampoco buscan donde debieran… —añadió bajando la voz y acercándose a su oreja para hacerse el misterioso.

—¿Dónde deberían buscar, según tú?

—Piensa. Como si fuera un juego, un rompecabezas. ¿Quién gana con su muerte?

—Mmm… No se me ocurre nadie. ¿Su asistente? —preguntó, influida por lo que pensaba Ascen.

—¡Venga ya! ¿Desde cuándo una asistente puede ganar nada con la muerte de su jefe?

—Muerto el jefe, puede heredar ella el puesto. —Greta sabía, por Monique, que aquella mujer no había sido asistente de Heyni, pero tenía curiosidad por ver lo que había imaginado Miguel y no quería cerrarle caminos antes de que le contara lo que él pensaba.

—Estamos hablando del máximo especialista en la escuela de El Jinete Azul y uno de los mejores especialistas en falsificaciones del mundo. Eso o lo eres o no lo eres. No te van a coger a ti porque tu jefe haya estirado la pata. Además, eran más que jefe y asistente… —Dejó la frase sin terminar, pero con la entonación justa para que solo pudiese significar una cosa.

—¿Y tú cómo lo sabes?

—Porque compartían habitación en el Miramar y cenas románticas en un par de sitios, con velas y besos y miraditas.

—¡Joder, Miguel!

—Pareces Robles.

Greta se echó a reír.

—Voy ahí detrás a tirar los papeles al contenedor. Tú ya puedes ir sacando las cervezas y de paso pienso en el rompecabezas.

—Te añado una pista: ¿a quién le estorba?

Salió a la violenta luz de mediodía, dio la vuelta a la casa, a la acera de sombra, tiró los papeles y se estiró a conciencia. Si no le hubiese prometido a Miguel tomarse la cerveza con él, se habría ido derecha a la piscina, pero siempre podía hacerlo por la tarde. Los árboles de la parte trasera daban una sombra fresca, apetitosa. Sintió ganas de tumbarse al pie de uno de ellos y enfrascarse en alguna lectura que la llevara lejos de los pensamientos que Sofía había hecho nacer en su interior. Su abuelo Mateo. Lo que ella podría haber heredado de él. Su primer novio, Fito. Absurdo. Ella siempre había sido pacifista, más bien cobarde; nunca le había hecho daño consciente a nadie. No había sacado nada de su abuelo materno, ni siquiera el precioso azul de sus ojos del que su madre le había hablado siempre. «Unos ojos como un cielo de verano, un azul en el que podías perderte, como en el mar.» Ahora le parecía curioso que su madre lo hubiese querido tanto.

Volvió dentro y se reunió con Miguel, que la esperaba en la salita con dos botellines abiertos y unas almendras saladas.

—Ya sé que los alemanes bebéis sin comer, pero yo lo encuentro un poco cosa de bárbaros.

—No soy alemana. ¿Cuántas veces quieres que te lo repita?

—¿Cuántos días hay que vivir en un sitio para ser de allí? No me digas que no es una buena pregunta. Científica. Un bebé de un día que nazca en España es español. Una persona que venga a los veinte años, pase aquí cincuenta y muera a los setenta, no lo es. Curioso, ¿no?

—¡Qué filosófico te has puesto, con el calor que hace!

—Greta chocó su botellín con el de Miguel provocándole un ligero sobresalto que la hizo sonreír, y se bebió casi la mitad de un trago—. ¡Qué sed tenía!

—¿Lo has pensado?

—¿Lo de quién le sirve o a quién le estorba? No me irás a decir que a su mujer le sirve de algo.

—No, pero puede que le estorbe.

—¿Y eso?

—Si yo me he enterado de que el *dandy* y Heidi son amantes, ¿qué te hace pensar que Monique no lo sabía?

—¿Heidi? —La cara de incomprensión de Greta habría hecho reír a Miguel, que, de todas formas, sonrió, porque el tono reflejaba de modo bastante preciso esa incomprensión.

—La suiza rubia, la asistente. Para mí, la llamo Heidi por obvias razones. Continúo: ¿y si Monique lo sabía y decidió que no pensaba permitírselo? Y más porque no era la primera vez que la engañaba con otras.

—¿Cómo vas a saber tú eso?

—Porque Monique se lo dijo a Robles y él a mí.

—Pues más a mi favor… Si no es la primera vez y él siempre vuelve y ella siempre lo perdona, ¿por qué esta vez iba a matarlo? Y de un martillazo, además.

—¿Te parece poco femenino?

—Lo que me parece es que cuando te aburres se te ocurren muchas tonterías.

—Soy matemático, Greta. Veo modelos, patrones, diseños…, como quieras llamarlos. Hay cosas que encajan y cosas que no. A mí el *dandy* me pareció un gilipollas de marca mayor, y Monique me cae bien, pero eso no quita para que piense que ella es la que sale ganando.

—Lo pensaré, pero si no tienes nada más, no creo que Lola se vaya a tomar muy en serio tu teoría.

Antes de que Miguel pudiera contestarle, sonó el gong anunciando la comida.

—¿Qué habrá hoy? —preguntó Greta, recogiendo los botellines.

—Ensaladilla rusa y merluza al ajillo con patatas.

—Lo hueles, ¿no?

—Me he pasado por la cocina a preguntar. Pero sí. Lo huelo. Y de postre tenemos tinto con melocotón, para favorecer la siesta —terminó, guiñándole un ojo—. Anda, vamos a ver si la dama suiza ha salido también y le hago un par de preguntas. Últimamente Santa Rita se está poniendo interesante.

—¿Desde que parece que vivamos en una novela de crímenes?

Miguel se echó a reír.

—Tampoco hay que exagerar, muchacha. Siempre me ha interesado la vida de los demás, sus motivaciones, sus secretos. No puedo evitar preguntarme por qué la gente hace lo que hace, dice lo que dice y calla lo que calla. ¿No te llama la atención que la suiza haya ido contando que su marido la engañaba con unas y con otras? Eso no la deja particularmente bien, y sin embargo no se ha privado de decírselo a todo el mundo.

—Hombre…, tanto como a todo el mundo…

—A Lola, a Robles, a ti…

—¿A mí?

—No me digas que no. Cuando lo he nombrado, ha quedado claro que tú ya lo sabías.

—Bueno… sí.

—Y te lo ha dicho ella, ¿verdad? No Robles.

Greta se esforzó por recordarlo mientras entraban al comedor.

—La verdad es que ya no lo sé, Miguel. Son cosas que se saben, pero luego no te acuerdas de quién te lo ha contado.

—Esa es la gracia. Igual que con los chistes. Te cuenta alguien uno muy bueno, tú lo vas contando por ahí y al cabo de un par de días se lo cuentas a quien te lo contó porque ya no te acuerdas de que fue él quien te lo contó a ti. Yo creo que, por algo, a esa señora le conviene que todos sepamos que su marido era un donjuán y ella siempre lo ha llevado con paciencia.

—¿Y por qué puede ser, según tú?

—Justo para que la gente reaccione como acabas de hacerlo: «Si ya le había hecho lo mismo varias veces y nunca había pasado nada, ¿por qué esta vez iba a ser diferente? Se trataba de aguantar el tirón, como siempre, y luego él volvería al hogar». A mí, el hecho de que vaya pregonando las infidelidades del *dandy* me hace pensar que sí ha tenido algo que ver con su muerte. Todo cansa, ¿sabes? Y a lo mejor esta vez el hombre no pensaba volver y se lo había dicho con toda claridad. Parece una mujer organizada y decidida. Podría haber encontrado una manera de hacerlo.

—¿Sabes que eres malo? No me había dado cuenta de que siempre piensas lo peor de la gente. —El tono era juguetón, pero había algo de verdad en el fondo de lo que Greta acababa de decir.

—No soy malo. Es que me interesa el porqué de las cosas, y los humanos nos movemos por estímulos egoístas. Haces o no haces algo porque te sirve, o lo deseas, o lo necesitas; siempre crees tener razón y estar justificado, por supuesto. Visto desde dentro, desde tu punto de vista, lo que haces nunca es malo; tiene su lógica y su razón. Visto desde fuera… ya es otra cosa.

—Mira, ahí está Monique, hablando con Merche y con Reme.

—Pues vamos a sentarnos con ellas. Tengo curiosidad por saber qué es lo que nos cuenta a nosotros. Si tengo razón, intentará ir poniéndonos de su parte.

—¿Para qué? Nosotros no tenemos nada que ver con la investigación.

—Ya lo verás…

Se acomodaron a la mesa y, mientras daban buena cuenta de la ensaladilla rusa, Reme les estuvo contando que su hija,

Rebeca, había empezado un cursillo para preparar las oposiciones a celadora de hospital. Ahora que Richar estaba en la cárcel y ella podía vivir tranquila, estaba aprovechando el tiempo mientras sus dos hijos, como no había colegio, se pasaban la vida en la piscina de Santa Rita al cuidado de su abuela.

—Me encanta tener aquí a mis nietos y saber que la vida de mi hija se está enderezando; y que ya no corre peligro.

Cuando fueron a traer el segundo plato, Greta aprovechó para resumirle a Monique la situación de Reme y su hija, ya que ella, por delicadeza, no se había atrevido a preguntar.

—Los hombres te destrozan la vida —estaba diciendo Reme cuando volvieron a la mesa con los platos de merluza.

—Si vais a hablar mal de los hombres en general, me cambio de sitio —dijo Miguel medio en serio medio en broma—. Aparte de que para destrozarle la vida a alguien vale cualquiera, hombre o mujer. Lo importante es no dejarse. Si alguien te está haciendo mucho daño… ¡puerta! Sin más.

—¿Y si lo quieres mucho? —preguntó Merche.

Miguel quedó un instante en silencio, mirando a su mujer, aunque no pudiera verla, como ponderando si contestar o no. Se decidió por explicar lo que pensaba.

—Si lo quieres mucho, primero tratas de razonar, de que entienda tus necesidades, de averiguar si te quiere igual que tú a él, o a ella…, haces todo lo que está en tu mano para arreglarlo, para que cambie la situación y, si no sirve de nada, antes o después tienes que salvarte tú. No por maldad, ni por egoísmo, sino por autoestima, por puro respeto a ti mismo. Da igual que seas hombre o mujer.

—Yo también pienso así —dijo Monique, de pronto—. Eso de la autoestima es lo crucial. Porque, si no te salvas tú, cada vez te aplastan más y acabas siendo una alfombra bajo los pies del otro. Te das vergüenza a ti misma, pero ya no sabes cómo salir de la situación. Sí…, yo también pienso que no es egoísmo, ni mucho menos maldad…

—Y yo —añadió Greta—. Es cuestión de autoestima, de que te respetes a ti misma. Pero no es fácil... No todas las mujeres pueden hacerlo, sobre todo cuando ya están muy machacadas. Por eso necesitan ayuda. A veces incluso simplemente para darse cuenta de que no es normal, de que no hay por qué soportarlo. Ya veis, yo he dejado a Fred después de tantos años porque antes no me había dado cuenta de lo que estaba pasando.

—Y eso que te trataba bien. —Reme tenía una historia de maltrato tan larga que lo único que contaba para ella era que no te insultaran ni te pusieran la mano encima.

—Aparte de querer controlarlo todo y decidir por mí y no respetar mi trabajo ni mis horarios y aburrirme horrorosamente con sus monólogos... sí, me trataba bien.

Todos sonrieron frente al resumen que había ofrecido Greta de su situación conyugal.

—Quizá yo no tendría que haber soportado tanto tiempo sus infidelidades. Tendría que haberle puesto claro que no le iba a aceptar ni una más... —dijo Monique, empujando con el tenedor un pedazo de merluza, como si lo estuviera paseando por el plato—, pero es que es eso que has dicho tú, Merche. Que lo quería y prefería tenerlo, aunque fuera compartido de vez en cuando, a quedarme sin él. Ahora me arrepiento de no haberme plantado, de no haberle puesto las cosas claras, de haber cedido una y otra vez.

Miguel le dio un toque a Greta con el pie por debajo de la mesa. Traducido en palabras, venía a significar «¿qué te he dicho que iba a hacer la suiza?».

—Además... —continuó— me siento tan culpable... Si yo me hubiese empeñado en venir con él... a lo mejor... a lo mejor... —Se llevó la servilleta a la cara para cubrir sus lágrimas.

—No habría cambiado nada —dijo Greta—. ¿En qué habría cambiado la situación si tú hubieses venido con él? ¿La persona que le dio el martillazo en la cabeza no lo habría hecho, estando tú cerca? No tiene sentido que te sientas culpable por algo que no podrías haber evitado, Monique.

La suiza empezó a asentir en silencio.

—Las mujeres siempre nos sentimos culpables de todo —sentenció Merche—. ¿Me sirves un poco de vino, Greta?

—Ya se preocupó la Iglesia católica de que fuera así. Las mujeres somos malas por naturaleza; a través de una mujer entró el mal en el mundo, somos el pecado, la perdición de los hombres..., todas esas mentiras que nos han echado encima a través de los tiempos, y, además, nos han educado para no apoyarnos entre nosotras, para pensar siempre mal de otra mujer. No hay que dejarse. —Greta sirvió vino en todas las copas, terminó su merluza y preguntó—: ¿Os vais a tomar el tinto con melocotón o pasamos al café en la salita?

El simple hecho de subirse al coche, oír rugir el motor y salir del garaje del hotel, sola y sin mil ojos que siguieran todos sus movimientos y expresiones faciales, le dio una maravillosa sensación de libertad, de control, de poder..., todo lo que hasta hacía muy poco había sido normal y ahora, con el asesinato de Marco, parecía haberse perdido para siempre.

Estaba deseando que le permitieran volver a Suiza. No se sentía bien en aquel país donde no era más que una extranjera que no dominaba la lengua y a la que la policía se había empeñado en considerar sospechosa, en lugar de darse cuenta de que ella no había tenido nada que ver ni tenía nada que ganar con la muerte de Marco.

Al menos no la habían acusado de nada. Aún. No le extrañaría que estuvieran buscando algo que pudiese incriminarla, y le horrorizaba la idea de que se inventaran cualquier historia o plantaran algo en su habitación del hotel para poder retenerla, como pasaba en las películas. Sin embargo, no podía estar siempre en su cuarto para evitarlo. Ahora que la habían dejado moverse, no había tenido más remedio que salir. Por un lado, porque, psíquicamente, lo necesitaba. Por otro, porque era fundamental ir a Altea y comprobar con sus propios ojos que todo estaba bien, que Guy había cumplido con su parte y había vaciado el chalé.

La autovía estaba bien de tráfico y podía avanzar rápido, junto al mar deslumbrantemente azul y las adelfas de la mediana llenas de flores rosas y blancas agitándose en la brisa. Le habría gustado estar de vacaciones, disfrutando de la playa y del buen tiempo, haciendo planes de futuro, pero no era posible. Ahora todo había cambiado, y el único animal que sobrevive es el que consigue adaptarse a las nuevas circunstancias. No valía la pena lamentarse por lo perdido; había que avanzar con lo que quedaba.

Aparcó relativamente cerca de la casita alquilada. Por un instante pensó en bajar al chiringuito que había descubierto ya el primer día y tomarse un café charlando un poco con la camarera de los tatuajes. Habría sido una forma de sentir que la vida continuaba, que todo era fácil y agradable, normal. Pero había cosas más urgentes. En cuanto se tranquilizara, ya vería qué hacer.

Cruzó el pequeño jardín a toda prisa, dio la vuelta a la llave y, antes de entrar en el salón, donde había colocado su atelier, el olor la dejó clavada en la entrada.

Olía muy fuerte a óleo, a trementina, a taller… y a algo podrido también, alguna fruta quizá, todo potenciado por un calor insoportable y la sensación de ventanas herméticamente cerradas. Sintió una arcada que la forzó a taparse la boca para evitar el vómito.

La casa debería estar vacía.

Tragó la poca saliva amarga que se le había acumulado en la boca, soltó el bolso, que cayó al suelo, y avanzó los tres pasos que la separaban de la puerta cerrada del salón. La abrió despacio, como temiendo encontrarse con algo horrible.

Sus ojos recorrieron la sala: los caballetes, los óleos, las témperas —por si tenía que copiar un Werefkin—, los botes de pinceles..., los mil trastos de su oficio seguían donde los había dejado la última vez.

Sobre la mesa, empujada contra la pared para tener todo el espacio posible, un frutero mostraba unos cuantos melocotones podridos, un plátano negro y un limón que casi se había convertido en una bola de polvo grisáceo.

¿Qué le había pasado a Guy? ¿Por qué seguía todo como ella lo había dejado? ¿No había recibido su mensaje? ¿Se había enterado de la muerte de Marco y había decidido abandonarla?

Después de unos momentos de parálisis, fue a abrir las puertas de cristal que daban al porche y al jardincillo. Necesitaba respirar aire limpio y pensar. Sobre todo, pensar.

1930

*E*l doctor Mateo Rus, con las manos fuertemente apretadas a la espalda, recorría a largas zancadas su amplio despacho, cinco metros a un lado, seis metros al otro, la cabeza baja, como un toro a punto de embestir, los dientes maltratando el lado izquierdo de su labio inferior. Se sentía a punto de explotar de pura rabia por la estupidez de todos los que lo rodeaban. Habría necesitado ir al puerto, sacar un rato la barca, dejar que el mar y la soledad fueran tranquilizándolo, pero naturalmente no era posible porque la necia de su mujer se había llevado el coche, y a Clemente, e incluso a la pavisosa de la maldita *nanny*, que ahora habría podido ser un pequeño desfogue, aunque solo hubiese sido en un juego de palabras para ver cómo se iba poniendo pálida y el miedo iba invadiéndola, llenándola como un agua envenenada. Casi disfrutaba más de asustarla que de la idea de meterse en su cama. Mujeres no faltaban en Santa Rita y aquella inglesa era idiota, además de frígida.

Para colmo, la imbécil de Reyes se había puesto de parto. Se lo acababa de decir Olvido y lo único que había hecho bien la muy mema era precisamente haber elegido la tarde en que Mercedes no estaba en casa. Con un poco de suerte, todo habría acabado para cuando ella y las niñas volvieran de la excursión a la playa. Había sido un golpe de mala suerte que él no hubiese sabido de su embarazo hasta que fue demasiado tarde para hacer algo al respecto, pero ya estaba arreglado que unos labriegos de las Casas del Señor se quedaran a la criatura a cambio de una pequeña donación que les permitiría comprar la tierra que trabajaban y que hasta el momento tenían solo arrendada. Un par de meses atrás había pensado, brevemente, informar a los padres de Reyes, diciendo que no se explicaba cómo había podido su hija quedarse embarazada y que sospechaba de un enfermero que ya había sido despedido. Eso habría permitido a los abuelos quedarse con la criatura, pero, conociendo a don Antonio Perales y a su esposa Maravillas, que ni siquiera habían visitado a su hija en los quince meses que llevaba allí y que se avergonzaban profundamente de que fuera una desequilibrada, lo más probable habría sido que hubieran puesto una denuncia contra el sanatorio, y eso era algo que no podía permitirse. Por fortuna sus suegros, don Ramiro y doña Soledad, estaban de viaje y al menos no se enterarían de lo que habría podido ser un escándalo y, gracias a su perspicacia, no llegaría a serlo. Cuando ellos volvieran, todo habría quedado resuelto. A Reyes habría que tenerla atada un tiempo porque tenía una fuerte tendencia a volverse agresiva, pero antes o después se daría cuenta de que no le convenía insistir en su comportamiento; por fortuna era paciente suya. Su suegro no intervendría, a menos que pasara algo muy gordo, y ya se ocuparía él de que no fuera así.

Sonaron unos golpes rápidos en su puerta y Olvido entró retorciéndose las manos, cosa que el doctor Rus detestaba profundamente.

—Don Mateo, tiene que venir ya mismo. Las cosas pintan mal. La muchacha se está desangrando.

—¿Y qué cojones quiere que yo haga?

—Hace falta un médico, yo no sé qué hacer, y no me parecía plan llamar a otro. ¿O sí?

—¿Quién tiene guardia hoy?

—Don Rafael.

—El comunista, ¡vaya por Dios!

—¿Lo llamo?

—¡Noooo! —rugió, abandonando ya la compostura—. Ya voy yo a ver qué le pasa a esa inútil que no sabe ni parir, a sus veinte años.

Se quitó violentamente la chaqueta, la arrojó sobre el diván, fue al perchero y se puso la bata blanca.

—¡Vamos! ¡No puedo perder toda la tarde!

Ya eran más de las doce de la noche cuando, por fin, Nines consiguió salir del chiringuito, después de una jornada de más de doce horas. Ganarse la vida decentemente era una jodienda, pensó. Estaba deseando llegar al catre y dormir como un tronco, ni hambre tenía, pero antes de subir, aún quería pasarse por la casa de la pintora suiza, al menos pasar por delante, ver si había luz, si tenía el coche aparcado en la calle. Ni siquiera sabía por qué, ya que la verdad era que, a ella, personalmente, la cosa se la traía bastante al pairo, aparte de que la chica le gustaba de un modo distante, como le gustaba esta o aquella actriz de cine, pero le había prometido a Robles que le echaría un ojo, y tampoco le costaba tanto.

Recordó, con un punto de diversión, lo que le había dicho de la Escuela de Policía y se dio cuenta de que iba por la calle riéndose sola de lo idiota de la idea. Nines Toledo, policía. ¡Ja! En cuanto le vieran los tatuajes y los piercings, la sacarían a patadas de la comisaría.

«Bueno…, siempre podrías trabajar de agente encubierto, infiltrada entre los que antes considerabas tu gente. Ya, y ser una cerda traidora, o acabar en el fondo del mar con los pies atados a un bloque de hormigón. ¡Venga ya!»

Las calles seguían llenas, había mucha peña entrando y saliendo de todas partes, incluso había gente en la playa, unos en corros tocando la guitarra, otros paseando, niños correteando de acá para allá mientras los padres se tomaban la última en un chiringuito…: agosto. Si no fuera porque le tocaba trabajar y apenas le quedaban ratos libres, le encantaba estar en aquella zona, disfrutando del calor y de la marcha, aunque, cuando acababa, estaba tan hecha polvo que ya ni ganas tenía de encontrarse con nadie, ni de salir.

Según se alejaba de la línea de costa todo iba estando más tranquilo. Llegó a la verja de la casita que le interesaba, subió un pie al murete para volverse a atar una deportiva que estaba perfectamente atada y echó una mirada al jardincillo, apenas unos metros hasta la fachada. No había luz ni en la planta baja ni en el primer piso. Nadie tampoco en la naya. Había una minipiscina alta todavía cubierta con su funda. Parecía claro que no se habían instalado, porque ni siquiera había una tumbona o un par de sillas a la vista. Aquello estaba más muerto que su abuelo, pero no se perdía nada por probar, pensó con una sonrisa torcida. Apretó el timbre dos veces. Si le contestaba la pintora, le diría que acababa de salir del curro y se le había ocurrido pasarse a ver si la invitaba a una copa. No sería la primera vez que le salía bien la cosa a base de echarle morro.

No hubo respuesta. Estaba claro que no había nadie en casa.

Se cercioró de estar sola en la calle y saltó la valla antes incluso de tener conciencia de ir a hacerlo. Cruzó el jardincillo de sombra en sombra, por pura curiosidad de acercarse a la ventana y mirar dentro. No había mucho que ver y la luz del móvil se reflejaba en el cristal, dificultándole la visión. Lo único que se veía era que habían apartado los muebles contra una pared para dejar libre todo el espacio en la zona en la que más claridad habría. Al cabo de un par de minutos de forzar la vista se dio cuenta de que había varios caballetes, que ella veía solo por detrás, sobre un plástico extendido en el suelo, y un montón de cajas grandes, pinturas y pinceles y esas cosas que usaban los artistas.

Decidió que ya había visto lo poco que había por ver y se marchó por donde había venido. ¿Quién sería aquella tipa que ni siquiera sacaba una silla al jardín ni había destapado la minipiscina, ni al parecer necesitaba muebles en la casa? Tenía que preguntarle a Robles. Si sabía más de ella y de por qué le interesaba al comisario, a lo mejor podía descubrir algo más.

Miró la hora. La una y cuarto. Igual estaba aún despierto.

11

Magdalenas de almendra

*H*abía puesto la alarma para las seis, pero a las cuatro y veinte, con la primera claridad que ya permitía intuir los contornos de los muebles, se sentó en la cama, agarrándose con las dos manos la cabeza sudada. La sábana de encima había caído al suelo en algún momento de la noche; la bajera estaba arrugada y húmeda, exactamente igual que ella. Se le habían grabado en los brazos las arrugas y se sentía también así por dentro, marcada y aplastada, después de la horrible pesadilla de la que acababa de despertar.

Marco se levantaba de la camilla de la morgue, muy enfadado por la enorme cicatriz que le iba a dejar la incisión de la autopsia, y la increpaba llamándola egoísta, asesina, monstruo..., sin darse cuenta de que el monstruo era él, que estaba muerto, pero seguía gritando, y ya no tenía ojos, sino dos agujeros supurantes, de un rojo negruzco, igual que el que tenía en la cabeza, contrastando con su pelo tan rubio y tan fino.

Ella trataba de explicarse, de defenderse, mientras iba reculando hacia la puerta, que cada vez estaba más lejos, y él avanzaba hacia ella, desnudo, cruzado por la espantosa cicatriz, con la piel del color de la cera, diciéndole que nunca la dejaría tranquila, que su hijo estaba en el mundo para vengarlo, que Chantal se las arreglaría para destruirla, que todo el mundo sabía que lo había asesinado.

Se despertó con la garganta seca, pidiendo perdón sin saber a quién, dándose cuenta, casi por primera vez, de la magnitud de lo que había hecho y, sobre todo, de que no había vuelta atrás, de que aquello la perseguiría el resto de su vida y ni siquiera le quedaba la opción de ir a un psiquiatra a contarle que había mandado matar a su marido y ahora se sentía culpable. A ella misma le sonaba ridículo. Tendría que aprender a superarlo sola, o bien a vivir con ello para siempre.

Fue a ducharse y, envuelta en una toalla, bajó la escalera y se dirigió a la piscina sin encontrarse con nadie. A las diez tenía cita en la comisaría, pero le quedaba mucho tiempo para nadar, con la esperanza de que el ejercicio quemara la angustia que sentía.

Ahora que estaba despierta sabía que había hecho bien, que no había tenido otro remedio, que no le habían dejado otra opción, aunque siempre habría podido enzarzarse en eternos procesos judiciales para poder conservar parte de lo que era suyo y había constituido su vida. No se trataba de que no hubiera querido compartir, como a veces le decía una insidiosa voz interior. Marco y ella no eran hermanos tratando de ponerse de acuerdo en el reparto de una herencia. No había por qué compartir nada entre ellos. Todo lo que tenían lo tenían juntos y lo habían creado entre los dos. Siempre había sido evidente que, a la muerte de uno de ellos, todo era para el otro. Estando ella viva, él no era libre de cogerlo todo para empezar a compartirlo ahora con una extraña.

Quizá si se lo hubiese contado antes de presentarle los hechos consumados, si le hubiera pedido opinión o consejo sobre cómo resolver la situación…, si no hubiese pretendido echarla de su casa, de su galería, de su matrimonio, de su vida… Apretó los dientes, notando cómo empezaba la furia conocida a espumear en su interior.

Eso era bueno. La rabia la mantenía viva y le hacía mucho menos daño que esa pegajosa sensación de culpabilidad.

No había nada más que pensar. Ya estaba hecho. Ahora había que aguantar el tirón. No permitir que nadie le notase nada. Esperar a que le permitieran repatriar el cuerpo de su marido, que le devolvieran su móvil, que debía de estar lleno de mensajes de condolencias. Había anunciado en sus redes sociales privadas y en las de la galería la súbita muerte de Marco. Lo había comunicado a la universidad, pero no había querido volver a abrir la tableta y ahora le asustaba el volumen de mensajes con los que se iba a encontrar.

Lo de haberse tenido que hospedar en Santa Rita le había creado un estrés enorme porque no había un segundo en que no tuviera que estar haciendo un papel. Si hubiese estado alojada en un hotel, habría tenido momentos de respiro en los que no habría estado expuesta a todas las miradas, constantemente. Por otro lado, sin embargo, el vivir allí, relacionarse con Robles, con Greta e incluso con la misma inspectora que llevaba el caso era una suerte, porque tenía ocasión de presentar las cosas a la luz que más la favoreciera y, hasta el momento, había conseguido que todos estuvieran de su parte.

Ahora, en la entrevista con la inspectora Galindo, lo más probable era que le diese la información crucial sobre la vasectomía de Marco, y ella tenía que estar a la altura. Para ella tenía que ser una sorpresa demoledora. Era la única forma de dejar claro que no podía haber tenido nada que ver con la muerte de su marido porque ella no sabía nada de su traición. Esperaba ser capaz de hacerlo, aunque, de todas formas, sin pruebas no había ninguna posibilidad de implicarla en el caso, y no había ni siquiera sospechas. Tenía que concentrarse en el futuro; dejar correr todo lo que ya había sucedido y no tenía vuelta de hoja.

Entre brazada y brazada, no podía dejar de pensar en todo lo que le esperaba al volver. No había vuelto a organizar el funeral de nadie desde la muerte de sus padres más de veinte años atrás, y entonces habían sido dos para hacerlo, ella y su marido. De todas formas, no podía ser tan difícil para alguien como ella, cuyo trabajo consistía sobre todo en organizar eventos, pero le agobiaba la idea de recibir el pésame de tanta gente, de estrechar tantas manos, de hacer de viuda desconsolada junto al ataúd de Marco, sabiendo que era ella misma quien lo había encerrado allí. Tendría que empezar a considerar todo lo que le esperaba como el justo castigo por la decisión que había tomado. Después iniciaría su nueva vida. Sin Marco. Pero, sobre todo, sin Chantal. Lo del niño, ya se iría viendo.

Nel aparcó el coche que Julián le había prestado hasta el día siguiente y, sintiendo cómo se le tensaban todos los músculos de la cara en una sonrisa de felicidad, se apeó y echó una mirada larga, intensa, alrededor, como tratando de fijar en la memoria todo lo que sus ojos veían, a la vez que lo iba reconociendo. No hacía ni dos meses que se había marchado y las cosas ya eran distintas. El jardín parecía más grande, más salvaje, los pájaros hacían más ruido del que él recordaba, las buganvillas estaban más floridas…, hasta las palmeras se veían más altas.

Le seguía resultando increíble que aquello fuera su casa, que aquel lugar maravilloso fuera donde estaban su habitación, su cama, sus libros y donde, salvo su familia, vivían la mayor parte de las personas que le importaban en el mundo.

¿Cómo iba a renunciar a Santa Rita? No se renuncia a lo que se ama. Aunque… ese era precisamente el problema, que tampoco quería renunciar a intentarlo con Elisa, y ella le había dejado claro que solo se podía imaginar ese intento fuera de Santa Rita, en un piso para los dos solos en algún lugar de Alicante o alrededores.

Por eso había venido, entre otras cosas, para ver si se sentía capaz de darle la espalda a todo aquello y comenzar una vida diferente en otra parte.

Era muy temprano, pero en la cocina habría alguien tomando un primer café. Luego subiría a visitar a Sofía y buscaría a Greta para ver si le apetecía acompañarlo al ensayo del *Misteri*, para el que tenía dos entradas desde hacía meses, pensando en ir con Elisa; pero a ella se le había olvidado y había quedado con su madre y su hermana para salir de tiendas y luego ir a cenar.

La verdad era que, desde que los dos habían empezado sus prácticas, ella en una clínica oftalmológica privada y él en la consulta de un pediatra, las dos arregladas por el padre de Elisa, no pasaban demasiado tiempo juntos. Hasta junio, al vivir los dos en Santa Rita, por mucho trabajo que tuvieran, comían y cenaban juntos, paseaban por el jardín, estudiaban en la habitación de él o en la de ella. Pero ahora, trabajando en pueblos diferentes y viviendo ella con su familia y él en un hostal, apenas si lograban verse una vez a la semana. Si no fuera por la cantidad de horas que hacía en la consulta, se habría sentido muy solo. Así, cuando por fin caía en la cama, casi no le daba tiempo a sentirse ni solo ni de ninguna otra forma. Trataba de poner algo de orden en todo lo que había visto y aprendido a lo largo del día y, antes de darse cuenta, se había quedado dormido.

—¡Nel! ¡Muchacho! ¡Qué alegría verte!

El vozarrón de Robles lo sobresaltó justo antes de entrar en el vestíbulo de donde el excomisario salía en ese momento. Se abrazaron entre palmadas y sonrisas.

—Anda, vamos a tomarnos un café. Yo ya llevo dos, pero este puede ser descafeinado. Cuenta, cuenta, ¿qué haces? ¿Cómo te va?

Unos minutos después ya se habían puesto al día de los dos meses que llevaban sin verse y Robles le había contado las noticias más destacadas.

—Lo de los cuadros lo leí en la prensa, y también lo de la muerte del perito, pero no sabía que Santa Rita estuviera tan implicada en lo sucedido. Pensaba que todo eran mentiras de los periodistas para crear más escándalo —dijo Nel, quitándole el papel a una de las estupendas magdalenas de almendra que hacía Ena.

—Hombre…, tampoco estamos tan implicados. Es solo que Monique, la viuda del perito, se aloja aquí desde hace un par de días y, como Lola es la que lleva el caso, yo también estoy muy cerca de lo que pasa.

—¿Qué tal le va a Lola en Santa Rita? ¿Va consiguiendo adaptarse?

—Es de los nuestros, Nel. Está encantada y da la sensación de que ha estado siempre aquí. No habla mucho, pero creo que por fin ha encontrado su hogar, por muy cursi que suene decirlo.

—No, hombre, ¡qué va a ser cursi! Es lo que nos pasa a todos. Bueno… a todos no.

—¿Lo dices por Elisa?

Nel asintió con la cabeza.

—¿Salimos a dar una vuelta por el jardín antes de que salga todo el mundo? —Los dos eran madrugadores y por eso la cocina estaba aún desierta.

—Sí, venga, te enseño lo poco nuevo que hay. ¿Qué me decías de Elisa?

—Que no quiere volver a Santa Rita. Dice que no se imagina viviendo en pareja aquí. Demasiada gente, demasiadas miradas y opiniones. —Hizo una pequeña pausa, como sopesando si añadir lo que estaba pensando o no, y terminó por hacerlo—. Nines. Todos los recuerdos de cuando estaban juntas.

—Nines, de momento, no es problema. Está trabajando en un chiringuito en Altea y le va bien. Ha mejorado mucho.

—Pero volverá aquí.

—Supongo. ¿Adónde va a ir, si no?

—Pues lo que le faltaba a Elisa. Si ya no quería antes de saberlo, no veas ahora.

Caminaban despacio, Nel pasando la mano por el seto de mirto que había sido cortado precisamente a esa altura para que se pudiera acariciar al pasear y desprendiera así su perfume.

—¿Y tú?

—Yo no me puedo imaginar viviendo en otro sitio, Robles. Santa Rita es parte de mí. Y no es solo agradecimiento, como dice ella. No es que piense que os debo algo a todos por haberme dejado estar aquí los últimos cinco años; es lo que decías hace un momento de Lola, que esta es mi casa, donde me encuentro bien.

—Pues vais a tener que solucionarlo pronto.

—Sí. Ya. ¡Qué preciosa está la piscina! Ya casi me había olvidado de que ahora somos pijos y ya no tenemos una miserable balsa de riego, sino una piscina de verdad. —Robles notó que Nel quería dejar de darle vueltas a lo de Elisa y no insistió.

Rodearon la piscina y se encaminaron hacia la pequeña iglesia, cruzando por el cementerio que, como siempre en verano, estaba un poco alicaído al haber perdido casi toda la vegetación, sobre todo malas hierbas, que en primavera estaba verde y ahora se había secado.

—¿Y el asunto de los huesos del bebé? —preguntó Nel, estimulado por las tumbas que los rodeaban.

—Caso cerrado. Ni hay forma de saber quién fue, ni por qué lo metieron allí, ni serviría de nada aunque lo supiéramos, porque hace lo menos ochenta años de eso.

—¿Sería eso lo que insinuaba Riquelme por Pascua?

Robles se encogió de hombros.

—Podría ser, aunque eso significaría que Sofía lo había sabido siempre, y sin embargo ella dice que no sabe nada del asunto. Claro, que puede haberse olvidado. Tiene más de noventa años y todos tenemos una memoria muy selectiva.

—¿Sabes? Elisa dice que aquí nadie nota nada, pero que ella ha sentido muchas veces que hay zonas en Santa Rita que están llenas de dolor, zonas donde debieron de pasar cosas terribles hace tiempo.

—Que pasaron cosas terribles es un hecho histórico. Que eso aún esté ahí para que alguien lo note es posible, aunque no frecuente. Yo tengo la suerte de no notarlo. Hace muchos años trabajé en un caso en el que tuve que enfrentarme con algo espantoso, pero ni siquiera entonces noté nada de particular en aquellos lugares, que eran realmente terroríficos.

Nel esperó un momento a que contara algo más, pero, al ver que guardaba silencio, siguió paseando sin decir palabra.

—Es una suerte ser tan poco sensible, la verdad —dijo Robles, en vista de que Nel no había hecho ningún comentario.

—Yo tampoco noto nada, y a veces creo que Elisa lo ha leído en algún sitio y se lo inventa para presionarme.

Ya a punto de preguntarle «pero ¿vosotros os queréis?», llegó a la conclusión de que no era asunto suyo y de que ya le contaría Nel lo que quisiera contarle a su debido tiempo, así que siguieron paseando hasta el Pabellón B, donde se habían encontrado los cuadros que ahora, desde hacía un par de días, estaban por el momento en el Museo Arqueológico de Elche, donde la Brigada de Patrimonio Artístico estaba terminando sus análisis.

—Mira, aquí es donde estaban el esqueleto y los cuadros.

Entraron los dos y se quedaron mirando los cascotes del suelo y la pared semiderruida.

—La pobre Nieves está de los nervios porque, hasta que no quede claro que aquí no hay nada más, no puede avanzar la obra.

—Santa Rita es una caja de sorpresas, la verdad. ¿Qué tal va Greta con sus investigaciones?

—Bien. Disfrutándolo, cosa rara. Hay veces que parece que vive más en el pasado que en el presente. Ahora se ha ido a

Barcelona porque una de sus hijas ha venido de vacaciones con su pareja y quieren pasar unos días juntos.

—Vaya, y yo que la quería invitar esta tarde a ver el *Misteri*. Me dijo que no lo conocía, y como Elisa no viene, me sobra una entrada. ¿Quieres venir tú?

—No, gracias. Ya lo he visto y, aunque es muy impresionante, con una vez me vale. Aquello es un horno.

—Sí. Eso sí. Pero ¿qué esperas un 13 de agosto?

—¿Por qué no invitas a Lola?

—¿No lo conoce?

—No. Lleva ya unos años por la zona, pero parece que haya vivido en la luna. No conoce nada de por aquí.

—Lo suyo es trabajar, ¿no?

—Sí. Aunque, desde que vive en Santa Rita, parece que se va abriendo a otras cosas. Mira, hablando del rey de Roma…

Lola Galindo, en pantalones cortos y camiseta de tirantes, con una toalla al hombro, se dirigía a la piscina cuando Robles le silbó para llamar su atención.

—¿Libras hoy?

—Muy perspicaz, comisario. ¿O tú crees que me visto así para ir a trabajar? Me da tiempo a un bañito rápido. Tengo un par de cosas por la mañana, a partir de las diez, pero esta tarde y mañana estoy libre. ¡Hola, Nel! ¡Cuánto tiempo sin verte por aquí!

—Pues ya tienes plan para hoy, Lola, ¿verdad, Nel?

Robles le explicó lo del *Misteri* y las entradas.

—La verdad es que sí que me apetecería… ¡He oído hablar tanto de ello! Pero ¿en serio que no tienes a nadie mejor con quien ir?

Nel negó con la cabeza.

—Tampoco es un crucero por el Nilo, mujer. Empieza a las cinco y a las siete se ha acabado, y es una representación casi medieval en una basílica, todo cantado. No te estoy llevando de ligue por ahí.

—Vale. Pues muchas gracias. Y luego te invito yo a cenar. Esa es la única condición.

—¡Venga, hecho! A las cuatro y cuarto nos vemos aquí, en la entrada, si te parece. Ahora voy a ver si Sofía puede recibirme.

—Y yo al agua y luego a trabajar.

—Y yo a hacer mis kilómetros.

Monique Heyni tenía algo que Lola no conseguía nombrar y que la hacía muy atractiva a sus ojos. Posiblemente, lo poco glamurosa que era, lo correcta, lo educada. Había acudido a la comisaría con un vestido de lino crudo, un collar corto de cuentas de madera, grandes gafas de sol, que se quitó para mostrar los ojos apenas maquillados, y un bolso de caña. Una mujer con clase. Lola sentía mucho tener que darle malas noticias. Se saludaron con un apretón de manos.

—Siéntese, señora Heyni, por favor.

—¿Se sabe ya algo, inspectora?

No tenía sentido darle largas. Antes o después tenía que saberlo.

—Sí. Es concluyente. Su esposo no estaba operado. No se había hecho la vasectomía.

Monique inspiró hondo y empezó a morderse el labio inferior mientras asentía despacio con la cabeza y tragaba saliva visiblemente. Los ojos se le habían llenado de lágrimas, que se esforzaba por retener.

—No cabe la posibilidad de un error por parte del forense, supongo… —dijo, cuando pudo hablar.

Lola movió la cabeza en una negativa.

—No consigo creérmelo. Me engañó, inspectora. Me traicionó. Era un pacto de tantos años… Habíamos decidido no tener hijos, los dos. ¿Por qué lo hizo?

—Lo lamento. Ya le digo que es concluyente. —La inspectora hizo una pausa, buscando algo que le hiciera a aquella mujer algo más llevadero el amargo trago—. La buena noticia es que ya podemos entregarle el cuerpo para su repatriación.

—Gracias —dijo automáticamente, antes de seguir con lo que realmente le interesaba—. Entonces… ese niño que espera la señora Fischer, podría ser de Marco.

—Así es.

Hubo un silencio largo. Monique seguía mordiéndose el labio inferior, con los ojos fijos en la correa del bolso que tenía en el regazo y en sus propios dedos de uñas cortas y pintadas de un rosa clarísimo que la retorcían sin darse cuenta.

—En ese caso…, tendré que ponerme en contacto con nuestro abogado —comenzó, alzando la vista de golpe hacia Lola. Los ojos seguían brillantes, pero ya no lloraba—. Mire, inspectora, yo soy una mujer de negocios, tengo costumbre de tratar asuntos legales, asuntos económicos…, y mi pensamiento va mucho más rápido que si fuera un ama de casa normal o una de las artistas con las que me relaciono en la galería. Lo digo para que no piense que soy poco sensible, para que pueda seguir mis ideas.

»Si el bebé es, efectivamente, de Marco, cabe la posibilidad de que esa mujer piense pedirme una parte de lo que Marco y yo tenemos en común, para la manutención del niño o de la niña, y podría corresponderle incluso una parte de la herencia, por la muerte de su padre. En ese caso, yo tengo que estar absolutamente segura de que ese bebé es de mi marido. Solicito formalmente un análisis de paternidad. No sé si tengo que pedírselo a ustedes, pero, siendo extranjera, no sé qué pasos hay que dar. ¿Me ayudarían, por favor?

—Por supuesto. No se preocupe. Nos informaremos debidamente. —La inspectora la miraba con admiración. ¡Qué pensamiento más claro tenía aquella mujer!—. Ahora voy a acompañarla a otro despacho, donde le entregarán la documentación necesaria para el traslado del cuerpo y le darán toda la información. ¡Ah! También puedo devolverle ya su móvil.

—Se lo agradezco mucho.

Salieron al pasillo. La inspectora siguió hablando como sin darle importancia a lo que decía.

—No hablaban ustedes demasiado, ¿verdad?

—¿Cómo dice?

—Usted y su marido. Desde que salió de Zúrich no hay más que un mensaje de WhatsApp diciéndole que le lleve unas cosas a la galería y que deje las llaves en el buzón.

Monique se volvió hacia la policía.

—Es verdad. No me acordaba.

—Termina diciendo que ya le explicará por qué tiene que dejar las llaves. ¿Llegó a hacerlo? ¿Se lo explicó?

Monique negó con la cabeza.

—No. Ya no hubo ocasión. Supongo que se había decidido por fin a hacer una pequeña obra que teníamos pendiente en la galería y necesitaba otro juego de llaves. Ni idea. De todas formas, es raro. Marco, cuando estaba liado con un peritaje importante, y este era muy, muy importante, no pensaba en nada más.

«Salvo en tirarse a otra tía y comprarle un anillo de compromiso y un osito para el bebé», pensó Lola. No lo dijo, por obvias razones.

—Tome. Su teléfono. —Se lo entregó en una bolsita de plástico—. Haga el favor de firmar aquí. ¿No se llamaban cuando estaban cada uno en un sitio? No hay ninguna llamada ni de usted a él, ni de él a usted.

—Ya le digo, Marco no quería que lo molestaran cuando trabajaba. Yo solo lo habría llamado en caso de algo muy urgente; pero en agosto no suele pasar nada extraordinario y de todas formas nos íbamos a encontrar pronto en Barcelona. Además, llevamos… llevábamos —se corrigió— más de treinta años juntos. No hacía falta estar siempre en contacto.

Los dos sabíamos qué estaba haciendo el otro. —Esbozó una sonrisa amarga—. Bueno, de hecho, yo *creía* saber qué estaba haciendo él. Ahora veo que me equivoqué.

Entraron en un despacho del final del pasillo. Lola hizo las presentaciones.

—Ahora le entregarán también los efectos personales de su esposo. Luego la acompañarán en coche a casa —añadió, antes de despedirse de Monique—. Nos veremos más tarde en Santa Rita. Me informaré de su asunto lo antes que pueda.

Con una última mirada a la suiza, sintiéndose un poco culpable por dejarle al compañero la papeleta de entregarle el regalo que Heyni había comprado para su amante y que ahora, lógicamente, le pertenecía a su mujer, recorrió el camino inverso hacia su propio despacho, donde tenía una cita con Chantal Fischer.

Robles le había dicho que la había localizado en Altea donde, al parecer, tenía un chaletito alquilado, y ese era un tema que le interesaba tocar. Seguía sin ocurrírsele qué había podido ganar Fischer con la muerte de Heyni pero, de algún modo, se sentía inclinada a pensar que ella estaba implicada en ese asesinato. Era evidente que ocultaba algo, que estaba siempre a la defensiva, que había temas que no quería tratar. Y estaba el mensaje que había enviado a un número suizo que aún no habían conseguido localizar. Prácticamente a la misma hora en que los huéspedes del Miramar habían encontrado el cadáver de Heyni tirado en el pasillo, Fischer había mandado un mensaje diciendo: «Todo anulado. Recoge y márchate. Luego te llamo».

Ya no había más contacto con ese número, ni mensajes ni llamadas. Si había cumplido su palabra, lo habría llamado desde otro teléfono.

¿Quién tenía que recoger qué? Eso era lo que estaba deseando preguntarle. Aunque, siendo como era la suiza, seguro que se había inventado una buena respuesta, ya que tenía que saber que, después de haber analizado su móvil, la pregunta tenía que llegar; y había tenido mucho tiempo para pensarlo.

Sentada en el pasillo, en una incomodísima silla de plástico, Chantal Fischer esperaba a que la llamaran haciendo inspiraciones profundas y regulares. Era fundamental no perder los nervios, contestar con frialdad, sin una palabra de más. Había leído que gran parte de la información que uno no quiere dar se cuela sin que uno se dé cuenta en frases sueltas, en medias palabras, en formulaciones de disculpa o provocadas por una rabia momentánea. Por eso era importante decir lo menos posible, mantenerse fría, no retorcerse las manos, no cruzarse de brazos ni de piernas, mirar a los ojos del interlocutor. Interlocutora en este caso. Le habría resultado mucho más fácil y agradable ser interrogada por el subcomisario que, casi sin poder evitarlo, le echaba miradas constantes al escote. Tenía costumbre de que los hombres la miraran y sabía usar ese interés, pero con la inspectora Galindo el encanto no le servía de nada. La única ventaja era su inocencia. La desventaja era que no conseguía convencerla de que, con la muerte de Marco, quien había perdido era ella, Chantal, no Monique.

Además, de alguna forma que no conseguía imaginar, se habían enterado del asunto de su embarazo y eso hacía las cosas mucho más difíciles. Le había estado dando muchas vueltas —cada vez dormía menos y peor— y había llegado a la conclusión de que tener aquel niño no solo era una locura, sino que le iba a destrozar la vida. No entraba en sus planes, dada la situación actual, tener que ocuparse de un bebé. Su trabajo estaba basado en la flexibilidad, en la disponibilidad para viajar y cambiar de encargo y encerrarse durante días y noches para cumplir un plazo. No había sitio para un niño. No había ni siquiera interés. Ella tenía costumbre de ser sincera consigo misma y hablarse claro. Ahora que el futuro con Marco había dejado de existir, ese niño no tenía razón de ser. Sería simplemente una carga, una piedra atada a su tobillo para los siguientes veinte años. Su decisión estaba clara: no quería tenerlo. El problema era que ya había pasado el plazo legal para abortar y que seguía retenida en España, donde ni siquiera hablaba la lengua para poder informarse discretamente de las posibilidades. No es que en Suiza supiera qué hacer, pero al menos conocía a gente, podía preguntar, sabía de la existencia de clínicas donde, por una cantidad superior, se podía llegar a un acuerdo. Era fundamental conseguir cuanto antes que la dejaran marcharse de vuelta a casa. No tenían nada en la mano contra ella, nada en absoluto.

Lo más que podían tener, si habían hecho bien sus deberes, era una sospecha de que estaba relacionada con el mercado del arte y que su nombre sonaba en algunos lugares en relación con ciertas copias de grandes maestros, pero de eso tampoco había pruebas fehacientes, aunque, con la traición de Guy, estaba el problema del atelier de Altea, lleno de bocetos para el Kandinsky que quizá debería destruir cuanto antes. No había que perder los nervios. Estaban investigando un asesinato, no un caso de falsificación. Ahí ella no tenía nada que ver. Por una vez era completamente inocente, aunque, claro, lo importante no era tanto serlo, como que la policía la creyera.

¿Quién podía haber matado a Marco? ¿Habría entrado en contacto con círculos peligrosos al ofertar el Kandinsky? Pero, aunque así fuera, ¿qué interés podía tener nadie en hacerlo desaparecer de la ecuación? ¿Quién más sabía de sus planes? Guy era el único que estaba al tanto, pero Guy era un don nadie que resultaba útil como chófer y para conseguirle cosillas, que no servía para nada más y que, desde luego, no tenía ni la inventiva ni los redaños para matar a nadie. Por no hablar de lo idiota que sería matar a quien te da de comer.

De repente sintió como un golpe en la cabeza. ¿Y si habían matado a Guy? ¿Y si todo seguía en la casa de Altea porque habían liquidado a Guy y lo habían tirado al mar? No tenía ningún sentido, pero si Marco estaba muerto, y ahora también Guy, lo más probable era que la siguiente fuera ella misma.

Una agente de uniforme le pidió que la siguiera. Tocó a la puerta del despacho de la inspectora Galindo y se retiró.

Dentro la esperaban la intérprete junto con los dos policías que llevaban el caso y, aunque no era una sala de interrogatorios, sino un simple despacho con ventana al mundo exterior, Chantal Fischer sintió un tirón en la boca del estómago.

—Señora Fischer, le alegrará saber que ya podemos devolverle su móvil.

—Gracias.

—Solo tenemos unas pocas preguntas que hacerle, si no le importa.

—¿Tengo elección? —preguntó lo más fríamente posible con una ironía que no consiguió retener.

La inspectora se limitó a sonreír.

—Hay un mensaje de texto que nos intriga. Fue escrito casi en el mismo momento en que nos comunicaron el asesinato del profesor Heyni y dice: «Todo anulado. Recoge y márchate. Luego te llamo». Tenemos curiosidad por saber a quién se lo envió y qué era lo que tenía que recoger.

La suiza se quedó quieta, mirando a la inspectora, antes de contestar girando la cabeza hacia la intérprete.

—Dígales que no lo recuerdo.

—¿No recuerda un mensaje que escribió casi en el mismo momento de la muerte de su amante?

—No. Y, si como usted dice, fue en el mismo momento, eso deja claro que yo no he tenido nada que ver con la muerte de Marco porque estaba tecleando ese mensaje en mi habitación.

—¿Y a qué se refería con lo de la anulación?

—Ya le digo que no me acuerdo. No entiendo qué pretenden con eso. Mis mensajes no son de su incumbencia.

—Si tienen relación con un asesinato, sí lo son.

—Pues tendrán que demostrar que la tienen. ¿Necesito un abogado?

Marino notó que Lola empezaba a envararse cada vez más y decidió contestar, aunque luego tuviera que explicárselo a su jefa.

—No, por Dios, para nada. No está usted acusada de nada en absoluto. Es cosa de ir cerrando detalles.

—Entonces, ¿puedo irme?

—Un momento. —La inspectora ya no sonreía—. Hay algo más. ¿Es cierto que tiene usted alquilada una casita en Altea?

Los ojos de Chantal se abrieron de sorpresa antes de que pudiera controlar su reacción. Lola se dio cuenta.

—¿Es ilegal alquilar una casita?

—No, pero no nos lo había dicho y nos ha llamado la atención.

—Pensábamos pasar allí unos días después del trabajo, cuando hubieran quedado terminados los análisis. De hecho, la alquilé yo porque quería quedarme unas semanas pintando.

—¿Y el profesor Heyni?

—Sabía que podía visitarme cuando quisiera, pero él tenía sus planes.

—¿Ir a Barcelona, con su esposa?

—No lo sé. Ya les he dicho que nuestra relación no era… no sé cómo llamarlo. Estábamos muy al principio y ni siquiera era seguro que fuera a prosperar. ¿Puedo volver a Suiza?

—¿Ya no quiere quedarse a pintar en Altea?

—Creo que he tenido bastante Mediterráneo para una larga temporada.

Los dos policías se miraron, conscientes de que no podían retener a Fischer durante más tiempo si no la acusaban de algo, y no podían acusarla porque no había ni sombra de prueba en su contra. Por no haber, ni siquiera había motivo.

—Sí, señora Fischer, puede usted marcharse si lo desea. Lo único que le pido es que siga localizable por teléfono, por si surgiera algo.

Chantal asintió con la cabeza y se permitió una pequeña sonrisa antes de levantarse. La inspectora era también una buena actriz, porque no parecía furiosa por haber perdido la partida, y debía de estarlo. Cualquier cosa que hiciera a partir de ahora tendría que hacerla con cuidado.

Volviendo a Santa Rita en el coche de la policía, Monique Heyni abrazaba el paquete que le habían entregado y que aún no sabía qué contenía porque ni ella había querido abrirlo en presencia de los agentes, ni ellos le habían dado más explicación que una somera frase: «Su esposo pidió al recepcionista que se lo entregara en el comedor al final de la cena, pero no hubo ocasión, porque fue asesinado poco antes».

Había leído muchas veces en una novela que algo «te quemaba en las manos» y siempre le había parecido que la formulación era excesiva y un poco ridícula. Sin embargo, era así como se sentía en ese mismo momento: como si aquel inocente paquete hubiese desarrollado una temperatura peligrosa, como si estuviese a punto de estallar, a pesar de lo frío que estaba el coche, con la refrigeración al máximo.

Ni la agente que conducía ni su compañero dijeron nada en todo el trayecto, lo que Monique agradeció profundamente. No se veía con ánimos de ser educada y agradable cuando lo único que quería era arrancarle la tapadera a la caja y saber de una vez qué había dentro. El resto de lo que le habían entregado no guardaba misterios. Eran las cosas que ya conocía: el reloj de Marco, su cartera, su ordenador, su maleta…, lo de siempre. Al menos habían tenido el buen gusto de entregárselo a ella y no a la otra.

Temiendo encontrarse con demasiada gente en el pasillo de Santa Rita, pidió al joven agente que la acompañara hasta su cuarto por la parte del jardín. El muchacho iba cargado con la maleta y la bolsa del ordenador; ella llevaba la caja y un par de bolsas de plástico con las cosas sueltas, el sombrero panamá de Marco, entre otras que no habían cabido en la maleta. Cuando se lo pusieron entre las manos tuvo un principio de repugnancia casi incontrolable y estuvo a punto de lanzarlo lejos de sí como si fuera un frisbi, pero consiguió no hacerlo a fuerza de apretar los labios y cerrar fuerte los ojos. No sabía por qué había sentido ese asco repentino. Ni siquiera sabía si lo llevaba puesto o en la mano cuando lo mataron de un martillazo, o si se lo había dejado en la habitación. Cuando ella lo había visto en el instituto forense estaba desnudo y no se le había ocurrido preguntar qué ropa llevaba.

De repente se le ocurrió que, para enterrar a Marco, tendría que elegir algo que ponerle, un traje, lo que fuera, y, si eso era ya horrible de por sí, la idea de tener que vestirlo ella misma le daba grima. No, mucho peor que grima. Náuseas. Escalofríos. Suponía que el personal de la funeraria se ocuparía de ese tipo de cosas; ella no se sentía capaz.

¿Querría Marco que lo enterraran con la pajarita de lunares? Seguramente. Para Marco siempre había sido fundamental ir bien vestido.

Ya lo pensaría. Ahora había cosas más importantes que hacer, como abrir la maldita caja.

Saludó a varias de las chicas de la lavanda, que la miraron con enorme curiosidad, aunque no se atrevieron a detenerla, saludó con la mano a Paco, el jardinero, y consiguió llegar a su habitación sin tener que hablar con nadie. Le dio las gracias al agente y, en cuanto se quedó sola, dejó la caja sobre la cama, corrió los visillos y llenó de aire los pulmones, preparándose para la sorpresa.

Se sentía un poco como cuando era pequeña, por Navidad, y su padre le hacía adivinar qué podía haber en el paquete que había recibido, antes de dejarla que lo abriese.

No pesaba apenas nada y había algo más pequeño que se movía cuando agitaba la caja, golpeándose contra las paredes. ¿Podría ser un vale? ¿O sería una tarjeta? ¿O unas entradas para un espectáculo? Y algo que pesaba tan poco… ¿Ropa? ¿Ropa interior, quizá? No. La caja era demasiado grande para eso.

Sin esperar más, levantó la tapa.

Por un momento no supo qué pensar. Un osito de peluche. ¿Para qué narices quería Marco un osito de peluche? Él no era aficionado a las tonterías. Ni siquiera conservaba ninguno de su propia infancia. Lo sacó, perpleja. De su cuello colgaba una cajita de joyería que le cortó la respiración. La abrió con unas manos que habían empezado a temblar. Un anillo de pedida. El clásico solitario: diamante montado en platino. Justo lo que nunca le había comprado a ella porque, como había dicho siempre, ese tipo de sortijas eran una vulgaridad, aunque solo fuera porque era lo que todos los hombres pensaban que había que regalar a sus novias y todas las mujeres deseaban que les regalaran sus novios. A lo largo de sus años juntos, Marco le había hecho varios regalos de valor, pero nunca una joya. «Yo no tengo necesidad de colgarte a ti lo que no me puedo colgar yo, que es lo que hacen todos los nuevos ricos: como resulta francamente hortera que un hombre de negocios se cuelgue una cadena de oro o se llene de sortijas, se las compran a sus mujeres para que les hagan de escaparate. Nosotros no necesitamos eso, bonita mía. Cómprate lo que quieras, pero no me pidas que vaya yo a elegirlo.»

Eso le había dicho una y otra vez, siempre que surgía el tema. Y, sin embargo, para Chantal no había tenido inconveniente en ir a una joyería y elegir lo más básico del mundo.

Sacó la sortija de su cajita y, casi desafiante, se la puso en el anular izquierdo.

—Gracias, Marco —susurró—. ¡Qué detalle! Sí, claro que me gusta. ¡Es precioso!

Se acercó a la ventana para hacer brillar la piedra al sol. Los reflejos pusieron diminutos arcoíris por todo el cuarto que, en cuestión de segundos, quedaron borrados por las lágrimas que le llenaban los ojos.

Volvió a la caja para asegurarse de que no había nada más. Lo había. Una tarjeta que no quería leer. Una tarjeta que no estaba dirigida a ella, igual que el anillo tampoco había sido para ella.

Daba igual. Tenía que leerla. Tragó saliva y la sacó del sobre.

Amor mío, he visto este osito y me he enamorado de él casi tanto como de ti. Será el primer peluche de nuestro bebé. Lo otro no necesita explicación. Te quiero y quiero compartir contigo ese esplendoroso futuro que vamos a hacer juntos. Tuyo para siempre, Marco.

Soltó la tarjeta sobre la cama como si le hubiera mordido. De hecho, le había mordido. En su amor, en su orgullo, en su autoestima, en su corazón, si aún lo tenía.

Debía de hacer treinta años que Marco no le había escrito a ella nada parecido, desde que aún eran estudiantes y vivían en ciudades distintas. Ni siquiera entonces había sido tan apasionado por carta; no le gustaba la idea de que quedasen sobre el papel ciertas cosas que solo le parecían aceptables de viva voz y, preferiblemente, en la cama.

Estuvo a punto de hacer pedazos aquella tarjeta, pero la sensatez se impuso. Era mejor guardarla, guardarla bien para no tenerla siempre cerca y cometer la estupidez de leerla con frecuencia hasta que ya no doliese tanto. Lo ideal era mantenerla cerrada para sacarla solo cuando dudase de lo que había hecho, cuando necesitara refrescarse la memoria de por qué había considerado necesario asesinar a su marido. Esas pocas líneas la tranquilizarían cuando le hiciera falta, la reafirmarían en su decisión. No podía permitirse romperlas o quemarlas. Iban a ser su mejor psicólogo.

Metió el oso en la caja y la caja en el armario. El diamante seguía brillando en su anular. Entonces se le ocurrió una excelente idea: en cuanto volviera a Suiza, haría incinerar el cuerpo de Marco y lo convertiría en un diamante. El precio daba igual. Luego, llevaría ese diamante y la sortija que ahora lucía en el dedo a una buena joyería y pediría que se los montaran en unos pendientes. Cuando estuvieran listos, iría a su tumba, le llevaría unas flores y se los enseñaría.

En cuanto a la ropa que tenía que elegir para su cremación, ya le daba igual si habría querido llevar el traje claro o uno oscuro, pajarita o corbata. ¡Qué estupidez! Marco ya no tenía nada que querer ni que no querer. Estaba muerto y era ella quien decidía.

12

El Misteri d'Elx

La basílica de Santa María estaba abarrotada cuando Lola y Nel cruzaron la puerta lateral en busca de su asiento. El calor se abatió sobre ellos como una toalla mojada en una sauna a pesar del altísimo techo de la iglesia y, de inmediato, ambos notaron cómo se abrían sus poros y empezaban a sudar. Se acomodaron en sillas de madera, echaron la vista a su alrededor —apenas había ya huecos en la masa sólida del público— y se sonrieron, expectantes.

—Hace siglos que no había venido —le comentó Nel.

—Pues serías un crío.

Él contestó sin ofenderse.

—La verdad es que sí. Debía de tener diez o doce años, así que hará unos quince o poco más. Me hacía mucha ilusión volver, pero siempre pasaba algo todos los veranos, o no podía por lo que fuera o no quedaban entradas. Ahora, por fin, lo he conseguido.

—Pues ¡qué suerte he tenido yo de que te sobrara una entrada!

A su alrededor, la gente, tanto mujeres como hombres, se abanicaban sin parar. Ellos, con cualquier folleto o cartón, ellas, con preciosos abanicos de todos los colores y hechuras. Las señoras de más edad se golpeaban el pecho con el abanico produciendo un curioso sonido de percusión, como un cacheteo constante.

—Habría sido una idea traerse uno de esos... —susurró Lola, notando, por los movimientos y el silencio repentino de la concurrencia, que el espectáculo iba a comenzar.

Nel se agachó hacia la pequeña mochila que había colocado entre sus pies y sacó dos abanicos.

—¿De señora o de caballero? —le ofreció.

Lola se quedó mirándolo perpleja.

—Anda, te doy el más grande. Hace más aire y queda mejor en ti que en mí. —Le tendió uno rojo, con lunares negros, y él se quedó el más pequeño, azul oscuro.

Apenas habían empezado a abanicarse cuando en la puerta oeste del templo se dibujaron unas frágiles figuras.

—La Virgen, con las dos Marías y los ángeles —informó Nel en susurros—. Ahora verás, de la cúpula va a bajar otro ángel para anunciarle su próxima muerte y entregarle la palma.

—Pero ¡son todos chicos!

—Claro. Es un auto sacramental del siglo xv y no se permitía la participación de mujeres en una obra sacra. Son niños; aún tienen la voz aguda, lo que se llama voces blancas.

A partir de ese momento, las voces lo invadieron todo, un canto a capela, puntuado en algunas ocasiones por el brillante sonido del órgano. De vez en cuando Nel se inclinaba hacia la oreja de Lola para explicarle alguna cosa de lo que estaba sucediendo —la trama era simple, ya que se trataba de la Asunción a los cielos de Santa María Virgen, pero la lengua en la que cantaban era el valenciano antiguo y no siempre quedaba todo claro— y enseguida la dejaba disfrutar de la música y el desarrollo de la efectiva escenografía.

Cuando el aparato en el que desciende el ángel para anunciarle a María que va a morir y va a ser subida a los cielos —la *magrana*— empezó a bajar hacia el *cadafal*, Lola detuvo el vaivén de su abanico, fascinada por lo que estaba presenciando. Aquel objeto era dos cosas a la vez: una enorme granada roja que descendía de los cielos y, conforme se iba abriendo lentamente, se convertía en una palmera de resplandeciente interior dorado donde el ángel bajaba a la vista de los fieles a comunicar la buena nueva. Llevaba en la mano una grácil palma blanca que entregó a María. «El símbolo de la pureza y de la supervivencia del alma al mundo terrenal», susurró Nel.

Unos momentos después, tres figuras vestidas como los apóstoles de los cuadros religiosos entraron por la puerta principal y empezaron a cantar en voz profunda, a capela, sobre el repentino silencio.

Lola nunca había sido particularmente aficionada al teatro y jamás se le habría pasado por la cabeza que un auto sacramental compuesto cinco siglos atrás pudiera emocionarla. Sin embargo, la melodía ligeramente disonante, el contraste de las voces blancas con las profundas voces masculinas, el fervor con el que el público acogía aquel espectáculo que casi se sabía de memoria la estaban haciendo olvidar que era una mujer del siglo XXI, policía y pragmática. Por un momento, oyendo la música del órgano, viendo la Gloria representada en el oropel que caía desde el cielo mientras los ángeles se llevaban el cuerpo de la Virgen difunta a encontrarse con su hijo en el otro mundo, cada vez más arriba hasta desaparecer detrás del falso techo de la cúpula, por un momento se sintió otra vez niña, maravillada por obra del arte.

Una rápida mirada a su alrededor le dejó claro que no era la única. Casi todos sonreían y muchos tenían los ojos brillantes de lágrimas.

Cuando salieron a la calle, aún lucía el sol. Un último rayo se colaba por la nave central hasta el altar mayor, de donde ya había huido la magia que los había embrujado durante la representación. Las palmeras empezaban a convertirse en siluetas negras sobre el cielo incendiado de poniente.

—¡Ha sido increíble! —Lola le devolvió a Nel el abanico—. ¿Cómo he podido ser tan tonta de no haber venido antes?

—No te preocupes. Así siempre te queda algo por descubrir. Ya te iré diciendo cosas que seguramente aún no conoces…

—¿Y ese miniabanico que llevas tú?

—Es un abanico de caballero. Tiene el tamaño preciso para poder meterlo en el bolsillo de la camisa. Siempre que uno lleve camisa, claro. —Se echó a reír, mostrando la camiseta que llevaba puesta que, naturalmente, no tenía bolsillos. Ella había pensado que tendría que vestirse un poco mejor de lo normal y se había puesto unos pantalones color crema con una blusa azul sin mangas, pero Nel había aparecido con vaqueros y una simple camiseta blanca.

—¿Te apetece una cerveza? —ofreció Lola.

—No.

—¿No?

—Me apetecen tres o cuatro. Estoy deshidratado.

Se echaron a reír y se lanzaron a cruzar las calles antiguas hacia la Glorieta, donde había una gran oferta de bares y terrazas. Daba la sensación de que todo Elche había salido a la calle, a pesar de que les constaba que la mitad de la población aprovechaba las fiestas para tomarse unas vacaciones y marcharse al norte del país, donde las temperaturas eran más soportables, aunque muchos no se iban hasta el día siguiente, para no perderse la *Nit de l'Albá*, que era esa misma noche.

—Los fuegos artificiales sí que los habrás visto, ¿no? —preguntó Nel, después de haberse bebido de un trago su primera caña y haber hecho una seña al camarero para que pusiera dos más.

—La verdad es que no. Como no soy de aquí y para mí no significaba mucho, siempre le he cambiado la guardia a algún compañero, y creo que todas las veces me ha tocado salir de Elche este día.

—En ese caso, no va a haber más remedio que instruirte.

—Pero yo había reservado para cenar en Alicante...

—Pues lo anulamos. Picamos por aquí lo que sea y nos quedamos hasta medianoche. No te lo puedes perder, Lola, en serio.

Ella lo miró, ligeramente perpleja. ¿Cómo era posible que un muchacho que no llegaba a los treinta estuviera dispuesto a sacrificar su noche libre para enseñarle a ella un espectáculo de fuegos artificiales en lugar de quedar con sus compañeros o con su novia?

—¿No tienes nada mejor que hacer? ¿Novia? ¿Amigos?

—Lo tuyo ya es una manía..., oye. Mi novia, a la que ni siquiera le gusta que la llame así, se ha ido por ahí con su madre y su hermana porque se le olvidó que habíamos quedado para esto. Amigos tengo pocos, y los tengo a todos muy vistos. Me encanta conocer gente nueva y poder variar de temas de conversación, y, si algo me gusta de verdad, es enseñar las cosas que me encantan a alguien que no las conoce. De modo que no, no tengo nada mejor que hacer. ¿Otra caña?

Al cabo de un rato de charlar y tomar cañas, Lola empezó a relajarse. No se consideraba una persona desconfiada, pero, quizá por deformación profesional, igual que Robles, no se fiaba de nadie, mucho menos a la primera, y siempre tenía la sensación de que el *default mode* de todo el mundo era la mentira. Incluso en los casos en los que no había nada ilegal ni terrible que ocultar, en su experiencia la mayor parte de las personas mentía. O para quedar bien, o para que no se supieran pequeñeces incómodas o para no empañar su imagen pública, o porque mintiendo, o al menos exagerando, conseguían crear una imagen más favorecedora de sí mismos. También desconfiaba de las personas que hablaban mucho y parecían contarlo todo, incluso detalles íntimos que ella no había preguntado ni le importaban. Pensaba siempre que con toda esa cháchara estaban tratando de desviar la atención de lo que no querían que se supiera.

—¿Por qué has elegido Medicina, Nel? —preguntó al cabo de un rato de hablar de generalidades.

Él se rio.

—Entramos en la fase seria, por lo que veo. Preguntas profundas.

—No quiero meterme en tu vida, perdona. —Lola desvió la vista. Estaba muy a gusto charlando con el chico y, de pronto, tenía la impresión de haber traspasado una frontera sin proponérselo.

—¡Que es broma, mujer! Es que no sé bien qué decirte. Siempre quise ser médico. Siempre. Desde crío. Me gusta el funcionamiento del cuerpo humano, me gusta ver si soy capaz de mejorar las cosas, de hacer que desaparezca una enfermedad, de arreglar lo que se ha roto. Me encanta ver a la gente más contenta cuando deja de dolerles algo, cuando vuelven a poder usar un brazo o una rodilla…, no sé. Ya te he dicho que me gustan las personas.

—¿Sabes ya qué especialidad quieres?

Nel no dudó un segundo.

—Médico de familia o geriatra. Los críos también me gustan, pero los ancianos me necesitan más, y en Santa Rita hay muchos. Para Sofía sería un alivio tenerme allí, y yo puedo imaginarme muy bien con una consulta en el Pabellón B, al lado del estudio de yoga de Nieves.

Ahora fue ella la que sonrió.

—Acabaremos como en las grandes mansiones aristocráticas de la antigüedad: con médico propio, personal de cocina, jardineros, policías… Nos faltaría un músico que nos amenice las veladas, un poeta que cante las proezas de la familia y un cura para los entierros y los bautizos —dijo.

Los dos se rieron.

—¿Te imaginas que me arregle allí una consulta y nos vuelva a pasar como a Nieves? ¿Qué podríamos encontrar ahora? ¿Más huesos? ¿Más cuadros? Santa Rita es una caja de sorpresas. Para que luego digan que aquello es una casa de viejos. A todo esto, ¿cómo va la cosa?

—¿Cuál de ellas? —preguntó la policía con una sonrisa casi pícara.

—Todas ellas, claro.

—Del asesinato de Heyni no puedo decirte mucho, Nel. Es una investigación en curso. Los cuadros están de momento en el museo y supongo que pronto terminarán los peritajes. Luego Sofía tendrá que decidir qué quiere hacer con ellos. Todos los museos y coleccionistas del mundo se le han tirado encima como hienas. Candy está saturada de trabajo.

—Sí, he ido esta mañana a verla. Está hasta arriba, pero le va bien. Parece que el tratamiento está funcionando. Lo que pasa es que le cuesta mucho hacerse a la idea de que está enferma y no puede ir por ahí arrancando árboles como ha hecho siempre. Se lo toma como un insulto personal. Yo creo que es el trabajo lo que la mantiene viva.

—Es una gran mujer. La admiro muchísimo —dijo Lola—. Sin ella, Santa Rita no existiría.

—Y del bebé, ¿se sabe algo?

—Acabamos de recibir los resultados del análisis genético. Era una niña y, por lo que parece, es de la familia. Suponemos que sería hija de alguna de las pacientes con, posiblemente, el abuelo o el padre de Sofía. Aún no se lo he dicho a nadie de la casa.

—No sufras. Seré discreto. ¿Tienes idea de por qué la meterían detrás de aquella pared?

Lola se encogió de hombros.

—Ni idea. La de la imaginación es Sofía, aunque no estoy segura de ir a decírselo a ella, ¿para qué tiene que enterarse a estas alturas de que su abuelo o su padre era un violador y abusaba de sus pacientes, enfermas mentales? Ni siquiera aceptó que le tomáramos una muestra. Igual se lo imaginaba, pero no es lo mismo imaginarlo que saberlo. Quizá lo hable con Greta.

A ella le pilla ya más lejos, y es mucho más joven, pero, de todas formas, hemos acabado con eso. Han pasado casi cien años. Aparte de enterrar dignamente a la criatura, no hay nada que podamos hacer ya.

—¿Ves? En eso nos parecemos los médicos y los policías.

Ella lo miró interrogativamente.

—Llega un punto en que no hay más remedio que hacerse a la idea de que no podemos hacer nada más. Lo difícil es aprender a aceptarlo y seguir siendo humano sin quebrarte, pero sin endurecerte tanto que llegue a darte igual.

Lola se quedó mirándolo, admirada. Desde su punto de vista, Nel era un crío, un estudiante, y acababa de decir con toda naturalidad algo que le había llegado a lo más hondo. Ella llevaba ya unos años avanzando por el camino de endurecerse para no quebrarse y ahora se daba cuenta de que no era la mejor opción.

—¿Y tú? ¿Por qué te metiste en la Policía? —preguntó Nel de pronto, sin darse cuenta de que ella seguía perdida en sus pensamientos, rumiando lo que acababa de oír.

Lola sacudió la cabeza y se encogió de hombros.

—Mi padre ya era policía. Es un trabajo ingrato, pero que alguien tiene que hacer, y es mejor que quien lo haga sea una persona decente, alguien que quiere poner un poco de orden en el caos de la vida apoyándose en las leyes. Yo, si no tengo otras cualidades, decente sí que soy, y trabajadora; me gusta el trabajo bien hecho, pero no me obsesiono con mis casos. Esas cosas que se ven en las películas y en las novelas me parecen ridículas y, si quieres que te diga la verdad, enfermizas. Claro que una quiere encontrar al culpable de un delito y que reciba su castigo, pero es absurdo eso de que no tienes vida privada, ni puedes pensar en nada que no sea el caso que te ocupa, y que destrozas a tu familia y te levantas a media noche a mirar las fotos del cadáver o de la autopsia. Cuando era joven, sí que lo hacía de vez en cuando, porque una ha visto mucho cine y quiere parecerse a las protagonistas de las pelis, pero me fui dando cuenta de que era una estupidez que no tenía nada que ver con la vida real. Como no pidamos pronto algo de comer, me voy a desmayar —terminó, cambiando de tema.

Pidieron tortilla de patata, chipirones fritos, boquerones en vinagre y una pata de pulpo al horno y, mientras esperaban a que se lo sirvieran, una ensaladilla rusa. En el televisor, colocado sobre la barra, estaban dando la noticia de una huelga de controladores aéreos que iba a dejar tirada a media Europa justo cuando esa media Europa tomaba las vacaciones de agosto.

El teléfono de Lola vibró en su bolsillo, le echó una mirada y se disculpó.

—Perdona, Nel, tengo que cogerlo. Salgo fuera un momento.

El ruido en el exterior era el mismo que dentro del local, pero dando la vuelta a la esquina y pegándose a un portal, consiguió oír la voz de Marino.

—Siento molestarte, Lola, pero quería que supieras algo curioso que acaba de pasar.

—Dime.

—La suiza, la amiguita del muerto, que parece que se iba a ir del hotel esta misma noche, supongo que al chalé de Altea…, ¿sabes dónde está ahora?

—Dímelo tú.

—Ha pasado a recogerla uno de los gorilas rusos que ya conocemos, el tal Vasili, para llevarla al yate de Yuri Novikov, el magnate ruso. Eso no lo sabíamos.

—¿Qué?

—Que Vasili trabaja ahora para Novikov.

—Le pagará más que los de Jávea.

—Pero no sabes lo mejor. La tía se ha puesto de tiros largos, a lo James Bond, con vestido de lentejuelas y demás, y se han subido en una lancha rumbo al yate, que está anclado cerca de Tabarca. ¿No dices nada?

—Estoy pensando, Marino. ¿Nos consta que se conozcan?

—No nos consta nada, porque no hemos investigado por ahí.

—Ese tío es uno de los coleccionistas de arte más ricos del mundo. Hay que empezar a ver cuánto hace que está por la zona y, a ser posible, con quién se ha reunido hasta ahora. Estaría bien saber si Heyni estaba en contacto con él.

—¿Me lo explicas?

—Ahora no. Tengo la noche libre y tampoco sé muy bien adónde voy con eso, pero creo que nos interesaría saberlo. Empieza a preguntar, anda.

—¿Ahora? ¿En plenas fiestas?

—Algo tendrás que hacer, ya que trabajas. ¡Que te sea leve!

Se quedó un momento donde estaba, pensando en las posibles implicaciones de esa relación. Si Fischer conocía a aquel tipo, era más que posible que él le hubiera encargado una copia de uno de los cuadros aparecidos en Santa Rita. Pero un millonario de su nivel no se conforma con una copia. ¿Estaban ante un plan para robar una de aquellas telas? ¿Era remotamente posible que Fischer hubiera venido acompañando a Heyni para poder falsificar una de las obras y luego, una vez autentificada la original, dar el cambiazo, venderle la original al ruso y dejar la copia entre las encontradas detrás de la pared? Había posibilidades… Pero… ¿qué necesidad había de matar a Heyni? ¿O había sido un accidente? ¡Qué gilipollez! Nadie le rompe el cráneo a alguien por accidente. ¿Entonces? ¿Quién ganaba con la desaparición de Heyni? Fischer, que, una vez establecido el contacto, no necesitaba a Heyni para nada y no tendría que repartir con él los beneficios.

Regresó al bar caminando despacio, dándole vueltas a la idea. Nel empezó a hacerle señas en cuanto la vio, dándole prisa.

—Venga, mujer, que se enfrían los chipirones. ¿No decías que tú no te obsesionas con los casos?

Se lanzaron sobre las viandas y, hasta que salieron del bar, Lola no volvió a pensar en Fischer, ni en el ruso, ni en el cadáver que, ahora se daba cuenta, con la huelga de controladores, no iba a poder salir de España en los próximos días.

—¡Ay, no! —Monique se había quedado pálida mientras veían las noticias en la tele del salón, antes de la cena.

—¿Qué pasa? —preguntó Greta, que no entendía que le hubiera impresionado tanto la huelga de controladores—. ¿Tantas ganas tienes de dejarnos?

Monique se volvió hacia ella.

—Es por Marco.

—¡Ah! Perdona. Claro.

—Si no puedo repatriar su cadáver... No se sabe cuánto puede durar la huelga. No quiero tener que enterrarlo aquí...

—Supongo que podrías incinerarlo y llevarte las cenizas cuando sea posible. De todas formas, pensabas incinerarlo, ¿no?

—Sí —Monique empezó a morderse el labio inferior—, pero pensaba hacerlo en casa, con la familia, la poca que nos queda, con los amigos... Y... aunque estoy muy bien aquí, no me malentiendas, quiero volver a casa, a mi casa, a mis cosas..., ir haciéndome a la idea de que ahora estoy sola. Aquí me siento como de paso, como si la muerte de Marco fuera una broma, como si fuera a volver en cualquier momento, partido de risa por lo tonta que he sido al creérmelo. Tú no eres viuda, ¿verdad?

—No. Mi marido, mi exmarido, está vivo. Solo que ya no estamos juntos.

—Y ¿no echas de menos tu casa, tus cosas, tu forma de vida de antes?

Greta se encogió de hombros.

—A veces. Pero Santa Rita me está sentando muy bien. Tengo la sensación de que aquí hay algo que me está curando el alma o como se llame eso que tenemos dentro. Te juro que hay veces que mi vida anterior me parece una novela tonta que leí alguna vez en un viaje en tren y que no vale la pena recordar.

—Pero tú has cortado con ella por propia voluntad y te estás construyendo aquí otra vida, mientras que yo tengo que volver. Tengo un negocio que me está esperando. Abro la nueva exposición en octubre. Sola. Sola por primera vez en casi treinta años. Hay mil cosas que arreglar. No puedo estar aquí, haciendo como que la vida mediterránea es la panacea.

Aunque hablaban en alemán, habían decidido tutearse porque incluso a ellas les parecía un poco ridículo seguir hablándose de usted cuando se veían constantemente, comían juntas con frecuencia y habían empezado a hablar de cosas íntimas.

—Anda, vamos a cenar. A las doce son los fuegos artificiales y tenemos que disfrutarlos. La *Nit de l'Albà* es algo especial. Ahora que caigo, como tú no la conoces, deberíamos haber ido a Elche, a verla allí mismo, en la calle, pero la verdad es que no tengo ganas de tanto lío, y los cohetes, de tan cerca, siempre me han dado miedo. Bajaremos todos juntos a la última terraza, donde las higueras, a comernos la sandía gigante, que es lo que manda la tradición, y a ver las luces de colores en el cielo. Yo hace mil años de la última vez que lo vi, pero vale la pena y me hace muchísima ilusión. Ya verás la palmera final. Cubre el cielo de toda la ciudad, y, si estás allí mismo, es impresionante, porque apagan todas las luces urbanas y de repente parece que se hace de día, por eso se llama «la noche del alba» en valenciano. —Monique no reaccionó al entusiasmo de Greta. Daba la sensación de que andaba perdida en sus pensamientos, y no eran precisamente agradables. Se inclinó hacia ella y le cogió las manos—. ¡Ánimo, mujer! ¡Estamos vivas! Nosotras, aún, a pesar de todo, seguimos vivas y podemos disfrutar de la noche de verano, de los cohetes, de la sandía más grande que hayas visto en tu vida. ¡Venga! A ver qué nos ha hecho Trini de cenar…

Miguel, que había estado sentado en uno de los sillones detrás de ellas y que, lógicamente, no había entendido una palabra de la conversación que las dos mujeres habían mantenido en alemán, aprovechó el momento para unirse a ellas y preguntarle a la suiza algo que llevaba tiempo preparando.

Hasta ese momento, siempre la había oído hablar en un grupo, con otras personas, y no había tenido ocasión de llevar las cosas por donde a él le interesaban, pero se le había ocurrido una forma de quedarse a solas con ella, o casi, y no pensaba desaprovechar el momento.

—¿Vais al comedor? ¿Os importa que me una?

—Pues claro que no —contestó Greta, cogiéndose de su brazo.

—Monique, querría pedirle un favor.

—Claro. Dígame.

—Resulta que todo el mundo habla mucho de los famosos cuadros que se han encontrado en el Pabellón B, pero, claro, a nadie se le ha ocurrido que los que no hemos podido verlos, y además no entendemos de arte, no tenemos ni idea de qué son ni de por qué son tan importantes. Querría pedirle que me los describiera y explicara. Merche ve muy mal, pero ve lo suficiente como para hacerse una idea y, aunque ha tratado de contarme un poco, no he terminado de entenderlo. ¿Le importaría dedicarme un ratito?

—¡Pues claro, Miguel! Cuando usted quiera. Aunque… quien mejor hubiera podido explicarle su relevancia habría sido mi marido. Yo puedo describirle los cuadros y contarle un poco de su historia, pero no será tan profundo…

—No necesito que sea profundo, Monique. Es solo por estar al mismo nivel de los que los pueden ver. —Miguel había descubierto hacía mucho que una forma infalible de conseguir lo que quería era llamar sutilmente la atención de los demás hacia el hecho de que a él le faltaba un canal muy importante para percibir el mundo. De alguna forma que seguía resultándole curiosa a pesar de ser ciego desde los seis años, los demás se sentían vagamente culpables de su ceguera y reaccionaban muy bien a una petición suya.

—Después de cenar, si le parece, nos tomamos un café y le cuento un poco.

—¡Hecho! Y luego, a disfrutar de la sandía.

En el balcón de su dormitorio, Sofía miraba las luces de Elche y de Benalfaro, unas a la izquierda y otras a la derecha, la fila de lucecitas que, a lo lejos, marcaba la costa, y, al bajar la vista, los faroles solares que iluminaban tenuemente el jardín, a sus pies. El calor había remitido, pero seguía siendo una noche de agosto, transparente, calurosa y llena de estrellas. La pared seguía irradiando todo el sol que había absorbido durante el día, lo que resultaba muy agradable para apoyar la espalda y dejar que el calorcillo subiera y bajara por su espina dorsal. Se encontraba casi bien. Solo los pequeños dolores de siempre, que se podían ignorar frente a la belleza de la noche.

No estaba segura de querer bajar a celebrar la *Nit de l'Albà* con los demás. Cada vez le cansaba más la cháchara, los comentarios intrascendentes, el buen humor obligatorio que acompañaba a cada fiesta. Le habría gustado más estar en posesión de todas sus facultades físicas —las psíquicas no estaban tan mal todavía— y pasar la noche con un amante, solos los dos en la enorme casa, recorrer los jardines en perfecta oscuridad, tropezando con las matas y los arbustos, con una botella y dos copas, riéndose de cualquier idiotez, llenando el cielo del humo expulsado de sus pulmones. Le habría gustado volver a sumergirse en la antigua alberca, no en la brillante piscina llena de luces que tanta ilusión le hacía a sus amigos, salir desnuda del agua, tomarse un *gin-tonic* lleno de hielo y ver el cielo nocturno cubrirse de chispas de colores mientras una boca de hombre le mordisqueaba el cuello abrazándola por detrás. Cosas que

225

había hecho tantas veces y que entonces parecía que iban a ser eternas; cosas que ya no eran ni serían nunca más.

Lo sabía, su mente lo sabía, y sin embargo qué difícil era aceptarlo. Su cuerpo aún lo recordaba y, cuando cerraba los ojos, le costaba creer que se había convertido en aquella anciana en la que ahora vivía su espíritu, que fue indomable y aventurero y ahora, por desgracia, seguía siéndolo, pero acoplado a un cuerpo que no lo acompañaba.

Candy estaría a punto de llegar a recogerla. Se había tumbado un rato después de cenar precisamente para estar descansada y poder gozar de los fuegos artificiales, de la compañía de los demás y de la sensación, que para ella era tan importante, de seguir teniendo el control de Santa Rita.

Llevaba días contestando *emails* y llamadas telefónicas, dándole largas a todos los que se interesaban por los cuadros, que eran muchos. Ella todavía no había decidido qué hacer. Ni siquiera había hablado en serio con Greta para recabar su opinión. De momento no quería pensar en ello. Aquellos cuadros, aparte de poder aportar a Santa Rita mucho dinero, lo que no estaba nada mal, no le interesaban especialmente, salvo quizá el que le recordaba a aquel lejanísimo día de playa y el retrato de ella misma a los seis años que había pintado Marianne mientras le decía cosas en italiano que ella no entendía, pero que la hacían reír con su musicalidad. El otro cuadro, el retrato de hombre, pintado por Jawlensky no solo no le interesaba, sino que le daba una extraña sensación de inquietud, una cierta grima. Si no fuera porque estaba firmado por aquel tipo que tan importante fue en la vida de Marianne y que nunca había estado en Benalfaro, ella habría jurado que se trataba de un retrato de su propio padre, del doctor Mateo Rus, o Matthew O'Rourke, en el que, más que su exterior —sus ojos azules y su escaso cabello rojizo—, el artista había pintado su alma mezquina y cruel, su mirada rapaz, su ambición de control. Se desprendería de ese con toda seguridad. Algún museo estaría encantado de tenerlo. Ella no quería volver a mirar esa expresión de desprecio que había conseguido olvidar. Prefería quedarse con el recuerdo de la risa de la pintora rusa, de las palabras francesas que le enseñaba: «*ma belle poupée*», le decía. De eso hacía casi ochenta años. Setenta y siete, para ser exactos.

¡Si al menos apareciera la famosa carta a la que Marianne se refería en la nota que acompañaba los cuadros! Eso sí que le interesaría, pero, caso de existir, estaría enterrada entre montañas de papel inútil en alguno de los despachos polvorientos del primer piso. Cabía la esperanza de que Greta acabase por encontrarla, pero también podía ser que se hubiese perdido o incluso que hubiese sido destruida voluntariamente, como los diarios de su madre, de Mercedes.

El pensamiento la sacó de la tranquilidad que el calorcillo en la espalda y la brisa de poniente le habían regalado. Recordaba con toda claridad los cuadernos en los que escribía: unos preciosos libros encuadernados en piel roja con un papel cremoso que daba gusto tocar con la mano desnuda y que tenían filos dorados.

Era absolutamente imposible que ella, Sophia, escritora y amante de todos los instrumentos de escritura, hubiera quemado aquellos cuadernos, por muy dispuesta que hubiera estado a cumplir la voluntad de su madre. Era tan absurda la idea como la de quemar sus propios diarios mientras le quedase vida.

De lo que sí estaba segura era de no haberlos leído jamás, ni siquiera a la muerte de Mercedes, cuando ya hubiese dado igual. Los secretos de su madre, al menos los que ella conocía, le habían llegado directamente de su boca, en aquellas raras pero intensas ocasiones en las que decidió pedir ayuda a su hija, a la más imaginativa de las dos, la más loca, la más dispuesta a no pensar mal de ella y de lo que había tenido que hacer en la vida para poder sobrevivir. Eileen nunca supo nada. Eso le constaba. Eileen se casó con su Camilo, se fue de Santa Rita, consiguió por fin quedarse embarazada y tener a su hija después de dos terribles abortos que la dejaron destrozada, y no regresó más que para dejar a Greta durante un curso mientras ella rehacía su vida después del divorcio. Luego se instaló en Londres, volvió a encontrar la ilusión con Dave, y allí murió, más joven de lo que debería. Eileen siempre vivió de espaldas a la familia, aunque animaba a Mercedes a pasar temporadas con ella en Inglaterra y se las arreglaba para quedar en algún festival o feria del libro y mantenerse al día de lo que su hermana, la nómada literaria, hacía por ahí.

Siempre fue una mujer chispeante, graciosa, llena de vida. Pero no habría valido para guardar secretos, y Mercedes lo sabía.

Sonó un golpeteo impaciente en la puerta y Candy entró como un tornado sin esperar respuesta.

—¿Dónde estás? —preguntó en inglés.

—En el balcón.

—¿Aún no te has cambiado?

—¿Tan mal estoy?

—No, tan mal no, pero hoy es fiesta. ¿Te saco el vestido azul?

—Como quieras, pero te advierto que es de noche y ni se va a notar si me arreglo. Oye —comenzó mientras se quitaba la bata que llevaba puesta para cambiarla por el otro vestido, más de calle—, ¿tú te acuerdas de dónde pude poner unos cuadernos rojos de cuero que heredé de mi madre?

—Acordarme, no, pero, por lógica, supongo que estarán en el gabinete, no a la vista, en algún cajón o en la cómoda de las puertecillas doradas. ¿Te ha dado ahora por volver atrás?

—No sé. Esto de los cuadros y los huesos, que me ha revuelto los sedimentos.

Candy sonrió. Se había puesto un sencillo vestido rojo y llevaba la cabeza envuelta en un pañuelo de estampado africano también en tonos rojos. Estaba aún más delgada que siempre y empezaba a parecer un esqueleto vestido, pero nada había conseguido arrancarle el buen humor. Sofía terminó de vestirse, se puso un pañuelo blanco al cuello, por si el relente de la noche, agarró la muleta y se quedó mirando su imagen en el espejo junto a la de Candy.

—Parecemos el Union Jack —dijo con sorna.

—¿Y eso?

—Rojo, azul y blanco, como la bandera del glorioso Reino Unido. Y, como el imperio, hechas unos zorros.

Bajaron en el ascensor aún riéndose.

13

Luna de agosto

*L*a brisa del mar era agradable en la cubierta de aquel magnífico yate, la luna rielaba sobre las aguas en calma, el champán tenía la temperatura perfecta y los diminutos canapés eran gloriosos. En cualquier otro momento de su vida Chantal Fischer se hubiera sentido como en una película de Hollywood y se habría felicitado a sí misma por haber conseguido llegar tan lejos tan rápido. No obstante, sin saber exactamente por qué, todo lo que la rodeaba le parecía o repugnante o peligroso. No recordaba que Yuri fuera tan resbaladizo, que sus ojos mirasen con esa frialdad de iguana, que los hombres jóvenes que lo rodeaban fueran tan obviamente guardaespaldas sin ningún tipo de refinamiento. Por primera vez tenía la sensación de que ninguno de ellos tendría el menor problema en hacerla desaparecer si lo creían necesario.

La visita de aquel gorila en el hotel le había cortado la respiración y no había encontrado forma de rechazar la invitación de Novikov a la fiesta que celebraba en su yate que, casualmente, estaba por la zona. *Casualmente.* ¿Cómo de idiota pensaban que era? Mucho, a juzgar por lo que empezaba a comprender.

—Lamento profundamente lo sucedido al profesor Heyni —le estaba diciendo Yuri en ese momento mientras le quitaba la copa mediada que llevaba en la mano para sustituirla por una llena—, pero la vida continúa, ¿no es cierto, *ma belle*? Y, en vista de que usted no se ponía en contacto, me he permitido dar el primer paso. La paciencia es una gran virtud, lo sé. Lamentablemente, no se cuenta entre las que me pusieron en la cuna.

Hablaba alemán correctamente, con algo de acento ruso, pero mucho menos que en las películas, pensó con un punto de diversión.

—¿Por qué tendría que haberme puesto en contacto con usted? —preguntó, sinceramente intrigada.

—Porque, a falta del malogrado profesor, solo usted puede informarme de los progresos de nuestro proyecto común.

—¿Nuestro proyecto? No sabía que las cosas hubiesen ido tan adelante. Marco no me dijo…

El ruso la interrumpió.

—Lo que usted y el profesor hayan hablado o no no es de mi incumbencia. Solo quiero recordarle que el pago convenido como señal de nuestro acuerdo ya fue hecho hace días y hasta ahora ni siquiera he recibido información a cambio. No me gusta que me tomen el pelo, *Miss* Fischer.

Chantal se quedó petrificada. ¿Pago? ¿Qué pago? ¿De qué estaba hablando aquella mala imitación de mafioso? Decidió mantenerse dura, aunque sabía que no le serviría de nada si las cosas se ponían mal.

—No sé nada de ningún pago, y me extraña que haya tenido que pagar nada porque ni siquiera habíamos visto esas telas ni Marco ni yo cuando nos encontramos con usted en la subasta de Zúrich. No me diga que ha pagado por algo que ni siquiera sabía qué era.

Los otros invitados, apenas media docena, charlaban y reían unos metros más allá, pero para lo que sentía Chantal en ese momento, igual podían haber estado en la luna. Los veía moverse, inalcanzables, por detrás de los enormes hombros del anfitrión que le cerraba el paso desde la baranda hacia el centro de la cubierta.

—Lo que el profesor me vendió, querida amiga, como usted bien sabe, fue el derecho de compra de un Kandinsky de la primera época que, eventualmente, podía ser redondeado con un retrato de Jawlensky.

—¿Nada de Werefkin? —preguntó, marcando el tono irónico, tratando de rebajar la intensidad de la conversación.

—No compro cuadros pintados por mujeres. No me gustan —zanjó Novikov, sin reaccionar a la ironía.

—Ah.

—Ahora, como es lógico, me interesaría saber cómo van las cosas.

Ella inspiró hondo y trató de nuevo de apartarse de la barandilla para acercarse un poco más a los otros invitados. No los conocía de nada, pero tenía la sensación de que se sentiría más segura entre ellos. El hombre se interpuso, forzándola a contestar en voz baja.

—Le supongo informado de que la policía me vigila todo el tiempo. Apenas he podido hacer un par de bocetos.

—La última vez que hablamos, Heyni me aseguró que ya estaba usted trabajando, igual que las personas que llevarán a cabo lo necesario una vez que los cuadros regresen a ese balneario donde fueron encontrados. Él cobró el anticipo y quedamos en vernos pronto para dar el siguiente paso.

—¿Él cobró? —Sin poder evitarlo, la voz le salió chillona. El ruso sonrió apenas.

—¿No se lo dijo? Curioso..., él me aseguró que ustedes eran prácticamente un solo ser, que la cuenta estaba a nombre de ambos.

Chantal empezó a notar que los ojos se le llenaban de chispas de colores, como si estuviese a punto de marearse. ¿Marco había cobrado ya una cantidad en su nombre? ¿Y no le había dicho nada? ¿De qué cuenta hablaba? Ellos no tenían ninguna cuenta común.

—¿Qué me está pidiendo, Yuri?

—Lo que me debe, nada más. Simplemente lo acordado. Usted me entrega el Kandinsky en el que ha estado trabajando y yo se lo paso al profesional que debe hacer el cambio de obras. Después, una vez que el original esté en mi poder, le haré el ingreso del resto de la cantidad acordada a la cuenta que usted me indique. Como ve, todo muy simple.

—Pero… pero no es posible en estos momentos. Ya le digo que me vigilan, y además todo mi taller está en Suiza —mintió, improvisando—. Tuvimos que desmontar a toda prisa el que tenía aquí. Además, se trata de un óleo. Usted sabe muy bien lo que se tarda en secar un óleo y que pueda parecer de hace cien años. Nadie contaba con todo este revuelo, con el interés de la policía, ahora que hay por medio un caso de asesinato.

—Ya le digo que la paciencia no está entre mis virtudes. De todas formas, en el peor de los casos podríamos deshacer el trato, al menos de momento. Usted me devuelve el anticipo y yo la libero de su compromiso. Si más adelante, cuando tenga lista la obra, convenientemente envejecida y seca, me sigue interesando, podemos volver a negociar. ¿Le parece? No me diga que no soy razonable.

Como no se le ocurría qué hacer, optó por alzar la copa y chocarla contra la de su anfitrión tratando de ganar tiempo.

—¿Eso es que sí? —insistió él con una sonrisa torcida.

Se limitó a sonreír también y beberse la copa de un trago.

1930

Con la suavidad que da la práctica, la pintora llenó de café colado el termo que se había traído de Suiza y, discretamente, se marchó de la cocina antes de que nadie la viera. Sabía que la noche antes había habido fuegos artificiales, y no precisamente en el cielo mediterráneo, sino en el dormitorio de sus anfitriones y, por las caras que había visto tanto en Olvido como en Clemente, también en otras dependencias de Santa Rita. No tenía ni idea de si la furia del doctor O'Rourke tenía directamente que ver con la excursión a la playa que habían hecho el día anterior, o con el modo en que ella y Mercedes habían protegido a la *nanny* inglesa, o con cualquier otra cosa que pudiera haberle salido mal al psiquiatra. En las semanas que llevaba allí había podido darse cuenta de que su natural colérico no necesitaba demasiada justificación para estallar, pero lo de la noche anterior había sido realmente excesivo, y estaba segura de que las cosas podían ponerse peor si la pobre Jane abandonaba Santa Rita sin permiso. Pero ya estaba todo hablado con Clemente, que también se había dado cuenta de la necesidad de que la inglesa se marchara, y no podía volverse atrás.

Otra cosa que le había quedado clara era que su propia estancia allí se había acabado. Mercedes se quedaría muy sola, pero no había más remedio. Había oído a su marido dando gritos, entre golpes y ruidos de objetos que se rompían, hablando de la «vieja bruja» —sabía lo que significaba porque Mercedes se lo había traducido una vez que el doctor se había levantado, furioso, de la mesa—, y era evidente que tenía que salir de allí. A lo largo de su vida había soportado con buena cara muchas humillaciones, demasiadas, para no tener que confesarse a sí misma que había alguien que se permitía tratarla así sin que hubiese consecuencias, y ahora, a la vejez y después de haber conseguido librarse del dolor y el fantasma de Alexej, no pensaba permitir que nadie volviera a maltratarla.

Cruzó el jardín de detrás del edificio principal, disfrutando de la hermosa mañana de verano, del frescor que aún despedían los arbustos y los setos, del suave perfume del jazmín —«aquí apesta a jazmín», recordó— y de los gloriosos colores del mundo que la rodeaba. Pronto serían solo un recuerdo. Nunca más volvería. Tenía casi setenta años. En su infancia en Rusia, su cumpleaños era el 29 de agosto según el calendario juliano, pero desde que vivía en Europa, primero en Alemania y después en Suiza, había pasado a celebrarlo el 10 de septiembre según el gregoriano. En cualquier caso, apenas le quedaban unos días de poner un seis. Quizá ni siquiera llegaría a estrenar el siete. Nunca se sabe cuándo va a llegar la muerte a reclamarnos, pensó.

Llegó frente a lo que el doctor les había permitido usar como atelier, una de las habitaciones de lo que solían llamar Pabellón B, y enseguida se dio cuenta de que su decisión de marcharse cuanto antes no era apresurada. Alguien se le había adelantado.

Nada más entrar, la saludó un operario que había empezado a sacar de la habitación todo lo que ella y Mercedes habían estado usando: mesas, caballetes, un par de estanterías viejas, lienzos, pinceles, garrafas de trementina…

Con sus conocimientos de italiano y la suerte de que en aquella región la gente menuda hablaba valenciano, que era bastante parecido, consiguió preguntarle qué pasaba. La respuesta fue la que ella esperaba:

—El doctor Rus necesita este local. Me ha mandado a adecentarlo.

Tanto los cuadros que ella había pintado durante el tiempo que llevaba allí como los de Mercedes, que su amiga había terminado bajo su tutoría, e incluso los de la pequeña Sophia iban saliendo al jardín, y allí se quedaban, apoyados sin ninguna consideración en uno de los sillones que también estaban ya fuera.

Por un momento no supo qué hacer. Estaba segura de que Mercedes, después de lo de la noche anterior, estaría durmiendo aún, y necesitaba el reposo. Jane estaría terminando de recoger sus cosas porque habían quedado con Clemente en que la llevaría a la estación a las ocho, que era cuando el doctor pasaba visita a sus pacientes. No podía dejar todo aquello tirado allí, necesitaba que alguien la ayudara.

Dejó el termo junto a lo demás y echó a andar de nuevo hacia la casa. En ese momento, desde la entrada de la cocina, vio salir a Olvido, retorciéndose las manos sobre su delantal blanco, mirando al suelo como si no quisiera cruzar la mirada con nadie.

—¡Olvido! —la llamó, sobresaltándola.

—Señora. —Estaba claro que le fastidiaba habérsela encontrado, pero seguía tratándola con el respeto debido a una invitada.

—¿Tú sabes qué está pasando? —Por fortuna, la mujer sabía algo de francés que Mercedes le había enseñado para distraerse.

Asintió con la cabeza mientras los ojos se le disparaban en todas direcciones. Era evidente que tenía miedo de que alguien las viera.

—Venga conmigo, señora.

Regresaron al Pabellón B en silencio, caminando muy deprisa. Olvido no pareció sorprenderse al ver todos los trastos del atelier en el exterior, entró sin llamar y se encaró al hombre, que ya había terminado de sacar los muebles y estaba mirando las paredes como pensando qué hacer a continuación.

—Braulio, ¿qué es esto?

—Lo que manda el doctor Rus. Sacarlo todo fuera para quemarlo y arreglar esto para que quede limpio y bien. Ver si hay que hacer algún arreglo en las paredes y encalar o dar una mano de pintura blanca.

—¿Quemarlo? *Le brûler?* —Marianne buscaba confirmación en los ojos de Olvido, que asintió.

—*Ah, non! Jamais!*

—Espere, señora. Déjeme hablar con mi hermano. *Mon frère.*

Se apartaron unos pasos y empezaron a hablar en voz baja, muy deprisa, en valenciano. Al cabo de un momento, Marianne decidió salir otra vez y empezar a pensar qué hacer con las telas, antes de que acabasen en la hoguera. Eso no pensaba permitírselo a su anfitrión.

Cogió los cuadros que podía cargar y, lentamente, los fue llevando a la cocina. El doctor Rus nunca entraba en la cocina y en un par de viajes podía salvarlo todo. Luego, poco a poco, iría subiéndolos a su habitación o a donde Mercedes le dijera.

—Deje, deje, señora. ¿Qué hace?

—Salvarlos, Olvido. ¡No pueden quemar mis telas! ¡Son para doña Mercedes! —La pintora rusa sabía que Mercedes tenía mucha confianza con Olvido y que la mujer conocía perfectamente la situación tanto en la casa como en sus relaciones conyugales—. Sé que no parece que valgan mucho, pero se puede sacar bastante por ellos. Pueden significar la libertad de la señora. Hay que conseguir que el doctor no les ponga la mano encima. ¡Ayúdeme, por favor!

El ama de llaves volvió a retorcerse las manos y regresó a donde estaba su hermano. Al cabo de unos momentos, con una nueva expresión en la cara, más decidida, animó a la rusa:

—A ver qué le parece, señora. Braulio va a esconder esos

cuadros detrás de una pared falsa. Hay que darse prisa, antes de que el señor se dé cuenta. Si quiere escribirle una nota a la señora, tiene que ser ya mismo. Yo voy metiendo los cuadros en la habitación. La esperamos aquí.

—Traiga algo para envolver los cuadros, Olvido. Si vamos a meterlos detrás de una pared, hay que procurar que estén protegidos.

Marianne subió a su cuarto a toda la velocidad que le permitían sus piernas, que no era mucha, pero lo logró sin encontrarse por los pasillos con nadie con quien tuviese que hablar. Se sentó al escritorio, compuso una carta sin pararse a pensar qué decía, ya que tenía pensado escribir otra más pausada, y bajó de nuevo para que su nota pudiera ser emparedada junto con las telas. Había pensado por un momento dejar a la vista el retrato de Sophia, que quería haber entregado a sus padres como regalo de agradecimiento por la estancia en Santa Rita, pero decidió encerrarlo junto a los demás. El cuadro de Mercedes y las niñas en la avenida de las palmeras también tenía que desaparecer, no fuera que al doctor le recordara la maldita excursión a la playa que había sido el origen de todo lo que estaba sucediendo. El retrato que, a escondidas, había pintado del doctor Rus, al estilo de Jawlensky —el estilo que Alexej había desarrollado bajo sus indicaciones y que ahora era su marca—, quedaría escondido, como había pensado desde el principio. Si en algún momento del futuro salía a la luz, los expertos tendrían posibilidades de entretenerse decidiendo quién lo había pintado realmente.

Antes de dejar la nota, la releyó para asegurarse de que había puesto que los cuadros eran de su propiedad o de su autoría y que se los regalaba a Mercedes. Era importante si alguna vez se decidía a venderlos.

A ella misma el Kandinsky le podía haber reportado un dinero que le habría venido muy bien. Si lo había arrastrado con ella hasta el sur de España era porque temía que Alexej, o el mismo Vasili, acabaran por hacerse con él, como ya le había pasado tantas veces. Ahora Vasili Kandinsky se había convertido en un artista de renombre y era, como siempre había sido, celosísimo de su obra. Había intentado varias veces recuperar aquel lienzo que él mismo le había regalado cuando él y Gabriele, Alexej y ella pasaban temporadas juntos en Murnau, pintando y discutiendo sobre el triunfo del color y de la abstracción. Nunca había querido vendérselo de vuelta a Vasili ni, mucho menos, entregárselo a Alexej. Ahora quedaría encerrado en un pueblecito de la provincia de Alicante hasta que su joven amiga reuniera el valor suficiente para separarse del energúmeno de su marido; encerrado, los años que hicieran falta.

Braulio había envuelto los lienzos en un papel resistente, al menos eso esperaba ella. Puso la nota en el retrato de Sophia y, con un suspiro, se despidió de ellos. Haría la maleta ya mismo. Apenas tenía cuatro cosas, ahora que los dos cuadros que había traído a España ya no estaban. Podría coger el mismo tren que Jane y, aunque sentía no tener más tiempo para despedirse de España, del Mediterráneo que nunca volvería a ver y de su querida amiga y sus preciosas niñas, era mejor quitarse de en medio y dejar que las relaciones entre Mercedes y el doctor mejorasen sin su presencia.

Echó una última mirada a la pared que ya había empezado a levantarse al fondo del cuarto, un ladrillo sobre otro.

—¿Qué es eso? —le preguntó a Olvido, que acababa de depositar una caja de madera en el rincón opuesto del escondrijo y se estaba persignando.

—La prueba de la vergüenza de ese demonio —contestó la mujer, con rabia.

En la mente de Olvido apareció la imagen del parto de la tarde anterior, la sangre, los gritos de la pobre muchacha, la cara distorsionada de furia del doctor Rus, el bebé que había sido arrancado a la fuerza del cuerpo de su madre y apenas respiraba.

—Haga algo, don Mateo —le había pedido, angustiada—. La criatura se está ahogando. Sálvela.

—¿Qué es?

—Una niña.

—Pues ya tengo dos. Legítimas. Si aún hubiese sido un varón… Deja. Está mejor muerta, hazme caso. Dásela a Clemente y que la entierre en la iglesia. Voy a ver si consigo salvar a esta inútil.

Tampoco había podido, o simplemente no había querido. La muchacha aún estaba viva, pero ardía de fiebre. No duraría mucho más.

Lo único que ella podía hacer ahora era dejar el cuerpecillo de la criatura allí, detrás de la pared, para poder sacarlo en un futuro, cuando tuviera el valor de contárselo todo a doña Mercedes o a don Ramiro, cuando regresara de su viaje. Para que todos supieran qué clase de monstruo era el doctor Mateo Rus.

—¿Qué ha sucedido? —preguntó la rusa, alarmada por el silencio del ama de llaves, que parecía perdida en otro mundo.

Olvido la miró sin expresión.

—Nada, señora. Cosas nuestras. Usted ya ha hecho lo posible.

Monique había pasado muy mala noche, a pesar de lo bonitos que habían sido los fuegos artificiales y lo que se habían divertido cuando, después de medianoche, algunos se animaron todavía a darse un baño en la piscina. Candy sacó un par de botellas de cava y, para redondear la alegría de los que vivían en Santa Rita, les comunicó que Sara y David, una pareja de estudiantes que ella no conocía, acababan de tener un bebé, un niño precioso perfectamente sano al que pensaban llamar Mateo, en honor al padre de Sofía. Le llamó la atención la mirada de la anciana, una especie de sorpresa horrorizada, seguida de una sonrisa torcida, pero no supo interpretarla, como le sucedía las pocas veces que tenía ocasión de verla. Le parecía una mujer interesante pero extraña, como si tuviera un doble fondo o, más que doble, un fondo con muchas capas, como un hojaldre o una cebolla. Cuando Sofía la miraba, se sentía expuesta, desnuda, quizá porque miraba como solo lo hacen los niños: directamente, sin apartar la vista, todo el tiempo que quería, hasta que otra cosa le llamaba la atención y movía los ojos a otro lado.

Había empezado a leer una de sus novelas criminales y, salvo que no conseguía concentrarse realmente como solía, le gustaba su manera de narrar, lo ingenioso de las ideas de su detective, Rhonda, una mujer dura pero flexible, más empática de lo habitual. A las tres y cuarto de la madrugada aún no había conseguido dormirse y había empezado a leer, con la esperanza de que le entrara sueño, pero había demasiadas cosas dando vueltas por su mente, elementos sueltos que se entrecruzaban, volvían y volvían, como piezas de un caleidoscopio, formando siempre nuevos dibujos con los mismos colores: la sortija de compromiso que aún llevaba en el dedo que no podía evitar girar y girar ayudándose del pulgar izquierdo, las palabras de la nota, el rostro de Chantal Fischer, que solo conocía por sus fotos de Instagram, el bebé de los estudiantes, el bebé de Marco, creciendo en el vientre de Chantal, la huelga de controladores que no le permitía salir del país, la inspectora Galindo preguntándole «ustedes se llamaban muy poco, ¿verdad?», como dudando de que su relación fuera tan armónica como ella le había dado a entender, el profesional que había contratado —¿dónde estaría ahora?, ¿quién sería?, ¿y si, por una de esas extrañas casualidades, lo detenían por otra cosa y acababa por confesar?—. No podía confesar nada. No sabía nada de ella. Solo se habían visto unos minutos en el aeropuerto. Aunque…, claro…, él sabía que se trataba de su marido, eso era evidente. Absurdo. No iba a pasar nada. Nadie sospechaba de ella.

Sin embargo, la noche anterior, cuando la inspectora volvió de la ciudad y se sumó a la fiesta de la piscina, su mirada era un taladro al verla bañarse y tomar cava con Greta y con Robles. ¿O no? ¿O eran imaginaciones suyas, imaginaciones traídas por el sentimiento de culpa?

No. No se sentía culpable. Después de lo del anillo de pedida, el osito y la nota, no se sentía culpable. Había hecho bien. Pero tenía miedo. A pesar de que sabía que era casi imposible probar su participación en la muerte de Marco, tenía miedo. No quería ir a la cárcel, no quería perder su vida. Para eso, habría sido mejor dejarse robar por Marco. Al menos habría podido conservar el piso de Ginebra y empezar de nuevo.

No. Jamás. Había hecho bien.

Después de la ducha, salió hacia la cocina con auténticas ganas de encontrarse con gente, de tener que disimular y participar en conversaciones sobre cualquier tema que no fuera el asesinato de Marco. El disimulo la ayudaba a olvidar lo que necesitaba olvidar, a cambiar de ideas, a ser de nuevo la Monique que siempre había sido antes de convertirse en la mujer traicionada por su marido y, poco después, en su asesina.

Se encontró con Greta en la puerta del comedor. La inspectora Galindo, vestida de deporte, la acompañaba, de modo que entraron y se sentaron juntas.

—Siento molestarla, señora Heyni —comenzó la policía, en cuanto tuvieron delante sus tazas de café—, pero necesito hacerle una pregunta.

—Dígame.

—¿Tiene usted acceso a la agenda de su marido? Digamos en los últimos tres meses.

—Claro. La mayor parte de sus compromisos los llevaba yo directamente. Si hay algo en concreto que le interese saber, quizá lo sepa incluso de memoria.

—¿Sabe usted si el profesor tenía algún contacto con un tal Yuri Novikov?

—¿El coleccionista ruso?

La inspectora asintió con la cabeza.

—O sea, que usted también lo conoce.

—Cualquier galerista que se precie conoce al señor Novikov. Es uno de los mejores clientes del mundo. Se interesa por casi todos los periodos del arte, y es de los pocos que gasta mucho dinero, y, cuando digo mucho, me refiero a mucho, mucho, también en artistas emergentes. Es el sueño dorado de cualquier galería y de cualquier artista actual. Si Novikov compra algo, ese nombre sube inmediatamente de valor.

—¿Le han vendido algo a este señor?

—Dos veces. Un auténtico triunfo.

—¿Sabría decirme si el profesor o ustedes dos se encontraron con Novikov recientemente?

Monique levantó los ojos hacia el techo, pensando.

—Creo que no. Yo, en ningún caso. Estoy segura de que lo recordaría. Marco… no me suena que tuviese nada agendado, pero claro, en nuestro ambiente siempre cabe la posibilidad de que se lo encontrara en algún evento. ¿Por qué le interesa?

La inspectora dudó un momento.

—Parece que hace poco Novikov invitó a su esposo a visitarlo en su yate.

—Quizá quería informarse de nuestra próxima exposición, que inauguramos en octubre. Tenemos clientes que compran antes de que los demás hayan podido ver las obras… Lo raro es que Marco no me dijera nada.

—¿Sabe si la señora Fischer lo acompañó en esa visita?

Greta miraba de una a otra sin decir nada como en un partido de tenis. Monique pareció ofenderse.

—¿Cómo iba a saber yo eso, inspectora? Usted misma ha visto en mi móvil que Marco no me llamó en varios días. Yo suponía que estaba muy ocupado con el peritaje y tampoco lo llamé. De todas formas, no creo que hubiera querido decirme que se iba al yate de Novikov acompañado de su «asistente».

—¿Me enviará la agenda por *email*? Tengo que hacer unas comprobaciones.

—Claro. Ahora mismo.

Lola Galindo se había tomado el café en un par de sorbos y se levantó a buscar otro. Mientras tanto, Monique le hizo una pregunta a Greta, ya que el derrotero de la conversación le había hecho pensar en algo que no se le había ocurrido hasta ese momento:

—Greta, ¿sabes si Novikov os ha hecho una oferta por alguna de las telas?

—Ni idea. Eso lo lleva Candy. Espera, vamos a preguntarle. —Le hizo una seña a Candy, que estaba en la cocina hablando con Trini; se las veía por el pasaplatos. Al cabo de un momento, cuando Lola ya había vuelto a la mesa, Candy se reunió con ellas, con una taza de té en la mano, y Greta pudo pasarle la pregunta.

—¿Novikov? ¿Yuri Novikov? No me sonaba el nombre cuando lo leí, pero sé seguro que fue el primero en interesarse por nuestro hallazgo. Como a todo el mundo, le contesté que Sophie aún no sabe qué hacer con los cuadros y él me contestó diciendo que, en el caso de querer venderlos, podemos contar con que él nos hará la mejor oferta.

—Pueden estar seguros —corroboró Monique—. No sé de dónde habrá sacado su fortuna, pero doy fe de que tiene dinero a espuertas. Y de que no tiene demasiados escrúpulos en general —añadió al cabo de un par de segundos.

—¿Qué quiere decir exactamente, señora Heyni? —preguntó Galindo.

—Nada, inspectora. Cosas que se oyen en el ambiente.

—¿Podría ser un poco más específica?

—No quiero calumniar a nadie.

—No estamos en comisaría.

Monique carraspeó, se pasó la servilleta por los labios y miró a las tres mujeres, una tras otra, apenas un segundo.

—Se rumorea que no todas sus obras han sido adquiridas limpiamente y que en ocasiones usa los servicios de algún buen falsificador para cambiar una por otra.

—¿Cómo? —preguntó Candy, inclinándose hacia ella, llena de curiosidad.

—Que quede claro que lo que estoy diciendo ahora no me consta. Son cosas que se rumorean y que no tienen por qué ser verdad.

Greta y Candy, muy intrigadas, le hicieron gestos para que continuara.

—Pongamos que alguien tiene en su casa una obra de herencia, con todos los papeles en regla. Pongamos que esa persona muere y la lega a uno de sus herederos. Si en el tiempo que se tarda en resolver la herencia y en que el nuevo propietario pase a hacerse cargo de la tela en cuestión alguien consigue entrar en la casa y cambiar el cuadro por una copia, una muy buena copia que ya fue encargada hace tiempo para que, mientras tanto, haya podido secarse y adquirir la pátina necesaria…, el heredero está convencido de que la obra que ahora es suya es la original. Tiene todos los documentos, todo es correcto. Y nunca llega a descubrirse el subterfugio, a menos que el heredero decida venderla, y el futuro comprador, a pesar de tener todos los documentos, quiera someter la obra a otro análisis. E incluso a veces, si la copia es muy buena, puede pasar inadvertida la falsificación.

»Por eso tenéis que llevar mucho cuidado cuando os devuelvan esas obras. En algún punto de la cadena podría darse ese cambio.

—Y Novikov, casualmente, está por la zona —concluyó Lola, como hablando para sí misma.

—Como un buitre —añadió Greta.

—Y, casualmente, también está Chantal Fischer —dijo Monique, en voz baja.

—¿Qué pasa con ella, señora Heyni? ¿Qué sabe usted de Chantal Fischer?

Monique miró fijamente a la policía.

—¿Saber? Nada, inspectora.

—Pero sospecha usted algo.

—Cosas que se oyen…

Las tres mujeres estaban pendientes de sus palabras. Al cabo de un momento, cedió.

—Se dice que es una falsificadora de primera clase, que ha colocado obras suyas en los mejores museos del mundo y las mejores colecciones, con lo joven que es. Puede ser, y puede no ser.

—¿Y qué tenía que ver tu marido con todo esto? —preguntó Greta.

—No lo sé. Nunca se me habría ocurrido. Yo estaba convencida de que Marco era un hombre decente. Ahora ya… no lo sé, os lo juro, no lo sé.

En un instante, los sollozos empezaron a sacudirla, se tapó la cara con las manos y salió corriendo en dirección al lavabo.

Lola se puso en pie.

—Me voy a Elche. Si veis a Robles, decidle que, si puede, se pase por comisaría.

—Pero si hoy libras… —dijo Greta.

—Ya, pero, como veis, han surgido cosas, y hay que darse prisa.

Ya había dado unos pasos cuando se volvió de nuevo hacia ellas.

—Ah, si me busca Nel, decidle que nos vemos por la tarde. Luego le pondré un mensaje.

—¿Nel? —Candy miró a Greta—. ¿Cómo que Nel? —Sus ojos destellaban de curiosidad.

Sofía se había levantado temprano porque en agosto era la única forma de disfrutar un poco del frescor antes de que las temperaturas la obligaran a recluirse en su dormitorio o en su estudio hasta que pasara lo peor.

Con su muleta, y apoyada en el brazo de Marta, había dado un paseo hasta la iglesia, se había sentado un rato en uno de los bancos de piedra del pequeño cementerio y, desde allí, había estado mirando lo que quedaba del Pabellón B, tratando, con poco éxito, de recuperar algún recuerdo de infancia. Marta había ido a traerle una taza de té, mientras ella se quedaba allí, disfrutando de la sombra de la enorme tipuana que ahora ya, pasada su floración, era sobre todo una gran copa verde que la protegía de los primeros rayos del sol. Por fortuna también había pasado la época de las florecillas de las palmeras, cientos de florecillas diminutas, blancas y duras, que ponían perdida la piscina si no se cortaban a tiempo las largas vainas que las contenían.

La noche antes se había quedado pasmada con la ocurrencia de Sara y David al ponerle a su bebé el nombre de su padre, el doctor Mateo Rus. ¡Qué ignorancia de los datos históricos más básicos había demostrado la pareja! Incluso los que no conocían ciertos secretos de familia tenían necesariamente que haber oído que su padre había sido un hombre violento, un fascista y un asesino. Aunque, siendo sincera consigo misma, eso de disponer de la vida de otras personas era, al parecer, algo que en su familia no resultaba particularmente llamativo, desde la desgraciada muerte de la tía Amparo allá por mil ochocientos cincuenta y tantos.

Suspiró al recordar la historia y volvió a empujar los detalles hacia lo más hondo de sus recuerdos. Ahora no era momento de pensar en la tía Amparo.

En cuanto terminaran los policías y los especialistas, el Pabellón B sería remodelado íntegramente. La habitación donde habían aparecido los cuadros y la criatura sería el estudio de yoga de Nieves. Las dos o tres siguientes, si había suerte, se convertirían en la consulta de Nel; ya lo habían estado hablando. Al parecer, las cosas con Elisa no iban como a él le habría gustado y cabía la posibilidad de que volviera a Santa Rita definitivamente. El resto del pabellón, una vez arreglado, quedaría libre, quizá para una pequeña guardería. Aún no había perdido la esperanza de que los más jóvenes decidieran quedarse y tuvieran descendencia.

En cualquier caso, lo que nunca pensaba decirle a nadie era que justamente en aquel pabellón, una mañana de febrero de 1948, su padre, el doctor Mateo Rus, había perdido la vida de resultas de un martillazo propinado por una de sus pacientes después de haber sido sometida repetidamente a una terapia de *electroshock*, el tratamiento más moderno que existía en la época para tratar las depresiones resistentes a los fármacos y la esquizofrenia.

Eso era algo que, actualmente, solo sabía ella, ya que su madre había fallecido mucho tiempo atrás, igual que su hermana Eileen, que nunca llegó a saberlo. Todos los demás, Olvido, el ama de llaves del sanatorio, su marido Clemente, su hermano Braulio, las enfermeras de la época, los otros médicos, Alberto, el que fue su marido durante un par de años hasta que, después de la muerte de su suegro, decidió desaparecer…, todos habían muerto ya y ella era la única que sabía que su padre, el colérico director del sanatorio de Santa Rita, no había muerto de un ataque al corazón, como todo el mundo creía, sino de un modo tan violento como le correspondía a alguien que había sido cruel y violento con los demás. Una especie de justicia poética que en aquel momento supuso un alivio, para ella misma y sobre todo para su madre, y ahora ya no era más que un recuerdo desvaído que no le daba ni frío ni calor.

Seguía sopesando contárselo a Greta que, al fin y al cabo, era su única heredera, pero no sabía si le hacía un bien con ello. Se pasaba los días hurgando en los viejos papeles y parecía feliz de averiguar cosas de tiempos pasados, pero era demasiado ingenua para aceptar ciertas realidades. Aunque… bien pensado, podía empezar por esa información y, según cómo reaccionara, contarle otras cosas o no.

Llegó Marta con el termo y una de sus tazas favoritas. Estaba bueno, exactamente como a ella le gustaba. Se lo acabó en un par de sorbos quemantes y, volviendo a cogerse de su brazo, decidió hablar con su sobrina y, ya que estaba, pedirle que le trajera a la viuda del perito. El recuerdo de la muerte de su padre, de un martillazo en la cabeza, le había hecho pensar en las teorías de Miguel sobre el asesinato del suizo. Tenía curiosidad de ver por sí misma si tenía razón.

—Vamos a ver. —Lola se dirigía a su compañero, el subinspector Marino López, y a su excolega Robles. Se habían reunido en La Caña para comer algo y, de paso, aclarar algunos puntos de la investigación en curso. Como era fiesta y los dos policías en activo libraban, no había inconveniente ni en tomarse unas cervezas ni en charlar con Robles que, aunque ya estuviese jubilado, tenía mucha experiencia y siempre resultaba una buena pared contra la que rebotar las ideas y las teorías—. La señora Heyni me ha mandado la agenda de su marido de los últimos tres meses. La he cotejado con las informaciones que hemos sacado de Internet sobre los eventos a los que ha asistido el millonario ruso y parece que hay uno en el que estuvieron los dos, aunque no aparece en la agenda de Heyni como que tuvieran una cita. Fue en una subasta benéfica organizada por uno de esos clubs, como los Rotarios, en la sede de un banco de Ginebra. Y ahora viene lo bueno: fue justo al día siguiente de que saltara la noticia del hallazgo de los cuadros en Santa Rita. Si podemos probar que se entrevistaron...

—A ver, Lola, ¿me explicas por qué te ha dado por querer saber si se encontraron o no?

La inspectora se quedó mirando a Robles como si se hubiera vuelto tonto hasta que se dio cuenta de que él no podía saber lo que la había llevado a buscar por esos derroteros. Marino, que sí lo sabía, guardó silencio, esperando a que ella explicara, o no, sus procesos mentales.

—Te cuento. —Dio un largo trago a su cerveza y alzó la vista al cielo, como si allí estuviera escrito el orden de circunstancias—. Se rumorea que Chantal Fischer es una falsificadora de las buenas. Sabemos positivamente que Novikov está muy interesado en los cuadros de Santa Rita, sobre todo en el Kandinsky, aunque tampoco le haría ascos al Jawlensky. Lo sabemos porque ha sido el primero en hacerle una oferta a Sofía. La segunda tarde que pasó en Benalfaro, Heyni fue al yate de Novikov y, hace un par de días, la suiza también fue invitada a ir. Sabemos, gracias a ti, Robles, y a Nines, que Chantal Fischer tiene alquilada una casita en Altea donde quiere pasar una temporada pintando. Todo eso nos consta.

—¿Y adónde nos lleva?

—A eso voy. Como yo lo veo, cabe la posibilidad de lo siguiente: el día de esa subasta benéfica de la que os he hablado, en Ginebra, Heyni y Fischer le ofrecen a Novikov conseguirle el Kandinsky original, siempre que sea él quien se ocupe de dar el cambiazo a los cuadros, el original por la copia que les va a proporcionar la dulce Chantal. Se ponen de acuerdo y quedan en volver a verse aquí en cuanto sepan más de la situación. Heyni va a ver al ruso en su yate, pero va solo. Fischer empieza a temerse que Heyni se vaya a quedar con todo el dinero, cuando es ella la que va a hacer el trabajo principal. Ahora que ya conoce a Novikov y el plan está claro, Heyni no le sirve de nada. Espera en el pasillo del hotel a que él vuelva de Santa Rita, lo mata de un martillazo y se retira a su habitación, a fingir que no sabe nada. ¿Qué decís?

—Yo, lo mismo que te dije antes —intervino el subinspector—. Que no casa con el regalo y el anillo y el mensaje romántico. Ella tenía que saber que lo tenía loco. No había razón para que pensara mal de él.

—Ella no llegó a ver los regalos ni a leer el mensaje. Podía estar muy cabreada porque Heyni había ido a ver al ruso sin llevársela a ella y podía temer que fueran a engañarla entre los dos —insistió Lola.

—¿Sabemos si la suiza estuvo también en esa subasta? ¿Nos consta que ella y el profesor se entrevistaron con el ruso? —preguntó Robles.

—No —tuvo que conceder la inspectora—. Pero mañana voy a interrogar de nuevo a Fischer y, si podemos probar que estuvo allí, eso ya nos da una pista de cómo pudieron desarrollarse las cosas. Trataré también de conseguir las grabaciones de las cámaras de seguridad del lugar donde se hizo la subasta. Lo que está claro es que ahora no podemos dejar que Fischer se vaya.

—Pues con lo que hay de momento, no vas a conseguir que le prohíban marcharse.

—¿Y si pudiéramos probar que está fabricando un Kandinsky falso?

—Primero tendrías que conseguir que un juez te permita entrar en el chalé y ver qué tiene por allí. Luego…, bueno…, cualquiera tiene derecho a pintar al estilo de otro, o incluso copiar un cuadro concreto partiendo de una foto. No ibas a conseguir mucho.

—Pues te juro que ya no sé qué hacer. Sé que ha sido ella, pero no sé exactamente por qué, ni siquiera cómo.

—Fíjate, Miguel está convencido de que ha sido Monique —dijo Robles.

—¿Monique? ¿Por qué?

—Igual que tú. Porque sí.

—Yo tengo una hipótesis.

—Él también.

—A ver, cuenta.

Marino los miraba interesado, pero sin intervenir. Solo abría la boca para comer cacahuetes fritos.

—Según Miguel, Monique se ha preocupado de decirle a todo el mundo que su marido se la pegaba con unas y con otras, a pesar de que eso la deja en bastante mal lugar. Miguel dice que ella lo hace para que a nadie se le ocurra la idea de que lo ha matado ella misma. Si ha aguantado tantas infidelidades, ¿por qué esta iba a ser diferente? Esa sería la táctica de Monique. Sin embargo, nosotros sabemos que esta vez sí que era distinto, porque Heyni iba a tener un hijo con otra y pensaba casarse con ella.

—Pero eso Monique no lo sabía —zanjó Lola.

—Bueno…, ella te ha dicho que no lo sabía. No tenemos más que su palabra.

—Fischer no ha confesado estar embarazada. No tenemos más que el osito y el mensaje del muerto para pensar que lo está. Igual es mentira también.

—Si pudiéramos hacerle una prueba de embarazo y, ya de paso, de paternidad… —dijo Marino—. Pero ya os digo yo que no va a haber forma de que un juez nos lo autorice, teniendo lo que tenemos, que no es nada.

—Además —siguió Lola—, no podemos olvidar que Monique no estaba por la zona, mientras que Chantal estaba a unos metros de la víctima. Eso cuenta algo, ¿no creéis?

Robles apretó los labios y los frotó el uno contra el otro, como si masticara una respuesta.

—Vale, pongamos que se lo cargó Chantal. ¿Y qué hizo con el martillo? —acabó por preguntar.

—Ni siquiera estamos seguros de que fuera el arma del crimen. —Lola suspiró, pasándose la mano por el pelo—. El técnico dijo que echaba en falta un martillo, pero también pudo haberlo perdido en otro sitio. Más allá de «objeto contundente con una superficie de unos dos centímetros de diámetro», no tenemos seguridad de nada.

—A mí me suena mucho a martillo —dijo Marino.

—Insisto —repitió Robles—. Si se lo cargó Heidi, ¿qué

hizo con el martillo o lo que fuera el objeto contundente? No salió del hotel y apenas quince minutos después aquello estaba lleno de agentes. No puede haberlo escondido en ningún sitio porque se registró de inmediato su habitación, ¿o no?

—Claro.

—Y no encontraron nada.

—No. Pero pudo haberlo escondido en algún sitio donde no se nos ocurrió mirar y luego quitárselo de encima cuando pudo salir del hotel.

—Pudo, sí, pero no son más que especulaciones, Lola. Lo sabes perfectamente.

—Ya.

En ese momento les trajeron el arroz del *senyoret* que habían pedido y, durante un buen rato, cambiaron de tema en dirección culinaria.

—¿Y si lo liquidó uno de los hombres de Novikov? —preguntó Marino, después de haber apartado el plato vacío.

—¿Por qué? —preguntó Robles.

—Porque la forma de hacerlo me parece muy profesional. Ya ves que no ha dejado una puta pista, ni una sola.

—Yo preguntaba que por qué lo iban a querer matar.

—Pues porque, a lo mejor, ya no les servía de nada. Ya había autentificado las obras, ya los había puesto en contacto con la falsificadora y, cuanta menos gente supiera del asunto, tanto mejor. ¿No?

—Si en Ginebra Novikov pudo hablar con Chantal… —comenzó Lola—, podrían haberse puesto de acuerdo a espaldas de Heyni y él, ignorando la maniobra, aún estaba convencido de que Chantal estaba enamorada y se iba a casar con él. Lo primero que tenemos que ver es si podemos probar que estuvieron juntos allí y que tuvieron ocasión de entrevistarse. Si podemos asustarla con eso, igual nos dice algo.

—Esa mujer no se asusta por nada. Es un témpano de hielo —concluyó Marino.

—Pues yo creo que no le va a hacer ninguna gracia que le digamos que no puede irse todavía. Está deseando largarse.

Lola Galindo dejó un par de billetes en la mesa y se puso en pie.

—Os dejo. Nos vemos a la noche, Robles.

—Lola, no es por joder, pero hoy es fiesta en casi todos los países cristianos. No vas a encontrar a nadie trabajando, ni siquiera en Suiza.

Ella le lanzó una mirada divertida, con una pizca de coquetería que no le conocía.

—¿Quién te ha dicho que piense ponerme a trabajar?

Y, dejándolos a ambos bastante perplejos, se puso las gafas de sol y se marchó a pasos largos.

14

El jardín del estanque

Greta inclinó la cabeza a un lado, extrañada, y volvió a pasar la vista por los tres documentos que había encontrado en una caja llena de papeles supuestamente importantes. Al menos, importantes para quien los hubiese guardado allí mucho tiempo atrás. En buena y soñolienta compañía, un par de pasaportes reposaban junto a certificados de defunción, partidas de nacimiento y bautismo, un par de esquelas y unos cuantos recortes de periódicos locales y provinciales con noticias diversas que a primera vista no parecían particularmente interesantes, pero que a quien los hubiese guardado debían de decirle algo.

Los pasaportes estaban a nombre de su abuela Mercedes Montagut y su tía Sophia O'Rourke. En el de su abuela estaba también incluida su madre, Eileen, que, por aquella época, tenía ocho años. Habían sido expedidos en 1935. También había uno a nombre de Soledad Valls, la madre de Mercedes y, por tanto, su bisabuela.

Pero lo que le había llamado la atención era que la partida de nacimiento a nombre de su tía indicaba como fecha de nacimiento el 23 de abril, mientras que Greta estaba segura de que el cumpleaños de su tía era el 23 de mayo. No hacía ni tres meses que lo habían celebrado con una fiesta preciosa después de todos los líos derivados del accidente mortal de Moncho Riquelme. No es que tuviese ninguna importancia, pero le extrañaba y quería comentárselo a Sophie.

La otra cosa que había descubierto, también irrelevante, pero curiosa, era un pequeño artículo recortado de *La Voz de Benalfaro*, del 10 de agosto de 1923, en el que se comunicaba la terrible noticia de la muerte del joven Joaquín Rocamora, de la conocida familia de «los Rojos», ahogado durante un paseo en barca. Al parecer, se había levantado una tormenta cuando aún estaban en alta mar, había caído al agua y no había sido posible recuperar su cadáver. Eso no tenía mayor importancia, pero lo que le había parecido llamativo a Greta era que en el breve artículo se describía a Joaquín como «el prometido de la señorita Mercedes Montagut» y se expresaban condolencias a la familia del muchacho y a la de su propia abuela.

Ella no tenía ni idea de que su abuela hubiese estado prometida a nadie antes de casarse con su abuelo Matthew O'Rourke, que luego se convertiría en Mateo Rus.

Leyó el breve artículo con más atención, pero no había mucho más que sacar de él. No se decía quiénes iban en el velero, aunque había un plural que indicaba con claridad que no debía de haber salido solo a navegar, y en resumidas cuentas no se informaba más que de su probable muerte, ya que el cadáver aún no había sido recuperado en el momento de publicar el artículo.

Le preguntaría a Sophie a ver si recordaba algo.

El certificado de defunción era de su abuelo Mateo, de 1948, y daba como causa de muerte «traumatismo cráneoencefálico». Volvió a leerlo con calma. Ella siempre había creído que había muerto de un fulminante ataque al corazón y ahora resultaba que se había roto la cabeza. ¿Habría tenido un accidente? Otra cosa más que preguntarle a su tía. No podía escribir una historia de la familia cuando le faltaban piezas de esa relevancia.

Era curioso cómo, en cuanto pasaban cincuenta o sesenta años, ya nadie recordaba con claridad cómo habían sido las cosas que en una época fueron fundamentales. O bien se habían olvidado, o bien se habían ido complicando, retorciendo, de manera que lo que quedaba y pasaba por cierto no casaba con los documentos que se conservaban.

Aquellos tres papeles que había apartado daban una información que se contradecía con lo que siempre había creído saber. La fecha de nacimiento de su tía era falsa, la causa de la muerte del abuelo no era la que siempre le habían contado, la abuela había estado prometida a otro hombre antes de enamorarse y casarse con el abuelo. ¿O se casó con él no porque se habían enamorado locamente, sino porque de pronto se había visto compuesta y sin novio a una edad a la que ya no podía permitirse perder tiempo y lo del loco enamoramiento con el joven doctor inglés había sido solo una creación *a posteriori* para justificar su decisión?

La verdad era que siempre le había extrañado que su abuela Mercedes se hubiese casado con un hombre violento que cada vez fue volviéndose más agresivo con la edad. Aunque, claro, esas cosas solo se descubren después, cuando ya es tarde para volverse atrás.

Decidió preguntarle a su tía después de la siesta, cuando bajara un poco el calor y se encontrara más fuerte. Le propondría dar un paseo hasta el bosquecillo de mimosas, a visitar el busto de Talía y, allí donde la brisa era más fresca, le haría las preguntas sobre el pasado que quizá no fueran bienvenidas.

Pero de momento había algo que podía hacer ya. Bajó a la cocina a buscar a Trini y, como esperaba, la encontró preparando la comida de mediodía, pero aún sola. Sabía que le gustaba empezar ella primero y después, poco a poco, ir delegando en los que iban llegando cualquier faena menor que hubiese que realizar: picar cebolla, pelar patatas y tareas de ese estilo. Si ella ahora se ofrecía a pelar lo que fuera, tendría una magnífica ocasión de enterarse de ciertas cosas del pueblo. Trini no era ni de lejos tan vieja como Sophie, pero tampoco había nacido ayer y no se había movido de Benalfaro en toda su existencia, de modo que conocía literalmente a todo el mundo.

Antes de poder decir nada, se encontró con un cuenco enorme de pepinos y pimientos que había que ir cortando en cuadritos para servir como guarnición del gazpacho andaluz que estaba preparando Trini.

—Hazlos pequeños, que quedan más bonitos —la instruyó.

—Trini, ¿te suena una familia a la que hace años llamaban «los Rojos»?

—Claro. Los siguen llamando así. Vamos, quiero decir que han vuelto a llamarlos así —se rio de sus propias palabras—. Cuando la guerra, como te puedes imaginar, y sobre todo después, eso de que a uno lo llamaran «Rojo» no era mucho plan. Podía costarte la vida. Y mira que a ellos los llamaban así porque había muchos pelirrojos en la familia, no por cosas políticas; pero ya sabes… Así que empezaron a llamarlos «Coloraos» y luego ya, poco a poco, volvieron a ser «los Rojos». Son una familia muy bien, de las de toda la vida, ricos, pero de los de antes.

—¿Qué quieres decir?

—Mujer, pues que son ricos de tierras, de huertas, no nuevos ricos de esos de la construcción o de fábricas de calzado y cosas así. Me acuerdo de que mi madre, que en Gloria esté, decía poco antes de morir que los ricos de antes solo se diferenciaban de los pobres en que tenían servicio y muchas arcas con ropa blanca, pero que, por lo demás, no tenían tantas tonterías como los de ahora. Los Rojos eran de esos, muy sólidos, muy normales.

—¿Sabes si mi abuela tuvo un novio de esa familia?

—Sí, claro. El pobre Joaquín. Era de la quinta de mi padre. Se ahogó, pobre muchacho. Salieron a dar una vuelta en el velero que acababa de comprarse tu abuelo, un golpe de mar lo tiró al agua y no consiguieron recuperarlo.

—¿Qué tiene que ver mi abuelo en todo eso?

—Ay, chica, no me acuerdo bien. Hace mucho de eso. Yo no había nacido. Corta los pedazos más pequeños. Pues creo que tu abuelo había venido a trabajar aquí hacía poco, se compró un barquito para salir a dar paseos por la costa, siempre fue muy aficionado a navegar. Los dos muchachos se hicieron amigos y un día que salieron a la mar pasó el accidente. Más tarde el médico se declaró a tu abuela y se casaron.

—¿Y yo por qué no sabía todo eso?

Trini se encogió de hombros.

—Ni idea. Tampoco es que tú vieras mucho a tu abuela, ni a tu tía, ¿no?

—Pero podría habérmelo contado mi madre.

—A tu madre todo esto de aquí nunca le hizo mucha ilusión. Ya ves que se casó, se marchó y prácticamente no volvió nunca más. Además, en aquella época a nadie le gustaba que se supiera que una muchacha había tenido ya otro novio. No quedaba bien, así que lo mejor era no nombrarlo. Se decía que «una mujer para un hombre, y ya está». Nada de probar con varios a ver quién te gustaba más, ni mucho menos de separarse una vez casados. Si te había salido mal, te chinchabas. Al fin y al cabo era lo que le pasaba a casi todo el mundo. Por eso las mujeres se reunían los domingos por la tarde a jugar a la brisca o al parchís y a hablar mal de sus maridos. Eso animaba bastante.

—¿El qué?

—Saber que también le pasaba a otras, que no eras la única. Las había que lo hablaban con el cura, pero no ayudaba mucho. Eso de «resignación cristiana, hija mía» y «en el otro mundo ya no hay matrimonio» era fiarlo muy largo y no servía para nada. Era mejor jugar a la brisca y tomarse unas mistelas. —Se echó a reír, seguramente recordando algo que no puso en palabras.

—¿A tu madre también le pasaba?

—Mi padre era pescador y a veces estaba semanas por ahí.

Paraba poco en casa y no tenían ocasión de pelearse. Cuando no estaba, mandaba ella. Cuando venía él, de repente había que hacer lo que él decía, pero todos sabíamos que no estaría mucho tiempo y luego podíamos seguir como siempre. ¿Cómo se te ha ocurrido lo de los Rojos?

—Porque he encontrado un recorte de periódico y la esquela de Joaquín Rocamora. Supongo que, si había sido novio suyo, la guardaría mi abuela Mercedes.

—Sí, me figuro. Ella siempre tuvo relación con la familia de los Rojos. Su mejor amiga era Solita, la hermana de Joaquín, la que habría sido su cuñada. Cuando tu abuela se fue a vivir a Alicante perdieron un poco la relación, pero mientras vivió aquí se veían mucho, aunque a tu abuelo Mateo no le hacía gracia.

—¿Por qué no?

—Por lo del qué dirán. Ella ya no tenía por qué relacionarse con esa familia que, además, según él, no eran más que destripaterrones. Tu abuela era la esposa de un médico inglés que había estudiado en París y la hija del director del sanatorio. Esas tonterías que pasan en los pueblos, ya sabes. En fin, niña, vamos a dejar el palique, que hay mucho trabajo. ¡Ascen! ¡Menos mal que apareces! Ya tengo el pollo al horno, pero hay mil cosas que hacer. Gracias, hija —terminó, quitándole de las manos el cuenco lleno de trocitos de pepino y pimientos.

Greta se marchó a ponerse el bañador, dándole vueltas a lo que acababa de oír.

—¡No os podéis imaginar el lujo, chavales! El tío debe de estar *forrao*. Cinco cubiertas, tripulación y servicio a espuertas, una piscina dentro del yate, helipuerto… Vamos, de todo. Y eso que no nos lo ha enseñado, claro. Es solo lo que hemos podido ver al pasar. —Nada más empezar la reunión, Marino había empezado a hacerles un resumen a los compañeros de la visita que él y Lola le habían hecho a Novikov para preguntarle sobre la subasta benéfica que se había celebrado en Suiza al día siguiente de conocerse la noticia de la aparición de los cuadros de Santa Rita—. Y un par de tías tomando el sol… ¡la hostia! De película, no digo más.

—Deja de decir machistadas, Marino —cortó Lola, ya molesta.

—Pues no veo por qué puedo decirles que el yate tiene helipuerto y no puedo decirles que había dos tías buenísimas tomando el sol. Son hechos objetivos.

—Que no le importan a nadie y no nos llevan a ninguna parte, ni lo uno ni lo otro.

—¿Habéis sacado algo en limpio? —preguntó Morales, un subinspector joven con aspiraciones, al que tampoco le gustaban las tonterías en una reunión.

—No, claro. El tío se acordaba de haber estado en la subasta. No se acordaba de si se había encontrado con Heyni; es decir, se acordaba de haberlo visto en algún momento, pero no nos ha sabido decir cuándo exactamente. Nos ha dicho que lo invitó a su yate una tarde para que le hablara de los cuadros que estaba examinando y que, ya después de su muerte, había invitado a cenar a Chantal Fischer para darle sus condolencias y ofrecerle su ayuda si fuera necesaria —resumió Marino, mientras Lola cabeceaba su asentimiento.

—Por supuesto, tampoco se acordaba de si Fischer había estado con Heyni cuando se vieron antes de venir a España. ¡El hombre lleva una vida tan social…! ¿Cómo va a acordarse de una minucia así? —ironizó la inspectora.

—Entonces, ¿creéis que miente? —preguntó otro de los compañeros.

—Pues claro que miente, o al menos no tiene ningún interés en ayudarnos, pero, como ni lo podemos probar, ni es nada de tanta importancia, no tenemos más remedio que darnos por satisfechos. Si nos mandan las grabaciones de Ginebra, podemos tratar de asegurarnos, pero, aunque veamos con nuestros propios ojos que estuvieron juntos charlando en la puñetera subasta en cuestión, no sabemos de qué y no tenemos manera de probar que estaban planeando una estafa y un robo. ¿Sabemos algo del asunto del tal Vasili, el gorila de Novikov? ¿Le han enseñado su foto a todo el mundo? —preguntó Lola para acabar.

—Sí —contestó una agente joven de uniforme—. Se la hemos enseñado a todo quisque, pero como el tipo ese lleva años por la zona, a casi todo el mundo le suena y no recuerdan con precisión cuándo y dónde lo han visto. Algunos incluso sabían cómo se llama. «¡Anda, el Vasili! ¿Qué ha hecho ahora?», nos dijeron unos cuantos. Y dos o tres se acordaban de haberlo visto en la barra del Miramar, pero no sabían cuándo.

—O sea, que estamos como estábamos. Nadie sabe si la tarde de la muerte de Heyni el menda este andaba por el Miramar.

Todos negaron con la cabeza.

—¿Nadie tiene nada que aportar?

Volvieron a negar.

—Venga, pues cada uno a sus cosas. Voy a ver al jefe, a decirle que no hay nada, y lo mismo no nos queda otra que cerrar el caso hasta que encontremos algo más.

A Lola le fastidiaba profundamente que la suiza se fuera de rositas, pero no veía ninguna posibilidad, ningún otro hilo del que tirar. Había vuelto a interrogarla, tratando de asustarla un poco, sin ningún éxito. Es decir, sí había conseguido asustarla; se notaba en la forma en que apretaba los puños hasta que los nudillos blanqueaban, en las gotitas de sudor que se le formaban en las sienes y en el labio superior, a pesar de la refrigeración de la comisaría, pero no se había asustado hasta el punto de querer confesar. Lola había empezado incluso a creer que el miedo que obviamente sentía la suiza no tenía tanto que ver con la policía como con otro tipo de situación o de amenaza de la que no había querido hablarle.

¿Novikov? ¿Podía ser que Novikov la estuviera presionando? ¿Era posible que el ruso le hubiera dicho que igual que había mandado matar a Heyni podía mandarla matar a ella si no le entregaba una excelente copia del Kandinsky? Especulaciones. Novelerías. No había nada a lo que poder agarrarse.

Sobre la subasta benéfica, al principio había dicho que no sabía nada, que no tenía ni idea de qué le estaba hablando. Luego, al cabo de mucho tira y afloja, y después de haber visto su nombre —Mme. Chantal Fischer— en la lista de invitados que Lola le había puesto delante de las narices, Fischer había acabado por conceder que sí que había asistido, pero que no había tenido nada que ver con el ruso y que ni siquiera se había acercado a Heyni, a pesar de que ya llevaban un par de semanas «viéndose», pero que ella había preferido que no los vieran juntos porque la esposa de Marco también estaba invitada.

Ahora tendría que volver a preguntarle a Monique, más que nada para quedarse tranquila de haber hecho todo lo posible, aunque no fuera a servirle de mucho. A veces había que resignarse a perder, sin más. Si el comisario estaba de acuerdo, lo dejarían por el momento. No era el único caso abierto, aunque era el más vistoso, y la prensa, que en pleno agosto no tenía apenas noticias de peso, no dejaba de fastidiar insinuando extrañas conspiraciones sin ningún fundamento.

Cuando volviera a Santa Rita hablaría un momento con Monique para ver si recordaba algo de la subasta benéfica, se daría una buena ducha y luego se acercaría a Benidorm.

Fue al baño, sacó el móvil, abrió el WhatsApp y, con un punto de vergüenza y aunque se sabía de memoria el mensaje, volvió a leerlo mientras apretaba firmemente los labios con los dientes para que no se le escapara la sonrisa.

Te debo una cena, pero no tengo coche para acercarme a Benalfaro. ¿Vienes tú a Benidorm? Estoy libre después de las ocho y he descubierto un sitio que podría gustarte.

Se guardó el móvil en el bolsillo, se lavó las manos y, aprovechando que estaba sola, sonrió frente al espejo. Ya había contestado que sí.

«Joder, Lola —se dijo—. Eres una asaltacunas.»

«Solo es una cena —se corrigió—. Para cenar, la edad no tiene ninguna importancia. Y solo vamos a cenar.»

Se pasó las manos por el pelo, volvió a recogérselo en una cola y salió del baño, ya de nuevo seria.

Sofía había cenado temprano y ligero, como tenía por costumbre, y ahora estaba instalada en una mecedora que Paco le había traído al jardín del estanque, donde, con los ojos cerrados, podía oír el suave chapoteo del agua y, si los abría, disfrutaba de las evoluciones de los peces de colores moviéndose entre los tallos de los nenúfares y los nelumbos. Le hacía gracia que se llamaran «peces de colores» cuando casi todos tenían los mismos: rojo, anaranjado, amarillento, rojo de otro tono y alguna mancha blanca, pero en algún lejano pasado alguien debió de llamarlos así para marcar la enorme diferencia con los peces vulgares —grises, oscuros, o, como mucho, plateados— que llenaban las pescaderías.

Al cabo de un momento, oyó las voces que esperaba y cerró los ojos a propósito.

—No quiero molestar —oyó—. Si tu tía se ha quedado dormida…

—Ella es la que quería hablar contigo, y, además, no está dormida. ¿Verdad que no duermes, *aunt* Sophie? —terminó en inglés.

—¡Qué bien me conoces, niña! Gracias por venir, Monique. Siéntese aquí, en el banquito. Gracias por traerla, hija. Ella me acompañará de vuelta a la casa.

Greta sonrió para sí misma, aunque también estaba un poco contrariada de que la hubiese echado con tanta naturalidad.

¡Qué formas más elegantes tenía Sophie cuando le interesaba! ¡Qué forma tan *chic* de decirle que estaba de más y que quería quedarse a solas con la viuda de Heyni! Se encogió mentalmente de hombros y se dio la vuelta, notando la incomodidad de Monique. Estaba claro que no le apetecía nada quedarse a solas con aquella anciana desconocida.

—Dígame, ¿está usted a gusto aquí, a pesar de las circunstancias? —empezó Sofía en cuanto Greta estuvo fuera de su vista.

—Sí, doña Sofía, muy a gusto y muy agradecida por su hospitalidad. Espero no ser ninguna molestia.

—Esto es grande. Aquí hay que empeñarse mucho para molestar.

Ambas rieron, aunque la risa de Monique fue un poco forzada.

—¿Siente usted mucha rabia?

La pregunta fue tan inesperada y tan poco conveniente que le cortó la respiración.

—¿Rabia? —Repetir fue lo único que se le ocurrió.

—Sí. Rabia por tener que cambiar de forma de vida, por no haber podido evitar que las cosas se desarrollaran de este modo, por haber tenido que enterarse de lo que hacía su marido a sus espaldas… Creo que, si me pasara a mí, es lo que yo sentiría: rabia. Furia, si le gusta más la palabra.

Monique se quedó mirando a Sofía sin saber cómo salir de la situación. La anciana continuó.

—Mire, hija, soy escritora. Llevo tantos años siéndolo que me creo capaz de ponerme en la piel de todo el mundo. De hecho, desde que ya no puedo moverme como quisiera, dedico mucho de mi tiempo a imaginar los sentimientos de las personas que conozco, tratando de adivinar cómo se sienten. En general acierto, pero a veces me equivoco, claro, y solo sé que me he equivocado después de preguntar a la persona en cuestión. Por eso le he preguntado ahora. Y por eso no quería que mi sobrina estuviera presente. Esto no es asunto de nadie más, ¿no le parece?

Monique inspiró hondo, desvió la vista a las profundidades del estanque, a los pececillos que se escondían entre los tallos verdes, y volvió a soltar el aire despacio, por la nariz, mientras Sofía volvía a cerrar los ojos.

—Sí —dijo por fin—. Rabia es una buena palabra. Estoy furiosa muchas veces por lo innecesario de todo esto. Estábamos bien, ¿sabe? Realmente bien. Habíamos hecho un viaje a Francia hacía poco. Íbamos a inaugurar una exposición estupenda en octubre. ¿Qué necesidad había de todo esto?

—Los hombres, muchas veces, no aprecian lo que tienen. Piensan que todo es evidente, que pueden aspirar a más y lo quieren todo, lo que ya tenían y lo que podrían tener. Además. No en lugar de, sino… además. —Hizo una pausa, como si recordara algo lejano—. Pero no todos conocen de verdad a la mujer que comparte su vida, por muchos años que lleven juntos, y a veces se equivocan.

—¿Qué quiere usted decir? —Monique acababa de sentir la punzada del miedo, como si sus pensamientos fueran transparentes y aquella anciana los estuviera leyendo sin dificultad.

—Que a veces las mujeres no estamos dispuestas a seguir siendo cariñosas y sumisas, que a veces la rabia nos lleva a tomar decisiones… digamos… drásticas. Lo importante, claro está, es sopesar nuestra intervención y ver si realmente nos conviene. Hay veces que la desesperación nos lleva a actuar sin haber pensado lo suficiente, o la rabia…, pero en otras ocasiones es más bien el sentido de la justicia el que nos mueve. Si la inteligencia colabora, entonces hay posibilidades.

Monique miraba a Sofía transfigurada. Si no se estaba volviendo loca, aquella vieja escritora le estaba diciendo que sabía lo que había hecho, que la comprendía y que pensaba que era más que posible que todo saliera bien. ¿Qué pretendía? ¿Que confesara? ¿Que le pidiera ayuda o consejo? Sacudió la cabeza en una negativa estúpida, ya que nadie le había preguntado nada.

—No entiendo qué quiere decirme, doña Sofía —dijo por fin.

—Nada, *my dear*, absolutamente nada. —Sus ojos, tan azules que parecían pintados en su rostro y, por ello, aún más inquietantes, la miraban fijamente—. Solo que, una vez llegadas a esta situación, hay que procurar sacarle el jugo a lo que queda. Has perdido a tu esposo y a partir de ahora tendrás que seguir sola, pero eres fuerte, se te nota. —Sofía había pasado a tutearla como si fuera parte de la familia—. Piensa si habría más que sacar de las circunstancias y roe el hueso que te ha tocado.

Callaron durante un momento mientras, a su alrededor, la tarde se iba volviendo violeta. El enorme rosal trepador que cubría una pequeña pérgola al fondo, donde las frondas se perdían en la penumbra, empezó a brillar como con luz propia desde cada una de sus flores blancas que recogían la última luz y la reflejaban.

—Oye bien lo que te digo. Quizá aún puedas empezar una nueva vida, Monique, una vida realmente nueva. Esa es la palabra clave en estos momentos: la vida. Recuérdalo. ¿Me haces el favor de acompañarme a la casa?

Monique, aún perpleja, se levantó y le ofreció el brazo. No sabía qué había querido decirle Sofía, no acababa de entender lo que habían hablado, aunque tenía la sensación de que había un mensaje muy directo que ella no había logrado captar; un mensaje que estaba ahí, a su alcance, pero que aún se le escapaba. Sentía que solo se trataba de pensarlo bien, darle un par de vueltas más para comprenderlo e interiorizarlo, y luego actuar de un modo concreto que, de momento, no era capaz de imaginar.

Aquella mujer era extraña, como sacada de una de sus novelas. Había algo realmente inquietante en su manera de formular, en las miradas que le dirigía. Como si supiera, como si aprobara.

Como si no fuera la primera vez que hubiese estado hablando con una asesina.

Camino a Benidorm, sintiéndose un poco idiota y un poco feliz a partes desiguales, Lola repasaba la brevísima conversación que había mantenido con Monique hacía apenas unos minutos. La había buscado por la casa para preguntarle lo del asunto de la subasta de Ginebra y, al no encontrarla, había ido a arreglarse y ya había decidido dejarlo para el día siguiente cuando, ya lista para coger el coche, la vio venir desde el jardín, dando el brazo a Sofía.

La mujer estaba rara, un poco pálida, y la miraba como si su mente no estuviese del todo en la conversación. Marta bajó para acompañar a Sofía a su cuarto y se quedaron solas durante unos minutos, lo justo para preguntarle si había visto a Novikov en la subasta de Ginebra y si, aún más importante, había visto a su marido hablando con él y a Chantal Fischer, o a los dos.

Monique empezó a negar con la cabeza y se notaba que estaba haciendo un esfuerzo para enfocar la vista sobre ella, como si su interés estuviera en otra parte y no consiguiera centrarse en la pregunta.

—No, no, inspectora, yo... no estuve en esa subasta.

—Pero está usted en la lista de invitados.

—Sí, claro, es lo habitual, pero no fui. No me interesaba mucho y Marco fue solo, así que no tengo nada que contarle. Lo siento.

—¿Le pasa algo, Monique?

—No. Sí. Me encuentro un poco mareada. Creo que voy a ir a tumbarme un rato. El calor...

—¿Se quedó allí a pasar la noche? —preguntó al vuelo, antes de que se retirara—. ¿En Ginebra, el profesor? —precisó, al darse cuenta de que Monique no acababa de comprender la pregunta.

—Ah..., ahora que lo menciona..., creo que sí. Claro. Son

casi trescientos kilómetros y a Marco no le gusta… gustaba conducir de noche.

—¿Sabe en qué hotel solía quedarse?

—Normalmente en el Hotel du Lac, pero solía hacer yo la reserva y esta vez no me suena. Perdone, de verdad que no me encuentro bien. ¿Le importa que sigamos mañana?

—Claro, no se preocupe. No es grave. Descanse.

Le había resultado un poco raro verla tan afectada, pero podía ser que algo le hubiese sentado mal, y era cierto que el calor había sido muy fuerte a lo largo del día. Por eso ella, contra sus costumbres, había prescindido de sus pantalones habituales y había elegido un vestido ligero que no se le había pasado por alto a Sofía.

—¡Qué guapa estás, hija! —le había dicho—. Da gusto verte vestida así de vez en cuando.

Por un momento había temido que le preguntara adónde iba y con quién, pero Sofía, que a veces podía ser tremendamente inquisitiva, tenía un fino sentido para saber cuándo decir qué y debió de notar que, delante de la señora Heyni, no era conveniente hacerle preguntas personales.

«En fin —pensó—, ahora todo eso no importa. La noche acaba de empezar.»

Monique Heyni subió las escaleras hasta su cuarto sin cruzarse con nadie, perdida en sus pensamientos. Además de la extraña conversación con doña Sofía, las preguntas de la inspectora le habían revuelto el estómago y la mente.

Se acordaba perfectamente del día de la subasta; en eso había mentido. Recordaba con toda claridad que Marco le había dicho que no valía la pena que lo acompañara, que iba a ser el típico evento aburrido donde uno se pasa un par de horas saludando a los de siempre y hablando de estupideces, que él tenía que dejarse ver, pero que ella podía ahorrárselo, menuda suerte. De modo que había ido él y ella se había quedado en casa.

Ahora empezaba a recordar que él no había querido que le reservase un hotel. «¿Para qué? Tenemos el piso de Ginebra a nuestra disposición. Así me paso por allí y me aseguro de que esté todo bien. Mañana, a media tarde como mucho, estoy de vuelta.»

Y ella no había sospechado nada, como una imbécil. Un par de meses antes, cuando había vencido el contrato de la inquilina que habían tenido cinco años en el piso, Marco le había dicho que, si no se lo renovaban, podían aprovechar para hacer las pequeñas reformas que pensaban hacer y más tarde alquilarlo de nuevo a mejor precio. Ella había estado de acuerdo. Siempre le habían gustado las obras y la decoración, y ya tenía planes para modernizar el baño y la cocina.

Ahora se daba cuenta de que Marco, que ya se había liado con Chantal y sabía que iba a ser padre, debía de haber estado pensando en que el piso de Ginebra estuviese libre para poder ofrecérselo a ella, como había hecho el día de la discusión final, y así quedarse el chalé para vivir con la nueva y con el niño.

Lo tenía todo calculado, el muy cerdo, y ella no había notado nada. ¿De verdad había podido ser tan imbécil? Incluso, estirando las cosas, podía imaginarse que el viaje a Francia, al valle del Loira, había sido una forma de tenerla contenta y evitar que sospechase hasta que todo estuviera arreglado.

Sintió una fuerte arcada y tuvo que ir corriendo al baño, pero hacía tanto de la comida de mediodía que solo vomitó una bilis muy amarilla y muy amarga. Mientras se lavaba la cara oyó el gong de la cena, pero decidió ignorarlo. No tenía el estómago para comida mediterránea.

Salió al balconcito, a respirar la brisa nocturna, a intentar tranquilizarse con el horizonte de palmeras, el perfume del jazmín y el chapoteo lejano de las fuentes. La vida. Lo que le había dicho doña Sofía que tenía que hacer.

Ella estaba viva y Marco estaba muerto, metido en un cajón refrigerado esperando el momento de pudrirse como se merecía. Decidió incinerarlo lo antes posible y llevárselo a Suiza ya convertido en cenizas. O incluso esparcirlas allí mismo, en la playa de Benalfaro, donde él había elegido estar, donde le había prometido amor eterno a aquella zorra. Dejarlo allí para que nunca volviera a casa.

Aunque no. Quizá aquello fuera excesivo. Una vez muerto… ¿qué más daba? ¿Qué más se le podía hacer para castigarlo? Lo que de verdad le habría gustado sería que se hubiese dado cuenta de las consecuencias de su elección, pero para eso ya era tarde.

Decidió bajar de nuevo al jardín, dar una vuelta aprovechando que todo el mundo estaría en el comedor, tumbarse un rato junto a la piscina, tranquilizar sus sentimientos y empezar a hacer planes para su regreso a casa. Al fin y al cabo, después de la incineración, también podía viajar en tren hasta Suiza, no tenía por qué esperar a que los controladores aéreos decidiesen volver al trabajo.

Yuri Novikov apuró su vodka helado y arrojó el vaso por encima de la borda en dirección a la costa de Benalfaro, cuyas luces se perdían ya en el horizonte nocturno.

Después de la visita de la policía, y aunque sabía que no tenían absolutamente nada que hacer, había decidido marcharse de la zona. A la falsificadora la había asustado ya lo necesario —¡qué estúpida había sido creyéndose la mentira que le había contado! ¡Qué poca confianza había mostrado en su propia pareja al tragarse que Heyni había recibido un adelanto y se lo había ocultado a ella!— y no era necesario insistir.

Esa misma mañana habría recibido una tarjeta suya en la casita que tenía alquilada en Altea y, con esa despedida y la conciencia de que estaba vigilada y por eso conocían su dirección, sería bastante para tenerla a sus pies si llegaba a necesitarla.

De todas formas, la mejor solución sería que Sophia Walker,

la escritora propietaria del Kandinsky, se lo vendiera legalmente, y para eso no necesitaba a la pequeña Chantal. Lo único que necesitaba era un poco de paciencia. El dinero no era problema. Nunca lo había sido.

—Así que ahora las cosas se están centrando en la asistente del *dandy* y en una posible trama de falsificaciones y robo de obras de arte —resumió Miguel, después de haber oído lo que Robles le había estado contando.

—No me negarás que tiene su lógica.

—La tiene, efectivamente. Sofía también lo ve así.

—¿Sofía?

—Le conté mi hipótesis sobre Monique hace un par de días y ahora, antes de retirarse, me ha dicho que ha hablado con ella y, en su opinión, la viuda está limpia.

—Ajá.

—Ya sabes que yo me fío mucho del instinto de Sofía, y ahora que me acabas de contar lo del ruso, las cosas ya se ven de otra manera. A mí lo que no me encajaba era la manera de matar al suizo. No me parecía algo que pudiera hacer ni su mujer, que de todas formas ni siquiera estaba por la zona, ni su amante, que no tenía nada que ganar y estaba esperando un hijo suyo. Me sonaba a asesino, a hombre, a alguien que no tiene escrúpulos, que está habituado a hacer ese tipo de cosas. Ahora que han entrado el ruso y sus gorilas en la ecuación, la cosa pinta mucho mejor.

Los dos amigos se habían instalado junto a la piscina en un sofá balancín después de la cena, cada uno con un *gin-tonic* en la mano, y habían estado repasando de nuevo el caso. Merche, temiéndose que la conversación volviera a girar sobre el famoso asesinato, había preferido quedarse en otro grupo en la terraza donde estaban haciendo planes para un viajecillo a Andalucía a mediados de septiembre.

—Lo que pasa —continuó Robles— es que todo son especulaciones. No va a haber forma de probarle nada a nadie, y mucho menos al millonario. Lo único que podemos hacer es tener los ojos muy abiertos para que nadie le ponga la mano encima a los cuadros hasta que Sofía decida qué quiere hacer con ellos. Me temo que el suizo ha muerto en vano y que nunca conseguiremos saber quién lo hizo. Con saber por qué, y eso creo que ya lo sabemos, podemos darnos con un canto en los dientes.

—Menos da una piedra..., sí, pero ¿lo sabemos?

—Suponemos que, una vez establecida la conexión con la falsificadora, Heyni sobraba. Quizá, con eso de que iba a ser papá, se le había ocurrido sacarle más dinero al ruso. No sé..., quizá chantajeándolo con algún asunto de otra vez que hubiesen trabajado juntos, y el millonario decidió quitárselo de encima.

—Más cosas que, por sensatas que suenen, no se pueden probar —dijo Miguel con resignación.

—Bueno..., parece que están esperando a que la policía de Ginebra les envíe las imágenes de las cámaras de seguridad del banco donde se hizo la subasta benéfica, que es donde se supone que entraron en contacto Heyni y su «asistente» con el millonario ruso. Al menos ahí se verá que la dulce Heidi tenía tratos con alguien que se sabe que está muy relacionado con el asunto de copias falsas, transacciones fraudulentas y robo de obras de arte. Ella dice que estuvo en la subasta, pero que no vio al ruso y ni siquiera se acercó a Heyni.

—Es lo que diría yo, claro. Si no se puede probar..., no tenemos más que su palabra.

Callaron durante unos momentos, saboreando sus bebidas.

—Me extraña que Monique no haya bajado a cenar —cambió de tema Robles—. ¿Estará mala?

—Debe de estar agotada, la pobre. Entre la muerte de su marido, la policía y el tener que vivir aquí...

—Hombre, Santa Rita tampoco es mal sitio —interrumpió Robles, un poco ofendido.

—Es muy buen sitio cuando lo has elegido tú, y la gente piensa como tú y habla tu idioma. Para ella todo es nuevo, y raro, y supone un esfuerzo estar hablando una lengua que, aunque fuera la de su madre, no es la suya. Además de que sabe que, para algunos, ella es una sospechosa. No debe de ser fácil. Si yo fuera ella, estaría deseando largarme. Una situación así tiene que cansar muchísimo.

Aún estuvieron un buen rato charlando, Robles, siguiendo el camino de la luna en el cielo y las estelas de los aviones, Miguel, disfrutando del ruido del motor en el aire, el tintineo del hielo en el vaso y el ligero sabor del hibisco en su copa, hasta que decidieron volver a la terraza a reunirse con los que estuvieran allí.

Al levantarse, Robles se dio cuenta de que Monique se había quedado dormida en el otro sofá balancín, apenas a unos metros de donde habían estado ellos. Dudó un instante si despertarla o no. Al final fue a la pérgola, donde había un par de cestas con toallas, cogió un pareo y se lo echó por encima a la mujer. Ni siquiera se movió. Tenía razón Miguel; debía de estar agotada.

A punto de acabar su turno —esta vez, por suerte, el que terminaba a las diez de la noche y no a las tres de la madrugada— Nines, aprovechando que había ido al baño y estaba un momento sola, se encendió un cigarrillo en la parte de atrás del chiringuito y volvió a pensar en lo que llevaba todo el día repasando.

A la hora del aperitivo la pintora suiza se había acercado a tomar un Aperol y habían hablado un poco de tonterías hasta que la muchacha le había preguntado, como sin darle importancia, pero después de pasarse la lengua varias veces por los labios, si ella conocía una clínica ginecológica por la zona.

No era que la cosa tuviese demasiada importancia, había pensado al principio; podía ser que hubiera pillado una infección vaginal y no supiera a quién acudir, pero estaba claro que no se había quedado satisfecha con la información de que podía ir a Urgencias y allí la atenderían estupendamente. Cuanto más lo pensaba, por su reacción, cada vez tenía más claro que la suiza buscaba otra cosa, que no se trataba de una cándida o una gonorrea.

¿Estaría preñada?

Llevaba todo el día dándole vueltas a la posibilidad de pasarse por su casa cuando acabase el turno y decirle que sabía que tenía un problema y que suponía que no había querido explicarlo mejor porque había mucha gente delante. Igual la echaba a la calle pero, por probar… Era una buena excusa que le valdría para ver de frente los caballetes y los cuadros que solo había visto por detrás cuando entró en su jardín y que, al parecer, Robles consideraba interesantes, aunque la había puesto de vuelta y media por haber entrado sin permiso en casa ajena.

«Pero ¿tú eres gilipollas, Nines? —le había casi gritado por teléfono, aunque se había alegrado de la información—. Eso es allanamiento de morada, y te puede caer una buena.»

Sin embargo, si ahora iba a visitar a la suiza y ella misma le abría la puerta…

Se rio sola mientras apagaba el cigarrillo en uno de los postes que sujetaban la pérgola trasera. No se le habría ocurrido nunca lo interesante que podía ser hacer de madero. «Imagínate que, cuando de verdad eres policía, puedes meterte en todas partes y tienen que dejarte entrar —pensó sin perder la sonrisa—. Y te enseñan a luchar y a disparar. Y puedes joderle la vida a tipos como Igor y como el Lanas. No está nada, pero nada mal.»

Volvió al chiringuito, terminó el cuarto de hora que le quedaba y echó a andar en dirección a la casita de la suiza cruzando los dedos para que estuviese la luz encendida.

Lo estaba.

Aplastó con la sandalia el cigarrillo que llevaba, abrió la pequeña cancela de hierro y dio los seis pasos que faltaban hasta el timbre, que oyó reverberar por toda la casa antes de sentir unos pasos vacilantes acercándose a la puerta.

—¿Quién es? —oyó a través de la madera, en alemán.

—Nines, la chica del bar. Estoy sola.

Esperó con calma a que la suiza mirase por la mirilla y al cabo de unos segundos se abrió la puerta.

—¿Qué querías? —Iba descalza, llevaba un vestido suelto, de tirantes, de algodón negro, y el pelo rubio recogido en una trenza. Estaba pálida y unas ojeras azuladas se le marcaban bajo los ojos.

—Contestarte a lo que me has preguntado esta mañana.

—Ya me has contestado. —Estaba claro que no pensaba invitarla a entrar.

—Si me dices qué buscas concretamente, podré contestarte mejor.

La pintora se mordió los labios sin apartarse del vano de la puerta.

—Mira, si es una infección, lo de Urgencias es lo más práctico. —Nines había pasado al inglés porque su alemán no era aún lo bastante bueno como para explicar lo que quería y hacerlo de un modo que no fuera insultante—. Pero si es otra cosa… más… difícil…, o incluso un poco… ¿no del todo legal?, entonces no es plan ir al hospital. Hay otras posibilidades.

La pintora se hizo a un lado.

—Pasa. Ven, vamos al jardín.

Nines se dio cuenta enseguida de que no la iba a dejar entrar al salón, donde había instalado su estudio. Ya encontraría la forma de hacerlo.

Sobre la consola de la entrada vio al pasar una tarjeta grande con una ilustración abstracta de colores que le recordó mucho a uno de los cuadros hallados en Santa Rita. El sobre estaba al lado, pero por la parte de la dirección de la mujer, no del remitente.

Salieron a la naya, la pintora hizo un gesto de la mano hacia dos sillas plegables y preguntó:

—¿Quieres tomar algo? Acabo de destapar un blanco frío.

—Estupendo.

Se marchó cruzando el salón, que tenía las puertas abiertas, y salió al cabo de un momento con dos copas y una botella de Bahía de Denia; las sirvió y se sentó en la otra silla.

—Tú dirás —animó Nines, después de brindar chocando las copas.

—¿En España hasta cuándo es legal abortar?

—Hasta las catorce semanas de embarazo.

La pintora inspiró hondo, volvió a morderse los labios y dio un sorbo a su copa.

—También se puede hasta las veintidós semanas —añadió, al ver su reacción. Al oírlo, la suiza levantó la vista, repentinamente interesada—. Pero tienes que demostrar que hay un grave riesgo para tu salud o que el feto tiene malformaciones irreparables, y tienen que certificarlo dos especialistas independientes.

—¿Tú por qué sabes tanto de eso? —preguntó, suspicaz.

En lugar de explicarle que, en el mismo momento en que se le ocurrió cuál podría ser el problema de la suiza, había hecho una rápida búsqueda en Internet, Nines mintió con total aplomo:

—Porque ya he pasado por ahí.

—¡Ah!

—Por eso he venido; porque sé lo jodido que es. —Hubo una pausa—. ¿No sería mejor que volvieras a tu país y lo resolvieras allí?

La pintora negó con la cabeza. No quería decirle a la chica del bar que la policía no la dejaba marcharse todavía y que estaba implicada en un caso de asesinato.

—Tú misma. Yo no me meto. ¿Te importa que vaya al baño?

—La primera puerta junto a la de la calle.

—Perdona si tardo un poco. Llevo todo el día con diarrea.

—Oye, ¿tú sabrías de algún sitio donde…? —Nines se volvió, apretándose el vientre—. Deja, luego te pregunto, vete al baño.

Nines llegó a la entrada, cogió al vuelo la tarjeta y el sobre, entró en el baño y leyó un par de líneas escritas a máquina, en inglés:

> Olvide lo que le dije y considérelo un regalo. Le deseo mucha suerte para el futuro. Ya nos veremos en algún lugar. Sigo admirando su trabajo y no pierdo la esperanza.

Estaba firmado con dos letras: Y. N. No había remite y la dirección era la de la casita donde estaban en ese momento. La ilustración era, efectivamente, como decía detrás, un Kandinsky, el mismo artista del cuadro que habían encontrado en Santa Rita.

Le hizo una foto, accionó la manivela de la cisterna, salió del baño, volvió a dejar la tarjeta donde estaba, cruzó al salón y, sin fijarse en nada, hizo un vídeo panorámico de lo que había a su alrededor. Volvió al baño, volvió a vaciar la cisterna, se mojó las manos y salió sacudiéndolas demostrativamente.

—Debo de haber comido algo en mal estado —comentó—. Perdona. A todo esto… me llamo Nines.

—¿Nines? ¡Qué nombre más raro! Yo soy Chantal.

—A mí ese sí que me parece raro.

Se sonrieron y volvieron a llenar las copas.

—No deberías beber, ¿sabes? Aunque, bueno, claro… estando así las cosas, también da igual.

—Te preguntaba… ¿sabrías de algún sitio donde…? Ya sabes… No una clínica donde quieran certificados.

—Tengo que informarme.

—¿Dónde lo hiciste tú?

—En el hospital. Trescientos pavos. Todo legal —siguió mintiendo, contándole todo lo que había leído en Internet—. Pero es que yo lo pillé muy a tiempo.

—Ya. Yo tenía otros planes, pero ahora ya… mejor que no.

—Dame dos o tres días. Conozco a mucha gente. Voy a ver qué saco y te digo, ¿vale?

—Gracias, Nines, no tardes mucho, por favor.

—Confía en mí.

Se despidieron en la cancela. Nines, radiante por el éxito de su idea; Chantal, algo más esperanzada, aunque seguía muerta de miedo del ruso, que, aunque al parecer se había marchado por el momento, había conseguido su dirección para enviarle un mensaje que no acababa de entender.

15

Tormenta de verano

*E*l día había amanecido cubierto, pero eso no había traído ningún tipo de frescor, sino más bien lo contrario: una sensación agobiante de bochorno unida a una especie de cosquilleo interno, como si hubiese algo malsano en el aire o como si estuviese a punto de sobrevenir una catástrofe.

Por fortuna, Greta, que había salido, como todas las mañanas, a dar una vuelta por el jardín antes de desayunar, se encontró con Paco intentando sujetar unas trepadoras y él le explicó que se trataba de algo absolutamente normal por esas fechas.

—Se avecina una buena tormenta, eso es todo. En agosto suele pasar un par de veces, pero no dura demasiado. Unos cuantos rayos y truenos, una lluvia torrencial que limpia la atmósfera y listos. Por eso estoy yo ahora sujetando estas ramas. Han crecido mucho y, si las dejo sueltas, acabarán por troncharse.

Quería haber subido a hablar con su tía la tarde anterior, pero Sophie le había dicho que dos conversaciones en un día eran demasiado para ella y primero quería ver a Monique, así que habían quedado en encontrarse para desayunar juntas en el estudio. Greta tenía la sensación de que le estaba empezando un dolor de cabeza, pero no quería retrasar la entrevista. Quizá el café le sentara bien, de modo que pasó por la cocina para subirse una taza ella misma. En el estudio no habría más que té.

Efectivamente, en la bandeja de la mesita había una tetera y tres tazas de borde dorado, junto con unos *scones* y un cuenco de crema. Greta sonrió. Candy era increíble. Había enseñado a Trini a hacer *scones*. Esa era la parte británica del asunto. La parte española era que los servía en el desayuno, no a la hora del té. Daba igual. Tenían un montón de calorías, pero estaban deliciosos.

Tres tazas. Sophie habría decidido que Candy debía unirse a la conversación.

—¿Ya estás aquí? —preguntó Sofía nada más entrar.

Como no hacía falta responder, no dijo nada y esperó a que las dos mujeres se acomodaran cada una en un sillón orejero; ella ya se había sentado en la silla de enfrente.

—¿Y ese café?

—Me está empezando un dolor de cabeza y el café me sienta mejor.

—No hay nada que siente mejor que una buena taza de té —dijo Candy, sirviendo las dos tazas.

—A ver —comenzó Sofía, después de dar el primer sorbo y lanzar un suspiro de satisfacción—, ¿qué era eso tan importante que querías preguntarme? Te advierto que, si son cosas muy antiguas, lo más probable es que no sepa contestarte; por eso me he traído a Candy, que tiene una memoria de elefante, incluso para cosas que no ha vivido.

—Primero, me gustaría saber por qué en tu partida de nacimiento pone que naciste el 23 de abril de 1924.

—Te confundes, querida mía. Es el 23 de mayo de 1924.

—Míralo tú misma.

Sofía se puso las gafas y leyó el documento.

—Está mal. Mira tú, Candy.

—Es un documento oficial, *aunt* Sophie.

—Sácale mi DNI, Candy.

La inglesa salió del cuarto y regresó con el documento de identidad de Sofía. La fecha era el 23 de mayo.

—¿Lo ves, descreída? Alguien debió de equivocarse, ese es todo el misterio. Venga, más cosas. Dame un *scone*, Candy, con un poquito de crema.

—Me acabo de enterar de que mi abuela Mercedes, tu madre…

—Sé muy bien quién era tu abuela Mercedes —la interrumpió Sofía.

—… estuvo prometida a un muchacho de aquí que murió antes de la boda.

—Sí, claro, Joaquín Rocamora, de los Rojos. ¿No lo sabías?

—No. Nadie me lo dijo nunca. Me hicieron creer que los abuelos se casaron en un par de semanas, enamoradísimos; que fue un amor loco y que se casaron por encima de la opinión de todo el pueblo.

—Tonterías.

—Esa era la leyenda familiar. Mi madre me lo contó muchas veces. Yo, de jovencita, soñaba con que me pasara una cosa así y a lo largo de mi matrimonio pensé muchas veces que no había tenido la suerte que tuvo mi abuela, un amor de película que duró hasta su muerte. Luego, poco a poco, me fui enterando de que el abuelo Mateo había sido una bestia en los años de la guerra, pero durante mucho tiempo pensé que para su familia siempre fue un hombre estupendo.

Candy y Sofía cruzaron una mirada, pero siguieron calladas.

—De pronto, hace nada, cuando lo de los cuadros y los huesos de esa criatura, me entero de que ese bebé era producto de los abusos de tu padre a una de sus pacientes y ahora, a través de este recorte de periódico y lo que me ha contado Trini, me entero de algo que no sé si poner en palabras, tía. ¿Tú lo sabías también?

—Si sabía ¿qué? ¿Que mi madre tuvo otro novio? Sí. Me lo dijo ella. ¿Que el chico se ahogó en el barco de mi padre durante una tormenta de agosto? Sí.

—Que se rumoreó que tu padre tuvo algo que ver con esa muerte. ¿Sabías eso? ¿Fue así? ¿Y que, en ese caso, tu madre se casó con el asesino de su prometido?

Sofía guardó silencio. No tenía claro cómo se lo tomaría Greta si le contaba la verdad. Hacía muchos años se lo había contado a Candy y eso las había llevado a estar más unidas que antes, pero a su propia sobrina la conocía menos que a su mejor amiga. Sin saber bien adónde iba, pero dándose cuenta en la primera frase de que ya había tomado una decisión, se encontró contestando:

—Mis padres se enamoraron cuando ella ya estaba prometida a Joaquín. En aquella época no se podía deshacer una boda así como así, hija. Por eso, cuando el novio tuvo ese accidente mortal, lo aprovecharon enseguida y se casaron, a pesar de todos los rumores, pero las familias siguieron muy unidas y mi madre fue la madrina de boda de Solita, la que habría sido su cuñada. Eran habladurías de pueblo que, poco a poco, fueron desapareciendo. Lo que pasa es que, cuando mi padre empezó a comportarse como un salvaje durante la guerra y la posguerra, todo aquello volvió a salir a flote y la gente volvió a decir que el doctor Rus siempre había sido un asesino. No hay más.

Los ojos de su tía la miraban fijamente, con la famosa cara de póker. Greta desvió la vista hacia Candy, que asintió con la cabeza, aunque con una extraña expresión de tristeza.

—¿Hay algo más que quieras saber?

—¿Por qué siempre nos dijisteis que el abuelo Mateo murió de un ataque al corazón, cuando aquí, en su certificado de defunción, pone que murió de un traumatismo cráneoencefálico?

—¿De verdad quieres saberlo? Porque no era plan de que todo el mundo se enterase de que una de sus pacientes le dio un trastazo en la cabeza en una sesión de *electroshock*. Visto lo visto, lo más probable es que, además de «tratarla» con los nuevos métodos, también hubiese estado abusando de ella hasta ese momento. Mi madre creyó más prudente que hubiese muerto de un infarto. ¿O hubieras preferido saber la verdad ya de niña?

Greta apretó los labios y bajó la vista.

—¿Mi madre lo sabía? —preguntó por fin.

—No. Eileen se había casado el año anterior, en 1947, y se había marchado de aquí. Vino con tu padre para el funeral y tanto tu abuela como yo preferimos darle la versión edulcorada. No se ganaba nada escandalizándola. Ella siempre había adorado a papá. Por eso a ti siempre te contó lo bonito; porque nunca supo de la parte oscura. Eso lo aguantamos mamá y yo, las dos solas. Nunca te dijo que fue «médico» de una cheka… Y luego de un campo de internamiento, ¿verdad? —Tendió la taza a Candy para que se la rellenara—. A lo mejor ni siquiera llegó a saberlo nunca. O lo olvidó a propósito. En fin. Si no hay más preguntas, señoría, me gustaría descansar un rato —terminó, parodiando las películas de juicios.

Greta se puso en pie.

—Perdona, tía. Tú querías que escribiera una historia de la familia. No puedo escribir nada si no sé la verdad de lo que sucedió. No quería molestarte.

—No molestas, Greta. —La voz de Sofía se había vuelto mate, cansada—. Es solo que hace tanto tiempo… y me ha costado tanto apartar algunas cosas de mi memoria… No sé. Quizá sea mejor así, pero ahora ya no puedo más. Sube esta tarde y te daré unas páginas que escribí hace tiempo para fijar ciertos recuerdos, cosas que me contó mamá. Prefiero que las leas a tener que contártelo yo, ¿te parece?

—Ven, Greta, vamos a dejar un rato tranquila a Sophie. Te acompaño.

Salieron a la escalera y empezaron a bajar juntas hasta la entrada.

—Ven, demos un paseo —propuso la inglesa. Se quitó el pañuelo que llevaba a la cabeza y se lo pasó por la frente—. Da mucho calor —comentó.

Greta apartó la vista para no incomodarla mirando su cráneo. Ya estaba empezando a salirle de nuevo el pelo, pero aún era débil y ralo, como el de un bebé. Candy empezó a caminar hacia el mirador, no tan rápido como antes, pero aún a buen paso.

—¿De verdad quieres subir?

—Ahí estaremos más tranquilas.

—Pero dice Paco que va a haber tormenta.

—Con el calor que hace será bienvenida. Y no somos de azúcar, mujer. Una buena lluvia de verano es una delicia.

Al cabo de unos minutos de subida y un par de pequeñas pausas para que Candy pudiera recuperar el aliento, llegaron al pequeño templete blanco desde el que se dominaba la llanura hasta el mar, los olivos y los campos de lavanda. Se sentaron en el banquito de piedra, Candy volvió a anudarse el pañuelo y le cogió la mano.

—*My dear* —comenzó—, ya puedes imaginarte lo que te voy a decir. No sé por qué Sophie ha preferido darte la versión *ad usum delphini*, pero ya no eres una niña y creo que es mejor que sepas la verdad. Tu abuelo no solo fue un asesino durante la guerra. Cuando llegó a trabajar a Santa Rita, a las órdenes de tu abuelo, don Ramiro, que era entonces el director del sanatorio, ya la segunda generación, decidió inmediatamente casarse con Mercedes, la única hija de su jefe. Ella ya estaba prometida a Joaquín y, por lo que me han contado, se querían desde pequeños. Entonces Matthew se hizo amigo de él, se compró un barquito (él era hijo de familia de marinos, sabía de barcos y de mar) y empezaron a salir a navegar muchas veces, siempre hombres, sin nadie más. Ese agosto, cuando ya faltaba poco para la boda, que se iba a celebrar en septiembre, salieron los dos solos y solo volvió Matthew.

—Pudo ser realmente un accidente.

Candy negó con la cabeza.

—Se lo confesó a Mercedes muchos años después, presumiendo de ello, diciéndole que a Matthew O'Rourke no se le puede negar nada porque él es de los que toman lo que desean, sin que importen los obstáculos. Tu abuela supo entonces que se había casado con un asesino; con el asesino de su primer novio y su amigo de infancia. Por eso se alegró de su muerte cuando aquella paciente lo mató de un martillazo. Le pareció que se había hecho justicia. ¿Te escandaliza? —preguntó al ver su expresión.

Greta sacudió la cabeza.

—No. No sé. ¿Desde cuándo sabía mi abuela que su marido había matado a Joaquín?

—Lo supo muy tarde. No se enteró hasta que él se lo confesó en aquella pelea, que debió de ser terrible. Es verdad que se casaron enamorados, si te tranquiliza. Yo supongo que lo que Mercedes sentía por Joaquín era muy distinto a lo que sintió por Matthew al principio de conocerlo. Lo de Joaquín era un amor tranquilo, una amistad, un buen compañerismo. Lo del joven médico inglés debió de ser una locura que le quitó la sensatez, al menos durante un tiempo. Nunca lo sabremos, querida. Ya están todos muertos, ya no importa.

Greta empezó a negar con la cabeza.

—Claro que importa, Candy. Yo soy su nieta. Llevo su sangre, su herencia genética, si te suena menos melodramático. Me da horror haber heredado algo de él.

De un momento a otro, antes de que Candy pudiera contestarle, Greta se echó a llorar desesperadamente y, dejándola, perpleja, en el mirador, salió corriendo hacia la casa mientras sonaban los primeros truenos.

ϒ

Aprovechando que ese día libraba y que Edu tenía que bajar a Elche y la llevaba en la furgoneta, Nines decidió ir a Santa Rita a ver a Robles personalmente, darle la foto y el vídeo que había grabado, y contarle lo de Chantal, aunque de eso, después de darle muchas vueltas, ya no estaba tan segura. Al fin y al cabo, ni a Robles ni a Lola Galindo tenía por qué importarles un carajo que Chantal quisiera abortar. Eso era solamente asunto suyo, y la chica le daba pena, en un país extraño, con su amante muerto y un hijo en la barriga que le recordaba a él y que le iba a joder la existencia. Por no hablar de que la pasma seguía considerándola sospechosa.

¡Una chica tan guapa! ¡Tan buena artista! Había estado mirando detenidamente el vídeo que había hecho la noche anterior y, aparte de los mamarrachos de colores, también tenía por allí algunos paisajes y desnudos realmente preciosos. Una pena que a la pintora no le gustaran las mujeres. Ella, desde lo de Elisa, se encontraba muy sola y habría agradecido un poco de cariño y compañía, aunque solo fuera eso, pero estaba bastante segura de que la suiza no iba por ahí.

De todas formas, había decidido ayudarla. Una cosa era montarse películas con lo de entrar en la Escuela Nacional de Policía y otra muy distinta olvidarse de que su gente, de toda la vida, habían sido los de abajo, los que, por unas razones o por otras, estaban jodidos y, si no se ayudaban entre ellos, no tenían forma de sobrevivir.

A fuerza de pensar había acabado por caer en que Ena, una de las viejas de la lavanda —«las chicas de la lavanda», como se llamaban ellas a sí mismas, a pesar de que ninguna cumplía ya los setenta—, había sido comadrona. Le preguntaría si se veía capaz de hacerlo ella, o si, a malas, conocía a alguien que pudiera hacerlo discretamente, a buen precio y sin hacer preguntas. Sobre todo, sin que se enterara la inspectora.

Le tocó madrugar porque Edu quería salir de Altea a las siete, pero tuvo la ventaja de que, como llegaron con tiempo a

Elche, se animó a acercarla a Santa Rita, y a las ocho y media estaba entrando en la cocina, donde esperaba encontrar a Ena o a alguien que le dijera dónde estaba.

Robles se había marchado hacía un buen rato a hacer sus kilómetros diarios y Galindo ya estaría en el curro, así que no había moros en la costa.

Trini la saludó con más alegría de la que hubiese esperado, hablaron unos minutos, y la dirigió hacia el salón de la tele, donde estaba Ena, con Ascen y Quini, con el toldo bajado y los visillos corridos para evitar que entrara el sol, rellenando saquitos de lavanda. También se alegraron de verla, para su sorpresa, y acabó por sentarse con ellas y ayudarlas un poco, desgranando espigas de lavanda en un cuenco para que ellas fueran metiendo los granitos en los sacos de tela.

No veía forma de pedirle a la mujer que le interesaba que saliera con ella al jardín. Podía ofrecerle un piti, pero sabía que no fumaba y la cosa iba a quedar muy rara, así que decidió preguntar como al desgaire:

—Tú fuiste comadrona, ¿verdad, Ena?

—Sigo siéndolo, Nines, eso no se olvida, lo mismo que montar en bicicleta.

Todas se rieron.

—¿Por qué? —preguntó Quini—. ¿Estás en estado?

—¡No, mujer! —contestó Nines, riéndose de la idea.

—Ya sería raro, Quini. ¿No ves que es bollera?

Las dos mujeres miraron a Ascen con reproche por la palabra que acababa de escoger.

—Se dice lesbiana —corrigió Ena—, ¿verdad, hija?

—Sí, Ena, pero aquí estamos en familia; no nos vamos a poner por eso; que lo diga como buenamente pueda. —No quería meterse en ese tipo de discusiones, cuando lo importante era lo otro—. Se trata de una amiga mía, que sí que está preñada y no puede tenerlo. Por eso se me había ocurrido preguntarte a ti.

—Tengo setenta y cuatro años, Nines. No quiero meterme en líos ni me veo capaz de hacer esas cosas. ¡Si ni siquiera consigo meter la lavanda en esta minibolsa sin que me tiemble la mano! Además…, nunca lo he hecho.

—Por nosotras puedes decir la verdad, Ena. Todas sabemos en el pueblo que hiciste mucho bien cuando hizo falta —dijo Quini.

—De todas formas, no puede ser. Lo siento, pero no.

—Pero ¿sabrías de alguien…?

Ena cabeceó y chascó la lengua contra el paladar.

—Ven, vamos a salir un momento aquí fuera.

Las otras dos mujeres siguieron con su faena. Si les había molestado la reacción de Ena, no lo demostraron.

Una vez fuera, Ena se encaró con Nines.

—¿Cómo se te ocurre preguntarme una cosa así con más gente delante?

—Lo siento, Ena. Pensaba…

—No, no pensabas, ese es el problema. ¿Qué van a pensar ahora de mí?

—Nada. Todas sabemos que eres buena gente. Y mi amiga lo necesita mucho.

—¿De cuánto está?

—No lo sé seguro, pero de más de catorce semanas.

—¡Ay, Virgen del Olvido! Entonces tiene que ir a un médico, a alguien que sepa lo que hace.

—¿Conoces a alguien?

Ena bajó la vista. Nines aprovechó el momento de duda.

—Apúntamelo aquí, anda, porfa.

—¿Para quién es? ¿La conozco?

—La suiza. La asistente del profesor que mataron, el tal Marco Heyni.

—¡Virgen santa! Entonces ¿el crío es de él? Y ¿no lo quiere?

—No se lo puede permitir. Se ha quedado sola.

—Yo me quedé viuda a los veinticinco años y crie a dos. Claro, que eran otros tiempos.

—Sí. La posguerra, o el franquismo. Unos tiempos cojonudos debieron de ser… —ironizó Nines.

Las dos sonrieron de medio lado. Ena cogió el lápiz y el cuadernito que le había tendido y garabateó un nombre y una dirección.

—El teléfono no me lo sé, pero hoy en día lo encontráis todo en Internet. Que busque ahí. Tanto amor y tanta puñeta cuando vinieron los dos a estudiar los cuadros y ahora, porque al pobre hombre lo han matado, ya no quiere tener un hijo suyo. ¡Qué tiempos!

—Muchas gracias, Ena. Eres un sol.

—¿Cómo la has conocido?

—Por casualidad. Porque tiene una casa alquilada por la zona de mi curro. Le has salvado la vida. Está hecha polvo.

Ena cabeceó en silencio. Aunque le doliera, sabía muy bien que, a veces, el poder librarse de una situación como esa era realmente salvar tu vida. Ninguna mujer aborta por gusto. Tiene una que estar muy mal para decidirse a dar ese paso y nadie tiene derecho a juzgar a la que lo hace. Desde su propio punto de vista, la muchacha no tendría por qué hacerlo: era joven, sana, tenía una profesión que le permitiría sacar adelante a su hijo…, pero cada una sabía sus cosas.

—Dile que se dé prisa. No hay tiempo que perder.

—La veré esta noche, pero la voy a llamar ya. Gracias otra vez.

Estuvo a punto de decirle a Ena que no se lo contara a nadie, pero se dio cuenta enseguida de que, por una parte, era insultarla al suponer que no iba a ser capaz de callarse la boca, y por otra era pedir la luna. En Santa Rita, antes o después, lo que sabía uno lo sabían todos.

En su despacho, Lola Galindo se golpeaba los dientes con un bolígrafo, una costumbre que detestaba, pero de la que no conseguía librarse, especialmente cuando, como ahora, estaba molesta y sin saber hacia dónde tirar. Según el banco suizo con el que habían contactado, las grabaciones de sus cámaras ya habían sido borradas y lo más que podían ofrecerles era la lista oficial de invitados al evento. Como ya la tenían, no hacía falta pedir más favores. Estaba casi segura de que les estaban mintiendo, de que, simplemente, no tenían ningún interés en compartir con la policía española unas grabaciones de sus clientes, pero no había manera de probarlo y tendrían que conformarse con la respuesta. El compañero que había investigado la posibilidad de que hubiese alguna grabación en Instagram del día de la subasta había tenido más suerte al encontrar unos minivídeos en los que se veía a algunas personas bien vestidas llegando al lugar donde se iba a celebrar la subasta, pero tampoco eran para tirar cohetes. En una de ellas se veía a Novikov bajando de una limusina negra, sin compañía. En otra, de apenas unos segundos, se apreciaba, al fondo, detrás de quien había hecho la grabación, un grupito de personas conversando junto a una mesa alta forrada de azul intenso, con copas de cava en la mano. Una de esas personas podría, eventualmente, ser Heyni. Ya había llamado a Monique para enseñársela, a ver si ella lo reconocía. Fischer no salía en ninguno de los minivídeos. Habría sido demasiada suerte.

En ese momento apareció Robles, sonriente. Debía de haber hecho ya sus kilómetros y haberse duchado, porque se había quitado la ropa de deporte y llevaba pantalón largo.

—Mira lo que te traigo.

Le enseñó el móvil y, mientras ella miraba el pequeño vídeo del estudio de Chantal Fischer, le explicó cómo lo había conseguido.

—Esa chica acabará mal —sentenció Lola.

—Pues yo creo que llegará lejos. Llamó a la puerta y le abrieron. Todo legal.

—Quítate de la cara esa sonrisa de tiburón, Robles. Ya sé que la chavala te cae bien, pero esto no lo podemos usar para nada. Lo sabes igual que yo.

—No lo podemos usar, soy consciente, pero ahora sabemos que vamos por buen camino, que Heidi está trabajando para copiar el Kandinsky de Santa Rita. Ha hecho varios bocetos y, por lo que parece, bastantes pruebas de color.

—Si nos sobrara personal, lo más que podríamos hacer es tenerla vigilada, por si vuelve a encontrarse con Novikov o su gente y los vemos pasarse un cuadro. Aunque tampoco sería ilegal, siempre que no estuviera firmado por Kandinsky, que está obviamente muerto, y en ese caso sería una falsificación evidente. No sé. Habrá que dejarlo. El jefe dice que nos da un día más, dos como mucho, para peinar los flecos, y plegamos.

A Robles le hizo gracia que a Lola se le hubieran pegado ya ese tipo de expresiones tan de la zona como «plegar» para cerrar o terminar algo.

—Lo que pasa es que me jode muchísimo que los suizos piensen que somos unos inútiles, que no hemos conseguido trincar al asesino de Heyni, pero es que de verdad que no hay por dónde cogerlo. Esto es obra de un profesional y hay mucho dinero por medio.

—No te agobies, Lola. Tú has hecho todo lo posible. No hay más vueltas que darle.

—¿Te importaría hacer mañana otra vez de taxista para Monique? ¿Sobre las diez? Solo quiero que vea el vídeo de Ginebra, que me confirme que se trata de su marido, lo pongo en el informe y listo.

—¿Te importaría que fuera pasado? Mañana tengo dentista a esa hora.

—Sí, da igual. La verdad es que no va a ningún sitio la cosa; son manías mías nada más. Ahora la llamo y quedamos para pasado mañana o cuando ella pueda. Me ha dicho que está pensando en incinerar aquí el cadáver de su marido y supongo que ya estará haciendo los arreglos.

—A mí no me ha dicho nada —se extrañó Robles.

—Es que es muy discreta y no quiere molestar a nadie. O no le apetece que la vean llorar... o vete tú a saber.

—Sí, eso es lo que siempre me ha llamado la atención en este trabajo nuestro: lo distintas que pueden ser las reacciones de las personas a cosas similares. Al principio todo me parecía sospechoso por eso, porque la gente reaccionaba de formas que a mí ni se me hubieran ocurrido, y eso me hacía sospechar de ellos. ¡Qué sé yo! Una viuda que no llora, pongamos por caso. Luego, poco a poco, me fui dando cuenta de que, primero, la gente es muy variada, y, después, que muchísimas veces guardan secretos sin ninguna importancia, pero que para ellos son cruciales y eso los lleva a mentir cuando no haría falta.

—Tienes toda la razón, Robles, pero es justo eso lo que hace interesante nuestra profesión.

En Altea, Chantal miraba con aprensión el móvil que, después de varios pitidos, había dejado de sonar. Número desconocido. Era la cuarta vez que ese número había intentado ponerse en contacto con ella, desde las seis de la mañana. Un número español, cuando nadie en España, salvo la policía, tenía su teléfono. Bueno... y Nines. Pero no era el de Nines. Con ella ya había hablado la noche antes y habían quedado para verse por la tarde, dentro de unas horas. Le había prometido llamar ella misma al médico para concertar la cita lo antes posible y que pudiera marcharse de Altea en cuanto se sintiera con fuerzas.

Si hubiese sido un número suizo, lo habría cogido, pero ¿quién en España podía querer ponerse en contacto con ella?

Empezaba a estar realmente asustada, a pesar de que la tarjeta de Novikov decía —o al menos eso había creído entender— que podía olvidarse del asunto del dinero que, aparentemente, Marco había cobrado ya sin decirle nada a ella. Si conseguía salir de aquel horroroso embrollo, tardaría mucho, pero mucho tiempo en volver a relacionarse con un hombre. No había sabido apreciar lo bien que se estaba sola, sin pareja, sin planes de tenerla, sin un feto creciendo dentro de ti cuando no quieres tener un hijo.

El teléfono volvió a sonar, sobresaltándola, pero esta vez era de un número conocido. Solo que se trataba de un número que no había pensado volver a ver en la vida, de una llamada que no quería atender.

Cuando por fin dejó de sonar, se había mordido el labio hasta la sangre.

Greta llamó con los nudillos a la puerta de la habitación de Monique, oyó su voz dándole permiso y asomó la cabeza. La suiza estaba mirando algo en su portátil, pero lo cerró enseguida para volverse hacia ella.

—¿Molesto?

—No, solo estaba informándome un poco de tanatorios por la zona.

—Me manda Candy a preguntarte si pasado mañana por la tarde tendrías tiempo para participar en una reunión con los especialistas de la policía que han estado peritando los cuadros. Al parecer han encontrado algo que no nos han dicho aún, pero que debe de ser importante, y a Sofía le gustaría que estuvieras presente tú porque las demás no entendemos nada de arte.

—Pues claro. Encantada. Aunque yo tampoco soy especialista en ese periodo. Lo mío es más el arte contemporáneo. Esa era la especialidad de Marco, ya lo sabes. Pero, claro, después de tantos años trabajando juntos… siempre se pega algo. ¿A qué hora es la reunión?

—A las seis. Ellos querían antes, pero para Sofía es agobiante el calor.

—Bien. Allí estaré.

—¿Quieres que te eche una mano con lo del tanatorio?

—Voy a hacer una búsqueda primero. Cuando me decida, sí que te agradecería que me acompañaras.

—Cuando quieras. Bueno, me vuelvo a mis papeles antiguos. ¿Te apetece un aperitivo a eso de la una? Cogemos unas cervezas y nos vamos a la piscina.

—Estupendo. Nos vemos en la salita a la una.

16

Flor de yuca

*J*unto a su coche, delante de la casa, Robles miraba las gráciles copas de las palmeras que se balanceaban en la brisa de la mañana. En el cuadro que había pintado la rusa, eran apenas el doble de altas que una persona y ahora casi tenía que echar la cabeza atrás para poder apreciar toda su altura. Santa Rita seguía creciendo, poniéndose cada día más guapa, y seguiría estando allí cuando él ya no estuviera, cuando fueran otros los que apreciaran la belleza de una mañana de verano como aquella, el ligero toque frío del viento del amanecer que había sentido al salir a nadar, ese aviso de que el otoño se acercaba, los perfumes mezclados de las flores y las hierbas y la tierra recién regada.

Las yucas habían florecido por todas partes: grandes pirámides de un blanco cremoso coronando las lanzas verdes de sus hojas. No durarían mucho, pero, mientras durasen, era un placer mirarlas recortadas contra el cielo, arropadas por las grandes matas de plumbagos azules. Siempre le parecían un milagro, surgiendo imparables, imprevisibles, de entre un montón de hojas pinchosas que durante todo el año no eran nada especial y, de repente, con agua y con sol, florecían. Como algunas personas. Sin poder evitarlo, pensó en Nines.

Monique había ido a recoger su bolso, pero a él nunca le había importado esperar; era parte del oficio y le permitía pensar a su aire, sin que nadie se entrometiera. Ahora la llevaría a Elche para que Lola pudiese cerrar el caso y luego a lo mejor se acercaba a Altea, a darle un rato la lata a Nines y a bañarse en la playa del Albir. Por la tarde era la reunión con los especialistas, pero a él, de momento, no lo habían invitado, de modo que no había prisa; podía volver cuando quisiera.

Como ya le había parecido durante el desayuno, Monique estaba tensa. O quizá tensa no fuera la palabra para definir la sensación que le provocaba mientras la miraba por el rabillo del ojo y veía cómo se apretaba las manos una contra otra, girando una y otra vez el solitario que llevaba en el anular, cómo desviaba la vista por la ventanilla a su derecha y, de vez en cuando, parecía que estuviera rezando en voz muy baja, aunque, considerando que no era en absoluto religiosa, no debía de ser eso. Quizá estuviera ensayando algo que quería decir. ¿A él o a Galindo?

La miró directamente y le sonrió, en un intento de animarla a hablarle. Ella le devolvió la sonrisa, pero siguió en silencio, aunque ahora parecía que estaba contenta, como si hubiese llegado a una decisión.

—¿Quieres que te espere y te vuelva a traer a Santa Rita?

—No, gracias, Robles. Me voy a quedar un rato por Benalfaro. Ya cogeré un taxi de vuelta.

—Entonces yo me marcho a Altea.

—¿No vienes a la reunión de esta tarde?

—Sofía no me ha dicho nada, y ha hecho bien, porque yo no entiendo una patata de arte. Ya me diréis qué es eso tan espectacular que han descubierto en los cuadros.

Monique se apeó delante de la comisaría, hizo una inspiración profunda y un par de minutos después estaba otra vez en el despacho de la inspectora Galindo que, como siempre, la recibió con su estilo más bien seco pero amable.

Después de los primeros saludos, le enseñó el breve vídeo.

—¿Es el profesor Heyni este de aquí? —preguntó.

—Sin ninguna duda. Es Marco.

—Perfecto. Ya le digo, es simplemente para terminar el informe.

—¿Les sirve de algo ver que, efectivamente, estuvo en la subasta? Ya se lo dije yo.

—Si hubiésemos podido probar que la señora Fischer también estuvo allí con el profesor y que ambos se reunieron con Novikov…, quizá habríamos podido hacer algo, pero así… En fin, hay que tomar las cosas como son. Gracias, señora Heyni.

La inspectora Galindo se puso en pie y le tendió la mano. Monique siguió sentada, apretando los labios y mordiéndose-los por dentro hasta que la policía volvió a sentarse, mirándola.

—Inspectora… —comenzó—. Tengo que confesarle una cosa.

—Usted dirá.

—Le he mentido.

—¿Cómo dice?

—Que le he mentido en un punto importante y quisiera confesarle algo antes de marcharme de aquí.

—La escucho. —Lola estaba perpleja. ¿Qué le pasaba ahora a aquella mujer?

—Le dije el otro día que no había ido a la subasta, que Marco había ido solo y que no recordaba dónde se había quedado a dormir. —La inspectora asintió con la cabeza—. Pues no es verdad. Le mentí. Marco y yo fuimos juntos a la subasta y habíamos decidido quedarnos a pasar la noche en el piso. Cuando llegamos al banco, él, como de costumbre, empezó a ir de acá para allá saludando a los conocidos y haciéndose ver. Yo también, claro. Es la mejor manera de cubrir más terreno entre los dos.

»En fin, estando en uno de los corrillos, una buena conocida mía me llevó aparte, me señaló una chica rubia que no me resultaba del todo desconocida y me dijo que se rumoreaba que Marco y ella tenían un lío. Ya sabe usted que no era la primera vez y que hacía bastante tiempo de la última. Yo ya casi pensaba que podía estar tranquila, que Marco ya había perdido el interés por las conquistas, pero se ve que me equivocaba.

»Como puede usted suponer, a partir de ese momento no le quité el ojo de encima a ninguno de los dos porque estaba deseando comprobar si era cierto lo que me había dicho mi conocida, ver si se encontraban, si desaparecían juntos, con quién hablaban, si se miraban más de lo normal…, ya sabe…, esas cosas que hacemos las mujeres, y supongo que también los hombres, cuando empezamos a sospechar de nuestras parejas.

»En un momento dado vi que Marco, después de haber estado hablando un buen rato con Novikov, solos los dos junto a una columna, desaparecía con él por la zona del *backstage*. Entonces supuse que quería que Marco le enseñara qué obras le sugería para que pujara por ellas. Por supuesto él había recibido de antemano, como todos los invitados al evento, el catálogo de las obras que se podían adquirir, y sabía seguro de una que quería comprar, pero solía fiarse mucho del gusto y la opinión de mi marido para los artistas emergentes, de modo que no le di ninguna importancia.

—¿Y la señora Fischer? ¿Se reunió también con ellos?

—Lola estaba deseando oírla decir que sí.

Para su sorpresa, Monique empezó a negar con la cabeza.

—Eso es justamente lo que quería decirle, inspectora, que no, que Chantal Fischer estuvo todo el tiempo un par de filas por delante de mí, hasta el mismo final de la subasta y puedo jurar sobre la Biblia que no se movió de allí para nada. Novikov se marchó en cuanto le adjudicaron lo que deseaba comprar, un móvil de Calder por millón y medio de euros, y la mujer se quedó allí charlando con unos y con otros durante al menos media hora. La vi salir del banco sola, sin haber cruzado ni una mirada con Marco y, en ese momento, pensé que quizá la información que me habían dado era falsa, que no estaban liados. Me equivocaba, claro, pero eso solo lo supe al llegar aquí y, en ese momento, pensé que, si le decía a usted que ya me habían avisado en Suiza sobre Chantal, usted podría pensar… —Se le rompió la voz, bajó la vista y tragó saliva varias veces antes de poder volver a hablar—. Además, era cierto que no la conocía y que no me constaba que Marco y ella fueran amantes. Solo le mentí al decirle que no la había visto nunca. Lo siento. Ahora me doy cuenta de que hice mal no hablándole de la subasta.

La inspectora Galindo guardó silencio durante unos segundos. Estaba absolutamente fascinada por Monique Heyni y decidió probar hasta dónde estaba dispuesta a llegar.

—¿No ha pensado usted que la señora Fischer podría tener algo que ver con la muerte de su esposo?

Monique alzó la vista hacia ella, horrorizada. La inspectora continuó:

—Si ella hubiese entrado en contacto con Novikov a través del profesor, se hubiesen puesto de acuerdo para que Fischer le suministrara una copia y hubiesen decidido prescindir de él… O bien él hubiese querido una mayor participación económica en la transacción… Ahora sabemos que él pensaba empezar una nueva vida con Chantal Fischer y seguramente necesitaba dinero para ello… Cabe la posibilidad de que ella quisiera deshacerse de él o de que Novikov estuviera dispuesto a hacerlo desaparecer, por sus propios intereses.

—Todo eso que usted dice es posible, inspectora, y me parecería espantoso que esa mujer que él pensaba que lo quería hubiese participado en su muerte, pero yo solo puedo decirle lo que vi. Esa noche concreta, la de la subasta, si yo no hubiese estado avisada por mi conocida, ni se me habría ocurrido que Marco y Chantal pudiesen tener nada que ver el uno con el otro. Ya siento bastante haberle mentido a usted al principio. No pienso hacerlo más. Esa noche no hablaron ni se reunieron juntos con Novikov.

—¿Tan segura está que ni siquiera puede ponerlo en duda para que tengamos un hilo del que tirar en la resolución de la muerte de su marido? —insistió Lola.

—No, inspectora. Estoy absolutamente segura. Ya he sufrido bastante con la mentira que le acabo de confesar. Como puede usted comprender, no me gusta esa mujer, y hasta me sabe mal ser yo quien hable en su descargo, pero tengo que decirle las cosas como son, y ella estuvo allí todo el tiempo. —Monique se puso en pie. Lola la imitó.

—Se lo agradezco mucho, señora Heyni. Lamento decirle que tendremos que cerrar el caso.

—La verdad es que eso no me importa demasiado, inspectora —dijo Monique, ya en la puerta, con un deje de tristeza—. Lo único que yo querría es que todo volviera a estar como hace un par de meses, cuando estábamos paseando por las avenidas del castillo de Chambord; pero eso es imposible, y nada de lo que ustedes puedan hacer cambiará el hecho de que Marco está muerto. Para siempre. Y eso no tiene remedio.

Lola Galindo la vio marcharse, triste pero entera, y volvió a sentir admiración por ella. Estaba deseando contárselo a Nel.

La elección del lugar donde se encontrarían con los especialistas no fue cuestión sencilla. Sofía decidió que el estudio no era opción, porque estarían todos como sardinas en lata; reunirse en la biblioteca resultaba demasiado triste porque seguía siendo un enorme cuarto desangelado y con poca luz; en el gabinete no había ni que pensar, entre otras cosas porque allí colgaba el otro cuadro de Marianne von Werefkin, el retrato de Mercedes, y Sofía no tenía ningún interés en que nadie lo supiera, mucho menos gente que podía apreciar que se trataba de algo valioso. Reservar la salita o el salón, que eran zonas comunes, para una reunión a puerta cerrada, no le parecía bien a Candy, aunque a Sofía le hubiese dado igual —«esta sigue

siendo mi casa y hago lo que me da la gana, ¡faltaba más!»—;
la cocina no era plan por obvias razones y el porche, que habría
podido ser muy agradable a las seis de la tarde en la parte de
sombra, solía estar siempre tomado por las chicas de la lavanda
o por cualquier otro que hubiese tenido calor en su habitación.
Citarlos en el jardín, como había propuesto Greta, no les parecía serio a las otras dos, de modo que no quedaba más que
el gran salón de baile, el antiguo comedor del primer piso, de
cuando Santa Rita era balneario de talasoterapia y recibía a
una elegante clientela de la capital, con sus arañas de cristal y
sus dos chimeneas enfrentadas coronadas por grandes espejos.

Se había convocado una brigada de urgencia para que todo
estuviera listo hasta las cinco, se había habilitado una mesa con
manteles de lino junto al balcón central, se había desenterrado
del fondo de uno de los armarios uno de los preciosos juegos
de té de porcelana china traído por doña Soledad de un viaje a
París a principios del siglo xx, y Trini había hecho profiteroles
de nata y de chocolate para servir con el té y el café.

—Mirad que yo casi no soy española ya en cuestión de costumbres —había dicho Greta—, pero ¿de verdad creéis que lo
adecuado a las seis de la tarde en el Mediterráneo en pleno
agosto es servir té con pasteles?

—Y ¿qué propones? ¿Vodka con blinis de caviar? —había
ironizado Candy—. Eso ya lo haremos si decidimos venderle
algo a Novikov.

—¡Qué bruta eres, Candy! No sé, yo había pensado más
bien en unas cervezas y unas almendritas o algo así, más mediterráneo, más fresco.

—Los señores que van a visitarnos son tan mediterráneos
como nosotras y no les va a parecer nada original lo de las almendras, querida —había intervenido Sofía—. Además, ellos
esperan a unas viejas locas medio inglesas que seguramente no
tienen ni idea de quiénes eran los expresionistas alemanes ni
por qué son importantes. Con el té y los pastelitos se quedarán

convencidos de haber acertado, pero si de verdad te parece que es todo muy dulce, podemos decirle a Trini que prepare también unos sándwiches de pepino. Eso los convencerá definitivamente de que se nos va la olla.

—Pero... ¿qué interés tienes tú en que piensen que somos tontas y además estamos locas?

—Mira, hija, a lo largo de mi vida he aprendido unas cuantas cosas, y una de ellas es que a la gente la tranquiliza desmedidamente encontrar lo que piensan que van a encontrar. Claro que a veces es útil dar una buena sorpresa e incluso escandalizar al de enfrente, pero es mucho más práctico, en los primeros contactos, que vean lo que quieren ver. A la gente, y sobre todo a los hombres, eso lo sabes tú igual que yo, les encanta explicarte cosas, saber más que tú, que los escuches con admiración. Haciéndote la tonta te enteras de cosas que no te habrían contado si hubieras ido de lista por la vida. Y cuando eres vieja, como yo, y todo el mundo piensa que estás gagá y que pueden manipularte, es muy útil hacerse la idiota y dejar que te lo cuenten todo. En detalle. Antes o después hablan más de la cuenta y acabas enterándote de cosas que no pensaban decir, pero como creen que se te van a olvidar, no les dan importancia.

Greta alzó los ojos al cielo y decidió irse al jardín a cortar unas cuantas flores para decorar la mesa; en eso nadie iba a meterse con ella. Plumbago azul, rosas blancas y algún toque de fucsia o de morado junto, quizá, con un par de ramas de eucalipto o incluso olivo, para darle algo de oscuridad y consistencia.

Le resultaba curiosa la poca atención que se dedicaba en la zona a los detalles bonitos. La comida era importante y se trabajaba mucho para que fuera abundante y sabrosa, pero a casi nadie le preocupaba que la mesa estuviera bien puesta o que hubiese una decoración original. Eso se reservaba para los grandes acontecimientos, como las bodas, en las que la gente se gastaba fortunas y, de pronto, parecía que todo lo que antes no tenía importancia se consideraba central: las flores, la vajilla, la decoración del local…

En cualquier caso, solo se trataba de una reunión con unos funcionarios de la policía especializados en delitos artísticos.

Se preguntó qué haría ella, caso de encontrarse en la posición de su tía. Se alegraba de no estarlo, pero tenía que ir considerando la posibilidad de que, en un futuro cercano, todo lo que ahora era competencia de Sophie le caería a ella encima y aún no había decidido si estaba dispuesta a aceptar esa responsabilidad. Santa Rita era maravilloso, pero para estar como estaba ahora ella, en una posición de invitada, con grandes privilegios y sin tener que tomar las decisiones transcendentales.

Suponía, de todas formas, que lo mejor sería vender los cuadros. Una subasta en Christie's o en Sotheby's y listo. Aunque, por otro lado, quizá fuera mejor ofrecerlos a alguno de los grandes museos que se habían puesto en contacto con Sophie. Si los subastaban, lo más probable era que acabaran en manos de algún oligarca ruso o un magnate japonés que los meterían en una caja fuerte como inversión y nadie volvería a verlos en otros cien años.

A las seis menos cinco, las cuatro mujeres —Sofía, Candy, Monique y Greta— estaban instaladas en el comedor de arriba, disfrutando de lo bien que había quedado todo y de la brisa que entraba por los balcones abiertos haciendo oscilar los visillos blancos, esperando la llegada de sus invitados. Marta estaba abajo para recibirlos y acompañarlos hasta el primer piso.

Eran tres: una mujer y dos hombres, vestidos de civil con ropa informal y la clásica expresión de todos los que veían Santa Rita por primera vez: una especie de excitación, de sorpresa ilusionada.

Greta se puso en pie, se acercó a la puerta a recibirlos e hizo las presentaciones. Como le había rogado Monique, se limitó a presentarla como una amiga, galerista, sin mencionar que era la viuda del profesor Heyni.

—Pues ustedes dirán —dijo Sofía, una vez servidas todas las tazas y ofrecido los platitos de dulce y de salado.

—Verán, señoras —comenzó el jefe del grupo, un inspector de Valencia—, este caso ha sido muy especial desde el principio porque nosotros solemos trabajar en casos de piezas robadas que hay que recuperar y luego identificar para asegurarnos de que no se trate de una falsificación. Si nos hemos visto envueltos en este en concreto, ha sido por las circunstancias de su hallazgo y por la repentina muerte del especialista suizo que estaba autentificando las obras. Por eso hemos solicitado la colaboración de Sara López y Felipe Montero, que no pertenecen a la Policía ni a la Guardia Civil, sino que son especialistas en este periodo artístico.

Los aludidos hicieron una breve inclinación de cabeza.

—De modo que dejo que ellos les expliquen qué es lo que han descubierto.

Se miraron entre ellos y comenzó la mujer.

—Lo primero es que los cuadros están en bastante buen estado para haber pasado años emparedados. Eso los ha protegido, y los colores, después de pasar por una leve restauración, brillarán como recién aplicados. Ya saben ustedes que, en el expresionismo, el color lo es todo.

Las mujeres de Santa Rita asintieron con la cabeza, en silencio.

—En segundo lugar, hemos podido autentificar sin lugar a dudas la autoría del cuadro de Vasili Kandinsky. Es original y no se conocía hasta este momento. Resulta incluso posible, aunque aún estamos en ello, que sea un cuadro al que se refiere en una carta a Marianne von Werefkin que consta en su archivo.

—Es de los primeros cuadros abstractos de Kandinsky —continuó Montero—. De cuando aún estaba tanteando lo que se consolidaría después, de la época en la que él y Weref-kin se pasaban la vida discutiendo sobre la teoría que llevaría a la abstracción.

—Eso, en sí, ya es un hallazgo increíble —siguió López con los ojos brillantes. Estaba claro que todo aquello le resultaba apasionante—. Pero lo más increíble es lo que vamos a contar-les ahora. —Con el índice de la mano derecha, empezó a contar tocando los dedos de la izquierda—. Tenemos ese Kandinsky. —Índice—. Tenemos dos cuadros autentificados de Marianne von Werefkin, un retrato de niña —corazón— y un paisaje con figuras... —Anular.

—La niña soy yo —interrumpió Sofía— a los seis años. El paisaje es la avenida de entrada a Santa Rita, con las palmeras, y las figuras somos mi madre, mi hermana, nuestra *nanny* y yo en 1930.

—¡Qué suerte! —dijo la mujer—. Continúo: tenemos también un Jawlensky autentificado, desconocido, de la prime-ra década del siglo xx, calculamos. Todo eso es ya uno de los mayores hallazgos de la historia del siglo, pero lo que nos lleva de cabeza es que el último cuadro, el que nada más verlo cual-quier especialista supone que tiene que ser un Jawlensky, un retrato también desconocido...

—No está firmado por él en el lugar habitual —intervino el hombre, quitándole la palabra a su colega—, sino que, en la parte de detrás, la firma es de Marianne von Werefkin. No he-mos podido reconocer, al menos todavía, al retratado, no lleva fecha, y lo que más nos llama la atención es que hay dos letras seguidas de una exclamación: una S y una O.

Los dos expertos parecían haber descubierto América, el inspector de la brigada sonreía, ufano, y las mujeres esperaban, sin quitarles ojo, a que les dieran una explicación. En vista de que no parecían dispuestos a añadir nada, dijo Greta.

—Perdonen, pero si hay una exclamación después de esas dos letras, y si las letras no van separadas por puntitos, no se trata de dos letras, ni de una sílaba, sino de una palabra completa. «So» en alemán, significa «Así», o incluso «Ahí lo tienes».

Los tres especialistas se miraron, inquietos.

—¿Está usted segura? —preguntó el policía.

—Soy traductora de alemán a español y he vivido cuarenta años en Alemania. No puedo estar más segura.

—Entonces, todavía está más claro.

—¿Y si nos lo explican? —preguntó Candy, ya un poco irritada.

—Si la tela es aparentemente un Jawlensky pero está firmada por Werefkin, que era su compañera y su mentora... —comenzó Monique, que ya creía saber a qué se referían los policías especializados.

Montero la interrumpió.

—Werefkin fue su maestra al principio, cuando aún estaban en Rusia, y luego su musa.

—¡Y unas narices, su musa! —Todos miraron a Monique, sorprendidos por su exabrupto—. ¡Qué estúpida manía con lo de que las mujeres solo pueden ser musas, mientras que los artistas son ellos! Werefkin era una gran pintora por méritos propios y una gran teórica del arte a quien debemos gran parte del impulso para liberar el color y crear el arte abstracto, eso lo saben ustedes igual que cualquiera que se haya molestado en leer un poco sobre *Der blaue Reiter*, El Jinete Azul en español. Y, por lo que me parece —continuó, dirigiéndose ahora a Sofía, a Candy y a Greta—, lo que están tratando de decirnos es que cabe la posibilidad de que alguno de los cuadros que cuelgan en diferentes museos del mundo como pintados por Alexsej Jawlensky en realidad fueron pintados por Marianne, ¿no es eso?

Los dos especialistas se habían quedado de piedra por la rapidez de comprensión de aquella mujer que hablaba un perfecto español con un ligerísimo acento.

—Sí, señora, de eso se trata, que podría ser que algunos

de los cuadros atribuidos a Jawlensky hayan sido pintados por Werefkin. Lo que no sabemos es por qué.

—¿Por qué? —intervino Sofía, que, de momento, no estaba dispuesta a decirle a nadie que ella había creído reconocer a su padre en el retrato—. Por lo de siempre. Porque el hombre tendría mucho que hacer, con tantas señoras como se disputaban sus favores, y Marianne tenía tiempo para «ayudarlo». O porque ella tenía claro cuál debía ser la trayectoria de su alumno y pintó un par de retratos para demostrarle cómo hacerlo…

—De ahí ese «So!» —aportó Greta.

—O porque se había comprometido para una exposición y no le daba tiempo de pintar todas las obras que había prometido… —añadió Candy—. Hay miles de razones para explotar a su mujer.

—Si conocen bien a estos artistas —volvió a hablar Monique, ya totalmente calmada—, quizá se hayan preguntado por qué un pintor que basa su fama en los retratos y que, como casi cualquier pintor del mundo, tiene varios autorretratos conocidos, nunca pintó uno de su compañera. De su «musa», como usted la llama, señor Montero. ¿Qué artista no pinta a su musa? Nómbreme uno. Modigliani pintó a Jeanne Hebuterne hasta la saciedad. Picasso retrató a todas las mujeres que compartieron épocas de su vida. Jane Burden, la esposa de William Morris, Elisabeth Sidall, de Dante Gabriel Rosetti…, toda mujer crucial en la vida de un artista aparece en sus obras. Menos Marianne. Jawlensky debía de estar bastante resentido con ella, y no hay más que ver cómo la trató a lo largo de su vida, ¿no les parece? A lo mejor, gracias a este cuadro, hemos descubierto por qué.

Nadie dijo nada.

—En cualquier caso —habló por fin el inspector—, esta es una noticia impactante en el mundo del arte. Dará mucho que hablar y me parecía fundamental que ustedes estuvieran informadas antes de tomar una decisión sobre el destino de estas obras. Tendrán que decidir también dónde se conservan mientras tanto, antes de saber si van a venderlas o prestarlas a algún museo, porque, la verdad, este no es lugar para unas obras de esta trascendencia. Aquí puede entrar cualquiera y llevarse lo que le dé la gana. No tienen ustedes medidas de seguridad de ningún tipo.

—Tampoco tenemos nada que valga la pena robar —dijo Sofía, tomando su té tranquilamente. No pensaba decirles que había otro cuadro de Marianne en el gabinete y un Korovin en su dormitorio, aparte de unas cuantas cosas más, como un original de Paul Flora, dedicado a ella—. Y, además, aquí siempre hay mucha gente por todas partes.

—Pero si deciden quedarse con esas telas, tendrán que invertir en su seguridad.

—Lo pensaremos, inspector —dijo Candy—. Sabemos que es una decisión importante.

—No olviden que hay una, ¿qué digo una?, varias mafias especializadas en robos y falsificaciones de obras de arte, y no son ladrones guapos y de guante blanco como en las películas. Son asesinos. Ya ven lo que le ha sucedido al profesor Heyni. No se detienen ante nada y es muy difícil atraparlos, aunque hacemos todo lo posible.

Al cabo de unos minutos más de conversación, Greta los acompañó de vuelta a la entrada. Los tres expertos se miraron unos segundos y al final, con cierta timidez, Montero preguntó si podrían dar una vuelta por el jardín.

—¡Pues claro! Vengan conmigo y les hago una pequeña visita guiada. Iremos a ver dónde se encontraron los cuadros y las diferentes zonas del jardín, si les parece.

Todos lo agradecieron efusivamente y se lanzaron a descubrir los rincones de aquel extraño paraíso.

El móvil le sonó en plena hora de los aperitivos y las tapas, con las dos manos llenas de platos y la mirada del jefe clavada en ella, de modo que no le quedó otra que hacer como que no notaba la insistente vibración en el bolsillo, llevar los trastos a la barra y volverse de inmediato a la mesa siete donde se había instalado una familia gritona con cuatro críos y poca paciencia. Ya lo miraría después. No podía ser nada grave. La cita con el médico para Chantal ya estaba arreglada para esa misma tarde. Robles se había pasado a hacerle una visita el día antes, con lo cual estaba al tanto de lo poco que le pasaba y no creía que la estuviera llamando ahora, y en general no había nadie más que quisiera localizarla para algo importante. Lo mismo era alguna oferta de telefonía o alguna estupidez de ese tipo.

Chantal dejó sonar la llamada hasta que saltó el buzón de voz. Entonces colgó sin dejar ningún mensaje. Desde que la policía había investigado su teléfono, había desarrollado una auténtica fobia por ese aparato que lo registra todo para que luego otros puedan sacar conclusiones, casi siempre erróneas. Ya la volvería a llamar más tarde. Ahora tenía mucho que hacer.

Hacía apenas dos horas, armándose de valor, había llamado al número español que, desde hacía dos días, aparecía constantemente en su pantalla. «Por teléfono nadie puede hacerte nada, idiota —se había dicho a sí misma—. Llama y acaba de una vez por todas. Así, al menos, podrás dormir esta noche.»

Por fortuna lo cogieron al segundo pitido. No estaba segura de haber aguantado mucho más si no le hubieran contestado rápido.

Cuando oyó su voz, por un momento, se quedó muda, incapaz de reaccionar. Lo oía diciendo: «*Allo. Allo. Bist Du das, Chantal?*» y no se sentía con fuerzas de emitir un sonido. Estaba muerto. Sabía que estaba muerto. Tenía que estar muerto. No era posible que estuviese hablando con él. Tenía que ser un truco de la policía, o del gorila de Novikov, o de quien fuera. «*Bitte, Chantal, Mädel, sag was. Kennst Du mich nicht?*»

«¿No me conoces?», le preguntaba. Claro que lo conocía, solo que no era posible.

—Creía que estabas muerto —dijo por fin con un hilo de voz—. Creía que te habían matado los rusos y por eso, cuando llegué aquí, a la casa, seguían estando todas mis cosas.

Él se echó a reír. Siempre había sido un poco simple.

—¿Cómo que muerto? ¿Qué rusos, niña? Me rompí una pata, como un idiota, justo a los dos minutos de recibir tu mensaje, y me hospitalizaron aquí. Destruí el teléfono y, ahora que me han dado el alta, me he comprado uno de tarjeta para ver cómo estás y cómo van las cosas.

—¿Y la furgoneta?

—Aquí, claro. En el aparcamiento de larga duración donde la puse al llegar.

—¿Puedes conducir?

—No, claro. Oye, parece que te preocupas mucho por mi salud, ¿no?

—Perdona, Guy. ¿Estás bien? —No esperó respuesta—. Ya te contaré. Es que me ha pasado de todo y no veo la hora de salir de aquí. ¿Me ayudarías a recoger y marcharnos?

—Puedo mirarte y hacerte compañía —volvió a reír—. No sé si has pillado que llevo una escayola casi hasta el culo y necesito dos muletas.

—Me vale con lo de la compañía. Coge un taxi, ven lo más rápido que puedas, vamos a buscar la furgo y empiezo a cargar yo sola. Igual incluso consigo que nos ayude una amiga de por aquí.

—¿Te ha dado tiempo a hacer amistades? —Otra vez la cargante risa idiota. Se le había olvidado por completo el sonido de la risa de Guy, que muchas veces le daba dentera.

—Ya te cuento luego. Ven enseguida. A ver si hoy mismo podemos salir para Suiza.

—A sus órdenes, jefa. Yo también estoy deseando largarme de aquí.

—Te espero. No tardes.

Desde el mismo momento de colgar, había empezado a recoger todo el material y había intentado localizar a Nines, sin ningún éxito. Debía de estar a tope de trabajo. Casi lo más sensato sería bajar al chiringuito, pedir una cerveza y aprovechar para decirle cómo estaban las cosas e incluso pedirle ayuda. Esa tarde libraba hasta las ocho y, como de todas formas iba a acompañarla al médico, sabía seguro que tenía tiempo para echarle una mano. No le importaría pagarle lo que pidiera. Lo importante era recoger y marcharse lo antes posible.

Nada más pensarlo, y en vista de que seguía sin coger el móvil, dejó una nota en la puerta para Guy diciendo que volvía enseguida, que se pusiera cómodo en el jardín, y bajó a toda velocidad hacia la playa.

El chiringuito estaba a rebosar de gente enrojecida por el sol, con el pelo quemado por la sal del mar y una sed desmedida de cerveza fría y tinto de verano. Ya habían empezado a salir de la cocina las primeras paellas, pero Chantal no tenía tiempo para eso. Comería más tarde, o no comería, daba igual.

Encontró un hueco en la barra, junto a unos hombres maduros y barrigones, que se apartaron un poco para tenerla cerca, con su melena rubia y su piel brillante de crema solar. Nines la vio enseguida, pero estaba tomando una comanda en una mesa ya en la arena y aún tardó unos minutos en acercarse.

—¿Pasa algo? —preguntó.

—He tratado de llamarte al móvil.

—Ya ves cómo está esto hoy. Como se está acabando agosto, la gente está que se sale.

—¿Puedes ayudarme esta tarde a cargar mis cosas en una furgoneta?

—Esta tarde tenemos cita médica, ¿no te acuerdas?

—Ya no. Hay que anularla. Me marcho a casa.

—¿Hoy?

—Aunque sea de noche. Me voy ya.

—¿Lo has pensado bien?

Chantal asintió con la cabeza, muy seria.

—¿Tienes miedo? ¿No te fías? —insistió Nines, que no acababa de entender el repentino cambio de planes.

—De todo un poco. —Chantal sonrió de medio lado—. Me ha surgido la posibilidad de irme hoy mismo y no la quiero desaprovechar. En mi país lo tendré más fácil.

—Tú misma —zanjó Nines—. ¿Anulo?

—Por favor.

Nines pasó detrás de la barra, dio un largo trago a un refresco que tenía guardado para ella y volvió a mirar a Chantal.

—Entonces, ¿me echas una mano?

—A las cuatro puedo estar en tu casa. Antes no. Y vuelvo al curro a las ocho.

—Perfecto. Yo haré lo que pueda y te espero para lo que más pesa. Entre las dos no es problema. ¿Doscientos euros?

—Deja, tía. Tampoco te iba a cobrar por lo otro.

—Insisto, Nines. No tengo mucho más en efectivo, pero es lo menos que puedo hacer.

—Vale. Gracias.

Ya a punto de volver a su trabajo, Nines preguntó otra vez:

—¿De verdad estás segura?

Chantal volvió a asentir con la cabeza, muy seria, sus ojos ocultos tras las oscuras gafas de sol.

—Pues nos vemos a las cuatro.

Greta acababa de salir del estudio de su tía con una carpeta delgada en la que apenas si había un par de cuartillas, lo que la había decepcionado un poco. Ella esperaba más. Más información, más detalles, más de todo lo que se encerraba en la mente de Sophie y que, si no se decidía a entregarle pronto, desaparecería con ella para siempre.

Estaba empezando a tener la sensación de haber pasado toda su vida en una especie de burbuja, creyendo que esa era la realidad, el mundo que compartía con todos los demás, sobre todo con su familia, y poco a poco se iba dando cuenta de que no era así, de que su familia estaba formada por personas extrañas, desconocidas, que habían hecho y dicho cosas de las que ella nunca había sido consciente y ahora, de golpe, iban aflorando.

Si después de más de treinta años de matrimonio empezaba a encontrar raro a Fred desde que se habían separado y ya no se veían a diario, ¿cómo no iba a parecerle extraña Sophie, con quien no había convivido más que el año de final de bachiller y a quien no había visto más de una docena de veces en ferias y festivales literarios? Por no hablar de su abuela Mercedes, de quien conservaba buenos recuerdos, pero desvaídos. Ahora se daba cuenta de que, en su adolescencia, nunca había reconocido a su abuela como una mujer igual que ella, con sus ilusiones, sus dolores y sus deseos. La abuela no era más que eso, una señora mayor, que se casó enamorada, tuvo a sus dos hijas, perdió a su marido y se retiró a un piso en Alicante con una espléndida vista al mar. Por no saber, ni siquiera había sabido que Mercedes era una pintora notable. En su época, las abuelas no eran pintoras, ni escritoras, ni nada que pudiera llegar a hacerlas destacar mínimamente. En los libros de texto a las abuelas se las dibujaba siempre como señoras de pelo gris, peinadas con moño, con una toquilla sobre los hombros y un gato en el regazo, sentadas en una mecedora viendo la televisión. Mercedes, como ella la recordaba, era una mujer moderna, que iba a exposiciones y museos, que viajaba con sus amigas, que tenía unos cuadernos de esbozos de viaje a tinta y acuarela que escondía siempre que ella quería echarles una mirada, quitándoles importancia. Pero realmente nunca había sabido nada de la madre de su madre, salvo las leyendas familiares y las típicas anécdotas mil veces repetidas.

Ahora se acordaba de que su abuela, aquel año que ella pasó en Santa Rita terminando el bachiller, el de antes de entrar en la universidad, aún no tenía setenta. Recordaba la comida de cumpleaños que hicieron, ya en primavera, en un restaurante muy bonito junto al mar, de cuyo nombre no le había quedado recuerdo. ¡Su abuela Mercedes tenía sesenta y nueve años cuando ella llegó con su madre, recién divorciada! Mercedes, sesenta y nueve, Sofía, cincuenta, Eileen, cuarenta y siete, y ella misma diecisiete años. ¡Todas tan increíblemente jóvenes! Sin embargo, en sus recuerdos, su abuela, su tía y su madre eran señoras mayores que no tenían nada que ver con sus propias ilusiones, ambiciones y proyectos; mujeres cuyas vidas ya habían acabado, que ya no tenían futuro. ¡Qué vergüenza haber pensado así alguna vez! Aunque... tenía la impresión de que ese era el sino de la juventud, la de su época y también de la actual: dejarse manipular por la absurda idea propagada en todos los medios de que la juventud es lo único que cuenta, que una mujer ya no tiene futuro después de la menopausia, que no es más que un estorbo para todo el mundo, que debería tener el buen gusto de quitarse de en medio y no molestar, porque su presencia ofende estéticamente y fastidia intelectualmente. ¡Qué lástima darse cuenta tan tarde!, pensó.

Mejor tarde que nunca. Había llegado el momento de ver las cosas desde otro punto de vista, enterarse de lo que nunca supo, aprender lo que siempre se guardó en secreto.

Ahora Sophie parecía dispuesta a darle algo más de información, pero, por lo visto hasta el momento, lo que iba apareciendo no era lo que cualquiera esperaría de épocas pasadas, sino algo que empezaba a parecer un folletín, pero que, sin embargo, era la historia de su familia.

De algún modo siempre había conseguido no darle demasiada importancia a lo que se contaba del comportamiento de su abuelo durante la guerra y la posguerra. Su madre siempre lo había minimizado y, habiendo vivido en Alemania durante tanto tiempo, ella misma conocía a varias personas cuyos padres y abuelos habían sido nazis convencidos y habían hecho cosas terribles durante la guerra europea. Eran cosas que, a veces, se comentaban en alguna cena y enseguida se pasaba a otro tema más amable.

Sin embargo, ahora sabía que su abuelo había sido no solo un monstruo en tiempos de guerra, sino también un violador, y un asesino que ya desde el principio había cometido un crimen a sangre fría, matando al prometido de la muchacha que él deseaba. ¿Qué más cosas habría hecho hasta acabar asesinado él mismo por una paciente?

Ahora entendía que su abuela Mercedes hubiese decidido cerrar definitivamente Santa Rita y marcharse de allí para siempre.

Sophie le había dado la carpeta, avisándola de que solo era un vislumbre parcial de lo que el pasado ocultaba, y de que, además, no era ni una carta ni una entrada de diario, suyo o de Mercedes, sino un fragmento de la novela que nunca había llegado a publicar y que, unos meses atrás, le había confiado para quitársela apenas un día después, al considerar que aún no había llegado el momento adecuado.

—¿Por qué no me la vuelves a dar completa? —había preguntado Greta, desagradablemente sorprendida.

—Porque sigue sin ser el momento. Léete ese fragmento y ya lo hablaremos. Los nombres están cambiados, evidentemente, pero no creo que tengas dificultades para darte cuenta de quién es quién y de qué estoy hablando en la novela. También te ruego que no la leas por ahí, donde cualquiera puede preguntar qué estás leyendo, y mucho menos que dejes esas páginas a la vista de alguien. *For your eyes only, darling.*

De modo que, a pesar del calor, se había instalado en su cuarto con el ventilador encendido y, acomodándose en la cama, había empezado a leer:

—¡Señora, señora, venga usted enseguida! ¡Don Javier acaba de tener un accidente!

A pesar del calor de agosto, Virtudes sintió un escalofrío recorriéndola entera y tuvo la sensación de que toda la sangre de su cuerpo subía primero a la cara para bajar de inmediato a las piernas, que se le pusieron pesadas y temblorosas.

—¿Un accidente? —consiguió decir.

Caridad, con los ojos muy abiertos y la cara palidísima, dijo varias veces que sí, moviendo la cabeza, espantada. Luego, en cuanto se aseguró de que la señora la había comprendido, salió corriendo hacia las escaleras, suponiendo que la seguiría.

Cuando llegaron a la sala donde se daban los *electroshocks* a las pacientes, Virtudes se detuvo un segundo en el umbral. Nunca había entrado allí. Lo tenía terminantemente prohibido por su esposo.

En ese momento, dos enfermeros salían, llevando entre ellos, a empujones, a una muchacha manchada de sangre que gritaba casi sin respirar, daba tirones a la camisa de fuerza y trataba de morder a los hombres que la sujetaban. Caridad se pegó a la pared con los ojos cerrados hasta que pasaron y se perdieron al final del pasillo.

Dentro de la sala, el cuerpo de Javier yacía desmadejado en el suelo, con la cabeza y la cara llenas de sangre. Un trozo del cráneo estaba levantado y dejaba ver por arriba el abundante pelo negro y por abajo una masa blanquecina y sanguinolenta, como un huevo pasado por agua cuando con la cucharilla se le va quitando la cáscara. Virtudes sufrió una arcada, cerró los ojos y se apoyó en lo primero que encontraron sus manos, una silla de ruedas que, por suerte, tenía el freno puesto.

—¿Qué… qué ha pasado? —susurró.

Un médico joven, cuyo nombre no recordaba y en el que no se había fijado hasta ese momento, se levantó del lado de Javier.

—Lo siento, doña Virtudes. Ha muerto. No hay nada que hacer.

De un momento a otro, sin poder evitarlo, sin saber de dónde venía esa sensación, con una vergüenza peor que si la hubiese visto desnuda, la mujer sintió un júbilo tan grande que tuvo que taparse la cara con las dos manos y darse la vuelta para que aquel muchacho no se diera cuenta de la alegría salvaje que la llenaba al saber que la bestia de su marido nunca más volvería a maltratarla.

—Siéntese, señora, agache un poco la cabeza. Caridad, suéltale los botones de la blusa, que pueda respirar mejor. Es un golpe muy fuerte, doña Virtudes. Lo siento en el alma. Ha sido esa mujer. Es una loca violenta. No sabemos bien qué ha pasado. La trajeron los enfermeros en la silla donde está usted ahora, le soltamos las correas para pasarla a la camilla del *electroshock* y no sabemos de dónde sacó de repente un martillo que llevaba escondido en la ropa, se lanzó contra don Javier aullando insultos y..., cuando nos dimos cuenta y nos lanzamos sobre ella, ya era tarde. Venga usted, vamos a llevarla a su dormitorio. Necesita reposo.

—¿Policía? —susurró.

—Más tarde. Usted no se preocupe de nada. Ahora le daré un sedante y podrá descansar. Nosotros nos ocuparemos de todo.

—Caridad... —Virtudes tenía un peso en el pecho que apenas le permitía hablar—. Busca a la señorita, que venga a mi cuarto, no la traigáis aquí. No quiero que vea así a su padre.

—Sí, señora, en cuanto la deje a usted arreglada, busco a la señorita Clotilde.

Una vez instalada en la cama, con los visillos echados contra el resol y la vista fija en el gran crucifijo que pendía entre las dos ventanas, volvió a entrar el joven de bata blanca con el infiernillo de alcohol y el estuche de las jeringas.

—Espere un momento, doctor. No me inyecte hasta que llegue mi hija, por favor.

El médico inclinó la cabeza con deferencia y empezó a desinfectar el instrumental. En ese momento entró Clotilde, agitada. Era evidente que ya le habían contado lo sucedido y lo más probable, pensó Virtudes, era que ya lo supiera también todo el sanatorio. La joven se sentó en la cama y cogió la mano de su madre. Ambas estaban heladas, a pesar del calor reinante.

—¿Cómo estás, mamá?

—Señora —intervino el médico—, si me permite, me gustaría inyectarle ya. El efecto es rápido, pero aún puede usted hablar con su hija unos minutos. Es mejor así, y yo tengo que bajar cuanto antes.

—De acuerdo, doctor.

Un momento después, el médico y Caridad las habían dejado solas.

—¿Estás segura, mamá? —preguntó Clotilde, mirándola a los ojos, sin que hiciera falta precisar más—. A mí no me han dejado verlo.

—No es una visión agradable. Pero sí, estoy segura. Está muerto.

Las dos soltaron el aire como si llevaran mucho tiempo reteniéndolo. Las dos se miraron atemorizadas; las dos, avergonzadas por la pequeña sonrisa que empezaba a dibujarse en las comisuras de sus labios.

—Libres —susurró Clotilde—. Libres, mamá.

—Por fin —dijo Virtudes en voz todavía más baja—. Y sin culpa —añadió, ahora con una brillante sonrisa.

—¿Sin culpa? ¿Qué quieres decir?

Virtudes volvió a mirar el crucifijo a cuyos pies reposaba un reclinatorio tapizado de seda violeta donde había rezado y llorado tantas veces.

—Que está claro de qué ha muerto y nosotras no hemos tenido nada que ver con ello. Vendrá la policía, pero es más que evidente lo que ha pasado. Gracias a Dios.

—No te entiendo, mamá. —Clotilde pensó que quizá el sedante estaba ya surtiendo efecto y su madre había empezado a decir cosas raras.

—Hija..., tú sabes que ya no podía más..., que tenía miedo de que me matara un día, de que nos matara a las dos... Ese marido tuyo no nos iba a defender, y tu padre... cada vez estaba peor...

Clotilde asintió sin soltarle la mano.

—Por eso no tuve más remedio que hacer algo para evitarlo. No tuve más remedio... ¿entiendes, hija?

—No. No entiendo nada. ¿Qué hiciste?

—Hace meses que le pongo arsénico en el té dos veces al día. Muy poquito, para que no se alarme, para que no note nada. Tengo los nervios destrozados, Clotilde. De esperar, simplemente de esperar; de miedo de que se dé cuenta y me estrangule una noche. Sabía que haría falta mucho tiempo y no sabía bien si hubiese podido pasar por una enfermedad normal, por un paro cardiaco... No me atrevía a preguntarle a nadie. Ya ves, esto lleno de médicos y yo sin poder preguntar una cosa tan simple, pero tenía miedo de que después alguien recordara que yo había estado preguntando por el arsénico y sus efectos.

Clotilde miraba a su madre como si fuera la primera vez que la veía.

—No me mires mal, hija. Era lo mejor para las dos, para salvarnos... Y ahora Dios por fin ha escuchado mis plegarias y no me ha permitido ser una asesina, me ha evitado ese pecado, ese dolor. Una de las locas ha matado a Javier y nadie va a sospechar de mí. No habrá autopsia, nadie pensará nada raro.

—Mamá —dijo Clotilde acariciándole la mejilla mientras los ojos de Virtudes se iban desenfocando por efecto del sedante—. Has sido muy valiente. Nunca pensé que llegaras a hacer una cosa así. —No le dijo que ella misma lo había pensado también y ya no le faltaba mucho para poner en práctica su plan. Lo importante era tranquilizarla y agradecer lo que había estado dispuesta a hacer por las dos.

—No le digas nada a tu hermana, por favor. Ella adora a papá. No lo entendería.

—No sufras, mamá. Nunca lo sabrá nadie. Lo enterraremos aquí, en el sanatorio, y le llevaremos flores todas las semanas. Nadie tendrá nada que decir. Ha sido un accidente laboral, un riesgo de la profesión que había elegido.

—Un accidente —dijo Virtudes con voz ya pastosa—. Gracias, cariño.

—Gracias a ti, mamá. Mil gracias.

—Secreto —creyó oírla decir muy bajito antes de que sus ojos se cerraran.

—Secreto, mamá.

17

Luces y estrellas

$\mathcal{T}$odas las luces de Benidorm —las de sus rascacielos y las farolas de los paseos junto al mar, y las de los yates y los restaurantes de la costa— se reflejaban en el mar casi negro, casi en calma absoluta. Estrellas arriba y luces abajo. La luna, muy alta, menguando. Habían terminado de comerse una pizza y, antes de que Lola tuviera que volver a Santa Rita, Nel la había convencido de dar un paseo hasta el mirador.

—¡Menuda horterada! ¡Ni que fuéramos guiris! —había dicho ella, pero se había dejado llevar hasta aquel lugar que nunca había visitado y que solo le sonaba porque todos los turistas se hacían fotos allí.

Cruzaron la explanada y bajaron la larga escalera en silencio, disfrutando de la ligera brisa que soplaba desde el sur. A esas horas, el mirador estaba desierto y brillaba, blanco, sobre la oscuridad del mar.

—Lo construyeron sobre los restos del castillo que defendía la costa de los piratas argelinos y berberiscos entre los siglos XIV y XVI —explicó Nel—, aquí entre las dos playas, la de Levante y la de Poniente, y no me negarás que la vista es espectacular.

—Ajá.

—¿Eso quiere decir que te gusta?

Ella lo miró con una cierta guasa en los ojos.

—Sí. Me gusta, si lo quieres con todas las palabras.

—Es que, con todas las palabras, como tú dices, es más fácil evitar malentendidos.

—Pues no sé… A mí me dicen muchas cosas a lo largo del día y me contestan a muchas preguntas con todas las palabras y la mayor parte de las veces no me sirve de nada.

—Porque todo el mundo miente.

—Va a ser eso… —sonrió Lola—. ¡Ah! No te he contado lo de la viuda suiza, lo que me pasó el otro día.

—¿Puedes?

—¿Qué? ¿Contártelo? Sí. No es nada sensible, y ya hemos cerrado el caso.

—¿Ah, sí?

—Está claro que el asesino era un profesional. No dejó nada. Ni un miserable hilo del que tirar, y parece que está implicada la mafia rusa de contrabando de patrimonio artístico, de modo que no hay mucho que hacer. Si no tenemos un golpe de suerte increíble, una casualidad, un chivatazo…, algo así, podemos olvidarnos.

—¿Y lo que me ibas a contar?

Lola le hizo un resumen rápido de la conversación que habían mantenido Monique y ella en la comisaría y al final le brillaban los ojos.

—¿Te imaginas? Con la pena y la rabia que tiene que llevar dentro esa mujer, sin embargo, ha sido capaz de confesarme algo que no tendría por qué haberme dicho, algo que exculpa a su rival, en lugar de inventarse alguna mentira para acusarla. Es para quitarse el sombrero. No me había pasado en la vida.

—¿Ves? Aún te va a servir para algo.

—¿Para qué, según tú?

—Para darte cuenta de que aún hay gente decente en el mundo, personas generosas y sinceras.

—¿Qué te hace pensar que yo no lo creía antes de esto?

Nel se apartó unos pasos hacia la baranda que daba a la playa de Poniente y la miró desde allí, él, acodado en la balaustrada; ella, recortada contra las luces de la bahía.

—Eres muy desconfiada. Lo sabes.

—Soy policía. No puedo ir por ahí fiándome de todo el mundo. Hace mucho que perdí la inocencia, y te aseguro que, aunque es verdad que hay personas decentes, en el ambiente en el que me muevo son las menos. Supongo que a ti no te pasa.

Nel se encogió de hombros.

—De todo hay, pero donde estoy ahora haciendo las prácticas no tengo mucha ocasión de comprobarlo. Los pacientes vienen, Fernando los ve, les pregunta, yo tomo apuntes, me enseña cosas o me llama la atención sobre algo en lo que no me había fijado, los despide, comenta conmigo lo que va a recetarles y pasamos al siguiente. En general los míos no mienten mucho, por la cuenta que les trae, aunque también los hay, sobre todo los adultos, que no te cuentan algún síntoma porque les da vergüenza o porque saben que les vas a prohibir algo y prefieren no saberlo.

Los dos sonrieron. Ella se acercó a donde estaba él, mirando las luces de la playa de Poniente.

—Si no sé que el tabaco me destroza los pulmones, puedo seguir fumando con tranquilidad. La tos no es nada de particular; un ligero catarro —resumió Lola.

—Tal cual.

—Oye, Nel —preguntó ella al cabo de un momento de silencio—. ¿Sabes ya si vuelves a Santa Rita en septiembre?

—¿Te gustaría que volviera?

Lola se giró hacia el mar, incómoda. ¡Qué manía tenía aquel chaval de hacer preguntas concretas en una conversación normal entre amigos! El silencio se estiró durante un par de minutos. Como Nel no añadía nada, acabó por contestar.

—La verdad es que sí, claro. Me ahorraría chuparme todos estos kilómetros para poder charlar contigo.

—A mí también me gustaría que estuviéramos más cerca y, si tuviera coche, iría yo a verte.

—¿Ah, sí?

—Sí.

Se miraron fijo a los ojos, sin saber qué más decir, pero también sin atreverse a dar el paso que los acercaría, no solo físicamente.

—¿Qué tal Elisa? —preguntó Lola, al cabo de un momento, rompiendo la tensión que se había creado entre ellos.

—Supongo que bien.

—¿Supones?

—Hace siglos que no nos vemos. Nos mandamos algún mensaje y eso es todo. Ella siempre tiene mucho que hacer con sus prácticas, su familia, sus amigas... No ha venido ni una sola vez a verme aquí, y eso que sabe que yo no puedo moverme con facilidad. No sé. Las cosas se van enfriando. Además, Lola..., vamos a hablar claro, ¿te parece?

Ella asintió con la cabeza.

—Yo... yo no sé si tú te lo puedes plantear, ya te he dicho antes que eres una desconfiada —le sonrió y ella lo hizo un segundo más tarde—, pero me paso el día pensando en ti y en cuándo vas a venir y adónde quiero llevarte y de qué hablaremos. ¿A ti no te pasa?

A Lola le fastidiaba sentirse como se sentía en ese momento: nerviosa, inquieta, casi con dolor de estómago, pendiente de las palabras de un chaval de veintipocos años, pero no podía negar la realidad.

—Te voy a ser sincera, Nel.

Él se encogió por dentro. La frase que había elegido Lola era la que todas las mujeres del mundo usaban para decirte que eras un buen chico, pero que te habías confundido con ella, que lo único a lo que podías aspirar era a una amistad.

—Dime.

—Yo también siento lo mismo.

Durante un par de segundos la mente de Nel no pudo procesar lo que acababa de oír.

—¿En serio?

—Sí.

Sin saber bien por qué, los dos empezaron a reírse.

—¡Qué raros somos! —dijo él por fin—. Si ni siquiera nos hemos besado nunca…

—Aún estamos a tiempo —dijo Lola con una picardía que a ella misma le sorprendió.

Se besaron durante unos larguísimos segundos que, sin embargo, se les hicieron cortos. Al separarse se habían quedado sin aliento.

—Mañana mismo le pido el coche a Fernando y voy a hablar con Elisa. Y en cuanto se me acabe el trabajo de verano, en la segunda semana de septiembre, vuelvo a Santa Rita y de allí ya no me sacan ni cuatro bueyes.

Se giraron hacia las escaleras, cogidos de la mano, para volver arriba, al paseo.

—Nel —empezó ella—, ¿de verdad no te importa salir con una vieja?

—¿Qué vieja?

—Nos llevamos quince años.

—¿Y qué? Si fuera al revés, sería normal, ¿no?

—Hombre…, normal, normal… Pero sí, tienes razón. Si fuera al revés, yo seguramente no le daría tantas vueltas.

—Además, yo solo soy joven de años. De carácter soy un abuelo. Me lo dice Elisa constantemente.

Se apretaron la mano y siguieron caminando en silencio hacia donde Lola había aparcado el coche.

—No me lo puedo creer, Lola —dijo él después de besarse de nuevo ya con la portezuela abierta—. Tú y yo, juntos, en Santa Rita. ¡Sofía se va a poner a dar saltos cuando lo sepa! No se lo digas hasta que llegue yo, por favor.

—Tenemos un secreto, doctor.

Volvieron a besarse.

—¿No quieres quedarte aquí esta noche? —preguntó Nel al oído de Lola con su voz más dulce.

Ella tardó un poco en responder.

—Si me levanto a las seis y salgo sin desayunar…

—Me levanto contigo, nos tomamos un café en La Nana y te dejo irte.

—Yo te dejo a ti —dijo Lola.

Se miraron, se sonrieron y subieron al coche.

Robles tocó con los nudillos al marco de la puerta de Monique. Eran ya las diez de la mañana y, aunque no había mucha prisa, prefería que les sobrase tiempo en la estación. La huelga de controladores continuaba y, al final, ella había decidido marcharse en tren, ya que el cuerpo de su marido había sido incinerado unos días atrás y todos los documentos estaban en regla.

—¿Todo listo? —preguntó.

Monique estaba terminando de cerrar la pequeña maleta. Aparte de eso, solo llevaba su bolso, el maletín con el portátil y una bolsa de tela con la urna de las cenizas.

—¿Tienes que despedirte aún de alguien?

—No. Ayer noche ya me despedí de todo el mundo en la cena y hace un momento he subido a decirles adiós a Sofía y a Candy. Tú no estabas anoche.

—Tuve que acercarme a Altea. Hay una chica de aquí, de Santa Rita, a la que estoy tratando de liar para que se presente a la Escuela de Policía. Creo que vale para eso.

—¿Ah, sí?

—Hasta ahora le han salido bastante mal las cosas. Ha tenido muy mala suerte con la familia que le tocó, con las amistades…, con todo prácticamente, pero desde hace unos meses le veo posibilidades de enderezarse. Anda, vamos. Te cojo yo la maleta.

Salieron por la puerta de poniente, la que daba a la piscina, y Monique se quedó un momento mirando las palmeras, con sus cabelleras moviéndose en la brisa, como si bailaran. El horizonte estaba borroso, rojizo, y no se alcanzaba a ver el mar.

—Hay calima.

—¿Calima?

—Arena en suspensión. ¿Ves lo rojo que se ve todo en la distancia? Normalmente viene del Sáhara, que no está tan lejos como parece.

Monique caminaba despacio, tratando de grabar en su recuerdo todo lo que veía por última vez.

—Me dijo anoche Greta si no me gustaría quedarme, empezar aquí una vida nueva.

—¿Y?

—No. Es decir, claro que me gustaría quedarme. Esto es precioso. Pero mi vida está allí, tengo una exposición que inaugurar, tengo que enterrar a Marco, quiero volver a ver a mis amigos, tengo que rehacer mi día a día…

—Podrías venir de vacaciones.

—Mira, eso sí que sería una buena idea… Dentro de un año, quizá. Cuando todo esto no me traiga tan malos recuerdos. No lo digo por ti, Robles, ni por vosotros, sino por la razón que me ha traído hasta aquí.

—Me hago cargo. Anda, sube.

Cuando enfilaron la autovía, Santa Rita ya era un espejismo devorado por los kilómetros que iban dejando atrás. Robles se aclaró la garganta para decir lo que llevaba tiempo queriendo preguntarle a la viuda.

—¿No estás harta ya de mentir, Monique?

Ella lo miró, asustada.

—¿Cómo dices?

—No sé qué es concretamente. No sé qué te pasa, pero sé que te pasa algo y, si no te lo pregunto, reviento. Sé seguro que te sientes culpable. He sido policía más de cuarenta años y sé la cara que se le pone a la gente cuando es culpable. Sé también cuánto alivia confesar. ¿No quieres decirme qué has hecho, Monique?

—¿Eres policía? —La mujer parecía escandalizada o traicionada, o las dos cosas.

—Estoy jubilado.

—Parece que todos tenemos secretos, ¿verdad? ¿No se te ocurrió decírmelo en todo este tiempo?

—¿Para qué? Ya no ejerzo.

Ella chasqueó la lengua y desvió la mirada a su derecha, hacia el paisaje de secano y adelfas.

—Sé que eres culpable —insistió el expolicía.

—De acuerdo, comisario, lo soy.

Robles estuvo a punto de perder el control sobre el vehículo, de la impresión. Enderezó, y Monique, de golpe, se echó a reír.

—¿No has oído decir que las mujeres siempre nos sentimos culpables de todo? Es nuestra herencia judeocristiana; aunque en las demás religiones también somos las malas, no te creas. Siempre las mujeres. Siempre. Lilith. Eva. La tentación, la maldad, las brujas… ¡Cuánta basura nos han echado encima! Sí, tienes razón, me siento culpable. Llevo aquí las cenizas de Marco, en mi regazo, donde podría haber llevado a un niño de los dos si, de común acuerdo, no hubiéramos decidido lo contrario para poder tener más tiempo, más dinero, más libertad. Y ahora me siento terriblemente culpable porque él está muerto y yo estoy viva, porque yo puedo empezar de nuevo si me apetece, o seguir con lo de siempre; porque yo podría incluso, si quisiera, buscar otra pareja, mientras que él ya no podrá hacer nada más, nunca más.

Pasó la mano por encima de la bolsa, como si acariciara a un gatito, y luego la cogió con las dos manos y la agitó arriba y abajo.

—¿Ves? Esto es todo lo que ha quedado de él, de su arrogancia, de su egoísmo, de su ambición. —Guardó silencio; se chupó los dientes, abrió la boca e inspiró hondo—. Claro que me siento culpable, Robles, pero se me pasará.

No dijeron más hasta llegar a la estación. Robles detuvo el coche en la zona de aparcamiento rápido, bajó su maleta y se dieron dos besos en las mejillas.

—Déjame acompañarte.

—No, de verdad, no hace falta. Apenas llevo peso.

—¿Volverás a visitarnos?

—Os tendré al tanto de lo que hago. Gracias por todo lo que has hecho por mí, aunque lo hicieras con otra intención.

Robles se encogió de hombros con una media sonrisa. Sabía cuándo había perdido, y hacía tiempo que no se encolerizaba por ello.

—Adiós, Monique. Buen viaje.

Se quedó mirándola, elegante y segura de sí misma, con su culpabilidad a cuestas, hasta que terminó de subir la rampa y se perdió detrás de las puertas correderas. Ella no se volvió.

Greta paseaba por el pequeño cementerio de Santa Rita fijándose por primera vez en las inscripciones de las tumbas, leyendo las fechas y tomando apuntes en un cuaderno. Hacía muy poco que se le había ocurrido la idea y lo que había encontrado hasta la fecha empezaba a pesarle en el estómago.

Desde que había leído aquel fragmento de la novela que su tía, con toda la razón del mundo, nunca se había animado a publicar, no había dejado de darle vueltas a lo que debía de haber sucedido allí durante todo el tiempo que su abuelo, Mateo Rus, había estado al frente del primer «sanatorio para enfermedades mentales femeninas» y luego simplemente manicomio. Lo que no acababa de explicarse era que su bisabuelo —Ramiro Montagut—, que había sido el director de la institución hasta su muerte, no se hubiese dado cuenta de nada ni hubiese movido un dedo para poner coto a los desmanes de su yerno.

Sabía que Sophie estaría pendiente de su reacción a las páginas que le había confiado, pero había dejado pasar un par de días porque ni ella misma sabía qué decir ni cómo decírselo. La belleza del verano en Santa Rita, con su frondosa vegetación, sus fuentes cantarinas, su piscina recién estrenada y la buena gente que la habitaba, parecía, de pronto, un escenario de teatro manchado por las sucias salpicaduras de lo que en tiempos pasados sucedió allí, cuando aquello era una simple cárcel donde encerrar a las hijas de buena familia que se negaban a casarse con el prometido que había sido elegido para ellas, o que habían demostrado llevar una vida sexual ilícita, o que preferían a las mujeres sobre los hombres; un lugar también donde los maridos podían librarse de las esposas molestas para poder controlar sin cortapisas la fortuna que ellas habían heredado. ¡Era tan fácil decir que una mujer estaba loca! O simplemente histérica. Los padres lo creían, la sociedad lo aceptaba, era un concepto científico, y lo mejor era que, según los psiquiatras de la época, se podía curar. Una temporada en Santa Rita —corta o larga, dependiendo de los casos—, tratamientos de agua y de electricidad —el no va más de la modernidad—, los fármacos adecuados… y la señora o la señorita podía volver a su vida y a su ambiente, totalmente adaptada a lo que se esperaba de ella: dócil, dulce, sumisa, religiosa y callada. Sobre todo, callada, porque, donde hay un hombre, la mujer debe callar. Ya lo decían y repetían hasta la saciedad en todas las iglesias.

Greta recordaba con claridad el pasaje de la *Odisea* en el que Telémaco manda callar a su madre, Penélope, delante de todo el mundo, porque ella es mujer, aunque sea su madre y le deba respeto, y él, a sus ridículos dieciséis años, en ausencia de su padre, Ulises, es el hombre de la casa y, por tanto, solo habla él.

Terminó de recorrer el cementerio, entró en la iglesita y se sentó en un banco. En algún momento, y aunque Sophie no era religiosa, debían de haber pensado que era una vergüenza tener el pequeño edificio hecho un desastre, como estaba a sus diecisiete años, y lo habían puesto presentable. El altar —una losa de piedra sujeta por dos apoyos también de piedra— tenía una sencilla belleza natural frente a un horrible retablo de algún artista de tercera o cuarta categoría del barroco valenciano que a algún antepasado suyo debió de parecerle muy elegante, con su profusión de ángeles y tallas de madera dorada. La tabla central representaba —al menos eso se imaginaba Greta— a Santa Rita de Casia en una versión bastante *sui generis* que la mostraba en un paisaje de palmeras, vestida de monja y coronada de rosas, con la mirada extática fijada en el cielo y unos cuantos huesos a sus pies. Entre las manos sostenía una calavera con el mismo mimo que si fuese una muñeca o un osito de peluche. Parecía una monja pirata, y daba más risa que respeto, a pesar de toda la escenografía macabra.

Le extrañó no recordarla, a pesar de que había sido allí mismo, muchos años atrás, donde había visto a Fito por última vez.

Quizá entonces alguien hubiese retirado el cuadro para preservarlo de los peligros de la guerra, o estaba tan sucio del hollín de las velas que ni siquiera se podía distinguir el rostro de Santa Rita.

Greta se cubrió la cara con las manos, tratando de ahuyentar los malos recuerdos. Después de haber leído aquel fragmento de la novela de Sophie empezaba a sentir auténtico miedo de sí misma. Llevaba la herencia de dos asesinos, de dos personas que —por las razones que fueran— habían sido capaces de matar, o bien para conseguir lo que deseaban, como su abuelo, o bien para resolver sus problemas, como su abuela Mercedes. ¿Y ella? ¿Por qué lo había hecho ella?

Por ignorancia, por estupidez, por despecho quizá. ¿Esa era su justificación?

Trató de ahuyentar los pensamientos. El pasado no se podía cambiar. Lo único que se podía hacer era olvidarlo, o reprimirlo si el olvido no era posible.

El sol de la mañana entraba sesgado por las vidrieras —meros trozos de cristal teñido— salpicando el suelo de piedra de charcos de colores. ¡Qué inocencia la de la luz, la del color! Comprendía que los expresionistas hubiesen preferido el color sobre la forma, que no hubiesen querido representar la realidad «como es», fingiendo en dos dimensiones que lo pintado es real.

Oyó unos pasos detrás de ella y se volvió, tratando de que quien fuera no notase que había estado llorando.

—¡Qué fresquito se está aquí! —dijo la voz de Miguel—. ¿Greta?

—Aquí. En el primer banco de la izquierda.

—Donde los condenados —cloqueó él.

—¿Qué?

—Se supone que, después del Juicio Final, los buenos estarán a la derecha de Dios y los malos a la izquierda. En fin... Mira si han pasado años y aún arrastramos esas estupideces. Se supone que la izquierda es sucia porque con esa te limpias el culo y la derecha es gloriosa porque con ella empuñas la espada. ¿Qué quieres que te diga, chica? Yo prefiero limpiarme el culo que matar a gente. Aparte de que la sangre pringa muchísimo. —Acabó con una risa, sentándose a su lado—. A ver, querida amiga, ¿qué tal estás? Hace tiempo que no coincidimos.

—Sí. He tenido el estómago un poco revuelto y he decidido hacer unos días de ayuno.

—Feliz tú, que puedes. Yo, en cuanto tengo hambre, me pongo insoportable. Al menos es lo que dice Merche. Yo creo que exagera. Dime, ¿qué tal tus hijas?

Greta dio un resoplido.

—Igual, Miguel. Tozudas como mulas. Siguen sin entender cómo he tenido la desfachatez de abandonar a su padre, incluso ahora que Fred y yo lo hemos arreglado y él sale abiertamente con mi amiga Heike.

—Pues yo creía que, cuando estuviste en Barcelona con Carmen, volviste contenta.

—Bueno…, al menos accedió a que nos viéramos. Pero no creo que la cosa vaya rápida, la verdad. Y, aunque suene muy mal decirlo, me temo que una de las cosas que más les molesta a las dos es que, hasta ahora, no le habían hecho ni puñetero caso a su padre y, desde que no estoy yo, se sienten obligadas a llamarlo o a tenerlo en cuenta. Lola, la pequeña, me ha dicho que he «abandonado mis obligaciones». Imagínate, qué cara. ¡Como si una estuviera obligada a aguantar a alguien con el que las cosas ya no funcionan!

—Los hijos no siempre salen como uno esperaba… y más cuando tienen parejas y entran nuevos puntos de vista en el sistema. Venga, dime, ¿qué haces aquí? ¿Tenerte lástima o algo?

Greta se rio.

—No, Miguel, no tanto. He estado mirando las tumbas.

—¿Por algo en concreto?

—Sí. Buscando algo. —Abrió el cuaderno—. Escucha, que la cosa tiene su aquel. Desde que mi abuelo, el doctor Matthew O'Rourke, llegó aquí, y en todo el periodo hasta su muerte, hay tumbas de cuatro muchachas jóvenes nacidas en diferentes lugares de España y muertas aquí antes de cumplir los veinticinco años. Igual hay más, pero esas son las que he encontrado hasta ahora.

—¿Y qué conclusión sacas de ello?

—Esto era un psiquiátrico, Miguel. No un hospital donde la gente podía morirse de cualquier enfermedad grave. A esas chicas pueden haberlas matado, o haberse suicidado, por ejemplo, por los malos tratos recibidos aquí.

—Si fueran suicidas, no estarían enterradas en sagrado.

Greta se quedó pasmada. No se le había ocurrido pensar así.

—Pueden haberlo disimulado.

—Pueden, efectivamente. Y lo de que las hayan matado… ¿por qué?

No quería contarle que su abuelo había sido un maltratador y un violador de mujeres, de las enfermas que tenía a su cargo, pero un instante después se dio cuenta de que Miguel ya lo sabía, al menos la parte que tenía que ver con los restos del bebé emparedado.

—Ya sabes… Para que no se corriera la voz de lo que estaba pasando entre estas paredes —dijo en voz baja, como si temiera que los estuviesen escuchando.

—¿Crees que existe la posibilidad de que entre los papeles que estás estudiando haya alguna pista?

Ella soltó el aire por la nariz, agobiada.

—Quizá haya algo. Seguiré mirando, pero no creo que nadie vaya a poner cosas de ese calibre en 1930 en un certificado de defunción. Lo que sí sé es que he encontrado una tumba de ese año que podría coincidir con la madre del bebé que encontramos detrás de la pared. Eso significaría que el bebé nació muerto y su madre murió poco después, de fiebres puerperales o de cualquier cosa derivada de un mal parto.

—¿Por eso llorabas cuando he entrado?

—Sí —mintió Greta.

Miguel le pasó un brazo por los hombros y estuvieron unos minutos en silencio hasta que ella empezó a moverse de nuevo.

—Anda, vamos a tomarnos un Martini o algo sofisticado. Invito yo —dijo el hombre poniéndose de pie—. Y hoy te toca comer. ¡Ah! Antes de que se me olvide. Sofía quiere verte.

Robles volvió a subir al coche y marcó el número de Nines con pocas esperanzas. Últimamente, o estaba trabajando y no podía cogerlo o estaba durmiendo y lo tenía apagado. Sin embargo, para su sorpresa, contestó.

—Estoy bajando al curro. Dos minutos y tengo que dejarlo.

—Solo quería saber cómo vas.

—Muchas gracias. Resistiendo. ¿Y qué más? No me habrás llamado solo para ver si sigo viva…

—¡Cómo me conoces! Dime… ¿qué sabemos de Heidi?

—No se llama Heidi, se llama Chantal y se ha vuelto a Suiza.

—¡La madre del cordero! ¿Y esas prisas?

—Ni idea. —No veía sentido a contarle todo el asunto del aborto que, por fin, no se había decidido a llevar a término—. La ayudé a meter los trastos en una furgoneta con matrícula suiza; también había un tipo alto, larguirucho y con una pata escayolada que hablaba muy mal el inglés y se reía de todo. El mismo del que te hablé al principio, el que descargó todos los trastos cuando llegaron al chalé. No llegué a pillar su nombre.

—¿Te ha dado su contacto?

—Tengo su número de móvil, pero no creo que me vaya a llamar mucho, la verdad.

—¿No has podido sacarle nada más?

—Nada. De los cuadros no habla. Está muerta de miedo y lo único que quiere es volverse a casa. Creo que le ha cogido auténtico pánico a Lola. Y lo entiendo, que conste. La tía es de un seco…

—¿Quién, Lola? No, mujer. Es que ella no juega a la inspectora dulce y amable en los interrogatorios. Me juego una paella a que tú, si llegas a policía, también serás así.

—Me he apuntado a un gimnasio para septiembre… —dijo Nines, casi como si le diera vergüenza.

—¿Un gimnasio? ¿Tú? ¡Ah! ¿Entrenamiento para las pruebas de ingreso?

—Si aguanto.

—Cuestión de echarle huevos. Tú, de eso, tienes, aunque seas mujer.

—Te vas a reír, Robles. He puesto mi nombre.

—Joder, pues claro. ¿Por qué me iba a reír?

—Ángela.

Robles se quedó pasmado.

—¿Te llamas Ángela? ¿En serio?

—Claro. Ángela, Angelines, Nines. Pensaba que lo sabías.

—¿Cómo, con un nombre tan bonito, has dejado que te llamen Nines?

—Ya ves. Bueno, yayo, tengo que dejarlo. Pásate un día y comemos juntos. Pagas tú.

Robles colgó, sonriente, arrancó el coche y volvió a Santa Rita, ya haciendo planes para septiembre, cuando habría que cubrir la piscina, recoger los muebles del jardín, empezar a reducir el riego, podar lo que pudiera estropearse con el frío… En Santa Rita siempre había mucho que hacer.

Después de comer, una simple ensalada murciana, porque después del ayuno no se veía con ánimos de comerse también el segundo plato, albóndigas en salsa, Greta subió a ver a su tía con la esperanza de que no estuviera dormida. Ella solía comer más temprano, dormir un cuarto de hora y, justo cuando los demás querían hacer la siesta, Sophie ya estaba leyendo o escribiendo otra vez.

Necesitaba ver qué quería y terminar pronto, a pesar de que suponía cuál iba a ser el tema y, precisamente por eso, no tenía ninguna gana de entrar en ello otra vez. De todas formas, mejor acabar cuanto antes. Sophie le preguntaría qué le había parecido el fragmento de la novela, ella le contaría lo que había descubierto en el cementerio y, con suerte, no habría más que hablar.

Tuvo suerte. Su tía estaba en la otomana del estudio, pero estaba despierta, mirando el techo, con un libro abierto boca abajo sobre el vientre.

—No te imaginas la cantidad de historias que se me han ocurrido mirando las manchas y las grietas de este techo —le dijo nada más verla entrar—. Candy dice que está hecho un asco y que habría que pintarlo, pero yo estoy convencida de que, si lo pintan, ya no se me va a ocurrir nada más.

Greta se sentó en el sillón de orejas y pasó las piernas sobre el reposabrazos. Sobre la chimenea, el retrato de Sophia Walker a los cuarenta años la miraba con una cierta socarronería.

—¿Qué te pareció lo que te pasé? Habrás tenido tiempo de leerlo, supongo.

—Si lo que quieres decir es que he tardado mucho, tienes toda la razón. Lo leí enseguida, pero no quería hablar de ello. De hecho, estoy pensando que he sido una idiota por querer saberlo. Habría sido mejor seguir como estaba.

—Pues entonces, si eso es lo que piensas, la cosa aún tiene arreglo.

—¿Ah, sí? ¿Has descubierto la manera de «desaber» lo que uno sabe?

Sofía se echó a reír suavemente.

—No, hija, ¡más quisiera yo! Habría muchas cosas que me gustaría «desaber», como tú dices. A lo que me refería era a que, como hay mucho más que aún no sabes, estamos a tiempo y no tengo por qué contártelo. Yo ya estoy hecha a llevarlo, no me va a pesar más por no compartirlo contigo, y ya veo que a ti no te apetece saber según qué. Es solo que, como querías conocer la historia de tu familia…

—¡Joder, tía! —Vio sonreír a Sophie y se dio cuenta de que, apenas unos meses atrás, jamás habría empleado ese tipo de expresiones. Se le habían pegado de Robles y de Miguel y de algunas de las señoras—. Yo quería saber la historia de mi familia, pensando que éramos una familia normal. Pensaba que las cosas que no sabía era porque no me las habían contado por pura desidia, no porque fueran secretos que ocultar.

—Pues ya ves… Aunque no me negarás que todo esto es más estimulante que lo que pasa en las «familias normales» como las llamas tú.

—Las llamo como son.

—Psé. No te niego que en la mayor parte de las familias no hay crímenes de sangre, pero padres abusadores y maltratadores hay así, a montones. —Sofía agitó los dedos de las dos manos uniendo las yemas para indicar la abundancia—. Y abuelos, y hermanos, y tíos… Aparte de que, cuando uno de esos cerdos tiene la ocasión de vivir una guerra, ahí saca toda la basura que lleva dentro, simplemente porque se puede. En tiempos de paz es más difícil y aun así… En fin. Supongo que también nos sorprenderíamos de ver cuántos accidentes y envenenamientos fortuitos no lo son. Y en todas las familias hay odios, venganzas económicas, abortos clandestinos, hijos de padres distintos al marido, cochinadas varias… Nosotros somos quizá un poco más originales, pero no tan diferentes. Además, tengo la esperanza de que contigo se acabe la racha.

—¿Cómo que conmigo?

—De eso ya hablaremos en otra ocasión, cuando acabes de decidir si quieres saber más o no.

—¿Y si luego ya no podemos?

—Si me muero antes, quieres decir. Pues te fastidias, por no haberte decidido.

—Tía, me acabo de enterar de que tanto mi abuelo como mi abuela eran capaces de asesinar a alguien, aunque lo de la abuela… la verdad es que lo comprendo. He mirado en el cementerio y he encontrado un par de nombres de chicas jóvenes muertas en Santa Rita en el tiempo que tu padre fue director del sanatorio. Estoy conmocionada todavía. He estado un par de días sin comer porque sentía la necesidad de limpiarme de todo esto. ¿Tanto te extraña que no me lo tome con la misma naturalidad que tú?

—Verás, Greta, yo tengo el desahogo de mi escritura. ¿Tú por qué crees que me decanté por las novelas de crímenes? Era la única manera que encontré de librarme de ciertas cosas, transformándolas en ficciones.

—¿Y los romances eróticos?

Sofía carraspeó, sin dejar de mirar al techo.

—Eso también se lo debo a mi padre.

Greta se enderezó en el sillón, horrorizada.

—¿Abusaba de ti?

Sofía se enderezó también.

—No, niña. Mi padre era una bestia y a veces se le escapaba la mano, pero nunca nos tocó un pelo de la ropa, ni a Eileen ni a mí. Para eso ya tenía a sus «locas». Yo me enteré muy pronto, mucho antes que mamá. Ponme un vaso de agua, de esa jarra de ahí, la de los limones. —Dio un largo trago y continuó—. Siempre fui muy curiosa; me encantaba meterme por todas partes, en todos los sitios que estaban prohibidos. Me hacía amiga de las enfermas, que eran bastante normales, la verdad. He conocido gente mucho más loca en puestos importantes de la vida social y política. Descubrí muy pronto que esta casa estaba llena de alacenas, de rincones, de puertas con agujeros por los que una niña pequeña podía ver sin ser vista. No me acuerdo bien de cuándo fue la primera vez, pero debió de ser muy pronto. Me llamaron la atención unos ruidos raros que ahora sé que se llaman jadeos, pero que entonces solo eran eso, ruidos raros, que no había oído nunca. Luego me acostumbré a oír «no» muchas veces, «no, por favor» y los ruidos raros que hacían las mujeres y también mi padre, aunque menos. Vi cosas que te puedes imaginar y que yo entonces no comprendía, pero tenía muy claro que no podía preguntarle a mamá ni a Olvido, que me castigarían por meterme donde no debía. Cuando me mandaron a Inglaterra fue un alivio. Para entonces, a mis once o doce años, yo ya sabía qué le puede hacer un hombre a una mujer y una mujer a un hombre. Más adelante, cuando empecé a escribir, se me ocurrió que toda aquella basura que se había acumulado en mi memoria, una vez filtrada y pintada de rosa, podía ser algo muy lucrativo… y ya ves. Con un nombre, los crímenes; con otro, el sexo. A veces pienso que no están tan lejos como nos esforzamos en creer. Eros y Thanatos desde siempre.

Greta estaba transfigurada. Le habría gustado decir algo, pero no se sentía capaz.

—Creo que, por hoy, vamos a dejarlo, *my dear child*. Otro día, más.

—¿Hay más? —Greta se dio cuenta de que tenía la boca totalmente seca.

—¡Oh, sí! Todo esto viene de lejos, desde la fundación de nuestra familia y de Santa Rita.

—¿Candy lo sabe?

—Sí. Si me muero esta noche, ella puede contarte más. A todo esto… me dijo que hace unos días, cuando te contó la verdad sobre la muerte del prometido de mi madre, de Joaquín Rocamora, ¿te acuerdas? —Greta asintió con la cabeza—, te echaste a llorar y saliste corriendo del mirador. ¿Por qué?

—Me acababa de enterar de que tanto el abuelo como la abuela…

—Sí, ya me lo has dicho —la interrumpió Sofía.

—Tengo miedo de ser una asesina, *aunt* Sophie —contestó en voz muy baja.

—¿Por algo en concreto? ¿O es solo que, como el miedo es gratis, has cogido un buen montón?

—Tú piensas que soy idiota, ¿verdad? —explotó Greta de golpe—. Que soy una ingenua, una cobarde que se asusta de cualquier cosa sin ningún motivo, ¿no? Pues ¡tengo mis razones!

—No me digas… —La sonrisa desdeñosa de Sofía la llevó a decir lo que no había pensado poner en palabras al entrar a visitarla.

—¡Yo también soy una asesina! ¡Yo maté a Fito!

Al oírse a sí misma, su voz se rompió y se hizo el silencio. Sofía le tendió el vaso de agua con limón sin que le temblara el pulso. Greta se lo bebió de un trago.

—No te lo esperabas, ¿verdad, Sophie?

—Siempre quise saber qué pasó, pero en aquella época no quise hacerte más daño y luego te fuiste y ya no hubo ocasión. Entonces, ¿no fue Encarna, Nani?

—¡Sí! ¡Claro que fue Nani! ¡Nani fue la que lo llevó a las drogas, la que lo hizo probar la heroína, la que le preparó el chute que lo mató!

—¿Entonces?

Greta había empezado a sollozar y era difícil entender lo que decía.

—Yo pude haberlo evitado, Sophie. Cuando llegué a Santa Rita después de la entrega de diplomas y empecé a buscarlos, cada vez estaba más cabreada con Fito porque me había prometido venir, había prometido que los recogeríamos juntos, me había dicho que seguía queriéndome y que Nani solo era la que le vendía la mierda que se estaba metiendo, nada más. Los busqué hasta que por fin los encontré, ya lo sabes, en la capilla que antes estaba hecha una pocilga, ¿te acuerdas? Se habían llevado un colchón asqueroso de una de las salas del Pabellón B y estaban allí, chutándose, atándose la goma al brazo, riéndose como conejos... Fito me miró, se dio cuenta de que yo estaba allí, viendo lo que pasaba, y supe que le daba muchísima vergüenza que lo hubiera visto. Empezó a decir: «Greta, Greta», mientras Nani le pinchaba y luego lo besaba en la boca delante de mí.

»Salí corriendo, subí a mi cuarto y puse el tocadiscos a toda voz. Aún me acuerdo. Led Zeppelin, *Stairway to Heaven*. Mira si han pasado años y aún me rompe por dentro cuando la oigo.

—Greta, tú no tuviste ninguna culpa —dijo Sofía con suavidad.

—Pude haber llamado a la ambulancia, o a la policía, o habértelo dicho a ti, pero no hice nada, porque lo odiaba, en ese momento lo odiaba y quería que sufriera, que se muriera, que pagara el haberme abandonado, el haberme dejado tirada, el haberme traicionado... Un par de horas después, cuando ya no me quedaban lágrimas que llorar, o eso pensaba yo..., volví a la iglesia y allí estaba Fito, tumbado en el regazo de Nani, muerto.

»Entonces sí que llamé a todo el mundo, pero ya era tarde..., y la zorra de Nani sobrevivió.

Greta calló, agotada. Sofía se levantó, apoyándose en la muleta, se acercó al sillón donde seguía sentada su sobrina y la abrazó, apretando su cabeza contra su propio estómago, acariciándole el pelo hasta que consiguió que, poco a poco, se fuera sosegando.

—No es fácil ser de esta familia, hija, pero, si quieres una buena noticia, tú no tuviste la culpa. No eres una asesina. Eras una cría furiosa y asustada, pero no fuiste tú quien causó su muerte. ¿Quién te dice que hubiese podido sobrevivir después de ese chute, aunque hubieras avisado enseguida? Aquella heroína estaba cortada con otra mierda; sé que me lo dijo la policía en algún momento, pero no recuerdo si era detergente o algo igual de asqueroso. La culpa fue de ellos dos. No tuya. Ya está, *my dear*. Ya pasó todo. Vete un rato a tumbarte, anda. Tómate esto. —Sofía se separó de su sobrina, dio la vuelta a su escritorio, abrió un cajón y sacó una píldora rosa—. Es un sedante suave, de los que tomo yo. Venga, trágatelo y a la cama. Verás como luego todo lo ves de otra manera. Te lo digo por experiencia.

Greta miró la píldora en el cuenco de su mano, dudó un instante y acabó por tragársela obedientemente.

—No eres una asesina, Greta. Te lo digo yo, y de eso entiendo.

Su sobrina le ofreció una sonrisa pálida y, como si no tocara el suelo, salió de la habitación.

Sofía volvió a sentarse en la otomana. Le apetecía un té bien cargado, pero no quería ver a nadie aún.

Esperaba haber conseguido hacer que Greta se sintiera mejor, pero su confesión le había revuelto todas las ideas que había logrado establecer en los últimos meses. Ella nunca había sido supersticiosa y, por tanto, se había negado a creer la estúpida leyenda familiar de la maldición que marcaba a las mujeres de la casa.

Durante toda su vida se había ido convenciendo de que a ella no le había afectado, que el dedicarse a los crímenes lite-

343

rarios le había evitado caer en lo que, según la tradición, había sido dispuesto; y ahora se enteraba de que a Greta, su única sobrina y la única mujer de la cuarta generación, también la había alcanzado. ¿Afectaría también a una de sus hijas, a Carmen o a Lola, a las que no había vuelto a ver desde que eran niñas? No. Según la tradición, eran cuatro generaciones, solo cuatro.

Le había dicho a Greta que ella no había tenido ninguna culpa en la muerte de Fito, y parecía que su sobrina se lo había creído. Al menos por el momento. Uno siempre se cree lo que necesita.

No hacía falta que su sobrina supiera lo que de verdad pensaba ella, pero en cualquier caso lo bueno —había que intentar ver siempre la parte buena de las cosas— era que, si esa había sido la contribución de Greta a la famosa maldición familiar, ya estaba libre para el resto de su vida. El asesinato que le pertenecía ya había sido consumado, de modo que ella ya podía vivir tranquila, y, sobre todo, morir tranquila, sin miedo a haber dejado su negra herencia a la siguiente generación. Además, según la estúpida leyenda, eran cuatro generaciones. Se acababa en Greta.

Amparo. Matilde. Mercedes. Sophia. Greta.

Amparo era el origen, y había sido la víctima. Después eran cuatro, como maldición, como castigo.

Cuatro mujeres. Cuatro muertes.

Fin de la historia.

Se levantó para prepararse el té ella misma y luego escribir un rato. En cuanto bajara un poco el sol, le pediría a Candy que fueran a dar un paseo por el jardín. Tenían que decidir qué iban a hacer con los dichosos cuadros que les iban a reportar una fortuna.

Fin del verano

$\mathcal{M}$onique Heyni abrió la puerta de su casa con un hondo suspiro, mezcla de satisfacción y agotamiento. Había viajado en un tren nocturno, en coche cama, en un compartimento individual que le había permitido por primera vez en mucho tiempo dejar caer la máscara y ser ella misma, pero no había conseguido dormir apenas. Los ruidos desconocidos la desvelaban, los movimientos repentinos la iban poniendo nerviosa, de manera que había ido alternando un rato tumbada en la litera y otros sentada en el cómodo sillón, junto a la ventana abierta a la noche, con el osito de peluche en su regazo, sus manos pasando una y otra vez por la suavidad de su pelo, pensando, recordando, haciendo planes.

Lo había sacado de la bolsa ya en el tren de alta velocidad que la llevaba de Alicante a Madrid, la misma bolsa donde iban las cenizas de Marco y, desde entonces, no lo había vuelto a guardar. El osito se había convertido en un talismán que la protegería durante el viaje de vuelta a casa, a su nueva vida.

Una niña se había quedado prendada de él en el tren y ella se lo había prestado para que lo abrazara un momento. Su madre, una chica que no tendría ni treinta años, se inclinó hacia ella con una sonrisa.

—¿El primer nieto? —preguntó, ilusionada.

Se había quedado de piedra. ¿Nieto?

Saltaba a la vista que ya no estaba en edad de tener hijos propios, pero… ¿abuela? ¿La gente ya la veía como una posible abuela? Por fortuna había preguntado si era el primero, lo que quería decir que no la veía tan vieja.

Decidió mentir para quitársela de encima. Como decía Sofía, «siempre tranquiliza que las cosas sean como una espera, aunque no sean verdad».

—Sí —contestó—. De mi hijo. Aún no sabemos si va a ser niño o niña y por eso he pensado en un osito. Es lo más neutro.

—Enhorabuena, y que salgan bien las cosas. Anda, Andrea, devuélvele el osito a la señora, que es para un bebé que va a nacer y ella es su abuelita.

En cuanto volvió a tenerlo entre las manos, se disculpó para ir al bar, tardó en regresar y enseguida fingió dormirse para no tener que charlar más.

¿Era eso lo que la gente iba a pensar en adelante? ¿Que era una abuela, a sus cincuenta y tres años?

Esa era una de las preguntas que no la habían dejado dormir en toda la noche, pero ahora, nada más girar la llave en la puerta de su casa y empezar a abrir las ventanas para que entrara el aire fresco de lluvia recién caída, esa lluvia mansa y dulce de su tierra que ensanchaba el alma, como siempre decía su madre, todos esos pensamientos obsesivos de la noche empezaban a diluirse en la felicidad de haber vuelto, de que todo estuviera como lo había dejado al marchar: limpio, recogido, los cuadros en sus paredes, las esculturas en sus peanas, las plantas grandes, un poco sedientas, las pequeñas, ya casi marchitas. Eso era lo único que había cambiado. Pero a las orquídeas la sed les había sentado bien y algunas habían empezado a sacar tallos con capullos que se abrirían en las próximas semanas. La vida continuaba con ímpetu.

Llevó la maleta a su dormitorio y la abrió sobre la cama

para que la ropa no siguiera tan presionada dentro y evitar las arrugas. Sacó la urna con las cenizas de Marco y, por un momento, tuvo la tentación de tirarlas a la basura, sin más. No lo hizo.

Organizaría una pequeña ceremonia para los amigos más íntimos, haría una vez más de viuda desconsolada que, al cabo del tiempo pasado en el Mediterráneo, había comenzado a renacer, y les daría —en la más estricta confianza— la única noticia positiva que se podía extraer de la muerte de su marido.

O quizá aún no. Quizá fuera mejor esperar, aunque estaba casi por completo segura de que todo iba a salir como estaba previsto. Era la mejor solución para todos, ella ya había cumplido con su parte del trato, pero aún tenía suficientes cartas en la mano como para ejercer presión en caso de que se hiciera necesario.

La verdad era que las cosas le habían salido increíblemente bien hasta el momento. Con la urna entre las manos, paseó sin rumbo por las habitaciones, dándose cuenta de que ahora todo aquello era solo suyo. Ya no tendría que abandonar su casa, que era una proyección de sí misma; podría redecorar o cambiar de colores o poner los cuadros en otro sitio sin las eternas discusiones con Marco, que siempre conseguía hacer que ella se sintiera torpe y pequeña porque él siempre sabía más.

Al entrar en la cocina, limpia, brillante, silenciosa, recordó la última conversación con Marco, justo antes de que le dijera que se marchaba con Chantal, que iba a tener un hijo, que no había cumplido su parte del trato y no se había hecho la vasectomía, que pensaba quedarse la casa para que el niño creciera con espacio y jardín donde jugar...

Todo con esa seguridad, con esa arrogancia, con ese desdén, como si solo contaran sus deseos, como si ella no importara.

Y sin embargo...

Marco jamás habría pensado que ella sería capaz de hacer algo así.

Dejó la urna sobre la mesa de la cocina y se llevó la mano derecha al anular izquierdo, donde brillaba el anillo de compromiso. Diría que lo encontró en la maleta de Marco, al recoger sus cosas después del crimen, que estaba junto con un plano de Barcelona donde él había marcado el lugar donde pensaba dárselo. «Una nueva promesa —diría, con lágrimas en los ojos—, un nuevo comienzo. Como si volviéramos a empezar después de tantos años.»

A Chantal también le había llamado la atención el solitario cuando se encontraron en Altea. Bajo el sol de mediodía, en la terraza del restaurante donde habían quedado, brillaba como una estrella, con destellos que casi hacían daño a la vista. Ella se lo había puesto a propósito, para disfrutar de la ironía, aunque la otra no pudiera saber y nunca sabría que, si las cosas hubiesen salido de otro modo, sería ella la que llevase ese anillo en prenda del amor de Marco y de su futuro juntos. Justo ese futuro que nunca llegaría.

Aunque solo eran las diez de la mañana, se sirvió una copa del champán que llevaba siglos en la nevera esperando que hubiese algo especial que celebrar. No había mejor momento.

Se sentó en el balancín del porche, con una mantita por los hombros. En España aún era pleno verano, pero en Suiza las mañanas ya eran muy frescas. El lago estaba en calma, reflejando el cielo gris, los jardines de alrededor, tan verdes que parecían falsos. No había un alma. Todo el mundo estaría en el trabajo o en la compra. Suspiró de felicidad, se arrebujó en la manta y tomó el primer sorbo, brindando consigo misma.

Le había costado bastante pensar cómo contactar con Chantal, ya que no la conocía, ni podía preguntarle a nadie. La conversación con Sofía la había electrizado y, aunque seguía sin estar segura de que la anciana hubiese querido decirle lo que ella había creído comprender, le había hecho pensar en la solución que ahora se había convertido en realidad.

Después de darle muchas vueltas, rechazando la posibilidad de pedirle a Robles que la llevara a Altea, donde había oído que estaba ahora Chantal, y también la idea de confesarle a Greta que quería conocer a la mujer que había sido la causa de su desgracia y que necesitaba su ayuda para lograrlo, había dado con la más simple: el móvil de Marco, que la policía le había devuelto y que ya no volverían a investigar.

Aun así, le costó varias llamadas poder hablar con ella. Cada vez que lo intentaba, y aunque quería que contestara, sentía un cosquilleo de júbilo al pensar el terror que supondría para aquella mujer ver aparecer en la pantalla el número de su amante asesinado y no atreverse a cogerlo.

Por fin, al cabo de varios intentos, oyó una voz muy débil, con un filo de histeria, diciendo: «*Allo!* ¿Quién es? ¿Quién está ahí? ¿Qué quiere?». El temblor de la voz le dejó claro que podría conseguir lo que se había propuesto. El miedo anula el raciocinio y aquella mujer estaba aterrorizada.

Se limitó a decirle que quería hablar con ella, proponerle algo que podría ayudarla a salir con bien de la situación, lograr que la policía dejara de interesarse por ella y que pudiera por fin regresar a Suiza. A cambio, había algo que Chantal podía hacer por ella, pero eso no quería hablarlo por teléfono. Se pusieron de acuerdo en que Monique iría a Altea al día siguiente y se encontrarían en La Gaviota Azul a mediodía, las dos solas.

Nada más colgar, Monique reservó un coche de alquiler para recogerlo a partir de las nueve de la mañana del día siguiente en el aeropuerto de Alicant-Elche y devolverlo la misma tarde. Ya se había informado de los horarios de autobuses mientras trataba de conectar con Chantal, de manera que sabía que, para que todo el horario funcionara, tenía que salir de Santa Rita a las siete menos diez, coger en la parada de la carretera el autobús para Alicante, que pasaba por el aeropuerto, bajarse allí, retirar el vehículo y salir hacia Altea con calma y suficiente tiempo para poder contar con cualquier imponderable que pudiera presentarse. Después de la reunión con Chantal, repetir el proceso a la inversa y llegar a tiempo para la cena.

Si alguien le preguntaba, diría que había ido a Alicante en autobús a dar una vuelta y mirar tiendas, y que no había querido molestar a nadie, que le apetecía estar un rato sola. Era fundamental llegar al aeropuerto en transporte público, porque le constaba que la gente de Santa Rita conocía a todos los taxistas de la zona y no quería que se comentara que la habían llevado al aeropuerto, cuando estaba claro que no iba a volar a ninguna parte.

Robles le había transmitido el mensaje de la inspectora Galindo de que quería hablar con ella el día después para poder cerrar el caso y, si conseguía convencer a Chantal de su propuesta, todo saldría perfecto, cada pieza en su lugar. Como efectivamente había sucedido.

Tomó otro sorbo de champán, disfrutando de la soledad y el silencio, aunque de vez en cuando hablaba en voz alta consigo misma, lo que no había podido hacer en Santa Rita durante tanto tiempo porque nunca se sabía quién podía estar escuchando. Aquel jardín y aquella casa eran una maravilla, pero no eran lugar para guardar secretos.

No recordaba la conversación con todos los detalles. Su memoria era buena, pero no como la de las novelas, en las que los personajes se acuerdan de cada palabra. Sin embargo, lo esencial se le había quedado grabado a fuego. Era, probablemente, la conversación más transcendental de su vida.

Ella solo había visto a Chantal en fotos, nunca al natural, y le sorprendió verla tan pálida y disminuida. En las fotos de Internet y en las de su Instagram, era una mujer muy segura de sí misma, muy arreglada, un poco fría y enormemente altiva, como si supiera que tenía el mundo a sus pies. Ahora, a pesar de que se había maquillado y llevaba un vestido suelto, de buena calidad, era como si se hubiese encogido, por dentro y por fuera. Las gafas de sol de espejo no permitían ver sus ojos, pero los repentinos movimientos de cabeza dejaban claro que tenía miedo de que la estuvieran siguiendo o vigilando.

—Dígame. —Chantal entró en materia sin más fórmula de cortesía que un «buenos días».

Llegó el camarero antes de que Monique pudiese empezar a esbozar su plan y ambas se quedaron con la carta, que apartaron de inmediato, y las dos pidieron un Hugo.

—Quizá, en su estado, le convenga elegir otra cosa —dijo Monique.

—Eso no es asunto suyo.

—Tal vez sí.

Chantal apretó los labios y continuó con brusquedad.

—Dígame, qué quería.

—La supongo informada de que la policía, desesperada por encontrar un hilo del que tirar, está tratando de probar que mi marido y usted se entrevistaron con el señor Novikov con ocasión de la subasta que tuvo lugar en las dependencias de la rama cultural del Banco Meyer de Zúrich.

—Ya les he dicho que no fue así.

—Lo sé, pero no acaban de creérselo, y ahora tienen unas grabaciones en las que se aprecia que tanto Marco como Novikov estuvieron allí. Y a usted también se la ve —mintió con total aplomo.

—Estuve allí, pero no hablé con el ruso. Ni siquiera con Marco —contestó, nerviosa.

—Pero pasaron la noche en nuestro piso de Ginebra. —Era un farol, pero Chantal pareció aceptarlo. Agachó la cabeza y empezó a juguetear con el salero—. Ya le digo que la policía se agarra a un clavo ardiendo, y, hasta que no se den por vencidos, usted no va a poder moverse de aquí.

Chantal levantó la cabeza, desafiante.

—Ya me puedo ir.

—¿Está segura? La inspectora Galindo, ya sabe usted que vivimos en la misma casa en estos momentos y nos vemos muy seguido, me dijo que aún no le han dado el permiso definitivo, que tiene que seguir estando localizable para ellos. En España.

El camarero depositó los dos cócteles sobre la mesa, vio que de momento no tenían interés en comer, y volvió a marcharse, notando la tensión entre las dos mujeres, aunque, como hablaban en una lengua extranjera de las más raras que él había oído, no supo de qué estaban discutiendo.

—Sospechan de usted, Chantal. Mucho. Usted lo sabe. De usted, aliada con los rusos del mercado del arte. Yo, aunque me gustaría que pudieran probar que es usted la asesina de Marco, la verdad es que no creo que haya tenido nada que ver con ello.

Monique estuvo a punto de sonreír, al darse cuenta de que, para Chantal, aquello significaba un alivio.

—Y estoy dispuesta —continuó— a hablarle a la inspectora a su favor, a decirle que el día de la subasta estuve vigilándola todo el tiempo y usted no se acercó a Novikov, ni siquiera a Marco.

—Pero ¡usted no estuvo en la subasta!

—¿Cómo lo sabe? —Ahora Monique sí se permitió sonreír sobre el borde de su copa—. Usted no me conocía.

—Marco. Marco me dijo que la había convencido de que no viniera, que estábamos solos.

—Pues estuve. —Era mentira, pero no quería darle a Chantal la posibilidad de pensar otra cosa—. Lo dejé marcharse solo y llegué más tarde. Tenemos dos coches, ¿sabe? Estuve y, naturalmente, no me pasé la tarde mirándola a usted, por lo cual no estoy segura de que no aprovechase algún momento para hablar con Novikov y cerrar algún trato, pero estoy dispuesta a decir que la estuve mirando todo el tiempo. Le estoy ofreciendo una coartada, Chantal.

—¿A cambio de qué? ¿Por qué iba usted a tratar de ayudarme?

—Porque usted tiene algo que yo quiero.

—¿Qué?

Monique se quitó las gafas de sol y, con la patilla, señaló hacia el vientre de Chantal.

—El hijo de mi marido. Si está de acuerdo en que yo lo adopte legalmente, mañana mismo iré a ver a la inspectora Galindo y le confesaré que le mentí al decirle que yo no la conocía a usted, que ya me habían avisado de que Marco tenía una amante y por eso fui a la subasta para ver quién era, y que no aparté los ojos de usted en todo el evento.

Los labios de Chantal empezaron a temblarle. De un momento a otro toda su mente y su cuerpo se habían convertido en un remolino de emociones. Ella quería librarse de ese niño. Su embarazo estaba mucho más avanzado de lo que le había querido confesar a Nines; le daba terror la idea de morir tratando de abortarlo. Era la mejor solución que hubiese podido imaginar porque no tendría más que esperar apenas cuatro meses y quedaría de nuevo libre, pero le daba tanta rabia la idea de que aquella zorra calculadora se quedara con el niño que estuvo a punto de levantarse sin responder y salir de allí. Sin embargo…, aquella mujer tenía dinero y, salvo llevar la galería, no tenía nada que hacer; tenía el tiempo y los recursos para educarlo bien. Y, aunque Monique Heyni no podía saberlo, había algo de justicia poética en el asunto. Inspiró hondo, pensando a toda velocidad.

Monique la dejó pensar un par de minutos. Luego volvió a hablar:

—No quiero humillarla, Chantal. Estoy buscando la mejor solución para las dos. Para las tres. O los tres. Las dos hemos perdido a Marco, pero el bebé sigue ahí. —Hizo una pausa deliberada, con la intención de que sus argumentos calasen en su interlocutora—. Llevo aquí un documento privado en el que usted se compromete a llevar el embarazo a término y me cede en adopción el bebé de mi esposo. Cuando lleguemos a casa las dos, lo formalizaremos en una notaría. Por supuesto, yo me encargaré de todos los gastos derivados del embarazo, el parto y cualquier eventualidad que pueda surgir. Si decide aceptar mi oferta, no es necesario que hable. Limítese a apartar la copa de alcohol.

Durante unos segundos, Monique tuvo la sensación de que el mundo se detenía, de que los sonidos se hacían inaudibles y hasta las gaviotas quedaban congeladas en pleno vuelo. Una gota de sudor se deslizaba entre sus omóplatos hacia la cintura, despacio. Era lo único que se movía mientras sus ojos se clavaban en las gafas de Chantal, donde se veía reflejada ella misma con los labios entreabiertos, esperando la decisión de la otra mujer.

Casi a cámara lenta, la mano de Chantal subió hasta su boca, se mordió el borde del dedo índice durante unos segundos y, todavía más despacio, bajó hasta el pie de la copa y la deslizó a su derecha antes de perder la vista a su izquierda, hacia el horizonte del mar.

Epílogo

*P*or Navidad, Sofía, Candy y Greta aún no habían llegado a una decisión sobre los cuadros encontrados en Santa Rita. De momento los habían prestado al Museo Thyssen-Bornemisza, de Madrid, para que formaran parte de una exposición sobre El Jinete Azul que el museo tenía ya casi lista junto con otras obras expresionistas de grandes maestros. De ese modo se presentarían al público en el marco adecuado, aprovechando toda la publicidad gratuita que el asesinato del profesor Marco Heyni había aportado al caso. Allí los cuadros estaban seguros, y eso les daba a ellas suficiente tiempo para decidir.

Lola y Nel, después de haber anunciado a todo el mundo a finales de septiembre que ahora eran pareja, iban a usar los días libres de Navidad para arreglar sus nuevas habitaciones, contiguas y unidas por una puerta corredera, de manera que tenían un piso propio en Santa Rita, como las demás parejas que vivían allí. La alegría de todos, pero sobre todo de Sofía, al conocer la noticia fue enorme. Dado que su plan para unir a Greta con Robles no había funcionado, le hacía mucha ilusión la posibilidad de que Nel y Lola quisieran, llegado el momento, hacerse cargo de llevar las riendas de Santa Rita, aparte de que tener un médico en residencia siempre había sido una de sus mayores ilusiones, y en el Pabellón B aún quedaba espacio para una consulta privada.

Nieves había conseguido abrir por fin su estudio de yoga y los números le habían dado la razón. Podía ganarse perfectamente la vida con sus clases y siempre había alguien que entretuviera al pequeño Sergio cuando su madre estaba trabajando.

Nines, o Ángela, como prefería que la llamaran ahora, había vuelto a Santa Rita y estaba compaginando las pocas asignaturas que le quedaban de su carrera de Traducción con el gimnasio, y el estudio del temario que tenía que dominar para presentarse a la Escuela Nacional de Policía, en Ávila. A pesar de que ahora Elisa se había quedado libre, ya que Nel estaba con Lola, no había querido llamarla ni había vuelto a verla. En la nueva vida que estaba empezando a construirse ya no había espacio para Elisa.

La fiesta de Halloween fue memorable, pero por razones diferentes a las que todos los habitantes de la casa hubieran deseado. A finales de noviembre fueron apagándose sus ecos y, poco a poco, regresaron la calma cotidiana y los planes de futuro.

Greta había decidido quedarse en Santa Rita por Navidad. Sus hijas seguían molestas con ella y al final todas habían pensado que era mejor así. Las chicas se reunirían con su padre y con Heike el día 23, y así para Nochebuena y Navidad cada uno podía hacer sus propios planes.

El 23 de diciembre llegó a Santa Rita, a nombre de Sophia Walker, una carta procedente de Suiza remitida por Monique Heyni. En ella le comunicaba el nacimiento de Theo, el bebé de Marco, que ella había adoptado legalmente. Añadía una foto del niño, con una ropita amarilla que parecía suavísima y un gorrito blanco. Tres kilos, seiscientos gramos, cincuenta y dos centímetros, cesárea. Tenía los ojos cerrados y las mejillas de melocotón. Se adivinaba que iba a ser guapo.

En la carta, Monique le daba las gracias por la conversación que habían mantenido en el jardín del estanque pocos días antes de que ella volviera a Suiza, y terminaba diciendo:

Tenía usted razón, Sophia. Por fin conseguí comprender lo que quiso decirme. Lo único importante es la vida. Marco ya no está entre nosotros, pero ahora tengo a Theo y nunca me he sentido más feliz. Soy un poco mayor para ser madre, pero estoy segura de que lo conseguiré.

*E*stimada Sra. Heyni:

Imagino que le habrá sorprendido recibir esta carta, y más certificada, y procedente del bufete de un notario de la ciudad donde ambas vivimos.

Si todo ha salido como yo pienso —debe tener en cuenta que yo estoy escribiendo estas líneas a finales de 2017 y soy consciente de que hay muchos imponderables—, usted las está leyendo el 15 de diciembre de 2035, el día en que Theo cumple dieciocho años y, por tanto, es mayor de edad y ya oficialmente libre de su tutela, lo que significa que puede hacer lo que mejor le parezca con su vida.

También imagino que usted lo habrá educado para que sea un «niño de mamá», mimado y apocado, para que la necesite por encima de todo. Es lo que suelen hacer las madres viejas, y usted estaba por encima de los cincuenta cuando se convirtió en su madre adoptiva. Ahora andará por los setenta y tantos, ¿me equivoco?

No me extenderé.

Solo quería que sepa dos cosas realmente importantes, y lamento no poder decírselas en una conversación cara a cara, como la que usted me impuso en agosto de 2017 en aquel horrible lugar al que no pienso regresar en la vida. Ignoro dónde estaré en diciembre de 2035. Ni siquiera puedo estar segura de seguir viva, aunque eso no es óbice para que usted reciba esta carta y todo se desarrolle como he dispuesto.

La primera cosa que quiero decirle es la siguiente: el niño que yo traje al mundo y usted adoptó no es hijo de su marido. Repito para que quede bien claro: Theo no es hijo de Marco. Yo lo sabía, naturalmente, porque ya estaba embarazada cuando me acosté con Marco por primera vez, y lo hice precisamente porque necesitaba un padre para ese hijo que no había planeado. Marco me pareció una buena opción y me lancé. Él nunca tuvo la menor duda de su paternidad, aunque le confieso que una vez tuve miedo cuando él me contó que ustedes tenían un trato y él tenía que haberse hecho la vasectomía al llegar usted a la menopausia. Por suerte, la traicionó y no lo hizo. No sabe la gracia que le hacía a Marco cuando me lo contaba y cuánto llegamos a reírnos de usted.

No pienso decirle quién es el verdadero padre del niño que usted considera su hijo. Él nunca lo supo. Por ese lado, puede estar tranquila, aunque aún no he decidido si por fin se lo voy a confesar a Theo. Todo hombre tiene derecho a saber quién es su padre, ¿no le parece? Y Theo, a sus dieciocho años, ya es un hombre.

La segunda cosa que quiero decirle antes de terminar es que esta carta que acaba usted de recibir no es la única que he escrito.

El 15 de diciembre de 2038, el día en que Theo cumplirá los veintiún años, él recibirá, también certificada y por notaría, una carta en la que le explico todo esto y muchas más cosas que pienso que debe saber, como, por ejemplo, de qué manera y por qué medios consiguió usted —su amada madre— que yo entregara a mi hijo. No sé cómo lo habrá educado usted, pero no creo que le guste saber que su madre es una chantajista y, probablemente, una asesina.

Eso es algo que no puedo probar —si pudiera, puede estar segura de que la policía ya le habría hecho una visita—, pero que cada vez tengo más claro. No sé cómo lo hizo, pero sé, en el fondo de mi alma, que fue usted la responsable de la muerte de Marco, por puro despecho de que él me prefiriese a mí, que era más joven, más guapa y más artista.

Mi pequeña venganza fue hacerle creer que no solo se había salido con la suya matándolo sin que nadie pudiese acusarla, sino que se había apropiado del hijo de su esposo.

Quizá, al principio, no sienta mucho cambio en la relación con Theo, ahora que sabe que es hijo de dos desconocidos, que es un huevo de cuclillo que yo planté en su nido pero, créame, estoy convencida de que lo que le acabo de contar es una de esas cosas que van minándola a una lentamente, sobre todo sabiendo que muy pronto su hijo recibirá una carta mía.

Le quedan tres años para explicarle lo que quiera, para mentirle, para manipularlo…, pero, a partir de hoy en que Theo cumple la mayoría de edad, nada puede impedirme buscarlo y hablar con él, ¿no es cierto? Y usted, día tras día, cuando lo vea salir hacia el instituto, o quizá ya a la universidad, nunca sabrá si una mujer de cincuenta y tres años, los mismos que tenía usted cuando se lo quedó, le va a salir al paso para contarle su verdadera historia.

Eso es todo, Monique.

O no.

En cualquier momento puede recibir otra carta. No lo sé. Aún no lo he decidido.

Espero que sufra usted, aunque solo sea una fracción de lo que yo estoy sufriendo ahora.

Le deseo unas terribles Navidades.

Atentamente,
CHANTAL FISCHER

Nota de la autora

Santa Rita es producto de mi imaginación, aunque muchas veces, cada vez con más frecuencia, me descubro recordando rincones aún inexplorados y siento la nostalgia de estar allí, recorriendo sus jardines y sus largos pasillos, charlando con todos sus habitantes, que me cuentan historias del pasado y me dejan asistir a su presente. Tampoco existe Benalfaro, aunque es una especie de mezcla de varios lugares reales: un poco de Santa Pola, un poco de Elche, un poco de Alicante.

Lo que sí existió fue la escuela de El Jinete Azul, en Múnich, a principios del siglo XX, y los artistas que nombro en la novela: Gabriele Münter, pintora y pareja de Vasili Kandinsky, Marianne von Werefkin, pintora, maestra y pareja de Alexej Jawlensky. Lo poco que digo sobre sus vidas en la novela es real, producto de muchos meses de lecturas. Las sospechas que insinúo sobre la posible autoría de ciertos retratos de este último son fruto de mi imaginación, aunque no me extrañaría que fueran ciertas. Ambos artistas varones, aunque hayan pasado a la historia como los realmente importantes de este movimiento, fueron pintores a la par que las artistas mujeres, y tanto Münter y Werefkin como Kandinsky fueron miembros fundacionales del Blauer Reiter en igualdad de condiciones. Además, sabemos por diarios, cartas y artículos de periódico que Werekfin era una de los más entregados teóricos del grupo y que sus ideas eran absolutamente rompedoras, aunque luego Kandinsky se apropió de ellas en gran parte, llegando al extremo, que nombro en la novela, de adelantar la fecha de un cuadro abstracto para que no hubiese duda, en la posteridad, de que él había sido el primero en descubrir la abstracción. Mientras tanto sabemos de la existencia de la pintora sueca Hilma af Klint (nacida en 1862) que, ya en 1906, pintó cuadros abstractos, convirtiéndose así en la primera persona en hacerlo. Kandinksy nunca supo de su existencia. Ambos, como tantos otros pintores, llegaron a la abstracción independientemente, pero hay que decir, en honor a la verdad, que Af Klint lo hizo antes que Kandinsky y que Werefkin, quien sentó las bases teóricas para la abstracción en pintura, aunque luego en su propia obra se decidió por otros caminos. Me habría gustado ahondar en este tema, pero la trama de la novela no lo permitía. Por fortuna, hoy en día, Internet pone a nuestra disposición todas las posibilidades para investigar y, sobre todo, ver las obras de todos estos artistas. También es recomendable una visita al Museo Thyssen-Bornemisza, donde se pueden admirar varias obras de esta escuela, entre ellas, un autorretrato de Gabriele Münter, dos retratos de Jawlensky y varias obras de Kandinsky.

También puedo aconsejar el cuadro *Jawlensky y Werefkin* (1908-1909), de Gabriele Münter, que se encuentra fácilmente en Internet (o en la Lenbachhaus, de Múnich), donde puede verse a Alexej y a Marianne tumbados en una verde pradera cerca de la casa que la artista tenía en Murnau y donde pasaron algunos veranos los cuatro.

Las fuentes que he encontrado sobre estos pintores están sobre todo en alemán, pero no me resisto a citar la excelente biografía de Brigitte Roßbeck *Marianne von Werefkin. Die Russin aus dem Kreis des Blauen Reiters*.

Una cosilla más antes de despedirnos: si en *Muerte en Santa Rita* introduje un guiño a Agatha Christie, a la que tantos buenos ratos debo, en *Amores que matan*, como sin duda has reconocido, el guiño es a *Colombo*, la magnífica serie de televisión de los años setenta que, por primera vez, usó el recurso de mostrar al espectador quién era el asesino y hacer que la tensión narrativa se derivase de cómo el detective conseguiría (o no) probar lo sucedido. Sus autores son Richard Levinson y William Link y el actor que encarnó al inspector Colombo durante los siete años que duró la emisión fue Peter Falk. Siempre ha sido una de mis series de televisión favoritas y, aún hoy en día, sigo encontrándola ingeniosa y elegante y no me cansa verla, aunque sepa qué va a pasar.

Espero que hayas disfrutado de esta nueva novela de Santa Rita y hayas quedado con ganas de leer la siguiente, la que se desarrollará en otoño en el mismo lugar y con los mismos personajes que ya conoces, pero será un caso independiente.

Como siempre, quiero dar las gracias a todas las personas que han colaborado a que esta novela esté ahora en tus manos:

Mi familia: Klaus Eisterer, Ian Eisterer, Nina Eisterer, Concha Barceló, Elia Estevan. Mis amigos y amigas, lectores de siempre, desde mi primera novela: Martina Lassacher, Charo Cálix, Ruth y Mario Soto Delgado, Michael Bader. El equipo de mi agencia literaria, Undercover. El equipo de Roca Editorial, que mientras tanto ya son amigas y amigos. Juan Vera y Emilio Maestre, a quienes me une una larga amistad, y que tanto hacen por la difusión de mis novelas en mi tierra. Reme y Mario Martínez, que conocen «la pequeña Santa Rita» desde sus comienzos. Las lectoras y lectores de Elda, mi ciudad, que me siguen, me apoyan y leen lo que publico.

Y por supuesto, tú, que ahora estás terminando de pasar la vista por estas líneas. Gracias por haber elegido esta historia, por haberme acompañado hasta el final, por haberte dejado llevar a Santa Rita. Espero que volvamos a encontrarnos.

E. B.

«Para viajar lejos no hay mejor nave que un libro».

EMILY DICKINSON

Gracias por tu lectura de este libro.

En **penguinlibros.club** encontrarás las mejores
recomendaciones de lectura.

Únete a nuestra comunidad y viaja con nosotros.

penguinlibros.club